KiWi
1858

Das Buch

Außenseiterin, unangepasst, rebellisch: Leonore Seliger wächst in den 1960er-Jahren in der norddeutschen Provinz auf. Sie wird geprägt von einer Brieffreundin aus der DDR, den Beatles und ersten Erfahrungen der freien Liebe in England. Während ihres Studiums im Deutschen Herbst in Frankfurt gerät sie durch eine verhängnisvolle Affäre ins Visier der Polizei. Zeitgleich bereitet sich Clara Pinkus in Ostberlin auf eine große Aufgabe vor. Im Auftrag des Ministeriums für Staatssicherheit soll sie in den Westen gehen, um dort für die Genossen die Augen offen zu halten. Kurz bevor sie die DDR verlässt, bekommt sie eine Tochter und ist gezwungen, eine nahezu unmögliche Entscheidung zu treffen. Das Schicksal führt Leonore und Clara zusammen. Die beiden, die unterschiedlicher nicht sein könnten, verbindet ein Geheimnis. Jahrzehnte später kommt eine junge Frau diesem Geheimnis auf die Spur und begibt sich auf eine aufwühlende Reise in die Vergangenheit.

Die Autorin

Cora Stephans Roman »Margos Töchter« ist der zweite Band einer Trilogie, zu der der Band »Ab heute heiße ich Margo« (KiWi 1567) und der Band »Über alle Gräben hinweg« (HC, FJ 2023) gehören. Neben Sachbüchern hat sie unter dem Pseudonym Anne Chaplet zahlreiche, auch preisgekrönte Kriminalromane veröffentlicht, u. a. »In tiefen Schluchten« (2017) und »Brennende Cevennen« (2018).

Cora Stephan

Margos Töchter

Roman

Kiepenheuer
& Witsch

Aus Verantwortung für die Umwelt hat sich der *Verlag Kiepenheuer & Witsch* zu einer nachhaltigen Buchproduktion verpflichtet. Der bewusste Umgang mit unseren Ressourcen, der Schutz unseres Klimas und der Natur gehören zu unseren obersten Unternehmenszielen.

Gemeinsam mit unseren Partnern und Lieferanten setzen wir uns für eine klimaneutrale Buchproduktion ein, die den Erwerb von Klimazertifikaten zur Kompensation des CO_2-Ausstoßes einschließt.

Weitere Informationen finden Sie unter:
www.klimaneutralerverlag.de

FSC
www.fsc.org
MIX
Papier aus verantwortungsvollen Quellen
FSC® C014496

1. Auflage 2023

Motto: »Stopping by Woods on a Snowy Evening«,
aus Robert Frost: New Hampshire, New York: Vintage Books 2019.
Covergestaltung Barbara Thoben, Köln
Covermotiv © STOCKFOLIO® / Alamy Stock Foto
Gesetzt aus der Stempel Garamond
Satz Buch-Werkstatt GmbH, Bad Aibling
Druck & Bindung GGP Media GmbH, Pößneck
ISBN 978-3-462-00365-9

The woods are lovely, dark and deep,
But I have promises to keep,
And miles to go before I sleep,
And miles to go before I sleep.

Robert Frost

Teil 1

Jana

Osterholz, Herbst 2011

Jeder Mensch hat eine Mutter. Jana Seliger hatte zwei. Eine war ihr nah, obwohl sie fern war, von der anderen wusste sie nur, dass sie von zweifelhaftem Charakter sein musste. An die eine dachte sie oft. An Leonore. Die andere hatte sie zu vergessen versucht. Bis heute.

Der Samstag hatte in himmlischer Ruhe begonnen. Max war übers Wochenende in Berlin geblieben, und die Kinder machten mit der Klasse einen Schulausflug. Jana trank in Ruhe Kaffee und genoss die Stille. Nur die Spatzen lärmten draußen in der Kletterhortensie. Sie hatte alle Zeit der Welt. Es gab nichts Dringendes zu erledigen, außer dem, was man so treibt, wenn man mal nicht zur Arbeit muss. Einkaufen. Aufräumen. Durch den Garten schlendern und an den Rosen riechen. Für alles andere beschäftigten sie einen Gärtner, Max hatte keine Zeit für »so was«, und sie erst recht nicht, obwohl sie Spaß daran hätte. Aber es gab ja nicht nur den Beruf, ihr Mann überließ ihr meistens auch die Kinder.

Max war oft in Berlin. Dort saß der wichtigste Kunde ihrer Firma, das Fraunhofer IPK, mit dem hatte Maxdatex einen dicken Fisch an Land gezogen. Maxdatex war für innovative Softwarelösungen bekannt, und Max galt als so unentbehrlich, dass er manchmal auch übers Wochenende blieb, es gab ziemlich oft ein Softwareproblem, das angeblich nur er lösen konnte. Ob das die ganze Wahrheit war? Lieber nicht darüber nachdenken.

Sie stand auf, ging in den Flur und öffnete die Haustür. Die Morgensonne ließ den Steinfußboden tiefrot glänzen, ein kühler Wind wehte weiße Rosenblätter herein. Frieden. Dafür sorgte der Geist des Hauses, und der war ihnen wohlgesonnen. Es war der Geist von Margo und Henri Seliger, der Großeltern.

An ihren ersten Besuch hier in Osterholz erinnerte sich Jana nicht, natürlich nicht, 1979 war sie noch nicht einmal zwei Jahre alt gewesen. Es war wohl auch besser, sich daran nicht zu erinnern.

An spätere Besuche dachte sie gern, sie war oft hier gewesen, bei den Großeltern, im alten Kotten in der Moosbeeke 9, den die beiden vor einem halben Jahrhundert vor dem Verfall gerettet hatten. Und im Garten, Margos Paradies, in dem zu jeder Jahreszeit etwas blühte, von gelbem Winterjasmin und zartem Hamamelis bis zu den späten Rosen.

Von Margo hatte sie die wohlklingenden Namen der Pflanzen gelernt, die deutschen und die botanischen, von Henri Gedichte. Sie war ihm oft gefolgt, wenn er mit der Schaufel über der Schulter durch den Garten ging, ganz so wie das Rotkehlchen, das begriffen hatte, dass Würmer und anderes Getier zutage traten, wann immer er die Schaufel ansetzte. Henri behandelte Jana stets wie eine Erwachsene, und er wusste für jede Gelegenheit ein Gedicht, von Eugen Roth oder Christian Morgenstern oder Theodor Storm. Sicher, Margo war die Strategin, sie plante, wälzte Pflanzenkataloge, orderte Stauden, Sträucher, Bäume. Doch Henri erledigte die Arbeit mit Schaufel, Harke, Rasenmäher, mit immer gleicher Freude und Bereitschaft.

Als Studentin in Berlin hatte sich Jana für eine Großstadtpflanze gehalten und sich nicht vorstellen können, einmal hier auf dem Land zu leben. Dabei war es das beste Geschenk, das die Großeltern ihr und Max machen konnten.

Sie setzte sich auf die Bank neben der Haustür und sog die kühle Morgenluft ein, als draußen eine Wagentür zuschlug. Max! Ihr Herz schlug höher, er war zurück. Nein, war er nicht. Das Auto fuhr bereits wieder weg, und es klang auch nicht nach dem BMW von Max, sondern nach dem VW des Postboten. Sie lehnte sich zurück und schloss die Augen. Es wäre auch zu schön gewesen, ein ganzes Wochenende mit ihrem Mann verbringen zu dürfen.

Nach einer Weile stand sie auf, nahm den Schlüssel vom Schlüsselbrett und ging zum Tor. Ein Brief lag im Kasten, an Jana Seliger, das graue Kuvert sah nach einem Behördenschreiben aus, war sie mal wieder zu schnell gefahren? Sie drehte den Umschlag um. Der Absender überraschte sie. Dass sie einen Brief vom Bundesbeauftragten für die Stasiunterlagen bekam, war ungewohnt, man telefonierte normalerweise miteinander, schließlich arbeiteten sie seit Jahren an einem gemeinsamen Projekt. Und warum war der Brief an sie und nicht an Maxdatex adressiert?

Das Projekt war ihrem Softwareunternehmen Maxdatex, eingetragen auf Jana Seliger und Max Bajohr, damals wie ein Geschenk des Himmels vorgekommen, auch, aber nicht nur aus ökonomischen Gründen: Sie sollten als externe Berater am »e-Puzzler« mitwirken. Das war ein vom Berliner Fraunhofer IPK entwickeltes Computerprogramm, mit dem man die Hinterlassenschaft des MfS aufarbeiten und die Geheimnisse entschlüsseln konnte, die in den Millionen von Schnipseln steckten, in die Stasileute nach dem November 1989 viele der Akten zerrissen hatten, erst mit dem Reißwolf und dann, nachdem einer nach dem anderen heiß gelaufen war, mit der Hand. Der »e-Puzzler« vermochte eingescannte Schnipsel zu erkennen, zu sortieren und zusammenzufügen. Eine phantastische Sache. Ein Abenteuer. Und auch wenn das ein wenig makaber klang: Sie hatten es damals für eine Art Schatzsuche gehalten. Allerdings gab es im Laufe der Zeit mehr Probleme als Erfolge.

Sie riss den Brief auf und zog das graue Behördenpapier heraus, während sie zurück zum Haus ging.

»Bezugnehmend auf Ihre Anfrage vom 7. März 2002«. Das war mehr als neun Jahre her, mit einer Antwort hatte sie längst nicht mehr gerechnet. Jana ließ sich auf die Bank neben der Haustür fallen, plötzlich atemlos. Sie hatte den Antrag auf Einsicht in Unterlagen des MfS, Leonore Seliger betreffend, kurz nach der Unterzeichnung des Vertrags mit dem Fraunhofer IPK gestellt.

Max hatte es stets abgelehnt, bei der Stasiunterlagenbehörde einen Antrag auf Auskunft über seinen Vater Jon Bajohr zu stellen. »Vergangen ist vergangen.« Er arbeitete an dem Projekt, weil es eine Herausforderung war, nicht, weil er wissen wollte, was das Ministerium für Staatssicherheit in seinem Wahn, die eigenen Bürger zu kontrollieren, über sie herausgefunden und gesammelt hatte – und erst recht nicht, was die Stasi über den Gegner im Westen in Erfahrung gebracht hatte. »Was geht es mich an, welche seiner Sekretärinnen mein Vater gevögelt hat?«

Jon Bajohr war kein treuer Ehemann gewesen. Manchmal, wenn sie an allem zweifelte, am Leben, an der Welt, an der Möglichkeit, glücklich zu sein, fragte Jana sich, ob sein Sohn ihm auch darin ähnlich war. Ganz gewiss hatte Max den Unternehmergeist seines Vaters geerbt, Weitblick verbunden mit der Lust am Risiko. Vielleicht auch mit der Lust am Seitensprung?

Sie hatte ihm von ihrem Antrag auf Akteneinsicht nichts erzählt, auch nichts von der Antwort der Behörde, derzufolge es laut Kartei einen Vorgang gab. Jetzt aber hatte man mehr als nur einen Vorgang gefunden, jetzt gab es auch die dazugehörige Akte.

Sie ließ den Brief sinken, lehnte sich zurück und schloss die Augen. Über dem Wäldchen am Horizont kreiste ein Greifvogel und schrie. In der Ferne hörte man die Kirchturmglocken vom Nachbarort. Jana dachte an Leonore Seliger, die eine, die einzige, die wahre Mutter, auch wenn sie nicht die leibliche war.

Sie würde zur Akteneinsicht nach Berlin fahren müssen. Was würde sie dabei erfahren? Etwas, das sie lieber nicht wissen wollte? Oder käme dann endlich heraus, warum Leonore gestorben war, gerade mal zweiundvierzig Jahre alt?

Ein Tag im Mai. Jana ist dreizehn, als sie zu den Großeltern fahren, Leonore und sie, ohne Alexander, die Eltern haben sich furchtbar gestritten. Alexander hat sich in eine andere Frau verliebt, und die ist schwanger geworden. Jana hat noch den Schrei ihrer Mutter in den Ohren: »Ihr hast du ein Kind gemacht! Obwohl du weißt, dass ich keine mehr bekommen kann!« Deshalb also bin ich ein Einzelkind geblieben, dachte sie damals.

Sie stand auf, holte ihre Handtasche mit dem Autoschlüssel und schloss die Haustür hinter sich ab. Ein leichter Wind spielte in den Zweigen der Buchen, es roch nach Herbst, nicht nach Feuchtigkeit und verrottendem Laub, sondern nach reifen Äpfeln und nach Rosen, die ein letztes Mal in diesem Jahr in unfassbarer Fülle blühten.

Sie wollte nicht mit leeren Händen kommen, griff nach der Gartenschere, die sie gestern auf der Bank liegengelassen hatte, und ging über die Wiese hinauf zum Rosenspalier. Unter dem Baum lagen die letzten Äpfel, kleine, knorzige Boskop, die der Wind über Nacht von den Zweigen geschüttelt hatte. Zwei hob sie auf. Von der weißen Kletterrose am Rosenspalier schnitt sie drei Zweige ab.

Dann ging sie zurück zum Haus, legte die Schere wieder auf die Bank, öffnete das Gartentor, ging zurück zur Garage, stieg in ihren Kombi und fuhr auf die Straße hinaus, Richtung Ostercappeln. Hier musste auch Leonore entlanggefahren sein, an diesem Tag im Mai 1991. Sie hatte in Osnabrück etwas erledigen wollen. Worum es sich handelte, hatte sie nicht verraten. Kurz vor Ostercappeln musste sie auf die B 51 abgebogen sein, Richtung Osnabrück. Sie hatte noch gut sieben Kilometer zu leben. Auf der Höhe von Belm überquerte ihr Auto die Mittellinie und fuhr frontal in einen entgegenkommenden Lkw. Dessen Fahrer überlebte. Leonore nicht. Sie war nicht angeschnallt gewesen.

Jana war nie darüber hinweggekommen, dass ihre Mutter sie aus freiem Willen alleingelassen hatte. Aber vielleicht war es kein freier Wille gewesen?

Die Äpfel und die Rosen auf dem Beifahrersitz verströmten einen Duft, wie ihn nur der Herbst kannte. So riecht Abschied, dachte Jana. Wie in Trance fuhr sie die vertraute Strecke entlang, nach Ostercappeln hinein, zur Kirche, und parkte am Straßenrand. Sie nahm die Äpfel und die Rosenzweige und stieg aus. Auf dem Friedhof war sie zum ersten Mal gewesen, als Leonore begraben wurde. Dabei musste ihr Max begegnet sein, mit dem sie nun schon seit über elf

Jahren verheiratet war, aber sie erinnerte sich nicht an seine Anwesenheit. Sie bekam auch sonst nicht viel mit von Leonores Beerdigung, sie weinte die ganze Zeit. Nur, dass der Himmel bedeckt war, es aber nicht regnete, wusste sie noch.

Früher war Ostercappeln ein bescheidener Flecken ohne größere Attraktionen gewesen, heute brüstete sich der Ort mit seiner Nähe zum Schauplatz der Varusschlacht. Seit 2002 gab es im gut fünfzehn Kilometer entfernten Kalkriese ein Museum, sie waren schon mehrmals mit den Zwillingen dort gewesen. Jon und Henri waren, typisch Jungs, von Kampf und Krieg fasziniert und trotz elterlicher Einwände und Richtigstellungen fanatisch auf der Seite der Germanen. Zehnjährigen beizubringen, dass es in der Geschichte mehr Grau als Schwarz oder Weiß gibt, war eine Herausforderung.

Sie folgte dem Mittelweg auf knirschendem Kies, frisch geharkt. Manche Gräber waren bereits winterfest gemacht, viele mit Heide bepflanzt worden, einige mit Tannenzweigen abgedeckt. Hier und da blühte noch eine Rose.

Sie hatte es damals nicht geglaubt, und sie glaubte auch heute nicht, dass Leonore Selbstmord begangen hatte, obwohl alle Anzeichen dafür sprachen. Sie hätte mich niemals verlassen, dachte Jana.

Beinahe wäre sie am Grab vorbeigelaufen. Die Rose, die sie vor Jahren gepflanzt hatte, war eingegangen, sie hatte wohl den Schatten nicht vertragen, den der benachbarte Nadelbaum warf. Nur das weiße Fingerkraut hatte überlebt, das Grab war mittlerweile davon überwuchert. Sie musste die Grabstelle neu bepflanzen, sie war viel zu lange nicht mehr hier gewesen.

Die Herbstsonne verlieh dem Stein aus rosenfarbenem Granit warmen Glanz. »Leonore Seliger, 8. Februar 1949 – 13. Mai 1991. Geliebte Tochter. Geliebte Mutter. Es trauern: Henri, Margo und Jana Seliger.«

Jana legte Äpfel und Rosen behutsam vor den Stein. »Du fehlst mir, Mutti.«

Margo hatte Leonores Mädchennamen eingravieren lassen, obwohl sie noch mit Alexander Seidensticker verheiratet gewesen war. Sie gab Leonores Ehemann die Schuld am Tod seiner Frau. Das taten alle. Alle glaubten, Leonore habe Selbstmord begangen, weil er sie verlassen wollte. Dieser Gedanke trieb Jana damals zur Verzweiflung: Wie konnte sie mich nur alleinlassen? War ihr Alexander so viel wichtiger als ich? Obwohl er doch ihr Vater war, fand sie es richtig, dass sein Name ausgelöscht wurde.

Damals wusste sie noch nicht, dass Leonore nicht ihre leibliche Mutter war. Ihre biologische Mutter hatte sie im Alter von nur anderthalb Jahren bei Margo und Henri in Osterholz zurückgelassen und war ohne ein Wort verschwunden. Alexander und Leonore hatten sie adoptiert. Aber was änderte das schon? Leo war die einzige Mutter, die sie kennengelernt hatte, und sie vermisste sie noch immer.

Auf dem Rückweg fuhr sie viel zu langsam, das Auto hinter ihr bohrte sich fast in ihren Kofferraum. Sie sah im Rückspiegel, dass der Fahrer ungeduldig mit den Armen fuchtelte. Er hatte ja recht, man sollte beim Autofahren nicht grübeln, aber sie wollte nicht schneller fahren, sie musste sich fassen. In einer Hofeinfahrt hielt sie an, um den Mann vorbeizulassen. Doch worüber dachte sie eigentlich noch nach? Sie würde nach Berlin fahren müssen, so bald wie möglich.

Langsam fuhr sie wieder an. Es war Samstag, es hatte keinen Sinn, bei der Stasiunterlagenbehörde anzurufen, um einen Termin zu vereinbaren. Sie musste mit jemandem reden. Sie brauchte Max.

Sie war viel zu nervös, um das Auto in die Garage zu fahren, und ließ es im Hof stehen, ging ins Haus, holte das Telefon und setzte sich auf die Bank vor der Haustür.

Es dauerte, bis er ihren Anruf annahm. »Hallo, was gibt's?« So kühl begrüßte er sie normalerweise nicht, er war also nicht allein. Er amüsiert sich, dachte Jana und spürte, wie das Misstrauen wieder in ihr hochstieg. Sie hatte schon lange den Verdacht, dass nicht die Arbeit allein der Grund dafür war, dass er so oft auch am Wochenende in Berlin blieb.

»Du musst nach Hause kommen.« Sie klang ungeduldig, das war ungeschickt.

»Ich habe hier noch so viel zu tun, das weißt du doch.« Er versuchte, nicht allzu genervt zu klingen.

»Es tut mir leid, Max, aber ich brauche dich.« Jana legte ein wenig mädchenhafte Hilflosigkeit in ihre Stimme, vielleicht half das ja. Jetzt hörte sie ihn nur noch gedämpft, er schien die Hand aufs Telefon gelegt zu haben, sagte irgendetwas zu irgendwem.

»So. Ich habe mich mal in eine stille Ecke zurückgezogen. Jetzt erzähl. Ist was mit den Kindern? Ist alles in Ordnung mit dir?«

Das klang schon besser. So hörte sich der liebevolle Mann an, mit dem sie verheiratet war und der versprochen hatte, dass er sie immer beschützen würde.

»Ich habe Post von der Stasiunterlagenbehörde bekommen. Sie haben was über Leonore gefunden. Ich muss nach Berlin.«

Er schwieg. Warum sagt er nichts, dachte sie. »Verstehst du? Es gibt einen Vorgang, und sie haben jetzt auch die Akte dazu.«

»Ach, Jana.« Ein Seufzer, der erkennen ließ, dass er die Nachricht keineswegs so wichtig nahm wie sie. »Lass die Vergangenheit ruhen. Wenn es nicht unser Leben finanzieren würde, hätte ich unsere Firma längst aus dem Projekt zurückgezogen. Was hilft es den Menschen, wenn sie erfahren, dass nicht nur der Staat ihr Feind war, sondern auch ihr Nachbar, ihr Lebensgefährte, ihre Eltern, ihre Kinder?«

»Du verstehst nicht.« Sie suchte nach den richtigen Worten. »Es könnte etwas in der Akte stehen, das ihren Tod erklärt. Ich muss das wissen.«

»Liebling, ich weiß, dass du ihren Tod nie verkraftet hast. Aber die Wahrheit ist, dass sie nicht angeschnallt war und das Auto auf die Gegenseite gesteuert hat.«

»Aber warum? Warum sollte sie das tun? Nur wegen Alexander?«

»Ist das so unvorstellbar?«

Ja. Nein. Max verstand sie nicht.

»Jana. Liebling.«

Komm nach Hause, dachte sie und brach das Gespräch ab.

Die Ankunft der Zwillinge lenkte sie ab. Die Jungs waren ausgehungert, gaben sich aber mit Spaghetti und Tomatensauce zufrieden und zogen dann mit den Fahrrädern ab zu ihren Freunden im Nachbardorf, was ihr nur recht war. So konnte sie in Ruhe eine Zugverbindung raussuchen, ein Zimmer in einer Pension buchen und den Koffer packen. Aus irgendeinem Impuls, über den sie nicht nachdachte, stieg sie danach die Treppe hinauf zum Speicher. Er stand schon seit Jahrzehnten dort, unverrückbar: der dunkelrot lackierte Kleiderschrank, in dem im Sommer die Wintersachen und im Winter die Sommersachen untergebracht waren. In der hintersten Ecke des Schranks hing das, was Max »Pietät« nannte: zwei von Margos Abendkleidern, die sie zum Juristenball oder zu Betriebsfesten getragen hatte. Ihre räudigen Pelzjacken, aus Ozelot und Luchs, die mittlerweile unters Artenschutzgesetz fielen, hatten sie damals entsorgt, als Max und sie ins Haus gezogen waren. Sie griff hinein in den Schrank, schob die beiden Kleider zur Seite, bis ihre Hand zartes Gewebe ertastete. Vorsichtig zog sie das Kleid heraus, es war mürbe geworden in den vergangenen zweiundvierzig Jahren. Das lange, fließende indische Hippiegewand hatte Leonore während ihrer Zeit in London getragen, 1969, in der Hochzeit von Swinging London, sie hatte so oft davon geschwärmt. Jana legte ihr Gesicht in den dünnen Stoff und atmete tief ein. Natürlich roch das Kleid nicht mehr nach Patchouli und Räucherstäbchen und auch nicht nach der Leonore, die sie kannte, und doch fühlte sie sich ihr nah.

Schon am frühen Abend kam Max nach Hause, er musste kurz nach ihrem Gespräch aufgebrochen sein. Jana war so froh darüber, dass sie zu schmollen vergaß. Hauptsache, er war da und hörte ihr zu und stellte die richtigen Fragen.

Jon und Henri waren schon oben in ihrem Zimmer, wo sie irgendwelche geheimnisvollen Dinge trieben, Jana saß auf dem Sofa im Wohnzimmer, die Beine angezogen, in eine Decke gekuschelt, und Max hantierte in der Küche, sie hörte die Kühlschranktür und das Geräusch, mit dem ein Korken aus der Flasche ploppte. Er kam mit zwei Gläsern Wein zurück. Sie war unendlich dankbar für seine Fürsorge und ein bisschen Alkohol. Als sie anstießen, blickte er ihr mit so viel Wärme in die Augen, dass sie sich für ihr Misstrauen schämte.

»Kann es sein, dass es dir nicht nur um Leonore geht, sondern dass du auch etwas über deine leibliche Mutter erfahren willst?«, fragte er nach einer Weile.

Sie blickte in ihr Glas. Das war nicht die richtige Frage. Sie wollte nichts über ihre biologische Mutter wissen, das war die falsche Mutter. Sie schüttelte den Kopf.

Er legte seine Hand auf ihr Knie. »Dann solltest du die Akte zulassen. Du wirst womöglich nur Dinge erfahren, die wehtun.«

»Ich bin kein Feigling.« Aber das stimmte nicht. Sie war den Tränen nah.

»Lass es. Es tut nicht gut, in der Vergangenheit zu wühlen. Bleib in der Gegenwart und denk an die Zukunft unserer Kinder.«

Das beruhigte sie nicht, im Gegenteil, seine Gelassenheit machte sie wütend. »Als ob es für unsere Kinder nicht wichtig wäre, zu wissen, woher sie kommen. Auch wenn es vielleicht nicht angenehm ist, zu erfahren, was ihre Vorfahren so alles getrieben haben.«

»Zum Beispiel?« Er hob die Augenbrauen.

Das machte sie noch wütender. Ironie konnte sie gerade überhaupt nicht vertragen. »Etwa, dass ihr Großvater väterlicherseits ein notorischer Fremdgänger war und dass sich das womöglich vererbt.«

»Jana! Was ist denn das für ein Unsinn? Wie kommst du denn auf so was?« Max wollte sie in den Arm nehmen. Aber sie wehrte ihn ab.

»Menschen wollen wissen, von wem sie abstammen, ob von Verbrechern, von Irren. Oder von Heiligen.«

»Du stammst von einer Frau ab, die dich zurückgelassen hat, als du ein kleines Mädchen warst. Das ist vielleicht nicht unbedingt ein Verbrechen, sie wusste dich ja in guten Händen, aber musst du wirklich noch mehr über so jemanden wissen?«

Leonore hat mich auch verlassen, dachte sie. »Und was ist mit einer, die ihr Kind verlässt, weil ihr offenbar nur ihr Mann etwas bedeutet?«

»Das weiß ich nicht, aber du bist nun mal nicht Leonores Kind, Jana«, sagte er leise.

Sie verstummte. Das war der Pfeil, der sie ins Herz traf. Wie konnte er nur so grausam sein.

Grausam?, fragte eine leise Stimme in ihrem Kopf. Nur, weil es die Wahrheit ist?

»Bin ich jemand, den man zurücklässt?«, flüsterte sie. Den man verlässt, Max?

Er nahm ihre Hand. »Ich will nicht, dass du dich quälst. Ich will nicht, dass du etwas erfährst, das dir wehtut. Was, wenn bei Leonores Tod die Stasi ihre Finger im Spiel hatte?«

Sie starrte ihn an. Er wusste also, was sie insgeheim befürchtete.

»Was, wenn deine leibliche Mutter dahintersteckt? Möchtest du das wirklich wissen? Und möchtest du, dass deine Söhne, die auch meine Söhne sind, das erfahren?«

Das nahm ihr den Wind aus den Segeln.

»Und noch eins. Willst du wirklich wissen, wer dein Vater ist? Denk nach. Was, wenn es einer von der Stasi war?«

Sie sah ihn an. Er war grausam. Doch, er war grausam. Sie versuchte, ihm ihre Hand zu entziehen, aber er hielt sie fest.

»Jana, Liebling. Lass die Vergangenheit ruhen. Du wirst in drei Wochen vierunddreißig, und ich möchte, dass wir etwas Schönes unternehmen, nur wir beide, ohne die Zwillinge.«

Das war ein Friedensangebot, natürlich, aber es kam zu früh. »Bevor ich über so etwas nachdenke, will ich nach Berlin. Ich werde am Montag Akteneinsicht beantragen. Dann wissen wir mehr.«

Sie liebt dich (yeah, yeah, yeah)

I

Osnabrück, Sommer 1964

Leonore blickte auf das Schwarzweißfoto, das ihre Mutter ihr lächelnd über den Tisch geschoben hatte. Wann hatte das begonnen? Wann war aus dem fröhlichen blonden Kind, das sie einmal gewesen sein musste, dieses zusammengekrümmte Wesen geworden, mit stumpfen Augen, Pisspotthaarschnitt und in Strickstrumpfhosen?

Ihre Mutter war ausnahmsweise einmal nicht bei der Arbeit, in »der Firma«, von der sie sprach, als ob sie ihr gehörte, dabei war es der Betrieb von Jon Bajohr. Margo Seliger war unendlich stolz auf den Laden, sie hatte ihn ja mit aufgebaut, wie sie gern betonte: Nach dem Krieg hatte Bajohr Radios verkauft, aber erfolgreich wurde er erst mit Fotoapparaten und allem, was dazugehörte. Das war Margos Idee gewesen – auch die Sache mit der Datenverarbeitung ein paar Jahre später war auf ihrem Mist gewachsen. Ein Geschäft mit Zukunft. Worum genau es da ging, verstand Leonore nicht. Es interessierte sie auch nicht.

Sie fühlte sich gestört, wenn ihre Mutter zu Hause war, sie wusste sie lieber weit weg. Noch schlimmer war, wenn sie ihr helfen sollte, bei was auch immer. Und jetzt saßen sie bei geöffnetem Fenster am Esstisch im Wohnzimmer, während Margo Fotos sortierte. Weil der Umzug anstand, hatte sie sich frei genommen, um »Ordnung in die Dinge« zu bringen, wie sie es nannte. Sie hatte zwei große Margarinekartons mit Fotoabzügen auf den Esstisch gestellt und wühlte darin herum. Leonore ekelte sich vor dem Muff von Staub und Asche, der ihr aus den Kartons entgegenströmte.

Die Kartons mussten schon lange unberührt unter dem Sofa gestanden haben, denn mit ihnen war ein winzig kleiner Schulranzen zum Vorschein gekommen. Der hatte zu Leonores Käthe-Kruse-Puppe gehört, Susi, ein Weihnachtsgeschenk, über das sie sich unter den erwartungsvollen Blicken der Eltern ganz besonders hatte freuen sollen, die Puppe sei »nicht gerade billig« gewesen. Sie hatte Susis weichen Stoffkörper bei einer missglückten Blinddarmoperation ziemlich lädiert, was ihre Mutter mit einem vorwurfsvollen »Man kann dir aber auch gar nichts in die Hand geben« quittierte. Leonore erinnerte sich ein wenig beschämt daran, was sie für ein Theater gemacht hatte, als der kleine Ranzen damals verschwunden war, zumal er einen Schokokeks enthielt. Sie hatte nachgeschaut: Der Schokokeks steckte noch im Ranzen, zerbröckelt und unappetitlich.

Margo Seliger fotografierte schon immer ohne Rücksicht auf ihre Opfer. Sie verdanke ihre Karriere dem Fotoapparat, pflegte sie feierlich zu sagen. Aber deshalb musste man doch nicht alles erlegen, was man vor die Linse kriegt? Leonore hasste es, fotografiert zu werden. Aber geradezu inbrünstig hasste sie dieses Foto, das vor ihr auf dem Tisch lag, je länger sie es betrachtete. Es musste kurz nach dem Umzug nach Osnabrück entstanden sein, aufgenommen auf dem jämmerlichen Spielplatz gegenüber, der außer einem Sandkasten und einem quietschenden Karussell nichts zu bieten hatte. Das Karussell durfte man nicht benutzen, weil sein Quietschen die Nachbarn störte. Warum störten sich die Nachbarn eigentlich nicht am durchdringenden Jammerlied der Kreissäge aus der Schreinerei? Darüber beklagte sich niemand, auch nicht über die Schreie der Schweine aus der Metzgerei. Jedenfalls wirkte das Kind auf dem Bild so jämmerlich wie der Spielplatz: trotzig-traurige Augen und schlaff herabhängende Arme, die aus der Winterjacke hervorlugten, aus der es offenbar längst herausgewachsen war.

Das Karussell stand noch heute auf dem Platz neben dem Sandkasten, verbogen und verrostet, es quietschte schon lange nicht mehr, kein Kind traute sich auf das kaputte Ding, nur manchmal saßen abends die Halbstarken darauf, tranken Bier und rauchten und lachten ihr heiseres Jungslachen.

Ein warmer Wind trug den Duft von trockenem Laub und den Geruch von frischen Sägespänen ins Wohnzimmer. Leonore legte das Bild zur Seite. Irgendetwas musste geschehen sein. Irgendetwas oder irgendwer hatte dem Kind, das sie einmal gewesen war, das Leuchten genommen.

Mutter sah auf. »Erinnerst du dich an die Rubuschs? Zwei Etagen über uns?«

Natürlich. Die hatten schon vor Jahren ein besseres Zuhause gefunden.

»Zu denen bist du immer gelaufen, wenn du Angst hattest, allein zu sein.« Mutter lächelte, als ob sie das völlig unverständlich fände.

»Wenn ihr im Kino wart, ohne mir etwas zu sagen.« Das war ihr so rausgerutscht, peinlich, es klang weinerlich.

»Wir dachten, du schläfst, Leonore. Und wir wollten schließlich auch mal ein bisschen Spaß haben.«

Verstehe. Ich war die Spaßverderberin. Leonore schob das Foto über den Tisch zurück zu ihrer Mutter. »Das ist ein schreckliches Bild.«

Die nahm es auf und betrachtete es. »Ja, da siehst du wirklich aus wie das wandelnde Elend. Das muss im Frühjahr nach diesem eisig kalten Winter gewesen sein, Henri hat sich damals auf dem Weg ins Gericht Frostbeulen geholt. Du hattest die Lungenentzündung wohl noch nicht lange überstanden, und das sieht man dir an. Gut, dass du bald nicht mehr in diesem feuchten Loch schlafen musst.«

Im sogenannten Kinderzimmer war gerade mal Platz für ein Bett und eine Kommode. Ganze zehn Jahre hatte sie in diesem dunklen und ungeheizten Kämmerchen geschlafen, das eigentlich kein richtiges Zimmer, sondern lediglich der Unterbau für die Terrasse war, auf der sich die Vermieterin im Sommer sonnte. Eine dürre Alte mit schriller Stimme. Leonore schüttelte sich bei der Vorstellung, wie sie ihr nacktes Gestell von der Sonne gerben ließ. Nach unten drang die Sonne selten, das verhinderte der Pflaumenbaum vor dem Fenster. Sie hatte unter stets klammen Federbetten gelegen, im Winter wenigstens mit Wärmflasche. Nach der Lungenentzündung. Den Eltern war das Loch nicht zuzumuten. Dem Kind schon.

An die Krankheit erinnerte sie sich nicht, nur an den glänzenden Tisch, auf den sie sich hatte legen müssen, und an die eiskalte Platte, die sich über sie senkte, fürs Röntgenbild, wogegen sie sich brüllend wehrte.

Vielleicht hatte es damit angefangen? Vielleicht verliert man so das Vertrauen ins Leben und die Menschheit?

Über der Schale mit den Äpfeln schnarrte ein blau glänzender Brummer. Leonore schaute gebannt zu. Das Vieh schien nach faulen Stellen zu suchen. Seltsam, dass Mutter nichts merkte. Sie reagierte auf Fliegen sonst fast so hysterisch wie auf Bienen und Wespen.

Leonore blickte auf den gesenkten Kopf ihrer Mutter. Sie musste zum Friseur, am Ansatz wurde das Haar mausgrau, Margo achtete doch sonst immer auf ihr Äußeres. »In meiner beruflichen Position muss man gepflegt aussehen.« Deshalb war sie normalerweise einmal die Woche beim Friseur und feilte sich jeden Abend die Nägel. Wofür auch immer das wichtig war, wenn man die Finanzchefin der Firma war, die seit ein paar Monaten Maxdatex hieß. Vielleicht, weil man in einer solchen Position ab und an die Krallen zeigen muss? Sie musste grinsen bei der Vorstellung, wie ihre Mutter dem Direktor der Hausbank zeigte, was eine Harke ist.

»Schau mal.« Ihre Mutter schob ein anderes Foto über den Tisch. »Da siehst du auch nicht wirklich fröhlich aus.«

Leonore nahm das Bild auf. Sie hatte recht, zum Lachen war das nicht. Man sah ein bleiches Gesicht mit spitzer Nase, ein strahlend weißes Bett, und unter der Bettdecke ragte ein Gipsbein hervor. Ihr rechtes Bein war bis zur Hüfte eingegipst, dabei hatte es nur den Knöchel erwischt, aber es sei ein komplizierter Splitterbruch, hatten sie im Krankenhaus gesagt. Ja, das war wirklich ein Grund gewesen, an der Welt zu verzweifeln.

Wenn Uschis Bruder nicht gewesen wäre! Der schleppte regelmäßig Bücher aus der Leihbibliothek an, lesen war das Einzige, was das Leben ertragen half. Uschis Bruder. Ausgerechnet. Dabei war doch auch Uschi unter den Verrätern gewesen. Aber vielleicht kam er ja deshalb? Um etwas wiedergutzumachen? Obwohl er doch gar nichts dafür konnte?

Die ganze Clique war wie immer nach der Schule losgezogen, zum Neustädter Platz, auf dem es eine große Wippe gab, ein schwerer Holzbalken, auf dem zehn Kinder sitzen konnten, auf jeder Seite fünf. Uschi war dabei, klein, dunkel und immer am Lachen, und Inge mit den langen roten Zöpfen. An die anderen erinnerte sich Leonore nicht. Es ging hoch und runter, hoch und runter. Und mit einem Mal sprangen alle ab, die vier vor ihr und die fünf auf der anderen Seite.

Nur ich nicht, dachte Leonore. Sie hatte nicht aufgepasst, nicht mitgekriegt, dass die anderen sich abgesprochen hatten. Oder hatten sie es darauf abgesehen? Dass die blöde Ziege mit der Pisspottfrisur und den Strickstrümpfen wieder mal nichts kapierte?

Die schwere Wippe sauste hinab, sie saß noch drauf, den rechten Fuß nach innen gedreht. Den traf der Balken mit voller Wucht. Komplizierter Splitterbruch, genau. Sie hatte vor Schmerz geschrien wie am Spieß, aber die anderen waren in Windeseile abgehauen, ohne sich um sie zu kümmern.

»Ich verstehe noch immer nicht, wie das passieren konnte.« Mutter legte das Foto auf eines von vier Häufchen, sie sah nicht auf, aber Leonore glaubte, einen leisen Vorwurf zu hören. »Warum tust du mir das an?«, hatte ihre aus dem Büro herbeigeeilte Mutter damals ausgerufen. Wo sie doch stets so furchtbar viel um die Ohren hatte!

Schreiend hatte Leo neben der Wippe gelegen, bis sich ein junger Kerl ihrer erbarmt, sie auf die Arme genommen und nach Hause getragen hatte. Sie wusste noch heute, was sie unter Tränen gestammelt hatte: »Mein Bein, mein armes Bein!« Exakt das, was das böse Mädchen in dem Kinderbuch rief, als es seine gerechte Strafe bekam! Lesen bildet, dachte Leonore. Eigene Worte hatte sie offenbar nicht gehabt. Und wofür war sie eigentlich bestraft worden?

»Sie sind abgesprungen. Die anderen.«

Jetzt sah Mutter auf. »Ohne dir etwas zu sagen? Aber das macht man doch nicht!«

Wie so vieles andere auch, dachte Leonore. Aber so ist wohl das Leben.

Nach sechs Wochen im Krankenhaus, wo sie der Liebling aller alten Tanten gewesen war, musste sie mühsam wieder gehen lernen. Wenn sie müde war, zog sie das Bein noch heute ein wenig nach. Ihrer Clique ging sie danach aus dem Weg. Es gab ja Bücher.

Ihre Mutter war erfreulicherweise zu selten zu Hause, um sie mit Sprüchen wie »Nun geh doch mal an die frische Luft!« oder »Willst du ein Bücherwurm werden?« oder »Du verdirbst dir noch die Augen!« zu nerven. Vater hingegen war heilfroh, wenn er sich nicht um seine Tochter kümmern musste. Er kochte das Mittagessen, stärkte sich dabei mit diversen Schnäpsen, hielt nach dem Essen sein Schläfchen und zog sich nachmittags zum »Aktenstudium« ins Herrenzimmer zurück. Als Richter durfte er zu Hause arbeiten. Leonore erinnerte sich nicht daran, jemals eine dieser »Akten« gesehen zu haben.

Jetzt wehte ein anderer Duft durchs Fenster hinein, es roch nach kalter Asche. Jemand war am Mülleimer, entleerte wahrscheinlich den Aschekasten. Die Seligers hatten schon lange keinen Kohleofen mehr, die beiden Öfen im Wohnzimmer und im Esszimmer wurden mit Öl betrieben, was praktisch war, denn das gab weniger Staub und Ruß, und man musste keine Asche zum Mülleimer bringen. Dafür roch es nach dem Heizöl, das Vater täglich mit einer Kanne aus dem Tank im Keller holte, wobei immer was danebenging. Leonore hasste den Geruch – und ihre Mutter hasste es, wenn er kleckerte und hinterher nicht aufwischte.

Der Hinterhof mit den Mülleimern lag auf der Schattenseite des Hauses, links und rechts von Backsteinmauern begrenzt, auf der einen Seite lag die Schreinerei, auf der anderen die Metzgerei. Hier wuchs nichts außer einem Haselnussstrauch und dem Pflaumenbaum, ansonsten gab es nur einen schon lange nicht mehr benutzten Sandkasten und eine Teppichstange über einem stoppeligen Rasenstück.

Dort hatte sie im Frühjahr gestanden und eine Reval geraucht, als ihre Mutter aufgekreuzt war, die seit Wochen zum wiederholten Mal versuchte, sich das Rauchen abzugewöhnen. Leonore hatte ihr stumm die Schachtel hinübergereicht, und sie hatten gemeinsam geraucht, schweigend. Dasselbe am nächsten Tag und am übernächsten. Plötzlich herrschte verschwörerischer Frieden zwischen ihnen, das hatte es seit Monaten nicht gegeben, was ihre Mutter darauf schob, dass ihre Tochter »in die schwierigen Jahre« gekommen sei. An ihren eigenen Anteil an der schlechten Stimmung zu Hause dachte sie natürlich nicht, das tat sie nie. Jedenfalls hielt das bisschen Frieden nicht lange.

Ja, es hatte seine Vorteile, Osnabrück und die Wiesenbachstraße zu verlassen. Sie würde nicht mehr »eben mal schnell« zu Wucherpfennig in der Kurzen Straße hinüberlaufen müssen, weil keine Butter mehr im Haus war oder Eier benötigt wurden. Oder mit der Alukanne zu Hermann Obrock, dem Milchmann, wobei sie das früher ganz gern getan hatte. Sie hatte sich von Uschis Bruder abgeguckt, wie man die Kanne so schwenkte, dass sie sich überschlug, und die Milch trotzdem in der Kanne blieb. Nur einmal hatte sie nicht stark genug ausgeholt und einen ganzen Liter ins Gesicht gekriegt. Sie hätte beim Gedanken daran beinahe laut aufgelacht, aber Mutter missdeutete ihr Schnauben.

»Nicht traurig sein. Ich weiß ja, du wirst deine Freunde vermissen.«

Leonore schüttelte den Kopf.

»Das Kino. Das Eis bei Toscanini. Den Kaffee beim Eduscho, wenn du wieder mal die Schule geschwänzt hast.«

Mutter mit einem Lächeln zwischen Vorwurf und Verzeihen. Das konnte sie gut. Und wahrscheinlich kommt sie gleich wieder mit dem britischen Soldaten und dem Motorrad und dem Unfall, dachte Leonore, dabei war kaum was passiert. Nur ein gebrochenes Schlüsselbein.

»Und erst die Gitarrenstunden!«

Machte sie sich lustig? Leonore hatte Cello lernen sollen, wie Vater, und hatte die Gitarrenstunden heimlich genommen. Wieder schüttelte sie den Kopf.

»Deine Freunde können uns doch mal besuchen kommen.«

Aufs Land, zu den stinkenden Schweinen? Mutter kapierte wirklich gar nichts.

»Zu den Kätzchen!«

Ach ja, die Kätzchen. Auch so ein Drama. Eine Katze hatte ihre Kinder auf dem Heuboden des Kottens bekommen, dieser Bruchbude auf dem Land, an der die Eltern nun schon seit zwei Jahren herumbastelten und die ihre neue Heimat werden sollte. Das Kleinste der drei Kätzchen war eines Tages in die Jauchegrube am Haus gefallen, und obwohl Leonore es herausgeholt und gewaschen und trockengerieben hatte, war es in der Nacht gestorben. Nichts blieb. Alles ging verloren.

Leonore stand auf. »Ich packe die Bücher ein«, sagte sie.

»Die Bücher. Ja, natürlich, das ist das Wichtigste«, murmelte ihre Mutter und widmete sich wieder den Fotos. Das kleinere Häufchen würde sie ins Album kleben. Wobei nicht mehr geklebt wurde, man steckte die Bilder heute in durchsichtige Fotoecken, Mutter maß den Abstand mit dem Lineal aus. So war sie, Margo Seliger, erfolgreiche Geschäftsfrau. Immer genau. Immer präzise. Immer ordentlich.

Die Ehebrecherin.

Leonore stieg die Hitze ins Gesicht, wenn sie daran dachte, wie sie ihre Mutter erwischt hatte. Sie war bei Markus vorbeigegangen, warum, wusste sie nicht mehr. Um die Noten abzuholen für irgendein Lied, das sie im Singekreis einstudieren wollten? Vielleicht. Egal. Das war nicht mehr wichtig. Auch Markus war nicht mehr wichtig, obwohl sie ihn gemocht hatte. Ja, vielleicht war sie sogar ein bisschen in ihn verliebt gewesen. Markus Vormbaum war Jugendpfarrer in der evangelischen Johanniskirche, alle Mädchen schwärmten für ihn. Aber ihr hatte er zugehört, ihr, nicht den anderen, er hatte wirklich und wahrhaftig zugehört. Seine sanften braunen Augen schienen auf den Grund ihrer Seele zu schauen. Sie hatte ihm vertraut.

Das war vorbei. Nur eines verdankte sie ihm: ein paar Wochen in der DDR in einem Jugendcamp – und damit die Freundschaft mit Clara Pinkus.

Ach, Markus. Ihre Mutter stand vor seiner Haustür, mit glänzenden Augen, die Frisur war hinüber. Sie versuchte, Leonore daran zu hindern, bei Markus zu klingeln. Vergebens, Leonore war schneller. Und da kam er schon die Treppe herunter, in Jeans, mit nacktem Oberkörper, und säuselte »Hast du was vergessen, Liebling?«.

Ihre alte Mutter, der »Liebling« des Jugendpfarrers. Urkomisch.

Ob Vater davon wusste? Vielleicht. Aber Henri Seliger interessierte das wahrscheinlich nicht. Seine Frau konnte machen, was sie wollte, auch stundenlang mit ihrem Chef im Auto vorm Haus stehen und palavern, während er das Abendbrot auf den Tisch stellte. Ganz der Küchenbulle, wie er sich nannte. Er ist ein Waschlappen, dachte Leonore.

Dabei hatte sie ihn eigentlich gern. Er wusste sonderbare Gedichte auswendig und erzählte schmutzige Witze, schon um seine Frau zu ärgern, die so sehr auf »Manieren« achtete. Doch vor allem ließ er sie in Ruhe. Wenn Margo nicht da war, musste er nicht kochen, dann schmierte er dick belegte Stullen, und sie saßen einträchtig beisammen, er las die Zeitung, sie las ein Buch. Für diese friedlichen Stunden mochte sie ihn. Nur seine Launen waren schrecklich, man wusste nie, woran man war, seine Stimmung konnte ohne Vorwarnung in Sekunden umschlagen. Was gab das für ein Theater, wenn sie heimlich in der Küche das Radio angemacht und auf den BFBS gestellt hatte, ohne danach wieder zum NDR zurückzukurbeln, wo es meist Operette gab.

Alles in allem war es gut, Osnabrück zu verlassen.

Leonore ging in ihr Zimmer und zog die Tür hinter sich zu. Auch hier war das Fenster weit geöffnet. Auf dem Pflaumenbaum, dessen Blüten im Frühjahr so wunderbar dufteten, saß eine Amsel und jubilierte. Leonore wurde die Kehle eng. Wenn sie auch so singen könnte, so ganz aus der Tiefe der Seele heraus. Der Gedanke ließ sie unwillkürlich grinsen. Seit wann konnten Seelen singen?

Wie ein Echo drangen aus dem Wohnzimmer vertraute Klänge: Mutter hatte das Bruchkonzert aufgelegt, das liebte sie. Früher hatte Leonore sich dabei aufs Sofa gekuschelt und war selig eingeschlafen. Auch das war vorbei.

Sie zog das Transistorradio unter dem Kopfkissen hervor, das Henri ihr geschenkt hatte. Er musste irgendwie mitgekriegt haben, wie es ihr ging – oder er wollte bloß verhindern, dass sie den Sender im Küchenradio verstellte. Egal. Gut, dass es den britischen Soldatensender gab, gleich wurden die Top Ten der englischen Hitparade vorgestellt, sie schrieb jede Woche mit.

Seit sie »It's over« von Roy Orbison gehört hatte, oder »She's not there« von den Zombies oder »Needles and pins« von den Searchers, wusste sie, wie sich Liebe anfühlte: wie der Schmerz, wenn sie vorbei ist. Seit Neuestem gab es einen Song, der alle anderen übertraf, der so todtraurig war, dass ihr die Tränen gekommen waren, als sie ihn das erste Mal gehört hatte. »We've already said – goodbye.« Die Moody Blues. »Go now.«

Clara Pinkus, ihre Brieffreundin aus Ostberlin, würde das sicher für dekadent halten, ihre Begeisterung für diese Musik, die da plötzlich in ihr Leben eingebrochen war wie eine Verkündigung aus dem Paradies, süß und verheißungsvoll und unendlich traurig.

»Du musst das alles vom Klassenstandpunkt her sehen«, hatte in Claras letztem Brief gestanden. »Woran du leidest, ist nicht deine Mutter. Du leidest an der Entfremdung in der kapitalistischen Klassengesellschaft.«

Vielleicht. Aber was konnte der Kapitalismus für diese unbestimmte Sehnsucht, unter der sie litt, und die sie dennoch nicht missen mochte?

II

Osterholz, im Herbst

Wie stellte man es an, unter Margo Seliger nicht zu leiden?

Leonore hasste das geblümte Kleid und das kratzige grüne Strickjäckchen, das sie zur Feier des Tages hatte anziehen müssen. Sie hasste es, herumzustehen in der großen Halle, die früher die Tenne des Kottens gewesen war, dieser Bruchbude, wie sie das neue Heim heimlich nannte, auf das ihre Eltern so stolz waren. So stolz, dass es eine Einweihungsfeier geben musste, man will ja zeigen, was man hat, auch wenn es nur ein auf rustikalen Schick aufgemöbeltes Arme-Leute-Haus war.

Und natürlich hatte ihre Mutter Glück mit dem Wetter. Bis vorgestern hatte es geregnet, tagelang. Gestern war es bedeckt gewesen, aber windig – und heute schien die Sonne. Margos Optimismus hatte über Henris und Leonores düstere Wetterprognosen gesiegt.

»Leolein!«, flötete Margo.

Leonore kannte den Ton. Das war höchste Alarmstufe und bedeutete: »Jetzt steh da nicht so rum, sondern komm her und tu was!« Und dann auch noch »Leolein«! Sie wollte Leo genannt werden, hatte sie vor einiger Zeit beschlossen, nicht mehr Leonore. Musste sich ihre Mutter schon wieder über sie lustig machen?

Margo unterhielt sich mit einigen der Gäste am anderen Ende des großen Raums, vor den verglasten Türen, die so groß waren wie früher das Scheunentor. Widerwillig setzte sich Leo in Bewegung.

»Leonore, Liebes, frag doch mal unsere Gäste, was sie trinken wollen«, rief ihre Mutter mit dieser angestrengten Heiterkeit, mit der sie zu übertönen versuchte, dass sie unter Druck stand. Weil ja alles klappen musste. »Es gibt Gin Tonic, Whisky Soda und Orangensaft mit oder ohne Sekt.« Bei Seligers musste immer alles klappen, und zwar sofort, selbst wenn es sich um etwas handelte, wofür man Zeit und Geduld brauchte. Etwa für Menschen oder Tiere.

Leonore kannte kaum einen der Gäste. Einige von Henris Kollegen vom Landgericht waren dabei, Herren mit straffen

Frisuren, in Anzügen, aber ohne Schlips, man war ja auf dem Land, da durfte es lässig zugehen. Die anderen waren das, was Mutter hochtrabend »meine Geschäftspartner« nannte. Die sahen allerdings auch nicht lebendiger aus. Nur drei der Herren hatten ihre Frauen mitgebracht, das wunderte sie ein wenig. Die Damen sahen aus, als ob sie sich nicht recht wohlfühlten in Margo Seligers Gegenwart. Vielleicht fürchten sie um ihre Männer, dachte Leonore. Vielleicht hat Margo einen gewissen Ruf?

Ihre Mutter hatte sich jedenfalls wieder gut in Szene gesetzt, war extra noch beim Friseur gewesen und hatte sich die Haare nachfärben lassen. Ihr altrosafarbenes Kostüm hatte genau den Schick, den Leonore so gar nicht mochte. Aber Margo konnte sich gegenüber den anderen Trutschen noch immer sehen lassen, das musste man ihr zugestehen, obwohl sie auch nicht jünger wurde.

Früher hatte sie ihre Mutter leidenschaftlich verteidigt, wenn die Mütter ihrer Freundinnen ihr mitleidig über das Haar strichen, sie »armes Schlüsselkind« nannten und tadelnd fragten, ob die Seligers es denn wirklich nötig hätten, dass die Frau arbeiten geht. Nur, damit sie sich ein paar schicke Kleidchen kaufen könne.

Sie machte die Runde, fragte jeden Einzelnen der Gäste nach seinen Wünschen und hatte Bestellungen für zwei Sekt mit Orangensaft, drei Whisky Soda und ein Wasser gesammelt, als Margo Seliger die Stimme erhob.

»Damit das alles ein wenig schneller geht: Wer möchte Whisky Soda?« Fünf Hände hoben sich. »Wer Sekt mit Orangensaft?« Wozu Leo noch etliche Minuten länger gebraucht hätte, das erledigte ihre patente Mutter in Nullkommanix. Warum hatte sie das nicht gleich getan? Leo stand da und spürte, wie ihr die Hitze ins Gesicht stieg. Sie wünschte sich weit weg. Es war ihrer Mutter egal, ob sie ihre Tochter demütigte. Es war ihr immer schon egal gewesen.

Eine der Damen schien die Szene bemerkt zu haben, eine Kollegenfrau, wenn Leonore richtiglag. Sie trug ein wadenlanges Cocktailkleid aus einer Art Brokat, silbergrau, mit einem kurzen Jäckchen. Leonore fand, sie war ein wenig übertrieben fein gemacht für eine Stehparty in einem ehemaligen Landarbeiterhaus.

»Du bist Leonore, nicht wahr?«

Sicher, wer denn sonst. Leo nickte.

»Mein Mann ist ein Kollege deines Vaters. Der muss sich ja rührend um dich kümmern!«

Rührend? Naja.

»Weißt du, für welchen Spruch er im Gericht bekannt ist? ›Meine Herren, die Sitzung ist beendet, ich muss nach Hause, die Kartoffeln aufsetzen.‹ Ist das nicht nett?«

Die Frau klang eigentlich nicht, als ob sie das wirklich nett fände. Leo wusste, dass sie jetzt höflich lachen sollte. Aber ihr war dieser Spruch entsetzlich peinlich. Ja, Henri war der Küchenbulle, er kochte das Mittagessen und stellte das Abendbrot auf den Tisch. War das wirklich so bemerkenswert?

»Und du gehst noch zur Schule? Aufs Gymnasium, nicht wahr? Na, dann hast du ja noch ein bisschen Zeit, bevor der Ernst des Lebens beginnt.«

Die Dame kniff das linke Auge zu, neckisch, als ob sie einen Scherz gemacht hätte. Aber wenigstens fragte sie nicht, was Leonore einmal werden wollte.

»Ihr habt ja so viele Chancen heute. So viel mehr als wir.«

Leonore blickte hoch, ins Gesicht der Frau, ein weiches, rosa geschminktes Gesicht unter blonden Haaren, die sie kunstvoll aufgetürmt trug, die Augen blassblau unter den hellen Wimpern. Eine Spur Lippenstift war in die Furche gelaufen, die vom Mundwinkel Richtung Kinn führte.

»Für uns war so vieles nicht möglich.«

Diese Leier nun wieder, dachte Leonore. »Meine Mutter ist mit fünfzehn von der Schule abgegangen, und aus ihr ist trotzdem was geworden.« Der Satz war raus, bevor sie sich bremsen konnte.

»Ja. Natürlich. Sie hat Glück gehabt. Jon Bajohr hält ja große Stücke auf sie. Und wenn unser Unternehmer des Jahres das sagt ...« Die Frau in Brokat nickte und lächelte ein unechtes Lächeln.

»Sie wusste immer, was sie wollte. Sie hätte das auch ohne Bajohr geschafft.«

Leonore hörte sich zu, wie sie ihre Mutter verteidigte. Ausgerechnet sie. Dabei konnte sie Margos Heldenlegende schon längst nicht mehr hören: dass ihre Lehrerin sie aufs Gymnasium schicken wollte, woran sie nicht interessiert war. Dass sie ihr eigenes Geld verdienen wollte. Dass sie gegen ihren strengen Vater durchgesetzt hatte, eine Lehre als Bürokaufmann in einem Fotoatelier beginnen zu dürfen. Dass der Krieg ihre Pläne zunichtemachte und dass sie nie das Auto bekam, auf das sie gespart hatte. Dass sie auf einem Bauernhof in Schlesien hart arbeiten musste, dass sie während der Flucht fast umgekommen wäre, dass sie gefroren und gehungert und Schnaps geschmuggelt hatte, um sich und ihre Mutter und Schwester durchzubringen.

Wir hätten uns die Finger danach geleckt, hieß es, wenn Leonore das Gulasch nicht mochte, weil es fettig war und sehnig und man die weißen Adern sah. Du weißt nicht, wie gut du es hast. Sei dankbar, dass du das alles nicht erleben musstest. Wir bekamen nichts geschenkt. Wir haben hart gekämpft, und wir lassen uns das Erreichte nicht mies machen.

Sie konnte die Sprüche ihrer Eltern im Schlaf herunterbeten. Dabei wusste sie natürlich, dass sie auf ihre Mutter stolz sein sollte.

Ja, ich war stolz auf sie, dachte Leonore. Bis ich endlich begriffen habe, was für ein egoistisches Miststück sie ist.

»Und du? Weißt du auch schon, was aus dir mal werden soll?«

Also doch. Bevor sie die verhasste Frage beantworten konnte, tauchte ein Mann neben der blonden Frau auf und legte ihr den Arm um die Taille. »Wie schön, dass ihr euch so angeregt unterhaltet«, sagte er. »Aber du solltest ein paar Worte mit Hansi Mohr reden, Evchen, daran läge mir.«

Evchen nickte und lächelte. »Eine gute Ehefrau ist die halbe Karriere«, sagte der Mann und küsste sie auf die Wange.

Leonore stand nun wieder allein in der großen Halle und blickte auf dunkle Hosen, gebauschte Röcke, Füße, die aus engen hochhackigen Schuhen quollen. Auf nickende Köpfe einer bähenden und mähenden Herde von Menschen. Als Margo in die Hände klatschte, bewegte sich die Herde und trampelte auf Leonore zu. Erschrocken trat sie zur Seite.

»Wir machen eine Gartenrunde«, rief Margo fröhlich. »Bist du so lieb und sammelst die Gläser ein? Frau Henke kann in der Küche sicherlich ein wenig Hilfe gebrauchen!« Leonore senkte den Kopf und nickte.

Wenigstens musste sie nicht mit in den Garten, der bislang vor allem in der Phantasie ihrer Mutter existierte. Außer einer großen Wiese, auf der früher die Schweine weideten, gab es dort nicht viel: einen Kirschbaum, einen Apfelbaum, dessen graugrüne schartige Äpfel wunderbar säuerlich schmeckten, einen Pflaumenbaum und einen wuchernden Holunder. Doch Margo würde den Gästen ihre Pläne sicher farbenfroh ausmalen: Welche Bäume und Sträucher wohin gehörten, wie die Gartenwege verlaufen sollten und wo das Rosenbeet sein musste. Nur der Gemüsegarten sollte Henri überlassen bleiben, den würde sie wahrscheinlich gar nicht erst erwähnen.

Manchmal hörte Leonore eigentlich ganz gerne zu, wenn ihre Mutter die lateinischen Namen der Gewächse aufsagte, die sie bestellen und pflanzen wollte, andächtig, weil sie ihr nur schwer über die Lippen gingen. Cimicifuga racemosa. Silberkerze. Viburnum tomentosum. Japanischer Schneeball. Oder Hydrangea aspera sargentiana. Samthortensie. Margo hatte die Namen aus »Kreuzers Gartenpflanzenlexikon, kurz und bündig« und aus den anderen Gartenbüchern, die sie nach Feierabend wälzte. Sie hatte Stapel davon, und perfektionistisch, wie sie war, lernte sie die Namen auswendig.

Leonore stellte die leeren Sektgläser akkurat nebeneinander aufs Tablett. Auf die Schweinewiese hatte der Gärtner kürzlich »Mutterboden« ausgebracht, ein Wort, das bei Leo unliebsame Assoziationen weckte. »Humus« war ihr lieber, das klang weich und moosig, heimelig, nach Geborgenheit. Außerdem liebte sie Fremdwörter.

Sie sammelte die Whiskygläser ein, gerade Gläser ohne Stiel, die mochte sie am liebsten.

Ihre Mutter ging die Gartenplanung ganz systematisch an. Es sollte zu jeder Jahreszeit etwas blühen oder doch wenigstens Farbe zeigen. Sie berechnete die zu erwartenden Wuchshöhen, damit keine Pflanze den Blick auf eine andere verstellte. Vor allem Rosen und Rhododendren wollte sie pflanzen, ganz wie in den englischen Gärten, die sie mit einem Verein namens »Rosenfreunde« im vergangenen Herbst besichtigt hatte: Sissinghurst Castle und Sandringham House. Als ob sich ein niedersächsischer Kotten mit einem königlichen Park messen könnte.

Rosen hatten schöne Namen: Es gab Gallicarosen und Albarosen, Damaszener- und Zentifolienrosen, Noisetterosen und Bourbonrosen. Die modernen Züchtungen hießen Floribunda und Polyantha und Rosa rubiginosa. Leonore war vergesslich, behauptete ihre Mutter, aber Wörter, die ihr gefielen, vergaß sie nie.

»Fräulein Leonore?«

Frau Henke stand in der Tür zur Küche. Beinahe hätte Leo das Tablett mit den Gläsern fallengelassen.

»Lassen Sie nur.« Die Frau mit dem Dutt und den Brombeeraugen nahm ihr das Tablett aus der Hand. »Ich erledige das schon.«

Das machte Leo verlegen. Dass man sie siezte und Fräulein nannte. Und dass sich ihre Eltern von jemandem bedienen ließen, als ob sie zu den oberen Schichten gehörten.

»Obere Klassen«, würde Clara sagen. »Vergiss die Klassenfrage nicht.«

Leonore schlüpfte in ihr Zimmer, das von der großen Halle abging. Sie zog sich das Kleid über den Kopf und warf es aufs Bett. In Jeans und Pullover verließ sie das Haus. Die Herde um Margo stand oben am Rand der Schweinewiese, niemand sah sie entwischen.

Leo überquerte die Straße, die sich wellte wie eine nasse Klopapierrolle, und ging durch die Felder hinauf zum Wäldchen. Ein richtiger Wald war das nicht, es gab ein paar Lärchen und Buchen und struppigen Ginster am Wegesrand. Eine sandige Lichtung war übersät mit Löchern im Boden, Eingänge zu Fuchs- oder Dachsbauten. Man habe die Füchse vergasen müssen, hatte Henri behauptet, wegen der Tollwut. Sie fand das ungerecht, zumal auch alle Dachse am Gas gestorben waren. Ihr Vater war bei dem Thema mitleidlos, wie immer. Die einzigen Tiere, die er geradezu vergötterte, waren seine Vögel. Manchmal wünschte sich auch Leo einen Vogel, einen weisen Raben, der auf ihrer Schulter säße und ihr guten Rat einflüsterte.

Es war seltsam, wie die Gedanken vorwärtsdrängten, auseinanderflossen, sich wieder zusammenballten und Form annahmen, während sie ohne Ziel und Absichten durch die Gegend lief. Das war das Schöne am Alleinsein.

Über ihr kreisten drei Raubvögel. Der Himmel war eher grau, aber das war sie gewohnt, das war typisch für diese trostlose Gegend. Sie nahm den Feldweg durch Äcker und Wiesen zu einem verlassenen Kotten, den sie bei einer ihrer Wanderungen entdeckt hatte. Im einstigen Bauerngarten überwucherten Winden und Brombeerranken die Skelette dreier Johannisbeersträucher, sie sahen wie bepelzte Skulpturen aus. Vor der Haustür stand eine von Sonne und Regen narbig geprügelte Bank, auf der man sitzen und träumen konnte. Das gehörte zu ihren Lieblingsbeschäftigungen: sich wegträumen von allem, in eine andere Welt, in eine andere Zeit. An einen anderen Ort.

Als Leonore die Augen wieder öffnete, hatte der Himmel die Farbe gewechselt und eine müde Sonne durchgelassen. Sie schüttelte sich und stand auf. Man würde sie zu Hause zwar nicht vermissen, aber es ihr dennoch übelnehmen, wenn sie nicht bald zurück wäre. Und genauso war es auch.

»Wo warst du«, zischte Margo, »und wie siehst du aus?« Die Gäste verabschiedeten sich gerade.

»Na, da ist ja Ihr Wildfang«, sagte der Mann der Blonden und lachte, »die geht nicht verloren. Die passt aufs Land.«

Leonore war sich sicher, dass ihre Mutter das ganz und gar nicht gerne hörte. Das entschädigte sie dafür, dass es ihr ebenso ging: Ein »Mädchen vom Land« nahm niemand so richtig ernst. Sie drehte ihr den Rücken zu und ging in ihr Zimmer.

Seit sie sich den ganz und gar finsteren Gedanken erlaubte, dass sie ihre Mutter hasste, war Leo sehr viel wohler. Ein verbotenes Gefühl, das groß und wunderbar war und das Clara nicht verstehen würde, es passte nicht zu einem soliden Klassenstandpunkt, wonach das Individuum und seine Gefühle nichts, die Solidarität und der Kampf für Frieden und Völkerverständigung alles waren.

Die Sache mit dem Pfarrer würde sie Margo niemals verzeihen.

III

Leonores Zimmer war einst ein Stall gewesen, »bestimmt ein Schweinestall«, scherzte ihre Mutter gern, der es nie aufgeräumt genug sein konnte. Es gab ein Bett, einen Schreibtisch und einen Kleiderschrank, Leo fand alles hässlich, aber niemand war auf die Idee gekommen, sie beim Einkauf mitzunehmen. »Das fehlte gerade noch«, wäre die Antwort gewesen, hätte sie darum gebeten. »Wer zahlt, schafft an« – auch so eine elterliche Weisheit. Wenigstens hatte sie ein paar Poster an die Wand pinnen dürfen, besonders das schwarzrote Filmplakat von »Alexis Zorbas« mit Anthony Quinn und Irene Papas verlieh der Bude ein bisschen Farbe.

Das Beste aber war: Das Zimmer hatte eine Heizung. Endlich nicht mehr frieren müssen, dachte Leonore, kuschelte sich ins Federbett und lauschte. Es war schon seit November richtig kalt, der Wind strich ums Haus, raufte die Buchen, die ächzten und seufzten, aber der Nachtvogel in ihren Ästen ließ sich nicht beirren und stieß ein hohles Pfeifen aus. Ein Käuzchen, meinte Henri, den sie nach dem Laut gefragt hatte, damit kannte er sich aus, er hatte in seiner Jugend einen Waldkauz großgezogen. Sie zog sich die Bettdecke bis unters Kinn. Draußen folgte auf ein gedehntes Huuu ein böses Kichern. Sie spürte eine wohlige Gänsehaut, nein, bei diesem Sturm und diesen Lauten wäre sie nicht gerne nachts unterwegs, umso gemütlicher war es hier drinnen.

Über ihr knarrten die Balken. Das waren nicht die Mäuse, deren Trappeln kannte sie. Es war das Haus. Es bewegte sich. Reckte sich. Streckte sich. Wollte sich losreißen und das Weite suchen. Verständlich, dachte Leonore schläfrig.

Doch beim nächsten Ton war sie hellwach.

Draußen schrie es, wie ein Kind, ein schrecklicher, anhaltender Jammerton. Sie suchte nach dem Lichtschalter, stand auf, öffnete das Fenster und klatschte in die Hände. Zwei dunkle Schatten sprangen davon. Katzen schrien so, allerdings nicht vor Schmerz, sondern wenn sie um ihr Revier kämpfen. Sie wusste das, aber das Gewimmer ging ihr dennoch durch Mark und Knochen.

Alles war anders hier in Osterholz, sie war nicht mehr umgeben von den vertrauten Geräuschen der Stadt: betrunkene Stammtischbesucher auf dem Nachhauseweg, anfahrende Autos, streitende Familien, schreiendes Schlachtvieh, singende Sägen. Alles war hier weiter und näher zugleich – so weit und so nah wie der Sehnsuchtslaut, den die Dampflok vor dem Zug ausstieß, der von Hamburg nach Dortmund über die Gleise hämmerte, dadamm dadamm, die Strecke war wenige Kilometer entfernt, aber nur nachts hörte man den Zug so deutlich.

Sie schlüpfte zurück unters Plumeau und schaltete das Licht aus. Doch sie konnte nicht mehr einschlafen. In Osnabrück hatte sie sich fremd gefühlt, und fremd fühlte sie sich auch in Osterholz. In Osnabrück waren die Seligers Fremde gewesen, weil sie nicht zu den alteingesessenen Familien gehörten. Den Dünkel war sie gewohnt. Doch auch die Bauern auf dem Land musterten sie misstrauisch, wenn sie ihnen begegneten, bei denen hießen Leute wie sie »tolopen Pack«, das hatte ihr eine Mitschülerin erzählt. Dahergelaufenes Pack. Freundlich war das nicht.

Leo griff nach dem Kofferradio und schaltete es ein, aber es gab nur ein mattes Rauschen von sich. Die Batterien waren schon wieder leer. Henri würde ein Gesicht ziehen. »Wie schaffst du das nur? Ich habe dir doch erst vor Kurzem ...« Ja doch. Hatte er. »Die nächsten zahlst du von deinem Taschengeld.« Klar. Wenn noch etwas davon übrig war, sie gab das meiste für Kaffee beim Eduscho und für Kippen aus.

Sie versuchte, sich in den Schlaf zu träumen, während der Wind draußen ums Haus tobte und mit den Dachziegeln spielte. Das half eigentlich immer: sich ganz weit wegdenken. Oft an einen Ort, an dem ein Mann mit dunklen Haaren und braunen Augen ihr heiße Blicke zuwarf, was sie natürlich kaltließ, bis sie endlich, endlich, einen dieser Blicke erwiderte, und dann ...

Und dann fragt er dich nach der Telefonnummer deiner Freundin, wetten?

Das war im Sommer gewesen, im Freibad, im »Moskau«, das lag nicht weit entfernt von der Osnabrücker Wohnung. Er trug eine schwarze Hose und ein weißes Hemd, hatte dunkle, gelockte Haare und wollte ihr Schachspielen beibringen. Sie sei doch so intelligent.

Wenn sie nur ein wenig schlagfertig wäre, hätte sie ihn gefragt, ob er das überhaupt beurteilen könne. Aber sie fühlte sich geschmeichelt – wie kindisch! Am nächsten Tag traf sie ihn wieder. Glücklicherweise wartete er nicht lange, bevor er sie nach Juttas Telefonnummer fragte. Und du dummes Schaf hast sie ihm auch noch gegeben, dachte Leo.

Sie stand auf und setzte sich im Nachthemd an ihren Schreibtisch. Es gab etwas, das immer half: schreiben. Aufschreiben, was ist, sagte Clara immer.

Clara war ihr ein Rätsel. Leo hatte sie im vergangenen Sommer kennengelernt, im Ferienlager mit dem etwas seltsamen Namen »Pionierrepublik Wilhelm Pieck«. In der DDR, in diesem schrecklichen Unrechtsstaat, wie ihr Vater zu schimpfen pflegte. Doch gegen ein internationales Jugendcamp sprach ja wohl nichts, das diente der Völkerverständigung und dem Frieden, und Margo hatte das eingesehen. Besser gesagt: Markus Vormbaum hatte es ihr beigebogen, er wusste ja, wie er sie überreden konnte. Leo spürte bittere Galle die Kehle hochsteigen, wie immer, wenn sie an den Pfarrer und ihre Mutter dachte.

Ihr Vater hätte wahrscheinlich Einspruch erhoben, wenn er das alles rechtzeitig mitgekriegt hätte. Seiner Meinung nach steckten hinter allem, was mit der DDR zu tun hatte, »der Russe« und andere finstere Kräfte. Aber Margo hatte ihm gegenüber nur von einem internationalen Ferienlager gesprochen und Leo dann selbst zum Sammelpunkt nach Osnabrück gefahren. Wahrscheinlich war sie heilfroh gewesen, den lebenden Vorwurf in Gestalt ihrer Tochter für eine Weile los zu sein.

Jedenfalls hatte Leo im Ferienlager Clara kennengelernt. Clara war groß, schlank, mit schmalen Händen und graublauen Augen. Man konnte eigentlich nicht behaupten, dass sie enge Freundinnen geworden wären. Wie auch? Clara war vier Jahre älter, sie war 1963 Delegierte beim FDJ-Parlament in Berlin gewesen, was die anderen sich hinter ihrem Rücken mit einer Mischung aus Hochachtung und Neid erzählten. Eigentlich passte sie nicht zu den Jugendlichen aus aller Herren Länder, die hier für sechs Wochen zusammengekommen waren. Sie gab ein Seminar »Zur Einführung in die Geschichte der Arbeiterbewegung«, und nur ihretwegen tat Leonore so, als ob sie das Thema interessierte. Clara hatte eine nüchterne, klare Art, sie wirkte ein bisschen streng, vielleicht auch ein wenig streberhaft. Aber sie hatte Stil, und das gefiel Leo.

An einem Abend mit Lagerfeuer und Geklampfe – Leonore hatte es gewagt, die Lieder aus dem Osnabrücker Singekreis vorzutragen – saß Clara plötzlich neben ihr, und Leo tat etwas, das ihr hinterher furchtbar peinlich war. Sie lud alles bei Clara ab – die Sache mit dem Pfarrer und ihrer Mutter und weshalb sie sich auf den Umzug aufs Land geradezu freute, obwohl sie nicht dort hingehörte. Ein Wunder: Clara hörte ihr zu. Das war – nach Markus – eine ziemlich neue Erfahrung gewesen. Sie stellte Fragen, ganz ernsthaft, so, als ob sie es wirklich wissen wollte: Was tat ihre Mutter, was machte ihr Vater beruflich? Sie zeigte sich ganz und gar nicht erstaunt über die Karriere von Margo Seliger, wahrscheinlich, weil das im Sozialismus völlig normal war. Da waren die Frauen eben gleichberechtigt. Es war angenehm, einmal nicht die eigene Mutter verteidigen zu müssen wie bei all den Spießern, die der Meinung waren, eine Frau gehöre ins Haus, in die Küche und zu den Kindern. Clara urteilte nicht, sie äußerte weder Mitleid noch Unverständnis, sie hörte einfach zu.

Als Leonore bewusst wurde, dass sie ohne Ende auf sie einredete, fragte sie Clara nach deren Mutter.

»Oh, die ist in Ordnung, aber politisch nicht ganz zuverlässig«, antwortete Clara ohne große Gefühlsregung. Mehr war aus ihr nicht herauszukriegen.

»Darf ich dir mal schreiben?« Am Ende des Sommerlagers hatte Leonore sich getraut, Clara zu fragen. »Aber natürlich!« Clara lächelte, was sie selten tat. »Schreib alles auf, was dir durch den Kopf geht, das hilft, einen klaren Standpunkt zu finden.«

Das wurde Leonores Ventil: alles aufschreiben, was sie erlebte, was sie empfand, was sie beschäftigte, was sie nachts nicht schlafen ließ, so wie jetzt.

Nach fünfzehn eng beschriebenen Seiten tat ihr das Handgelenk weh. Draußen wisperten und seufzten die Buchen, und ein Lichtstrahl drang durch den Vorhang. Mit tiefem Brummen arbeitete sich ein Auto die Straße hinauf, fuhr am Haus vorbei und entfernte sich. Dann war es wieder dunkel und still.

Sie ging zurück ins Bett. Wenn ich erwachsen bin, dachte sie, als sie das Licht ausgemacht hatte. Wenn ich hier rauskann. Wenn es endlich beginnt, das Leben. Wenn ich einen treffe, der mich versteht.

Darüber schlief sie ein.

IV

Im Winter war es draußen um diese Zeit noch stockdunkel gewesen, sie hatte die Taschenlampe nehmen müssen für die zwei Kilometer zur Bushaltestelle, doch jetzt war es schon hell draußen, wenn Leonore aufstehen musste. Das Frühstück sollte sie sich selber machen, Mutter brauchte schließlich ihren Schlaf, sie musste ja »leistungsfähig« sein. Ihr war das mehr als recht, sie war das gewohnt, sie war schon immer ein Schlüsselkind gewesen, auch wenn sie das nicht an die große Glocke hängte, und fand eine Rabenmutter allemal erträglicher als die ewig anwesenden, unaufhörlich redenden, dauernd Kuchen backenden Mütter ihrer Klassenkameradinnen. Sie kam zwar nie rechtzeitig aus dem Bett, aber sie brauchte kein Frühstück, eine Zigarette auf dem Weg zum Bus reichte. Vor allem aber genoss sie es, morgens ihre Ruhe zu haben.

Sie war ausnahmsweise viel zu früh an der Bushaltestelle. Der Bus hielt vor einer trostlosen Dorfkneipe namens »Zum Timpen«, in der die Bauern abends ihr Bier tranken. Ihr Vater hatte ein paarmal versucht, den »Timpen« zu seiner neuen Stammkneipe zu machen, aber die Eingeborenen hielten wohl nichts von Städtern, die so dumm waren, ihnen ihre abrissreifen Kotten abzukaufen, mal abgesehen davon, dass sie nicht von hier waren. Schlimmer noch: Die Seligers stammten aus Stendal, also aus dem »Osten«, das war für die Leute hier so was wie Sibirien. Margo jedenfalls war heilfroh gewesen, dass sie nicht mehr ihre Tochter schicken musste, um den Göttergatten abends aus der Kneipe zu holen.

Die Bauern verstehen uns nicht, dachte Leonore, und wir verstehen sie erst recht nicht, vor allem, wenn sie Platt schnacken.

Die Seligers waren im Übrigen stolz darauf, Hochdeutsch zu sprechen. Reines Hochdeutsch, natürlich. Bloß keine verräterischen Anklänge an die Zone!

Endlich war der Bus da. Sie schob sich in eine leere Bank ans Fenster. Die anderen Schüler, die bereits im Bus saßen, spielten Autoquartett. Kinder eben. Leonore sehnte sich nach nichts anderem als dem Ende der Schulzeit, erst recht, seit sie aus Margate zurück war.

Margate war ein potthässlicher Badeort in England, direkt am Ärmelkanal, der an schlechtem Wetter und am Mangel an Zahnärzten litt, sie hatte noch nie so viele Menschen mit kaputtem Gebiss gesehen wie dort. Das Austauschprogramm, das über die Schule organisiert wurde, war in Ordnung, aber man musste Glück haben mit seinen Pateneltern. Sie hatte eine Familie erwischt, in der ebenfalls alle schlechte Zähne hatten, selbst die beiden Kleinen, Zwillinge, robust und lautstark. Vielleicht lag es am Essen, an dem zerkochten Gemüse und den matschigen Kartoffeln? Leonore zog bald die Fish-and-Chips-Bude am Marine Drive in der Altstadt vor, zu der Mick sie mitgenommen hatte, auch wenn sie sich erst dran gewöhnen musste, den Fisch aus Zeitungspapier und in Essig getränkt zu essen.

Mick war ein Lichtblick. Sicher, auch er hatte schlechte Zähne, außerdem rote Haare, Sommersprossen und Plattfüße, er war also keine Schönheit, wenn man es ganz genau nehmen wollte, aber er war okay. Kam es nicht auf die inneren Werte an? Das sagte Mutter immer, die ihre Tochter zu dünn fand, und dann musste das ja stimmen.

Mick jedenfalls brachte ihr nicht nur die saftigsten englischen Flüche bei, er half ihr auch, die Songtexte zu verstehen, die ihr bislang ein Rätsel geblieben waren. Die Beatles gingen ja noch, aber die Rolling Stones waren mindestens so schwer zu entschlüsseln wie die Animals. Dafür und weil er ihr im Cave Club zwei Babycham ausgegeben hatte, so eine Art Sekt für Arme, wollte er sie küssen. Warum auch nicht? Er war zwar nicht der Mann ihrer Träume, und die Angelegenheit war eher feucht als erregend, aber damit war diese Hürde schon mal genommen. Es konnte alles nur besser werden.

Ja, Margate war ein mieses kleines Kaff gewesen, aber sie hatte sich dort den ersten Minirock ihres Lebens gekauft, diese Mode war in Osnabrück noch nicht angekommen. Weder vom Preis noch vom Stoffverbrauch her vergleichbar mit den »qualitativ hochwertigen« blauen Faltenröcken, die Mutter so passend fand. Doch sie hatte sich bislang noch nicht getraut, den Fetzen anzuziehen. Mit »so etwas« durfte man sich weder bei den Eltern noch bei den Lehrern sehen lassen – noch nicht einmal mit den roten Kordhosen, die sie bei den Eltern mit Müh und Not durchgesetzt hatte. Anständige Mädchen trugen keine Hosen. Ladida. Die Hose steckte in der Schultasche, sie würde sich später umziehen, nach der fünften Stunde hatte sie frei und konnte noch auf einen Kaffee zum Eduscho gehen: rumstehen und die Spießer angucken.

Die beiden Juttas standen vor dem Klassenzimmer und redeten aufeinander ein. Die eine Jutta war klein und dunkel, die andere groß und blond, beide waren die Diven der Klasse, immer erwachsen gekleidet und elegant frisiert. Sie waren in der Disco gewesen, die beiden, hörte Leo im Vorübergehen. »Drehorgel« hieß der Laden. Wenn man sich ein bisschen auftakelte, kam man da auch schon mit sechzehn rein. Die beiden vielleicht, dachte Leonore. Ich nicht. Sie war noch immer »ein Strich in der Landschaft«, wie Henri sagte, und obenrum tat sich wenig. Außerdem mochte sie sich nicht auftakeln. Insbesondere die blonde Jutta sah mit dem dicken Make-up über ihren Aknenarben aus wie ein rosa Schweinchen.

»Und wann gehen wir zur Boutique Petra?« Auch in Osnabrück gab es jetzt einen Laden mit Mode für die Jugend, Leo hatte davon gehört. Besser spät als nie. Demnächst würde man dort sicher auch Miniröcke kaufen können – und sie hatte ihren noch nicht ein einziges Mal angehabt. Dabei hätte sie als eine Art deutsche Twiggy damit bestimmt für Aufsehen gesorgt. Ich bin ein Feigling, dachte sie.

In der ersten Stunde hatten sie Religion, und Leo musste ausführen, warum sie Glauben für Aberglauben hielt – der Relilehrer meinte immer, man müsse alles kritisch hinterfragen, selbst Gott; er fand sich wahrscheinlich wahnsinnig progressiv. Aus irgendeinem Grund mochte er sie und nahm sie oft dran, viel zu oft, fand Leo. In der zweiten Stunde, Deutsch, bekam sie einen Anschiss, weil sie »wieder mal träumte«, und nur eine Zwei für ihren Aufsatz, was verdammt ungerecht war. Bio, Mathe und Musik überstand sie unfallfrei, der Musiklehrer wurde von der ganzen Klasse gequält, den nahm niemand ernst. Endlich war Schluss.

In der Toilette zog sie sich um. Die beiden Juttas standen vor dem Spiegel über dem Waschbecken und tuschten sich die Wimpern. Leonore ging an ihnen vorbei hinaus. Normalerweise war um diese Zeit keiner der Lehrer mehr unterwegs, die einen hatten Unterricht, und die anderen rauchten und quatschten im Lehrerzimmer. Nur der Musiklehrer kam ihr entgegen, der sie zu ihrer Verblüffung anerkennend anlächelte. Beinahe wäre sie rot geworden. Sie war an dem Klamauk heute zwar nicht beteiligt gewesen, aber sie hatte auch nichts dagegen unternommen. Es war eigentlich unfair, sich über den Mann lustig zu machen, die anderen trauten sich das nur, weil Musik nicht zählte, weshalb er ihnen nicht gefährlich werden konnte. Feiglinge.

Beim Eduscho in der Großen Straße war nicht viel los, nur zwei Jungs vom Ratsgymnasium standen an einem der Tische und redeten über Fußball. Sie leistete sich einen Kaffee und rauchte ihre letzten beiden Zigaretten. Batterien oder Kippen, das waren die Optionen gewesen. Sie hatte sich für Batterien entschieden. Viel zu spät blickte sie auf ihre Uhr und musste rennen, um den Mittagsbus noch zu kriegen. Der nächste kam erst um vier.

Zu Hause herrschte himmlischer Frieden. »Deine Mutter ist bei einem Geschäftsessen«, brummte Henri und stellte einen Teller mit Käsebroten auf den Tisch, Camembert, wie sie es liebte, dick aufgeschnitten. Ihr Vater war nicht so fürs Feine, nur bei seiner Frau gab er sich Mühe.

Sie aßen und lasen, und dann war es Zeit für Vaters Mittagsschlaf. Leonore hatte kein Verständnis für diese Sitte, tagsüber ging man nicht ins Bett, fand sie. Sie nahm ihren Haustürschlüssel mit, schloss hinter sich ab und lief hinunter ins Tal, zum Meierhof. Seit sie dort regelmäßig Milch holte, hatte sie sich mit der Bäuerin ein wenig angefreundet, die war zwar wortkarg, und man verstand sie nicht so richtig, selbst wenn sie kein Platt sprach, aber dafür war sie freundlich.

Wienneckens hatten sechs Schweine und zehn Milchkühe. In den Schweinestall ging Leonore nur ungern, aber den warmen Kuhstall mochte sie, besonders, wenn die Tiere gemolken wurden. Dann roch es dort nach frischem Gras und Kuhrülpsern und süßer Milch, und es gab einen hellen Klang, wenn der Milchstrahl in den leeren Blecheimer traf. Einzig die Fliegen störten.

Eines Mittags hatte Leonore in einem der Ställe ein Brummen und Scharren gehört, das weder nach Schwein noch nach Kuh klang. Sie schaute in den Verschlag und blickte in traurige Augen unter langen Wimpern. Der Kopf eines schwarzen Pferdes reckte sich ihr entgegen, die Nüstern gebläht, als ob es ihren Geruch aufnehmen wollte.

»Das ist Enna«, sagte Frau Wiennecken. »Die ist schon über ihre Zeit. Jetzt muss sie nicht mehr arbeiten und bekommt ihr Gnadenbrot.«

Auslauf war offenbar im Gnadenbrot nicht enthalten.

»Du darfst sie striegeln, wenn du magst. Das tut ihr gut.«

Leonore näherte sich dem Tier vorsichtig, Pferde hatten ziemlich große Zähne, und ein Huftritt galt nicht gerade als gesund. Aber Enna beschnupperte ihre Hand und neigte den Kopf, um sich die Stirn kraulen zu lassen.

Heute waren weder Frau Wiennecken noch ihr Mann zu sehen, aber Leonore wusste, dass sie willkommen war. Enna begrüßte sie mit kehligem Brummeln, in ihrem dunklen Verschlag war es warm, und es roch nach Heu und Pferd. Leonore öffnete das Gatter, nahm den Striegel vom Haken und legte dem Tier die Arme um den Hals. Die Stute blies ihr sanft ins Ohr. Das war Frieden.

Dann begann Leo, Ennas schütteres Fell auf Hochglanz zu bürsten. Es war schon längst nicht mehr so matt und verklebt wie zu Beginn ihrer Freundschaft, selbst die Mähne und den Schweif hatte sie geduldig entknotet. Das große Tier bewegte sich nicht unter ihren Händen, nur der Schweif schlug immer wieder nach den Fliegen.

Nach einer Weile wurde ihr der Arm schwer. »Bis zum nächsten Mal, du Liebe«, flüsterte sie Enna ins Ohr, hängte den Striegel wieder an den Haken und schloss die Stalltür hinter sich. Auf der Tenne empfing sie Axel, eine Art Schäferhund mit kurzen Beinen. Sie tätschelte das Tier, rief Frau Wiennecken, die gerade um die Ecke kam, »Bis morgen!« zu und machte sich auf den Heimweg.

V

Die Eltern waren im Garten, wie jeden Tag um diese Zeit, das war das Feierabendritual. Leonore verdrückte sich ins Haus und in ihr Zimmer, bevor jemand auf die Idee kommen konnte, sie zum Unkrautjäten oder Ähnlichem abzukommandieren. Sie zog die Tür hinter sich zu, setzte sich an den Schreibtisch und spannte ein Blatt in die Schreibmaschine ein. Dafür immerhin war sie ihrer Mutter dankbar: Sie hatte ihr, nachdem sie sämtliche übrig gebliebenen Farbbänder der guten alten Olympia verschlissen hatte, zum Geburtstag eine im Büro ausrangierte elektrische Schreibmaschine geschenkt, eine graue IBM mit Kugelkopf.

»Osterholz, Moosbeeke 9, 12. Mai 1965. Liebe Clara ...«

Auf ihren ersten Bericht über ihr neues Leben auf dem Land hatte Clara schon nach einer Woche geantwortet. Dabei lobte sie den Verstand der werktätigen Bevölkerung, meinte aber, dass man nicht übersehen dürfe, dass die Bauern zu den reaktionären Schichten gehörten. Die Antwort auf den zweiten Brief mit zugegeben blumigen Schilderungen ihrer Naturerlebnisse blieb lange aus und war, als sie endlich kam, enttäuschend. Clara fragte, irgendwie schulmeisterlich, warum Leonore sich nicht für den Betrieb ihrer Mutter interessiere? Das sei doch die Wirklichkeit und nicht die leeren Fuchsbauten von Osterholz.

Mutters Betrieb, die Firma Maxdatex, interessierte Leonore nicht sonderlich. Sie kannte die Heldengeschichte zur Genüge. Wie alles anfing in der Firma von Jon Bajohr, nach dem Krieg: mit dem Verkauf von Rundfunkgeräten, die hatten die Sieger nämlich verboten. Bajohr, immer genial, bastelte sie zusammen – aus einer Art Baukasten und irgendwelchen Röhren, aber die Details hatte sie nie verstanden. Wie Mutter bei Jon Bajohr eingestellt wurde, als Stenotypistin, obwohl sie weder Steno beherrschte noch sonderlich gut Schreibmaschine schreiben konnte. Wie sie ihn für das Fotografieren begeisterte, nicht nur für Fotoapparate, sondern auch für die Fotoentwicklung, und wie erfolgreich die Firma damit war. Wie man Jahre später auf ihre Anregung hin sämtliche Vorgänge in der Verwaltung auf das Lochkartensystem nach Hollerith umstellte. Wie Bajohr auf die großartige Idee kam, seinen Geschäftskunden Datenverarbeitung anzubieten. Und so weiter und so fort. Außerdem musste sie sich bei jedem gemeinsamen Essen anhören, dass ihre Mutter wieder einmal geniale Lösungen für dieses oder jenes Problem in der Firma gefunden hatte, wozu ihr Mann stets ergebenst nickte, der das wahrscheinlich ebenfalls stinklangweilig fand.

Dennoch schrieb sie alles auf, für Clara, und um zu üben. Das, sagte die Deutschlehrerin immer wieder, mit der sie sich neuerdings gut verstand, war das Geheimnis beim Lesen und beim Schreiben: Man musste üben, möglichst täglich. Das Thema war egal. Natur, Tiere, Menschen: Alles war recht. Warum also nicht Margo Seliger und die »Firma«?

Ihre Berichte über Maxdatex schienen Clara mehr zu interessieren als alles andere, sie antwortete jedenfalls recht schnell und hakte nach. Viele ihrer Fragen konnte Leonore nicht beantworten, sie musste ihre Mutter ansprechen, die sich über so viel Interesse bestimmt freuen würde, das war sie nämlich nicht gewohnt.

Henri hatte wie immer das Abendessen auf den Tisch gestellt, Brot und Aufschnitt und ein bisschen Grünzeug, man legte bei Seligers neuerdings Wert auf »was Gesundes«. Er war wie immer als Erster fertig, ihr Vater aß mit einer Geschwindigkeit, als ob ihm jemand etwas vom Teller stehlen wollte. Das hat er aus dem Krieg, sagte ihre Mutter. Der Krieg war ja immer schuld.

»Was genau macht eigentlich eine Datenverarbeitung?«, fragte Leonore in die Stille.

Ihre Mutter, die ihr Schinkenbrot mit Messer und Gabel in kleine Bissen zerteilte, sah erstaunt auf. »Seit wann interessierst du dich für meine Arbeit?«

»Man muss den Kapitalismus studieren, wenn man ihn überwinden will«, antwortete Leonore und lächelte dabei, als ob sie einen Scherz machte. Dabei meinte sie es bitterernst.

»Dem Kapitalismus, wie du unsere soziale Marktwirtschaft nennst, verdanken wir unseren Wohlstand nach den elenden Hungerjahren, du würdest dich im Übrigen bedanken, wenn du in der DDR leben müsstest, da wird die Nachkriegszeit wohl nie vorbei sein«, knurrte Henri.

»Ach lass nur. Ich versteh sie ja.« Margo lächelte. Ich glaub dir kein Wort, dachte Leonore. Aber sie hörte genau zu, als ihre Mutter erzählte. Sie musste ja Claras Fragen beantworten.

Hollerith und IBM und Lochkarten. Lieferscheine, Rechnungen, Kontoauszüge, Inventarlisten. Soundsovielmal schneller als früher. Maschinenauslastung. Neue Kunden. »Das hat Zukunft.« Leonore verstand nicht einmal die Hälfte.

Doch was tat man nicht für eine Brieffreundin. Noch am Abend schrieb sie alles auf, soweit sie ihrer Mutter hatte folgen können. Ob Clara damit etwas anfangen konnte? Aber das war egal. Claras Idee war richtig: Leonore hatte beschlossen, die Wirklichkeit zu ergründen.

Sie fieberte Claras Briefen entgegen, gar nicht mal wegen ihres Inhalts, eigentlich vor allem, weil ihr Austausch ein Geheimnis war. Claras Briefe waren nicht in der DDR abgestempelt – wie sie das wohl angestellt hatte? Im Absender stand nicht Claras Namen, sondern eine gewisse Mereth Maier aus Coburg, Leo gab vor, sie in Margate kennengelernt zu haben. Das Versteckspiel war nur eine ganz normale Vorsichtsmaßnahme, ihr Vater würde explodieren, wenn er von der Korrespondenz erführe, und es machte die Sache spannend. Glücklicherweise hatte Henri erst nach ihrem Ausflug in die Pionierrepublik spitzgekriegt, wohin genau sie gereist war, es hatte einen Mordsaufstand gegeben. Das war eines der wenigen Male, dass er sich mit seiner angebeteten Ehefrau stritt, weil sie ihn hintergangen hatte.

Henri hasste »Pankow«, wie er immer sagte. Wieso Pankow? Warum sagte er nicht DDR? Weil die DDR ein Unrechtsstaat sei. Das verstand Leonore nicht, und seinen Hass auf das »Regime« fand sie übertrieben.

Am nächsten Tag nahm sie den Brief für Clara mit in die Schule, die letzte Stunde war frei, sie konnte also in aller Ruhe zur Post und danach zum Eduscho gehen. Ihr Geld reichte für eine Tasse Kaffee, und sie hatte Zeit für zwei Zigaretten.

Auf der Heimfahrt im Schulbus träumte sie vor sich hin,

von der Pionierrepublik und Abenden am Lagerfeuer, nur dass nicht Clara neben ihr saß, sondern ein Junge aus Kuba mit leidenschaftlich dunklen Augen. Noch immer verträumt lief sie die Landstraße hoch zum Kotten. Als sie das Postauto vor dem Tor stehen sah, ging sie schneller.

Ihr Vater stand bereits am Briefkasten und sichtete die Post.

»Was ist das?«, fragte er mit diesem Ton in der Stimme, den sie zu fürchten gelernt hatte, und hielt ihr eine zusammengefaltete Zeitung hin. Sie wollte schon danach greifen, aber er zog sie sofort wieder zurück. »›Unsere Zeit‹«, sagte er mit Abscheu in der Stimme. »Wie um Himmelswillen kommst du an diesen Dreck?«

»An welchen Dreck?«, fragte sie, aber sie ahnte, was er meinte. Seit einiger Zeit erhielt sie Post, deren Herkunft sie sich nicht erklären konnte, zum Beispiel die »Blätter für deutsche und internationale Politik«, die sie ganz interessant fand. Vor allem den Aufsatz über den Rechtsrutsch in der Bundesrepublik: War ein neuer Faschismus möglich? Vielleicht, meinte der Autor. Aber das wäre doch furchtbar! Im täglichen Käseblatt gab es so etwas nicht zu lesen.

»Das ist meine Post und geht dich nichts an«, wagte sie zu sagen. »Außerdem weiß ich gar nicht, was du meinst.«

Er wurde hochrot im Gesicht. »Das ist übelste Propaganda, so etwas dulde ich nicht in meinem Haus!«

Das Haus gehört auch Mutter, hätte sie beinahe gesagt. »Wieso Propaganda?«

»Weißt du nicht, woher dieser Schund kommt? Das ist alles von der SED finanziert.«

Ja, und?, dachte sie. Was ist jetzt so schlimm daran?

»Woher haben diese Verbrecher deine Adresse?« Vater hatte ganz kleine Augen vor Zorn, er sah furchterregend aus.

Sie hob die Schultern und ließ sie wieder fallen. Das machte ihn noch zorniger.

»Wer hat versucht, mit dir Kontakt aufzunehmen?«

Sie zögerte. Wie kam er darauf? Tatsächlich war auch ihr aufgefallen, wie viele Erwachsene sich plötzlich für sie interessierten, seit sie an der Schülerzeitung mitarbeitete. Alle erzählten etwas von der »aufmüpfigen Jugend« und wie wichtig es sei, ein kritischer Zeitgenosse zu sein. Eine dickliche Frau in einer Art Indioponcho, die nach nassem Hund roch und sich als Humanistin bezeichnete, hatte sich an sie herangemacht, ein anderer kam von der Gewerkschaft und wollte sie für die Sache der Arbeiter gewinnen. Aber sie hatte keinem der beiden ihre Adresse gegeben.

Doch da war noch etwas anderes gewesen. In Werbellin. »In der Pionierrepublik mussten wir einen Fragebogen ausfüllen. Mit Geburtsdatum und Adresse«, sagte sie kleinlaut.

Ihr Vater atmete tief ein und wieder aus, er war plötzlich ganz ruhig. »Ich hätte das nie zugelassen, dass du zu dieser Verbrecherbande fährst«, sagte er leise. »Und dass ihr mich hintergangen habt ...« Sie sah auf. Das hatte ihn getroffen.

Ich habe dich nicht hintergangen, dachte Leonore. Das war deine Gattin. Und die Idee mit dem Jugendcamp stammte vom Jugendpfarrer. Apropos hintergehen: Mit dem ist sie ins Bett gegangen. Das hat sie dir bestimmt nicht erzählt.

»Leonore.« Er schüttelte seufzend den Kopf. »Die da drüben sperren ihre Menschen ein. Hast du das vergessen? Die Mauer? Die sogenannte DDR ist ein einziges großes Gefängnis. Die sind zu allem fähig. Ich möchte nicht, dass du auf ihre Lügenpropaganda hereinfällst. Sie versuchen, dich zu indoktrinieren, verstehst du?«

Woher weißt du, dass sie lügen?, dachte Leo. Und woher weiß ich, dass du nicht lügst?

Im Sommercamp hatte niemand versucht, sie zu indoktrinieren. Es waren Kinder aus aller Welt gekommen, manche waren Kommunisten, sicher, aber darum ging es nicht. Es ging um – Völkerfreundschaft. Spiel und Sport. Theater. Musik.

»Wir sind gewandert! Wir haben Musik gemacht, am Lagerfeuer!«

Ihr Vater sah sie an und schüttelte den Kopf.

Das ärgerte sie. »Warum bleibt Oma in der DDR, wenn das da alles so scheiße ist?«

»Frag deine Mutter. Und jetzt komm rein, es gibt gleich Mittagessen.«

Sie fragte erst nach dem Essen.

»Warum bleibt Oma eigentlich in der DDR? Ich meine, sie ist doch jetzt Rentnerin und darf uns besuchen, da könnte sie doch einfach bleiben? Uns geht es gut, wir haben Platz genug.«

»Gott bewahre«, hörte sie ihren Vater murmeln, während er aufstand, um den Tisch abzuräumen.

Margo schüttelte den Kopf. »Jetzt tu nicht so, Henri, natürlich wäre sie bei uns willkommen.«

»Warum kommt sie dann nicht, wenn der Kapitalismus so klasse und der Sozialismus so beschissen ist?« Leo insistierte.

»Könntest du bitte auf deine Wortwahl achten?« Ihre Mutter zog tadelnd die Augenbrauen hoch.

Tu ich doch, dachte Leonore. »Also warum?«

»Sie bleibt, solange sie nicht weiß, was aus ihrem Mann geworden ist.«

»Also aus deinem Vater.«

»Der dein Großvater ist.«

»Den die Russen abgeholt haben, ich weiß.« Sie kannte die Geschichte, natürlich. Der Krieg war vorbei, die Rote Armee hielt Stendal besetzt, und Großvater Hegewald kam ins KZ Buchenwald. Das nutzten die Russen nun ebenso wie zuvor die Nazis. Angeblich landete er da völlig grundlos. Angeblich war er kein Nazi, obwohl er in der Partei war. Angeblich hatte er sich nichts zuschulden kommen lassen. Aber behaupteten das nicht alle?

Ihre Mutter griff nach dem Wasserglas und seufzte. »Du brauchst gar nicht so spöttisch zu gucken. Dein Großvater ist von irgendeinem netten Mitbürger denunziert worden.«

»Klar doch. Sagen sie das nicht alle? Wir wussten von nichts, wir waren bloß Mitläufer?«

Margo seufzte wieder. »Selbst wenn er sich etwas zuschulden hat kommen lassen: Es gab nie einen Prozess und nie ein Urteil. Wir wissen bis heute nicht, was mit ihm geschehen ist. Ob sie ihn nach Sibirien verschleppt haben. Wie lange er noch gelebt hat. Wann und wo er gestorben ist. Es sind so viele verhungert damals.«

Leonore verkniff sich eine Antwort. Das war schlimm, sicher, aber wenn er ein Nazi war, geschah ihm das alles schon irgendwie recht.

»Und deshalb bleibt Oma drüben?«

»Sie hofft noch immer, dass sie irgendwann erfährt, wie es ihm ergangen ist. Außerdem will sie meine Schwester nicht alleinlassen, die ist zu jung, die lassen sie noch nicht einmal auf Besuch raus.«

Henri kam aus der Küche, ein Geschirrtuch in der Hand. »Na, hast du ihr von diesen Verbrechern erzählt? Ist sie geheilt von ihrer Schwärmerei für den Sozialismus?«

Leonore spürte, wie sich ihr die Stacheln aufstellten. »Ihr wart doch alle Verbrecher, oder?«, sagte sie. »Dann ist das, was sie mit Mutters Großvater gemacht haben, ja wohl die gerechte Strafe.«

»Gerecht?« Wieder lief sein Gesicht rot an, gleich gab es ein Donnerwetter. Sie hasste es, wenn er brüllte. Aber diesmal wurde er nicht laut. Er setzte sich zu ihnen und sprach leise weiter.

»In einem Rechtsstaat hat auch ein Verbrecher das Recht auf einen fairen Prozess und ein Urteil. Deine Mutter weiß noch nicht einmal, welcher Straftat sich ihr Vater schuldig gemacht haben soll. Man hat ihn einfach weggesperrt. Wahrscheinlich ist er verhungert oder erfroren.«

»Das kann sich niemand mehr vorstellen heute«, murmelte ihre Mutter. »Wir haben alle gehungert und gefroren. Aber im Lager muss es noch weit schlimmer gewesen sein.«

»Ihr hättet ja den Krieg nicht anfangen müssen!«

»Stimmt.« Henri, tonlos. »Den hätte ich mir und dem Rest des Landes gern erspart. Wir hätten ihn nicht anfangen und nicht auch noch verlieren dürfen.«

»Habt ihr aber.«

Ihr Vater schob den Stuhl nach hinten und stand auf. Ihre Mutter seufzte und tat es ihm gleich.

Die Sache beschäftigte Leo, den ganzen Tag. Was war richtig, was war falsch? War ihr Großvater ein Nazi gewesen? Hatte er sich schuldig gemacht? War er zu Recht eingesperrt worden? Aber warum wusste man dann nicht, was mit ihm geschehen war? Warum wartete ihre Großmutter noch immer auf eine Nachricht?

Sie fragte Clara in ihrem nächsten Brief, ob es stimmte, dass die Russen die Lager der Nazis benutzt hätten, um Menschen einzusperren. Die Antwort kam bereits nach ein paar Tagen.

»Liebe Leonore, du musst bedenken, in welcher Lage die siegreiche Rote Armee sich befand. Sie musste sicherstellen, dass es keinen Widerstand in der Bevölkerung gab, sich vor Partisanen oder Aktionen des Werwolf schützen. Ohne Härte gegen den Feind hätte der Frieden keine Chance gehabt.«

Auch diese Antwort war nicht wirklich befriedigend.

VI

Es war ein Fehler gewesen, Clara von ihren Abenteuern mit den neuen Freunden zu schreiben. Ihr Brief war wie ein Schlag ins Gesicht.

»10. Januar 1966. Liebe Leonore! Wir brauchen alle gutwilligen Kräfte im Kampf für Frieden und Völkerfreundschaft! Lass dich nicht vom Subjektivismus anstecken, lass dich nicht vom Kampf für eine gerechtere Welt ablenken! Alkohol und Drogen sind Gift für den klaren Verstand, den man braucht, wenn man den Kapitalismus überwinden will. Deine Clara.«

Leonore fühlte sich abgekanzelt. Was sie erlebte, passte also nicht zu den hohen Anforderungen, die Clara an den »neuen Menschen« stellte. Aber vielleicht bin ich zum neuen Menschen nicht geeignet, dachte sie, legte sich aufs Bett und schaltete ihr Radio ein.

Seit vergangenem Sommer hatte sie eine Freundin. Ja. Tatsächlich. Und das Allergroßartigste daran war, dass sie aus einer anderen Welt kam. Sie kannte niemanden aus der Schule und wusste nichts von Leos Vergangenheit. Über die blumigen Schilderungen vom Singekreis in der Johanniskirche und von Leos Schwärmerei für Jugendpfarrer Markus Vormbaum lachte sie, ein tiefes, raues, unendlich rotziges Lachen, bei dem sie sich schüttelte, von den schwarzen Locken über den Hintern bis zu den Beinen. Und über Politik konnte man mit ihr erst recht nicht reden, die lügen alle, pflegte sie zu sagen, egal, ob rechts oder links. Gabriela, die sich Ella nannte.

Leo hatte Ella eines Tages vor dem Museum gegenüber dem Heger Tor getroffen, als sie wieder einmal die Schule schwänzte und ziellos durch die Stadt lief, weil ihr das Geld für einen Kaffee beim Eduscho fehlte. Ella sah wie eine Zigeunerin aus, das Haar mit einem bunten Stirnband gebändigt, im langen Samtrock, den sie malerisch über die Treppe zum Museum gebreitet hatte. Da saß sie, neben sich ein Kofferradio, ein angebissenes Stangenweißbrot und eine Korbflasche. Aus dem Radio drang der unverwechselbare Sound von Radio Caroline.

Ella winkte und deutete auf den Platz neben sich. So fing es an. Sie saßen nebeneinander, hörten Musik, aßen Brot und Käse, tranken Rotwein aus der Flasche und lachten, wenn besorgte oder empörte Erwachsene vorbeikamen und sie fragten, warum sie nicht in der Schule seien und ob ihre Eltern wüssten, was sie hier trieben.

Ella warf dann Kusshände, rief »Geht doch nach drüben!« und lachte ihr kehliges Lachen, bis die Leute kopfschüttelnd weitergingen.

Den Eltern erzählte Leonore, dass Gabriela in die Klasse über ihr ginge und die Tochter eines Arztes wäre. Die wohnten im besseren Teil Osnabrücks, in einem Bungalow in der

Moorlandstraße, und fänden es schön, wenn Gabrielas Freundinnen bei ihnen übernachteten.

Mutter war seit der Sache mit dem Pfarrer ziemlich großzügig geworden, so ein schlechtes Gewissen wirkte offenbar Wunder. Ach, und Gabriela sei ja ganz der richtige Umgang! Also durfte Leonore ab und an am Wochenende bei der wohlanständigen Arztfamilie übernachten. Sie rechnete nicht damit, dass ihre Mutter ihr hinterhertelefonieren würde, aber sie hinterließ ihr – »falls mal was ist« – die Telefonnummer von Gabrielas Eltern, die natürlich nicht stimmte.

Nichts stimmte an dieser Geschichte. Ella schwänzte die Realschule und lebte in einer schäbigen Zweizimmerwohnung bei Ingo, ihrem zwei Jahre älteren Bruder, hatte also eine sturmfreie Bude. Sie färbte sich die Haare schwarz und trug dicken schwarzen Lidstrich, über und unter den Augen, wie Juliette Gréco. Und sie war der Schlüssel zur Osnabrücker Jugendszene. Die spielte sich in der Altstadt ab.

Leonore hing an der Altstadt mit ihren engen Straßen und buckligen Häusern. Es war seltsam: Da bildeten sich die Osnabrücker wer weiß was darauf ein, dass im Jahre 1648 in ihrer Stadt auf der Rathaustreppe das Ende des Dreißigjährigen Krieges verkündet worden war, aber die Altstadt ließ man verkommen, in der damals viele der Gesandten gewohnt hatten – der schwedische Oxenstierna mit seinem Gefolge etwa, sie hatten das in der Schule zigmal durchgekaut. Nach dem Krieg überließ man die alten Bruchstein- und Fachwerkhäuser zwischen Dom und Heger Tor den Ratten und den streunenden Katzen, als ob man bedauerte, dass die Bomben nicht auch sie kleingekriegt hatten.

Leonore kannte das nur zu gut. Auch bei ihr zu Hause hieß es anerkennend: »Das hat Zukunft!« Die Vergangenheit interessierte ihre Eltern nicht. Natürlich nicht, dachte Leonore manchmal. Wer Dreck am Stecken hat, guckt nicht gern zurück.

Ellas Bruder war es gelungen, eine der alten Bruchbuden für wenig Geld zu mieten, für einen Jugendclub, das unterstützte die Stadt, so waren die Teenager runter von der Straße – und da man die Häuser sowieso bald abreißen wollte, für eine »autogerechte Stadt«, wie es hieß, machte es nichts, wenn die Jugend sich in den Ruinen austobte.

Leonore fand die Vorstellung einer »autogerechten Stadt« abstoßend. Nichts erschien ihr lebensfeindlicher als breite Verkehrsschneisen, die man nicht ohne Todesängste überqueren konnte. Die gemütliche und überschaubare Altstadt hingegen gab Schutz und Wärme, genau das, was sie brauchte.

Manchmal fühlte sie sich entsetzlich allein. Der Briefwechsel mit Clara war das letzte Abenteuer, das sie beschäftigt hatte, und das war vorbei, seit Leo sich nicht als »neuer Mensch« erwiesen hatte. Mit ihrer Mutter besprach sie nur das Nötigste. Ihr Vater war oft schon mittags angetüdelt und wurde bis zum Schlafengehen nicht mehr nüchtern. In der Schule war sie isoliert, sie war nicht so hübsch wie die beiden Juttas, wurde zu den interessanten Partys nicht eingeladen und galt als etwas schrullig.

Ella war ihre Rettung. Und der Club, der Jugendclub, den Ingo organisiert hatte und den Ella aus irgendwelchen Gründen »Karloff« getauft hatte. Das Karloff war eine schummrige Höhle, alles Harte und Scharfe wurde durch Schwaden aus Zigarettenrauch gefiltert, angereichert mit Parfüm und Bierdunst und vom Licht der Kerzen auf den Whiskyflaschen gedämpft – VAT 69, das trank man neuerdings auch bei Seligers. Dazu Beatmusik in einer Lautstärke, die überall verboten wäre, nur hier nicht, in der Altstadt wohnte ja niemand mehr, den das hätte stören können. Die Katzen und Ratten beklagten sich nicht.

Alle rauchten. Die meisten tranken Bier oder Whisky Cola. Geredet wurde nicht viel, dazu war die Musik zu laut. Es gab Pärchen, die schmusten oder eng tanzten. Ella und Leo ließen alle Jungs abblitzen, weshalb man sie bald in Ruhe ließ. Sie genügten einander.

Wenn Leo ihn darum bat, spielte Ingo »In my life« von den Beatles. »There are places I'll remember, all my life, though some have changed, some forever, not for better, some have gone and some remain« – bei diesen Worten hatte sie immer einen Kloß im Hals. So würde es ihr auch einmal gehen, das wusste sie genau: Irgendwann sähen Osterholz und Osnabrück und sogar das Karloff in ihrer Erinnerung ausgebleicht aus wie auf alten Postkarten.

So ging das den ganzen Winter über, und so hätte es, wenn man Leonore gefragt hätte, auch weitergehen können.

VII

Endlich wurden die Tage wieder länger. Gestern hatte Leo sogar geglaubt, den Frühling zu riechen, aber heute war die Kälte zurückgekehrt. Sie hatte sich fürs Wochenende von zu Hause abgemeldet und nahm den letzten Bus nach Osnabrück. Margo wollte schon lange nicht mehr wissen, was sie vorhatte, und Henri hatte das wohl noch nie interessiert.

Ella und Ingo waren bereits im Karloff. Ellas Bruder hatte eingekauft und wollte später den Thekendienst übernehmen, die beiden Mädchen sollten Schmalzbrote schmieren. Der

Kohleofen bullerte, aber im Flur herrschte Kühlschranktemperatur, gerade richtig für Bier und Stullen. Ingo wusch die Gläser vom Abend zuvor, säuberte die Aschenbecher, wischte über die Tische, während Leo und Ella Spaß beim Stullenschmieren hatten, man konnte mit Schmalz erstaunliche Dinge anstellen, auch wenn man danach Fettflecken auf der Bluse hatte. Nach getaner Arbeit machten sie es sich neben dem Ofen bequem. Das Mobiliar des Karloff bestand aus durchgesessenen Sofas, plüschigen Sesseln und Tischchen mit gedrechselten Beinen; aus allem, was Osnabrücker Familien, die mit der Zeit gingen, aussortierten, um sich glatte Teakholzmöbel und kühle Ledersessel ins Wohnzimmer zu stellen. »Neureich« schimpfte ihr Vater die Mode der klaren Linien und Kanten, und darin stimmte Leonore ausnahmsweise mit ihm überein.

Ingo hatte die aktuelle LP von den Beatles aufgelegt, Leonore liebte »Girl« und »Nowhere man«, die Songs machten glücklich, obwohl sie traurig waren. Besonders Johns Stimme ging direkt ins Herz und entfachte Sehnsüchte, die sie sich nur zögernd gestattete. Sie trank so sparsam, dass das Bier in der Flasche bereits warm zu werden begann. Besser, sich zurückzuhalten, es war erst sieben, der richtige Spaß kam später.

Die ersten Gäste außer ihnen waren zwei Jungs vom Ratsgymnasium, dick vermummt und trotzdem verfroren. Sie holten sich bei Ingo zwei Whisky Cola und setzten sich auf das Sofa unter dem Fenster. Während Leo und Ella zur Musik träumten, redeten die beiden aufeinander ein. Leo musste zuhören, ob sie wollte oder nicht. Es ging um den Vietnamkrieg, ein Thema, das sie auch in der Schule durchgenommen hatten.

»Es ist barbarisch, was die Amis da treiben.«

»Sollen wir Vietnam vielleicht den Russen überlassen? Meinst du das wirklich?«

»Die Russen! Sag doch nicht immer ›die Russen‹! Du meinst die Sowjetunion! Und außerdem – wer ist ›wir‹?«

»›Wir‹ ist die westliche Welt. Freiheit. Demokratie, du weißt schon. Wenn wir Vietnam verlieren, fallen auch andere Länder an die Kommunisten. Das kann niemand wollen.«

»Die Dominotheorie ist reine Propaganda und das Gerede von Freiheit und Demokratie auch. Die Amerikaner verteidigen in Südvietnam die Reaktion, das ist doch abartig.«

Auch Leonore verstand nicht, warum die Amerikaner Nordvietnam bombardierten. Weil dort die Kommunisten herrschten? War das bourgeoise Regime in Südvietnam so viel besser?

»Die Amerikaner haben unser Land von Hitler befreit. Das sollten wir nicht vergessen.«

»Umso schlimmer, wie sie sich jetzt aufführen! Völkermörder! Von wegen Demokratie und Freiheit!«

Auch ihr Vater hatte was gegen die Amis, dachte Leonore, das machte die Amis schon wieder sympathisch. Außerdem mochte sie Elvis Presley und Roy Orbison, obwohl die natürlich Kitsch sangen und gar nicht progressiv waren. Nur das mit Vietnam ging nicht. Am schlimmsten fand sie den Einsatz chemischer Waffen. Die Amis besprühten die Wälder mit Agent Orange, damit sie ihr Laub verloren und die Zivilbevölkerung nicht mehr schützen konnten. Das schien überhaupt der Hauptzweck dieses Krieges zu sein: so viele Menschen wie möglich zu töten. Das musste aufhören.

Ingo hatte die Kinks aufgelegt, laut. »You really got me« riss sogar Ella aus ihren Träumen und übertönte den Disput der beiden Jungs. Ich bin für Frieden und gegen das Töten von Menschen, dachte Leo. Und vor den Russen fürchte ich mich nicht.

Das erste Mal seit Langem ging ihr Clara wieder durch den Kopf, die fest an der Seite des Vaterlandes des Sozialismus stand. Sie hatte Prinzipien. Leonore bewunderte das noch immer und hatte fast ein schlechtes Gewissen für das, was Clara ihren Subjektivismus genannt hatte. Clara verstand nicht. Niemand verstand, warum sie das Karloff brauchte. Und Ella.

Die Tür öffnete sich, und der kalte Luftschwall, der hereinströmte, war beinahe wohltuend angesichts des mittlerweile bullenheißen Ofens und der verräucherten Luft.

»Tür zu!«, rief Ingo den beiden Männern zu, die an der Schwelle standen. Die beiden sahen sich an, als ob an diesen beiden Worten irgendetwas unklar sei, aber sie schlossen die Tür hinter sich. Immerhin.

Ella schälte sich aus ihrem Sessel. »Dave!«, rief sie. »You made it! Heaven!«

Der Mann, den sie Dave nannte, grinste. Er war nicht sehr groß und trug seine Haare so kurz, dass man ihre Farbe kaum erkannte, aber sie waren sicher so rot wie seine Sommersprossen. Er stakste hinüber zu Ella, setzte sich auf die Lehne ihres Sessels und schüttelte sich die Bomberjacke von den Schultern. Auch auf den muskelbepackten Armen hatte er Sommersprossen.

»Goddess!« Er küsste Ella schmatzend auf die Wange. »Meet Pete!« Er streckte den Arm nach hinten aus und winkte seinen Kompagnon herbei. Pete war groß und schlaksig, hatte dunkle Augen und trug seine braunen Haare nur wenig länger als Dave.

Wo hatte Ella diesen Dave kennengelernt? Und warum hatte sie nichts davon erzählt? Leonore spürte, dass sich die

Atmosphäre veränderte, ihr wurde kalt, als ob die Tür noch immer offenstünde. Sie fühlte sich alleingelassen. Entblößt. Schutzlos.

Etwas ging vorbei.

Das Karloff war noch immer das Karloff, aber Ella lebte jetzt in ihrer eigenen Welt, weit weg von Leonore. Nun saßen sie zu viert in der hintersten Ecke, Dave hatte den Arm um Ella gelegt, Pete hielt sich an einer Bierflasche fest, und Leo gehörte eigentlich nicht dazu. Wenigstens tröstete die Musik. Pete und Dave brachten die neuesten Platten mit, frisch aus England. Ingo legte Georgie Fame and the Blue Flames auf, Gerry & the Pacemakers. Die Searchers. Und immer wieder die Kinks.

Nur die Beatles durfte er nicht mehr spielen, wenn die beiden da waren. »Verräter!« war noch die harmloseste Bezeichnung für die Fab Four. Leonore verstand das nicht, auch nicht, dass Ella zustimmte. »Wo die sich doch von der Queen einen Orden haben anhängen lassen.« Sicher, aber John Lennon hatte sich davon nicht beeindrucken lassen. Bei einem Konzert vor der Mutter der Königin und Prinzessin Margaret musste er gesagt haben, die Leute auf den billigeren Plätzen sollten klatschen und die anderen mit ihren Juwelen rasseln. Das war ja wohl respektlos genug.

»Ach, die tun nur so rebellisch«, meinte Ella. »Das ist reine Verkaufsmasche. Die wollen bloß ihre Platten verkaufen. Ist doch so.«

Ella sah die Dinge wie immer pragmatisch. Aber Leonore schreckte die Vorstellung, dass auch ihre Helden im Grunde bürgerlich waren. »Das gibt sich mit dem Älterwerden, das Rebellische«, pflegte ihre Mutter zu sagen und glaubte, ihre aufmüpfige Tochter damit zu verteidigen. Doch Leonore schwor sich, dass ihr das nie passieren würde.

Wochen später stieß der lautstarke Protest von Pete und Dave gegen die Beatles plötzlich auf Gegenwehr bei den anderen Anwesenden. »Soldaten haben hier gar nichts zu melden«, tönte Manfred, der die Schülerzeitung beim Ratsgymnasium machte, ein Kerl, so groß wie breit, der immer schlau daherredete. Leonore imponierte das, Ella fand es unentspannt. »Soldaten sind Mörder.«

»Quatsch nicht so blöd«, fauchte Ella ihn an.

»Peace!«, rief Dave und hielt Manfred das Siegeszeichen entgegen, wie einem Teufel das Kruzifix, während Pete ungerührt den ersten Joint des Abends rollte.

Leonore hatte bislang nicht darüber nachgedacht, was Pete und Dave taten, wenn sie nicht im Karloff versackten. Die beiden waren Engländer, also gehörten sie wahrscheinlich zur britischen Armee. In Osnabrück war die größte englische Garnison außerhalb des Mutterlandes stationiert, und Leonore war mit der Gegenwart von britischen Soldaten aufgewachsen – und nicht zuletzt mit dem BFBS, dem Soldatensender, für den sie auf ewig dankbar war. Noch vor wenigen Jahren standen Nissenhütten der Army auf dem großen Platz vor dem Schloss, mitten in der Stadt. Und wenn sie mit ihrer Mutter im Auto über die Panzerstraße nach Osnabrück fuhr, kamen sie an einem umzäunten und bewachten Areal vorbei mit allerlei Kriegsgerät und bewaffneten Wachtposten. Auch sah man manchmal uniformierte Soldaten in der Stadt, hörte von Kneipenschlägereien mit betrunkenen Briten oder von Überfällen auf Taxifahrer. Aber Dave und Pete waren immer in Zivil, wenn sie im Karloff einliefen.

Während Ella und Dave knutschten, saß Leonore neben

Pete, der meistens schwieg. Das war ihr recht, sie hörte lieber mit geschlossenen Augen der Musik zu. Pete bedeutete ihr nichts, und sie wäre nie auf die Idee gekommen, dass er an ihr interessiert sein könnte. Wochen später jedoch, an einem warmen Sonntag im April, tauchte er in Osterholz auf, zwei Langspielplatten unterm Arm.

Sie hatte ihre Mutter selten derart wütend erlebt. Mit herrisch ausgestrecktem Arm schickte sie den langen Lulatsch fort. Seine Langspielplatten blieben auf dem Gartentisch liegen, während er wie ein Hase über die Felder davonlief.

»Morgen gehen wir einkaufen. Ich hole dich von der Schule ab«, sagte Margo, als sie sich wieder beruhigt hatte. »Es wird Zeit.«

Leonore wagte nicht, zu fragen, wofür es Zeit wurde. Aber fest stand: Sie würde sich gegen alles wehren, was ihre Mutter für »etwas Schickes zum Anziehen« hielt.

Die beiden Juttas tuschelten und kicherten, als sie Margo Seliger neben ihrem feuerroten Opel Kadett stehen sahen, was Leonore maßlos ärgerte. Die dummen Gänse! Dabei sah ihre Mutter echt beeindruckend aus: Sie trug einen weiten schwarzen Mantel, auf dem Kopf ein Barett, und Pumps mit hohen Absätzen. Leo kam sich kindisch vor in ihrem züchtigen blauen Faltenrock. Sie lief zum Auto und setzte sich auf den Beifahrersitz.

»Wohin fahren wir?«

Margo lächelte geheimnisvoll, legte den Gang ein und gab Gas. Sie parkte am Herrenteichswall, von da aus war man mit ein paar Schritten auf der Großen Straße. Leonore wäre am liebsten hinüber zu Wenner gegangen, der großen Buchhandlung an der Ecke, um ein bisschen in den Neuerscheinungen zu blättern, aber Margo strebte zum Laden daneben. Hörnschemeyer, Wäsche und Bademoden. Hoffentlich musste sie nicht dabei zusehen, wie ihre Mutter Badeanzüge anprobierte. Noch schlimmer wäre nur, wenn sie selbst Bikinis vorführen müsste.

Die Verkäuferin empfing Margo wie eine gute Kundin, die sie wahrscheinlich auch war. Leonore versuchte, sich unsichtbar zu machen.

»Es geht um meine Tochter. Ich denke, es ist so weit.«

Frau Hörnschemeyer musterte Leonore mit zusammengekniffenen Augen. »Ich hätte ja gemeint, es wäre noch Zeit.«

»Ist es nicht. Auf manche Leute wirkt das provozierend, wenn da oben so viel in Bewegung ist.«

Die Frau nickte, ganz überzeugt schien sie nicht, und Leo schwante Entsetzliches.

»Ich brauche das nicht«, brachte sie hervor.

»Und ob du das brauchst. Oder willst du einen Hängebusen bekommen?«

Am liebsten gar keinen, dachte Leo und schöpfte Hoffnung, als Frau Hörnschemeyer sie voller Verständnis anlächelte. »Ich schau mal, ob in deiner Größe was Hübsches da ist.«

Sie schien nicht lange suchen zu müssen. Nach dem Öffnen und Schließen diverser Schubladen zog sie mit Schwung den Vorhang der Umkleidekabine zurück, legte etwas auf den Hocker und erwartete offenbar, dass Leo Begeisterung zeigte. »Nun geh schon«, zischte Margo und schob ihre Tochter hinein.

Da lagen sie nun also, die Dinger, die man Büstenhalter nannte und die sie nicht ausstehen konnte. Sie erwartete, dass Frau Hörnschemeyer sie bei der Anprobe allein ließ, aber die dachte nicht daran. Unwillig zog Leo Pullover und Unterhemd aus und ließ sich eines der Dinger nach dem anderen umschnallen. Die Frau prüfte mit kalten Fingern den Sitz, zog die Träger nach, verwarf dieses oder jenes Teil und schickte sie schließlich mit einem Nichts aus weißer Spitze hinaus. Ihre Mutter saß in ihrem Sessel wie in Erwartung eines Theaterstücks, lächelte nicht, sagte nichts und nickte schließlich huldvoll.

Leonore ekelte sich vor sich selbst und hasste ihre Mutter. Das Allerschlimmste aber war, dass ihr das Nichts von BH gefiel.

VIII

Der Sommer ging so weiter, wie das Frühjahr begonnen hatte: Leonore fühlte sich heimatlos. Die Nächte bei Ella fielen flach, seit Dave bei ihr übernachtete. Warum eigentlich? Mussten Soldaten nicht abends einrücken? Für sie selbst hieß das: Landleben bis zur Vergasung. Der letzte Bus nach Hause fuhr um neunzehn Uhr am Osnabrücker Hauptbahnhof ab, da hatte die Party noch nicht einmal angefangen.

Für ein Taxi hatte sie kein Geld. »Such dir einen Kerl mit Kiste«, meinte Ella. Aber das war nicht so einfach. Jungs, die einen Käfer fuhren oder eine Ente, konnten sich vor Verehrerinnen kaum retten, egal, wie sie aussahen, die Mädels wussten, was wirklich wichtig war. Bei so viel Konkurrenz hatte sie keine Chance.

»Dann stell dich an die Straße und halt den Daumen raus.«

Per Anhalter?

»Hitchhiken. Machen doch alle.«

Sie wollte nicht. Aber irgendwann blieb ihr nichts anderes übrig.

Ingo feierte seinen Geburtstag, sie war eingeladen und hätte es nicht ertragen, fortzubleiben. Er hatte versprochen, sie nach Hause zu fahren. Aber die Party war laut und lustig, und sie brachte es nicht übers Herz, ihn an sein Versprechen zu erinnern. Als sie es doch tat, es war schon elf, war es ihm zu früh. Auch eine halbe Stunde später wollte er, dass sie »noch ein bisschen« blieb. Irgendwann ging sie einfach.

Sie war ziemlich angeschickert, als sie aus dem Karloff kam. Es hatte geregnet, die Luft war kühl und machte nüchtern. Sie zwang sich, ruhig zu bleiben und nachzudenken. Wie kam sie am besten nach Hause?

In den unbequemsten Schuhen, die sie je besessen hatte und die sie nur aus Eitelkeit angezogen hatte, Slingpumps, von Muttern gekauft, damit sie anständig aussah zur Taufe des Enkels von Frau Dingsbums (und natürlich musste sie dazu auch das taubenblaue Kostümchen anziehen, das Margo so nett fand und dass sie von Herzen hasste) – in Slingpumps also lief sie los. Sie ging durchs Heger Tor hoch zum Bucksturm, bog ab auf die Natruper Straße, stellte sich vor eine Toreinfahrt und tat, was sie nicht hatte tun wollen: Sie streckte den Arm mit erhobenem Daumen Richtung Fahrbahn.

Ein 2CV fuhr vorbei, mit offenem Verdeck und hochgeklappten Fenstern, vollbesetzt mit zwei Pärchen, dennoch hupte der Fahrer, und die Männer grölten ihr irgendetwas entgegen. Doch die meisten Autofahrer ignorierten sie einfach. Endlich hielt ein schnottengelber Opel Rekord. Der Fahrer, feistes Lächeln, kaum noch Haare auf dem Kopf, beugte sich zur Beifahrertür und öffnete sie. »Wohin soll's denn gehen, Frolleinchen?«

Frolleinchen. Um Himmelswillen. »Nach Wulften«, antwortete sie. Dort stand ihr Fahrrad.

»Na, eigentlich muss ich ja nur bis Belm. Aber weil du es bist …« Er grinste sie an.

Alles sträubte sich in ihr. Der Typ wirkte gar nicht vertrauenswürdig, außerdem roch er nach Bier und Schweiß. Aber was sollte schon groß passieren? Sie stieg ein.

Kaum saß sie, raste er los. Sie klammerte sich an den Haltegriff über dem Fenster.

»Du musst keine Angst haben«, sagte der Kerl gönnerhaft und bog ab auf die Panzerstraße. Auch hier ging er nicht vom Gas, obwohl die Straße in erbärmlichem Zustand war, kaputt gefahren von britischen Panzern, deshalb hieß sie ja auch so.

»Was machst du denn so spät noch auf der Straße?«, fragte er, während er eine Packung Ernte 23 aus der Brusttasche zog. »Auch eine Fluppe?«

Nicht von dir, dachte Leonore, aber sie nahm dennoch an, es war ja freundlich gemeint, und sie war auf ihn angewiesen, da hielt man ihn besser bei Laune. Der Typ zog seine Zigarette mit den Zähnen aus der Packung, gelbe Hauer, vom rechten Schneidezahn fehlte eine Ecke, ließ den Zigarettenanzünder einrasten, reichte ihn erst ihr und hielt dann seine Zigarette an das glühende Ende.

Sie antwortete nicht auf seine Frage, nahm einen tiefen Zug und blickte zum Fenster hinaus. Sie waren kurz vor der Kreuzung zur B 51, wo er links nach Belm abbiegen musste.

»Solltest du nicht längst zu Hause in der Heia sein?«

»Ich war auf einem Geburtstagsfest«, antwortete sie brav. »Meine Eltern erwarten mich schon.«

»Soso.« Er hatte eine nicht sehr tiefe, irgendwie ölige

Stimme. »Und sie wissen, dass du zu fremden Männern ins Auto steigst?«

Natürlich nicht, du Dummkopf, dachte Leonore, machte sich ganz schmal und drückte sich an die Beifahrertür. Hoffentlich ging das gut.

Sie fuhren durch Belm hindurch. Leonore atmete innerlich auf. Er brachte sie offenbar tatsächlich bis nach Wulften, mit dem Fahrrad war sie in ein paar Minuten zu Hause.

Doch ein, zwei Kilometer hinter Belm fuhr er langsamer. Rechts und links Dunkel.

»Das ist nicht Wulften«, sagte Leonore. »Wir sind noch nicht da!«

Er grinste und bog auf einen Feldweg ein, bremste, schaltete den Motor aus und wandte sich ihr zu. »Und nun gib dem lieben Onkel einen Kuss«, schmalzte er.

»Ich möchte das nicht«, hörte sie sich sagen, zaghaft, viel zu zaghaft.

»Du wirst schon mögen wollen. Wer sich nachts allein auf der Straße herumtreibt, will es nicht anders.« Er legte seine schwitzige Pfote in ihren Nacken. Sie schüttelte ihn ab.

»Wirst du wohl!« Jetzt packte er ihre Haare und zog sie zu sich.

Ihr Puls raste. Alles fuhr ihr durch den Kopf, was sie in der Zeitung gelesen und im Radio gehört hatte, von bestialisch ermordeten Mädchen und Frauen. Ihre linke Hand suchte hinter ihrem Rücken nach dem Türgriff, während der Kerl ihren Kopf immer näher an sich heran zog. Sein Atem roch sauer, und auf seiner Stirn glänzte der Schweiß. Sie ballte die Rechte zur Faust. Dann holte sie aus.

Sie hatte nicht gezielt, aber sie traf ins Schwarze: seine Nase. Er blökte auf und ließ sie los. Sie warf sich zur Seite, erwischte den Türgriff, öffnete die Tür, ließ sich auf den Boden fallen, sprang wieder auf und lief. Lief den Feldweg hinunter. Schlug einen Bogen, stand vor einem Roggenfeld, tauchte hinein und hockte sich hin. Mit hämmerndem Puls wartete sie. Nach einer Weile schlug eine Wagentür zu. Dann sprang ein Motor an. Leo wartete, bis das Motorengeräusch nicht mehr zu hören war, bevor sie sich zurück zur Straße tastete.

Ihre Schuhe hatte sie bei der Flucht verloren, die Tränen liefen ihr übers Gesicht, und ihr war übel. Es war stockdunkel, Straßenbeleuchtung gab es hier nicht, aber immerhin stand ein Halbmond hinter ein paar Wolkenfetzen und ließ den Asphalt wie ein graues Stahlband leuchten. Doch neben der scharfen Kontur konnte alles Mögliche lauern. Tiere. Oder, schlimmer noch, Menschen.

Bei jedem Lichtschein, bei jedem Motorengeräusch vor oder hinter ihr verließ Leo die Straße und versteckte sich hinter einem Baum oder einem Gebüsch, in einem Mais- oder einem Getreidefeld. Sie schreckte Nachtvögel auf. Eine Katze fauchte sie an. Ihr nackter Fuß trat in etwas Matschiges, Glitschiges, Ekliges. Sie schrie leise auf.

Endlich war sie bei der Landwehr angelangt, dort gab es eine Bushaltestelle. Sie setzte sich auf die Bank im Wartehäuschen und lauschte in die Nacht. Langsam hatten sich ihre Sinne an die Dunkelheit gewöhnt. Noch nie war sie nachts unterwegs gewesen, auch noch barfuß und noch immer nicht ganz nüchtern. Sie hatte Schwein gehabt: Was, wenn der Typ sie überwältigt hätte? Er hatte sie unterschätzt. Das wenigstens war einigermaßen befriedigend.

Apropos Schwein: Es stank danach. Irgendwo in der Nähe rumorte es, grunzte und quiekte. Schweine hörten offenbar auch mitten in der Nacht nicht auf zu fressen, dachte Leonore und bekam plötzlich Hunger. Es waren noch mindestens drei Kilometer bis Wulften, und dann musste sie mit dem Fahrrad den Berg hoch, bevor sie zu Hause war und sich in der Küche ein Brot schmieren konnte.

Sie lehnte sich zurück, schloss die Augen und musste eingeschlafen sein, denn sie schreckte mit einem Schrei hoch. Etwas Warmes, Feuchtes hatte ihre Hand berührt. Ein Tier. Sie zog die Hand weg, wollte aufstehen, blickte auf einen zotteligen Kopf mit langen Ohren. Es war nur ein Hund. Doch der stank, als ob er in seiner eigenen Scheiße liegen musste. Wahrscheinlich musste er das auch, Hofhunde hatten in diesem gottverlassenen Landstrich nichts zu lachen. Sie lagen tagsüber angekettet vor ihrer Hundehütte, lebten von Abfällen und wurden nur nachts freigelassen, damit sie menschliche und tierische Räuber verjagten.

Vorsichtig streckte sie die Hand wieder aus, die der Köter hingebungsvoll leckte, bis sie sich traute, ihn hinter den Ohren zu kraulen. Sie waren ja Kameraden, beide allein in tiefer Nacht, da tröstete man sich, so gut man konnte. Nach einer Weile glaubte sie, aufstehen und weitergehen zu dürfen, doch ein kehliges Knurren sorgte dafür, dass sie sich wieder setzte. Sie war in freundlichen Gewahrsam genommen.

Sie kraulte weiter, bis ihr die Hände wehtaten. Endlich schüttelte sich der Hund, drehte ab und verschwand in der Nacht.

Mit dem Geruch von Schwein und Hund in der Nase ging sie weiter. Fledermäuse kreisten vor dem Mond. Ein Gespenst, das »Buh!« rief, flog mit weiten Schwingen an ihr vorbei. Ihr leiser Aufschrei ärgerte sie, das war nur eine Eule, ganz klar, und sie war doch sonst kein verschrecktes Huhn. Durchhalten, befahl sie sich. Nicht schlappmachen.

Endlich war sie beim »Timpen« angekommen und schleppte sich, atemlos vor Erleichterung, um die Ecke zum Hof, wo alle Fahrschüler ihre Fahrräder abstellten. Doch der Fahrradständer war leer. Sie ging in die Knie, fassungslos. Das konnte nicht sein. Sie hatte das Fahrrad hier abgestellt und abgeschlossen, bevor sie in den Bus nach Osnabrück gestiegen war, oder etwa nicht? Doch. Sie erinnerte sich genau. Also hatte jemand ihr Rad geklaut. Sie ballte die Fäuste vor Wut, wischte sich die Tränen aus den Augen und stand auf. Das war nun wirklich das Allerletzte. Mal ganz abgesehen davon, dass es zu Hause Ärger geben würde.

Die Wut ließ sie ihre schmerzenden Füße für eine Weile vergessen. Mit letzter Kraft kam sie in der Moosbeeke an, bemühte sich, die Haustür möglichst geräuschlos aufzuschließen, und tastete sich in die Küche. Im Dunkeln erwischte sie fast ihren Finger beim Brotschneiden, die Butter war zu kalt, um sie dünn verstreichen zu können, und das Stück Käse, das sie sich abschnitt, war viel zu dick. Aber es war das beste Essen seit Langem. Besser als alle Schmalzstullen im Karloff. Dort würde sie sich so bald nicht wieder blicken lassen.

»Habt ihr euch gestritten, Ella und du?« Selbst ihrer Mutter war aufgefallen, dass sie die Wochenenden neuerdings zu Hause verbrachte. Sogar bei der Gartenarbeit hatte sie geholfen.

»Ihre Mutter ist krank und braucht ihre Ruhe.« Das war keine ganz glückliche Ausrede, denn Margo ließ sofort die allerbesten Genesungswünsche ausrichten. Sie würde Ella ja in der Schule treffen, nicht wahr?

Nach drei Wochen hielt Leonore es nicht mehr aus, erklärte Ellas Mutter für gesund und nahm an einem Donnerstagnachmittag den Bus in die Stadt. Im Karloff wurde sie johlend begrüßt, Ella umarmte und küsste sie, und Dave stotterte auf Deutsch: »Willkommen zurück.« Zu ihrer Erleichterung war Pete nicht da, dafür saß ein anderer an seinem Platz, ein schmaler Kerl mit blondem Haar und blauen Augen und einer viel zu großen Nase. »Clive«, sagte er, verbeugte sich und reichte ihr die Hand.

Ella und Dave hatten in der letzten Zeit offenbar so viel geknutscht, dass sie das nicht auch noch im Karloff tun mussten, weshalb Leo endlich wieder bei der Freundin sitzen durfte, während Clive und Dave erregt aufeinander einredeten.

»Politik«, seufzte Ella. »Als ob es nichts Wichtigeres gäbe.«

Dennoch ging sie später wieder mit Dave nach Hause. Leonore wehrte Clives Versuche ab, ihr unter die Bluse zu gehen, bis auch er das Karloff verließ und sie mit Ingo allein war.

»Ich nehme nicht an, dass du bei mir übernachten willst?«, fragte er beiläufig, während er die Aschenbecher leerte und den Boden fegte. Als sie nicht antwortete, nahm er ein Kissen und eine Decke aus einer Kiste hinter der Theke und legte sie auf das Sofa. »Schieb einfach von innen den Riegel vor. Wenn du morgen früh gehst, pass auf, dass dich nicht jeder sieht. Und bitte keine Kratzer in die Platten machen, wenn du noch Musik hören willst.«

Leonore nickte. Als er weg war, legte sie die Beach Boys auf. »Pet Sounds«. Bei »God only knows« weinte sie. Bei »Caroline No« dämmerte sie weg.

Sie wachte von Mopedgeknatter auf, aber sie mochte nicht aufstehen. Endlich schaffte sie es, sich aus der dünnen Decke zu schälen und anzuziehen. Im Klo hing ein Spiegel, vor dem sie sich mit nassen Fingern die Haare kämmte. Den Mund spülte sie mit Coca-Cola aus, aber sie glaubte nicht, dass das viel half. Sie sah abscheulich aus.

Sie kam erst zur zweiten Stunde in die Schule. Deutsch. Frau Schubert witterte natürlich sofort Unrat.

»Es riecht nach Zigarettenrauch und Fusel«, rief sie und begann, durch die Gänge zu patrouillieren. Leonore merkte, wie ihre Tischnachbarin von ihr abrückte, Karin, die feige Nuss. Die hatte vorhin schon das feine Näschen gerümpft. Die beiden Juttas kicherten, die Gänse. Anneliese in der ersten Reihe drehte sich um, blickte nach hinten, mit großen Augen hinter den dicken Brillengläsern, sie war wahrscheinlich die Einzige, die keine Ahnung hatte, worum es gehen könnte. Eine echte Unschuld vom Lande.

Die Schubert blieb schließlich neben ihr stehen und sagte nichts. Leonore wagte nicht aufzublicken. »Fräulein Seliger. Soso«, sagte die Lehrerin leise. Jetzt musste Leo wohl oder übel hochsehen. Die Schubert lächelte nicht. Doch der Blick aus ihren braunen Augen war nicht unfreundlich, nein, er war beinahe weich. »Nach der Stunde zu mir.«

In der Klasse lachte jemand. Frau Schubert klatschte in die Hände. Schon war es wieder ruhig.

»Na dann viel Spaß«, flüsterte Karin neben ihr.

Es dauerte eine Ewigkeit, bis die Stunde zu Ende war. Die alte Schubert wartete am Fenster, bis alle die Klasse verlassen hatten und nur noch Leonore verkrampft vor der Tafel stand, die sich furchtbar dämlich vorkam. Endlich drehte sich die Lehrerin um.

»Was ist los mit Ihnen, Leonore? Ist zu Hause alles in Ordnung?«

»Ja, natürlich, Frau Schubert.«

Die Deutschlehrerin lächelte, aber man sah ihr an, dass sie

kein Wort glaubte. »Ich weiß ja, dass Sie es nicht einfach haben. Beide Eltern berufstätig. Aber Sie sollten auf sich achten, wenn es Ihre Eltern schon nicht tun.«

Leonore nickte stumm.

»Verbringen Sie Ihre Nächte besser zu Hause. Und lassen Sie die Finger vom Alkohol.«

Leonore nickte wieder. Was sollte sie dazu auch sagen?

»Ich habe Ihr Talent sehr wohl erkannt, Leonore. Aber Sie verschwenden es. Sie sollten an sich arbeiten. Glauben Sie mir: Es lohnt sich.«

Auch darauf wusste Leonore keine Antwort, aber die Schubert erwartete wohl auch keine, sie legte ihr im Vorübergehen die Hand auf die Schulter, drückte sie kurz und verließ das Klassenzimmer.

Es lohnt sich. Das hatte noch nie jemand zu ihr gesagt.

IX

Es klopfte. Bevor Leonore antworten konnte, öffnete sich die Tür. Nicht schon wieder, dachte sie. Mutter nervt. »Komm doch mit raus, es ist strahlend blauer Himmel«, das war die übliche Leier. Oder: »Die Rosen blühen so herrlich.« Oder: »Wer den ganzen Tag am Schreibtisch sitzt, kriegt Haltungsschäden.« Andererseits fand sie es amüsant, wie sehr sich ihre Mutter seit dem Sommer um sie bemühte. War sie ihr unheimlich geworden, seit sie nicht mehr nur las, wie früher? Sie schrieb stattdessen, mindestens ebenso leidenschaftlich. Eineinhalbzeilig, mit Durchschlag, wie für die Ewigkeit. Jeden Tag.

»Was ist«, murmelte sie, ohne sich umzusehen.

»Ich habe dir etwas mitgebracht.«

Nanu? Das war ungewohnt. Sie drehte sich um.

Ihre Mutter stand in der Tür, noch im Kostüm, sie war offenbar gerade erst aus der Firma gekommen. Im Arm hielt sie einen ganzen Stapel Aktenordner. »Für deine Ablage.«

Ablage. Ja, das war typisch Margo Seliger. Da musste alles seine Ordnung haben, alles an seinem Platz sein, in Reih und Glied. Leo konnte nicht anders, sie musste grinsen. Ihre Mutter verstand das falsch und lächelte zurück.

»Damit du deine Texte wiederfindest. Stapel auf und unter dem Schreibtisch sind auf die Dauer keine Lösung – bei dem Tempo, in dem du schreibst.«

Leonore zögerte. Mutter meinte es gut, und sie hatte recht. Wenn Leo einen ihrer älteren Texte brauchte, musste sie immer länger danach suchen.

»Ich habe dir Trennblätter mitgebracht und einen Locher. Und zwei neue Farbbänder.«

Perfekt. So war Margo Seliger eben: perfekt. Und manchmal – irgendwie in Ordnung.

Leonore schob den Stuhl zurück und stand auf. Konnte es sein, dass ihre Mutter verstand? Dass sie akzeptierte, was ihre Tochter tat und wer sie war – oder wer sie werden wollte?

Margo wich ihrem Blick aus. »Du solltest dir überlegen, wie du deine Ablage organisierst. Nach Thema? Nach Datum?«

»Was schlägst du vor?«, antwortete Leonore leise, ging auf ihre Mutter zu und nahm ihr die Aktenordner aus der Hand. Margos Augen glänzten feucht. Ihr selbst ging es ähnlich. Sie war gerührt. Als ihr die Aktenordner entglitten, nahm sie stattdessen ihre Mutter in den Arm.

Ab da herrschte ein zerbrechlicher Frieden zwischen ihnen. Keine von beiden rührte an alte Wunden. Aber sie rauchten auch keine Friedenszigarette miteinander, wie damals, im Hinterhof in Osnabrück, vor der Affäre mit Jugendpfarrer Markus. Ihre Mutter hatte es endlich geschafft, das Rauchen aufzugeben.

Als Geste ihres guten Willens schloss sich Leo jetzt öfter der abendlichen Gartenrunde an. Es ging auf den Herbst zu, das war die beste Pflanzzeit, und ihre Mutter hatte wie immer ihre Vorstellungen, was sich im Garten zu ändern hatte.

»Die Sichtachse vom Haus zur englischen Bank auf dem Hang muss frei sein. Kann man die Buddleia nicht hinten an den Zaun setzen? Sie sieht nicht mehr schön aus, wenn sie verblüht ist.«

Henri schrieb mit, in sein Blöckchen, das er immer bei sich trug. Sie war der kreative Kopf, er war nur ausführendes Organ. Aber Leo fand das schon lange nicht mehr verachtenswert.

»Seien Sie genau. Achten Sie auf Ihre Worte. Seien Sie sparsam mit den Adjektiven. Weniger ist mehr.«

Frau Schubert war eine unnachsichtige Lehrerin. Sie trafen sich zweimal in der Woche nach der fünften Stunde und besprachen Leonores Texte. Mit Kaffee beim Eduscho war es vorbei, aber das machte nichts. Das hier war wichtiger.

Leo schrieb über die Kühe, wie sie auf der Weide liegen und wiederkäuen. Sie schrieb über die zuckenden Schlangenlinien, die das Rücklicht eines Autos auf den nassen Straßenasphalt zeichnet. Sie schrieb über Enna, die müde Mähre, und das Rotkehlchen, das ihren Vater durch den Garten begleitete. Sie beschrieb ihre Klassenkameradinnen, kurze Skizzen, die Frau Schubert besonders treffend fand. »Sie haben Talent, Leonore. Man weiß sofort, wen Sie meinen. So eine gute Beobachtungsgabe ist selten.«

Sie versuchte sich auch an Philosophischem und Moralischem über Gott und die Welt, was Frau Schubert weniger gut gefiel. Henri bestritt, dass es Gerechtigkeit gab. Er, der Richter, fälle lediglich Urteile nach Recht und Gesetz. Leonore vertrat natürlich die Gerechtigkeit und widersprach inbrünstig. »Das ist löblich«, sagte Frau Schubert dazu. »Aber es gibt keine Gerechtigkeit ohne ihr Gegenteil. Und bei allem, was man tut, insbesondere, wenn man Gutes zu tun glaubt, gilt der Satz: Respice finem. Denk an die Folgen.«

Nur eine Geschichte zeigte sie Frau Schubert nicht. Es war die Geschichte ihres nächtlichen Dramas mit dem Mann in dem schnottengelben Opel Rekord. Sie würde den Kerl jederzeit wiedererkennen: das runde, fleischige Gesicht, die dünne schwärzliche Haarsträhne, die über der hohen Stirn auf dem fast kahlen Schädel klebte, die hellen Augen, zusammengekniffen unter spärlichen Augenbrauen, die Ohren mit den lang herabhängenden Ohrläppchen, die feuchte Unterlippe. Die Nase war eher kurz und rund gewesen, womöglich hatte der Kontakt mit Leonores Faust ihre Form ein wenig verändert. Der Mann hatte Bier getrunken und ein Nyltesthemd getragen, das hatte sie sofort gerochen. Mardergeruch. Oder Iltis. Jedenfalls räudig und ranzig, durchsetzt mit dem Duft der Haarpomade, die auch Henri benutzte, Brisk Frisiercreme. Nur an seine Hose erinnerte sie sich nicht, aber sonderlich modisch war sie gewiss nicht gewesen. Was sie tun würde, sollte sie ihm irgendwo wiederbegegnen? Keine Ahnung, aber ihr würde bestimmt etwas einfallen.

Sie schrieb immer besser und schneller auf der Schreibmaschine, ihr Verbrauch an Schreib- und Durchschlagpapier stieg. Mittlerweile hatte ihre Mutter begriffen, dass sie keine Antwort auf Fragen erhalten würde wie: »Was schreibst du eigentlich?«, oder gar: »Kann ich mal lesen?« Der Frieden zwischen ihnen hielt, und Leonore merkte, dass ihr das guttat. Sie hatte den Hass auf ihre Mutter einst befreiend gefunden, aber das war lange her. Da war ich noch ein Küken, dachte sie.

Sicher, die Sache mit dem Pfarrer war unverzeihlich gewesen, und das würde sie nie vergessen. Andererseits gab es viele Gründe dafür, stolz auf Margo Seliger zu sein. Ihre Mutter war eine Kämpferin, das gefiel Leo. Je länger sie ihr zuhörte und je mehr sie davon aufschrieb, noch immer für Clara, obwohl sie keinen der vielen Briefe abschickte, desto mehr schlich sich Bewunderung ein. Vielleicht musste man so sein, so egoistisch, so fordernd, so autoritär, wenn man es zu etwas bringen wollte. Henri war ganz anders, er hatte keinen Ehrgeiz, übte seinen Beruf eher lustlos aus und war glücklich, wenn er im Garten schuften konnte. Das machte den Umgang mit ihm angenehm, sofern es nicht um Politisches ging. Leonore gab es ungern zu, aber sie hielt ihn für einen Versager.

Mit ihrer Mutter hingegen konnte sie mittlerweile sogar über Politik reden, die war nicht so ein Kommunistenfresser wie Henri. Sie sprachen oft über die DDR und darüber, dass die Menschen in beiden Teilen Deutschlands nur eines wollten: Frieden. »Sie sind unsere Brüder und Schwestern, vergiss das nicht.« Leonore sah das ganz genauso.

Nach einem dieser Gespräche schrieb sie an Clara und schickte den Brief sogar ab. Doch eine Antwort erhielt sie nicht. Der Brief, den sie an einem Samstag, an dem es bereits nach Herbst roch, aus dem Briefkasten holte, stammte von Ella.

X

»Dave hat die Fliege gemacht. Von einem Tag auf den anderen. Der gemeine Kerl. Hat sich noch nicht einmal von mir verabschiedet. Kurz und klein: Du kannst wieder bei mir übernachten.«

Leonore wusste nicht recht, ob sie sich darüber freuen sollte. Wie lange war sie schon nicht mehr im Karloff gewesen? Sie hatte eigentlich nichts vermisst. Nicht die dicke Luft, nicht den Gestank nach Bier und Zigarettenrauch und nach Ellas Parfüm. Noch nicht einmal die Musik in voller Lautstärke fehlte ihr, sie hatte ihr Transistorradio und durfte manchmal sogar die Musikanlage der Eltern benutzen, die in der großen Halle stand, die so groß war, dass man dort tanzen konnte, was sie oft tat, wenn sie allein war. Aber nach Ellas Brief regte sie sich doch wieder, die Sehnsucht nach einem ausgeleierten Plüschsessel, in dem man sich weit weg träumen konnte, das Bier in der einen, die Fluppe in der anderen Hand, eingehüllt vom Sound aus den Boxen: Am liebsten »Another tear falls« von den Walker Brothers, falls Ingo derart Gefühlsduseliges überhaupt schon im Repertoire hatte.

Henri saß hinter seiner Zeitung, und Margo lackierte sich die Fingernägel, als Leonore mit dem Brief in das Zimmer der Eltern kam. Ihr Vater brummelte irgendetwas, wahrscheinlich ärgerte er sich wieder über die »verdammte Journaille« oder die »Politikdarsteller und Volksverräter«. Er war ein ausgesprochen engagierter Zeitungsleser, man hörte es daran, wie er die Zeitung aufschlug: so, als ob er sie zerreißen wollte. Margo saß in ihrem Sessel, die Beine hochgelegt, wedelte mit der frisch lackierten Hand, warf einen Blick auf den Brief und sagte: »Na endlich, ich hatte schon Angst, dass du dich in eine Schreibmaschine verwandeln willst.« Damit war Leo fürs Wochenende entlassen.

Sie nahm den Bus bis zum Berliner Platz in Osnabrück und ging durch die Schillerstraße zum Haarmannsbrunnen. Ein paar Mädchen und Jungen, jünger als sie, saßen am Rand des Brunnens, in dem die überlebensgroße Bronzestatue eines halbnackten Mannes stand. Der Mann hielt einen Hammer in der einen, einen Meißel in der anderen Hand und schlug in eine Felswand, aus der ihm Wasser entgegenströmte. Eines der ersten Arbeiterdenkmale aus dem Jahre 1909, hatte sie in der Schule gelernt. Pietätlos, wie sie waren, erzählten die älteren Schüler den jüngeren gern, dass der Brunnen an den Serienmörder Fritz Haarmann erinnere, und sangen: »Warte, warte nur ein Weilchen, bald kommt Haarmann auch zu dir, mit dem kleinen Hackebeilchen macht er Schabefleisch aus dir.« Sie wunderte sich heute, dass auch sie diesen Unsinn einmal geglaubt hatte.

Gegenüber dem Brunnen, in einem Eckhaus, befand sich der »Ocambo Club«, ein Tanzschuppen, von dem die beiden Juttas erzählt hatten: sagenhafte Geschichten von Männern mit dicken Portemonnaies, vom Engtanzen und von überschäumenden Sektgläsern. Leonore konnte das nicht überprüfen, sie traute sich nicht, allein in ein ihr unbekanntes Lokal zu gehen, und Ella würde sich bestimmt nicht dazu überreden lassen, woanders zu feiern als im Karloff. Was vielleicht auch daran lag, dass sie dort für Getränke nichts bezahlen musste.

Vom Haarmannbrunnen aus ging es die Herrenteichsstraße hinunter. Auf der Brücke stellte sie sich ans Geländer, blickte auf die sanft dahinströmende Hase und dachte mit innerem Kopfschütteln daran, dass sie sich tatsächlich einmal hatte in den Fluss stürzen wollen. Kinderkram. Es gab mittlerweile ein Ziel in ihrem Leben, daran hielt sie fest. Nicht, dass sie Schriftstellerin werden wollte, das kam ihr zu ehrgeizig vor. Aber sie würde beobachten und schreiben und eines Tages – wer weiß. Sie lief weiter, die Kleine Domsfreiheit entlang, am Schauspielhaus und am Dom vorbei und über den Markt zum Rathaus. Dahinter begann die Altstadt, die niemand mehr haben wollte außer der verschworenen Gemeinschaft im Karloff.

Die Kleine Gildewart war menschenleer, aus den geöffneten Fenstern des Karloff drangen wummernder Bass und der vertraute Dunst aus Fusel und Tabakrauch. Sie öffnete die Tür und versuchte, möglichst unauffällig hineinzuschlüpfen. Keine Chance.

»Na endlich!«, rief Ingo. »Die Sonne geht auf«, tönte jemand, und ein anderer klatschte in die Hände. Nur Ella saß auf ihrem Thron, ohne eine Miene zu verziehen, und deutete mit der Hand neben sich. Leo ließ sich von Ingo ein Bier reichen und sank in ihren angestammten Sessel, der sie umfing wie eine weiche Bärentatze.

»Gut, dass du kommst«, murmelte Ella. »Man hat dich hier vermisst.«

»Man. Soso. Du auch?«, fragte Leo zurück.

»Irgendwie schon.« Ella bewegte keinen Gesichtsmuskel. Doch dann lachte sie, rau und laut, wie in alten Zeiten.

So begann der Abend, und so ging er weiter. Über Dave verlor Ella kein Wort. »Clive ist übrigens auch verschwunden, falls du dich je für ihn interessiert hast.« Hatte Leo nicht.

»Vielleicht mussten sie zu einem Einsatz?«, sagte sie zögernd.

»Mir egal.« Ella hob Mittel- und Zeigefinger zu einer Geste, die Leo aus Margate kannte und die man mit »Up yours« übersetzte, was auch nicht sehr höflich war. »Das einzig Blöde ist: Ingo kriegt die aktuellsten Platten nicht mehr.« Aber er hatte die neue LP von den Beatles, »Revolver«, und die spielte er rauf und runter. Es war ja niemand da, der dagegen hätte protestieren können.

Leonore kannte erst zwei der Songs aus dem Radio: »Eleanor Rigby« und »Yellow Submarine«. Die anderen Stücke auf der Platte gefielen ihr auch, besonders das, auf dem ein seltsames Instrument zu hören war, keine Gitarre, sondern eine Sitar. Nur das letzte Stück, das Ingo immer und immer wieder spielte, irritierte und faszinierte sie zugleich. »Tomorrow never knows« klang so gar nicht nach den Beatles der ersten Jahre, nach »Love me do« oder »I wanna hold your hand«, und wenn Ingo den Verstärker dabei ordentlich aufdrehte, fühlte man sich wie auf einem Boot, das auf einem Fluss durch den Dschungel treibt.

Ingo spendierte ihr Whisky Cola, was entschieden besser schmeckte als Bier. Nach dem dritten Drink wurde alles um sie herum weicher, verlor seine Konturen, ein opaker Schleier trennte sie vom Rest der Welt. Nur Ella war noch da und zu spüren.

»Guck mal, die beiden da am Eingang«, flüsterte die Freundin plötzlich.

Leo sah kurz hin und schloss die Augen gleich wieder. »Dem Haarschnitt nach Engländer. Ignorier sie.« Sie wollte keine Neuauflage von Dave, Pete und Clive.

»Natürlich sind das Engländer.« Ella klang gereizt. »Aber die beiden – ich weiß nicht.«

Leonore fiel nichts Besonderes auf. Die zwei Neuankömmlinge waren ein bisschen älter als die drei anderen Engländer, die schon seit einer Stunde hinten in der Ecke saßen und sich an ihren Bierflaschen festhielten. Das war alles.

»Irgendwas ist hier los.« Ella klang alarmiert. Leonore öffnete die Augen wieder. Was sollte schon los sein? Die drei Jungs waren aufgestanden. Einer nach dem anderen ging nach hinten, dorthin, wo das Klo war. Normalerweise gingen Männer nicht gemeinsam aufs Klo, das taten nur Mädchen.

Und jetzt folgten ihnen die beiden Neuankömmlinge.

Ingo hob den Tonarm von der Schallplatte. Im Karloff war es mit einem Mal mucksmäuschenstill. Alle schienen auf etwas zu warten. Auf etwas zu horchen. Tatsächlich, da war etwas, Leonore hörte es auch, es klang nach einem Handgemenge. Kein Wunder, dachte sie, wenn alle fünf auf einmal auf den Pott wollen.

Wie auf Zuruf standen jetzt alle auf, ließen ihre halb vollen Gläser und Bierflaschen auf den Tischen stehen und gingen zum Ausgang. Jemand brüllte etwas, hinten, beim Klo, auf Englisch. Leonore beobachtete alles und verstand nichts. Sie brauchte eine Weile, bis sie merkte, dass sie allein in ihrem Sessel saß. Auch Ella war verschwunden. Nur vom Klo her hörte man Gepolter und Geschrei, es musste sich um eine ordentliche Prügelei handeln. Wo war Ingo?

Nervös stand sie auf. Jetzt wummerte es auch vorne, an der Eingangstür. Und dann stürmten Uniformierte herein. Soldaten in Montur. Einer packte sie und drückte sie in eine Ecke. Die anderen nahmen die drei Jungs in Empfang, die von den beiden älteren Engländern abgeführt wurden.

Ihr legte man zwar keine Handschellen an, aber man bat sie nicht, mitzukommen, man befahl es ihr. Es war, dachte Leo, während man sie hinausführte und in einen Jeep verfrachtete, wie damals auf der Wippe. Alle wissen es und springen rechtzeitig ab. Nur du dummes Schaf nicht. Und jetzt ist die Kacke am Dampfen.

Das war sie in jeder Hinsicht. Man brachte Leo zu einer Kaserne auf dem Westerberg, wo ein Mann, der leidlich deutsch sprach, sie stundenlang verhörte. Es ging nicht um die drei Soldaten, die man im Karloff festgenommen hatte, warum auch immer, sondern um Dave und Pete, was sie wunderte, die waren doch Ella zufolge schon ewig nicht mehr im Karloff gewesen. Ob sie etwas über deren Aufenthalt in den vergangenen Monaten wisse? Nein. Nichts wusste sie. Und warum sollte sie? Irgendwann fiel das Wort »Deserteur«, und endlich konnte sie sich denken, was los war. Dave war desertiert und hatte sich bei Ella versteckt. Ob Ella gewusst hatte, welches Risiko sie damit einging?

Die Fragen wiederholten sich, ihre Antworten ebenfalls. Irgendwann gab der Mann auf und rief bei ihren Eltern an. Es war drei Uhr nachts, als Margo und Henri sie abholen kamen. Die Stimmung war entsprechend.

»Das fehlte noch!« Margo sagte, was sie immer sagte. »Was hast du nachts in einer Kneipe zu suchen? Wo Soldaten verkehren? Wolltest du nicht bei Ella sein?«

»Deine sogenannten Freunde haben offenbar Deserteure versteckt«, knurrte Henri. »Weißt du, was das für Konsequenzen hat?«

Leonore hatte auf keine dieser Fragen eine Antwort. Nur eines wusste sie: Das Karloff war ein Ort, der die Stadt und die Schule, die Traurigkeit und die Einsamkeit zum Verschwinden brachte. Das Karloff war Dunkelheit, Kerzenlicht, Whisky Cola, Musik, die in die Knochen fuhr. Es war die Heimat der Heimatlosen, also auch die von Deserteuren, das kam ihr plötzlich völlig logisch vor.

Sie versuchte, den Kopf gerade zu halten, während sie zurück nach Osterholz fuhren.

Der Skandal erschütterte auch die besseren Osnabrücker Kreise, denn selbst tugendhafte Schülerinnen der katholischen St.-Ursula-Schule und brave Zöglinge des Ratsgymnasiums hatten ab und an die klamme Bruchbude in der Kleinen Gildewart besucht. Und Rauschgift hatte man gefunden! Das bisschen Shit, dachte Leonore, und deswegen so ein Theater.

Der Urteilsspruch kam zwei Tage später. Die Eltern waren sich mit dem Direx ihrer Schule darüber einig, dass sie in Osnabrück schlechten Einflüssen ausgesetzt gewesen und dass es besser für sie sei, sie wechselte fürs letzte Schuljahr vor dem Abitur auf ein Internat. Bis dahin gab es für Leonore nur noch Osterholz, lange Spaziergänge durch Wiesen und Wälder, ihr Kofferradio und die Schreibmaschine. Alle waren erleichtert, als endlich der Bescheid vom Internat in Steinau kam.

»Steinau hat einen guten Ruf«, verkündete Henri, der ausnahmsweise einmal das Familienoberhaupt gab. »Es ist nicht weit weg, du kannst uns also jederzeit besuchen kommen.«

Danke für das großzügige Angebot, dachte Leonore, die sich abgelehnt und verstoßen fühlte.

Sie hatte keine Lust und keine Gelegenheit, sich von Klassenkameradinnen oder Lehrern zu verabschieden. Ella und Ingo waren ihr wichtiger, sie machte sich Sorgen um die beiden. Doch nach Osnabrück durfte sie nicht mehr, jedenfalls nicht allein. Sie schrieb einen letzten Brief an Clara, um ihr die neue Adresse mitzuteilen. Clara würde nicht antworten, sie machte sich da keine Hoffnungen mehr, aber Schreiben tröstete.

Das Abitur bestand sie ein Jahr später mit Ach und Krach. Die große Überraschung war ihre Mutter: Sie schenkte ihr als Belohnung – oder als Schmerzensgeld? – ein halbes Jahr London. Swinging London! Margo musste gemerkt haben, wonach sie Sehnsucht hatte.

Revolution No. 9

I

Osterholz, Sommer 1970

Wie eng das Zimmer in der Moosbeeke doch war, das ihr so paradiesisch erschien, als sie es vor sechs Jahren bezogen hatte – das erste eigene Zimmer! Ein schmales Bett, ein Schreibtisch, ein Bücherregal. Auf dem Schreibtisch stand noch immer die gute alte IBM unter ihrer grauen Plastikhaube, im Regal warteten einst geliebte Bücher, die sie nie wieder lesen würde, und im untersten Fach standen die gesammelten Werke ihrer Jugend, gelocht und in Aktenordner einsortiert, auf deren Rücken »Natur« stand oder »Menschen« oder »Ereignisse«. Sie schlug den Ordner »Menschen« auf und blätterte durch die von farbigen Pappdeckeln getrennten Manuskripte. »Der Mann im schnottengelben Opel« hieß eins, das weit hinten einsortiert war.

Sie überflog den Text. Was für einer Gefahr sie sich ausgesetzt hatte! Wie jung und naiv sie gewesen war! Wahrscheinlich war sie das noch immer. Sonst wäre sie nicht nach dem Abitur in London abgetaucht, um bedenkenlos LSD zu nehmen und sich von James oder Keith oder Colin vögeln zu lassen, weil alle Welt »Make love not war« empfahl. Das Kind, das sie knapp vor Ende des dritten Monats abtreiben ließ, hätte wahrscheinlich schlechte Zähne und Sommersprossen bekommen, wie sein englischer Vater. Sie bereute ihre Entscheidung nicht. Es tat nur immer noch weh. Sehr weh. Nicht, weil die Prozedur so schrecklich gewesen war, das auch. Sondern weil sie sich tief verletzt fühlte. Ausgeräumt und leer.

Die Sache war in jeder Hinsicht gefährlich gewesen, der Arzt hätte seine Approbation verloren, wenn das aufgeflogen wäre. Der Eingriff musste ohne Betäubung vonstattengehen. Es war eine Marter gewesen. Eine höllische Strafe. Sie schlug den Aktenordner zu. Nicht daran denken.

Die Bücher legte sie zuunterst in die große Holzkiste und packte die Ordner obendrauf. Margo hatte sie darum gebeten, das Zimmer leer zu räumen, sie wollte sich hier eine Art Büro einrichten. Immerhin erlaubte sie Leo, die Sachen oben auf dem Speicher unterzustellen, in ihre Studentenbude in Münster passte nichts mehr rein. Die lag zwar in einer großbürgerlichen Villa, war aber nur acht Quadratmeter groß. Früher war dort, auf halber Treppe zwischen dem zweiten und dem dritten Stock, ein Klo gewesen, bevor jede Wohnung ein eigenes bekam. Küche und Bad teilte sie sich mit der Wohngemeinschaft einen halben Stock weiter oben. Das Kämmerchen war der einzige Raum gewesen, der noch zu haben war, sie sollte dort so lange wohnen, bis jemand aus der WG auszog und ein größeres Zimmer frei wurde.

Aus der Halle klangen vertraute Laute. Früher hatte ihre Mutter oft das Bruchkonzert aufgelegt, heute schallerte Alexandras »Mein Freund, der Baum« durchs Haus. Die Sängerin war vor einiger Zeit bei einem Verkehrsunfall ums Leben gekommen, doch hier, in der Moosbeeke in Osterholz, war sie unsterblich. So ändern sich die Zeiten, dachte Leo und trauerte für ein paar Momente der Vergangenheit nach.

Die Uni in Münster war nicht die Stätte unerhörter geistiger Erleuchtung, die sie sich erträumt hatte. Sie hatte sich deshalb für ein Auslandssemester in den USA beworben, erfolgreich, was sie verblüffend fand: dass sie auch mal Glück haben würde! Das Auslandssemester begann erst im nächsten Jahr, bis dahin musste sie in Münster durchhalten. Vor allem die Studenten waren nicht nach ihrem Geschmack. Die Mode hatte sich in ihrer Abwesenheit völlig verändert, bunt und fließend war vorbei, die meisten trugen Einheitsuniform, auch die Mädchen: Stiefel über den Jeans und Lederjacken. Es ging streng und eher asketisch zu, alle redeten von Marx und vom Klassenkampf und von der Revolution, nur die Spießer nicht, die mit Schlips über gebügelten Hemden, aber die waren auch nicht ihr Fall. Wenn die Abtreibung nicht gewesen wäre, hätte sie sich beinahe wieder zurückgesehnt nach Clapham mitsamt James, Keith oder Colin oder einem anderen Freak mit langen Haaren und ungewaschenen Füßen. Hier in diesem kleinkarierten Westfalen war nichts zu spüren von den wilden Sechzigern, nichts erinnerte an Swinging London, wo sie mit anderen Blumenkindern unter der Nelsonsäule auf dem Trafalgar Square gesessen hatte, dabei war das doch noch gar nicht so lange her. Selbst bei den Germanisten diskutierte man nicht über Literatur, sondern über Themen wie den »tendenziellen Fall der Profitrate« oder die Werttheorie von Karl Marx (»Hast du die Grundrisse schon gelesen?«) bis zur Ausbeutung der Dritten Welt. Immer gab es irgendetwas zu besetzen oder Flugblätter zu verteilen, oder man sollte massenhaft gegen ein frisch entdecktes Elend irgendwo auf der Welt demonstrieren, und wenn es die Fahrpreiserhöhung in Hannover war. »Ihr redet hier drinnen über die unflektierte Verwendung eines attributiv gebrauchten Adjektivs, während draußen ...« Ach ja.

»Du bist unpolitisch«, hatte ihr eine Kommilitonin mit

feuchter Aussprache ins Gesicht gesagt, als sie sich über die Jungs lustig gemacht hatte, die ihr Seminar über »Georg Herwegh und die Literatur des Vormärz« gestürmt hatten, in langen braunen Ledermänteln, die furchtbar militant wirkten. Vielleicht stimmte das ja. Lieber ging sie tanzen, während die linken Sektierer einander auf einem der vielen Teach-ins niederschrien.

Sie hasste deren tote Sätze und blutleere Parolen. Worte wie »System« und »Klassenfrage« und Kapitalismus, nichts davon ließ sich anfassen, nichts blutete, schwitzte, weinte. Das hatte sie anders empfunden, als sie in Clara noch ein Vorbild gesehen hatte, damals kamen ihr solche Wörter wie Zaubersprüche vor. Aber die Magie war verraucht, seit August 1968.

Sie verstand sie nicht mehr, die Leute, die von der Sowjetunion als »Vaterland des Sozialismus« schwärmten. Der August 1968 musste doch für jeden denkenden Menschen das Ende aller Illusionen über den »real existierenden Sozialismus« und die »friedliebende Sowjetunion« samt DDR bedeutet haben? Truppen des Warschauer Pakts waren in die Tschechoslowakei einmarschiert, um einen Traum zu beenden, den viele geträumt hatten: den »Prager Frühling«, die Hoffnung auf einen »Sozialismus mit menschlichem Antlitz«. Der Traum war ein Irrtum gewesen, man konnte den Sozialismus nicht reformieren.

Leonore fühlte sich zwischen den Fronten. Die Linken waren ihr zu dogmatisch, die anderen zu bourgeois. Allerdings lernte man bei den als reaktionär verschrienen Professoren noch am meisten. In allen anderen Seminaren wurde von auftrumpfenden Studenten die »sozioökonomische Grundlegung des Stoffs« gefordert, bevor man an die Arbeit gehen durfte. Die Literatur dazu kam aus der DDR: die Einzelbände des »Lehrbuchs der deutschen Geschichte« in gelbrotem Umschlag oder ein ebenfalls aus der DDR stammendes Standardwerk zur Wirtschaftsgeschichte, in kackbraunes Lederimitat gebunden. Die schwächeren Professoren duldeten das, sie hatten wahrscheinlich Angst vor den aggressiven Dogmatikern unter ihren Studenten.

Sie hatte sich das Studium anders vorgestellt. So macht man sich eben seine Illusionen – doch wenn man Glück hat, verliert man sie wieder. Verstand hilft auch dabei, dachte sie.

Bevor sie den Ordner »Menschen« in der Kiste versenkte, öffnete sie ihn ein weiteres Mal. Viele der Porträts hatte sie während der Schulzeit für Frau Schubert geschrieben, sie hatten über jeden Satz und jedes Wort geredet, der Lehrerin verdankte sie weit mehr als dem Studium der Germanistik, das hatte sie als Nebenfach belegt. Im Hauptfach war sie für Geschichte eingeschrieben.

Sie klappte den Ordner zu und legte ihn in die Kiste. Frau Schubert wohnte in Sutthausen, daran erinnerte sie sich. Sie ging hinaus in die Halle und schlug das Telefonbuch auf. Das musste sie sein: Helga Schubert. Dianastraße. Sie nahm den Hörer auf und wählte.

»Schubert?«

Leonores Herz klopfte. Das war sie, die Schubert, immer etwas kühl und zurückhaltend. »Leonore Seliger. Ich weiß nicht, ob Sie sich erinnern …«

Helga Schubert lachte. »Und ob ich mich an eine meiner besten Schülerinnen erinnere. Ich habe es sehr bedauert, dass Sie damals gehen mussten. Was für eine dumme Sache das war.«

»Ja. Dumm ist der passende Ausdruck«, murmelte Leonore verlegen.

»Wo sind Sie? Was machen Sie? Wie geht es Ihnen?«

»Ich bin gerade bei meinen Eltern und packe. Eigentlich studiere ich in Münster.«

»Sie sind hier? Kommen Sie mich besuchen, wenn Sie mögen!«

Das war genau das, was sie hören wollte. »Wann? Gleich?«, fragte sie, atemlos.

Frau Schubert lachte wieder. »Ja! Gleich. Ich bin da.«

Ihre Mutter lächelte verständnisvoll. »Ja, die Frau Schubert, die mochtest du, ich erinnere mich.« Sie ging in den Garten und schnitt einen Strauß Rosen. »Damit du nicht mit leeren Händen kommst.« Leonore brauchte mit ihrem Käfer eine Dreiviertelstunde, bis sie vor dem Haus in der Dianastraße stand.

Frau Schubert trug Jeans, Bluse und Sandalen und führte Leo durch den Hausflur nach hinten, zu einer Terrasse mit Blick auf einen schmalen, mit allerlei Blühendem und Wucherndem vollgestopften Garten. Hier gab es keine Sichtachse oder ausgefeilte Pflanzpläne, wie bei Margo und Henri. Leonore gefiel das. Sie kam sich seltsam vor mit ihrem Strauß Rosen in der Hand, die Lehrerin hatte genug davon. Aber Frau Schubert nahm ihr die Blumen dankend aus der Hand und stellte sie in einer Vase auf den Tisch.

Es gab keinen Kaffee und keinen Kuchen, dafür eisgekühlte Cola, mit der die beiden anstießen, nachdem Frau Schubert ihr das Du angetragen hatte. Die Schubert – nein: Helga – musste nicht lange fragen, damit Leonore ihr alles erzählte. Fast alles. Die Abtreibung ließ sie aus. Dass ihr Germanistikstudium sie langweilte, ließ Helga Schubert den Kopf schütteln. »Germanistik brauchst du ja auch nicht, das ist etwas für

Pedanten oder angehende Lehrer, aber nicht für dich. Schreiben kannst du. Geschichte ist gut, aber du musst ein Thema finden, das dich bewegt.«

Ein Thema. Im Moment war bei den Kommilitonen die deutsche Arbeiterbewegung im Schwange. Oder der deutsche Sonderweg.

»Ein Projekt, um es neumodisch auszudrücken. Ich erinnere mich an einen deiner Texte. So, wie du damals darüber geschrieben hast, hat es mir nicht gefallen. Es ist die Geschichte deines Großvaters, mütterlicherseits, wenn ich mich recht erinnere.«

»Hugo Hegewald, der Vater meiner Mutter. Er ist im Juli 1945 von den Sowjets verhaftet und ins KZ Buchenwald eingeliefert worden. Mehr wissen wir nicht.«

»Hat er sich etwas zuschulden kommen lassen?«

»Sonst wäre er doch nicht im Lager gelandet, oder?«, antwortete Leo, ohne rechte Überzeugung. Sie wusste schon lange nicht mehr, welcher Version der Geschichte sie trauen konnte.

Helga Schuberts Gesicht veränderte sich, die Falten neben der Nase und am Kinn vertieften sich, sie sah plötzlich hager und streng aus. »Ich war fünfzehn, als ich im November 1945 nach Buchenwald kam, und ich war ganz bestimmt kein Nazi.«

Eine Fünfzehnjährige? Unvorstellbar. Leonore hielt die Luft an.

»Du weißt, warum es Buchenwald hieß? Das Lager befand sich auf dem von Goethe geliebten Ettersberg bei Weimar, die Nazis haben es vorsichtshalber umgetauft, Goethe musste sauber bleiben. Die Sowjets fanden nichts dabei, das Lager in ihrem Sinn zu nutzen.«

Wen wunderte das? Seit dem Einmarsch in Prag 1968 hatte Leo keine Illusionen mehr.

»Als ich das Lager endlich verlassen durfte, war ich achtzehn. Ich hatte mehr Glück als andere. So um die siebentausend Menschen sind im SpezLager II verreckt.« Der Blick ihrer Lehrerin war in die Ferne gerichtet.

»Aber warum – du?« Du zu ihrer Lehrerin zu sagen, fiel ihr noch immer nicht leicht.

»Die Sowjets haben mich beschuldigt, ein Werwolf zu sein.«

Leonore hatte davon gehört. »War das nicht eine Partisanentruppe der Nazis?«

»Ach, viel zu hoch gegriffen. Himmler und Goebbels hatten die Idee, als es eigentlich schon zu spät war. Im Frühjahr 1945 gab es ein paar wenige Werwolfgruppen, für die insbesondere Jugendliche rekrutiert wurden. Sie sollten eine Art Guerilla bilden, den Feind am Vormarsch hindern. Lächerlich. In Wirklichkeit waren sie Kanonenfutter. Die Briten haben bald gemerkt, dass es sich um Propaganda handelte, nur die Sowjets haben an die Mär von der fanatischen Partisanentruppe geglaubt und Tausende Jugendliche ins Lager gesteckt. Ich war eine davon.«

Leonore wagte nicht, Helga Schubert anzusehen, sie wollte nicht, dass ihre Lehrerin merkte, wie verlegen ihr Bericht sie machte. Aus irgendeinem Grund hatte sie Schuldgefühle.

»Das Schlimmste war der Hunger. Das Zweitschlimmste die ewigen Fahnenappelle. Wir haben stundenlang gestanden, in Hitze und Eiseskälte. Manch einer ist dabei vor Schwäche umgefallen.«

»Das muss furchtbar gewesen sein«, sagte Leonore mit schwacher Stimme. »Aber – wir waren schuld am Krieg.«

»Auch im Krieg gibt es Regeln. Auch für den Fall der Niederlage. Die Zivilbevölkerung ist zu schonen.« Helga Schubert seufzte. »Ich merke es dir an: Das ist kein Projekt, das dir behagt.«

Leonore schwieg.

»Gut möglich, dass auch dein Großvater Opfer von Willkür geworden ist, Leonore«, sagte Helga Schubert nach einer Weile leise. »Lass ihm Gerechtigkeit widerfahren. Es ist wichtig, zu wissen, woher man kommt. Menschen brauchen das. Wir sind keine Einzelwesen, wir sind verbunden mit den Generationen vor uns. Auch wenn es uns nicht immer bewusst ist oder es uns nicht gefällt.«

»Bei uns zu Hause gibt es das nicht, diese Verbundenheit«, sagte Leonore. »Wir sind ›tolopen Pack‹. Wir gehören nicht dazu.«

Frau Schubert lachte, endlich lachte sie wieder. »Ich kenne das Gefühl. Ich habe nach meiner Entlassung aus dem Lager meiner Heimat in der Ostzone den Rücken gekehrt und bin in den Westen gegangen. Man hat mich hier auch nicht gerade wie den Messias empfangen. Heute sehe ich das gelassen. Der Westen Deutschlands musste damals um die acht Millionen Menschen unterbringen, Vertriebene, Flüchtlinge, Displaced Persons aus den Lagern. Für niemanden war das einfach.«

Leonore erinnerte sich an die Erzählungen ihrer Eltern von der Einquartierung bei einem skurrilen Ehepaar in Dissen. Der Mann war begeisterter Ornithologe gewesen, ganz so wie Henri, der ihn dadurch für sich eingenommen hatte. Aber für ihre Mutter musste das Leben auf engstem Raum, abhängig vom Wohlwollen anderer, eine Qual gewesen sein.

»Wir haben angefangen«, sagte sie schließlich, »mit dem Krieg« – und wusste zugleich, wie hilflos das klang.

»Ja.« Ihre Lehrerin hatte sich wieder gesetzt und sah ihr in die Augen. »Aber das verbietet niemandem, Mitleid zu empfinden angesichts des Schicksals einzelner Menschen.«

»Einzelschicksale sind Krampf im Klassenkampf.«

Helga Schubert lachte. »Zwischentöne, singt Degenhardt. Und damit hat er wohl irgendwie recht.«

Leonore fuhr gedankenverloren nach Hause, fast hätte sie die Abfahrt nach Osterholz verpasst. Als sie das Tor öffnete, sah sie ihre Eltern durch den Garten gehen, beim allabendlichen Ritual. Mit einem Mal rührte sie der Anblick. Auch Margo und Henri hatten es nicht gerade leicht gehabt. Verdienten nicht auch sie Mitgefühl? Sie lief den Gartenweg hinauf und erschrak fast, als sie die Freude über ihr Kommen auf dem Gesicht ihrer Mutter sah – erst recht, als sie das alte Spiel wiederaufnahmen: die Pflanzen bei ihren Namen nennen. Aralia elata. Aralie. Rhus typhina. Essigbaum. Euonymus europaeus. Pfaffenhütchen. Nur bei einer Rose musste Leonore passen, sie hatte nur noch eine Blüte, tiefrot und halbgefüllt. »Tuscany oder auch Old Velvet Rose«, sagte Margo mit einem kleinen triumphierenden Lächeln. »Und jetzt zieh dir was Nettes an, dein Vater will uns ausführen.«

Sie tafelten im Garten eines liebevoll restaurierten Kottens unter einer Linde und verließen das Restaurant als Letzte. Leonore hatte sich lange nicht mehr so wohlgefühlt in der Gegenwart ihrer Eltern. Beim Abschied hatte Henri Tränen in den Augen. Fast bedauerte sie es, dass sie im nächsten Jahr weit weg sein würde. In Cambridge, bei Boston, in den Vereinigten Staaten.

II

Münster

»Willst du wirklich nach Amerika gehen? Ins Land der Kriegsverbrecher und Kindermörder?« Anne blickte Leo aus großen vorwurfsvollen Augen an. Sie hatte getrunken und war nicht mehr ganz nüchtern. Alle hatten getrunken, Valpolicella aus der großen Korbflasche. Aber die Frage musste einen Nerv getroffen haben, denn die ganze WG hörte plötzlich auf zu reden und zu lachen, alle sahen Leonore an, die trotzig zurückstarrte. Fehlte nur noch, dass irgendjemand »USA, SA, SS« skandierte.

»Kent-State-Massaker. Das kannst du nicht vergessen haben. Vier tote Studenten! Von Nationalgardisten erschossen! Nur, weil sie gegen den Einmarsch der Amis in Kambodscha protestiert haben!«

Martina hatte gekocht, einen großen Topf Gulasch, dazu Nudeln, und sie alle in die große Küche der Wohngemeinschaft eingeladen. Obwohl sich das schmutzige Geschirr wie immer im Waschbecken stapelte, hatte Leo sich wohlgefühlt. Bis jetzt.

»Der Einmarsch in Kambodscha ist furchtbar. Der Vietnamkrieg ein Verbrechen. Aber daran sind doch nicht alle Amerikaner schuld. Denk an Jane Fonda und Joan Baez und all die anderen, die gegen den Krieg protestieren.«

»Die wollen doch nur ihre Platten verkaufen. Wo bleibt der massenhafte Widerstand? Ganz ehrlich: Ich verstehe dich auch nicht.« Bernd, der sich kürzlich die lange Matte abgeschnitten hatte, weil die Arbeiterklasse keine Langhaarigen mochte. »Was willst du auf so einer piekfeinen Uni? Da gibt es bestimmt nur weiße Rassisten. Kann sich ja sonst niemand leisten.«

Leo verstand die nicht ausgesprochene Frage: Wieso kannst du dir das eigentlich leisten? »Es ist ein Stipendium, für ein Jahr. Ich muss das nicht bezahlen. Nur den Flug.«

So ganz billig war die Sache allerdings nicht, Margo hatte mehr als einmal betont, dass sie das Geld dafür nicht aus den Rippen geschwitzt oder aus der Portokasse genommen hätte.

»Du bist natürlich privilegiert«, sagte Ulli herablassend. »Jemand aus der Arbeiterklasse hätte keine Chance gehabt.«

Das sagte ausgerechnet Ulli, das Mädchen aus bestem Haus mit den feinen Klamotten. Woher weißt du das, hätte Leonore am liebsten gefragt. Jeder kann das schaffen, der sich darum bemüht – oder genauso gut ist wie ich. Aber so etwas durfte sie hier nicht sagen. Das galt als elitär.

Was für eine nette Wohngemeinschaft, hatte sie gedacht, als sie eingezogen war, doch zugleich war sie froh gewesen, dass ihr Kämmerchen auf halber Treppe lag und sie nicht ihr ganzes Privatleben mit den anderen teilen musste. Das war ihr schon auf dem Internat schwergefallen. Auf diesen Abend aber hatte sie sich gefreut. Die Küche war ein schöner Raum, hell, mit viel Platz. Eine Flügeltür führte auf einen breiten Balkon, der Tisch war groß genug für zehn, zur Not auch zwölf Leute. Und Martina konnte nicht nur Spaghetti mit Soße kochen.

Allerdings gab es regelmäßig Streit über Sauberkeit und Ordnung. Wer kochte, musste hinterher nicht abwaschen, das war die Regel. Aber die Männer schafften es immer, sich davor zu drücken, und wenn die Frauen daraufhin in Streik traten, gammelte das Geschirr in der Spüle vor sich hin, bis es grün war. Aus den Krusten auf dem Herd konnte man auf die Mahlzeiten der letzten Monate schließen.

Neben der Bank, auf der Anne, Bernd und Ulli saßen, stapelten sich die Zeitungen. Der Stapel war letzte Woche ins Rutschen geraten, aber das hatte niemand als Aufforderung gesehen, das Papier zusammenzuschnüren und wegzubringen. Es konnte ja sein, dass man irgendwann irgendeinen Artikel aus der Frankfurter Rundschau dringend brauchte. Oder aus der Peking-Rundschau. Aus der Zeit, aus dem Spiegel, aus dem Neuen Deutschland. Zeitungen wegwerfen war unsolidarisch.

»Mich kriegt niemand aus Deutschland weg. Wir müssen die Verhältnisse hier zum Tanzen bringen«, meinte Martina träumerisch. »Wir werden den revolutionären Gedanken Taten folgen lassen.«

»Möchtest du etwa auch ein Kaufhaus anzünden?«, fragte Bernd spöttisch. Es hatte einen heftigen Streit gegeben, als er vor ein paar Monaten die legendäre Aktion von Andreas Baader und Gudrun Ensslin »kleinbürgerlich« genannt hatte. Die beiden hatten im April 1968 als Protest gegen den Vietnamkrieg in zwei Frankfurter Warenhäusern Brandsätze gezündet und waren dafür ins Gefängnis gegangen. »Die Arbeiterklasse versteht das nicht.«

Leonore hatte die Aktion damals gar nicht so verkehrt gefunden, und es war ja auch niemand dabei umgekommen. Den saturierten Bürgern ein bisschen Feuer unter dem Arsch zu machen erschien ihr angesichts des Schicksals der Menschen in Vietnam durchaus angemessen.

»Deine Arbeiterklasse versteht nur Glotze und Bier, Bernd, glaub mir.« Karlheinz war der Älteste in der WG, er studierte seit acht Jahren Soziologie, jedenfalls war er dafür eingeschrieben, und er setzte dem Idealismus der Jüngeren stets einen gepfefferten Zynismus entgegen. »Außerdem gibt es auch in den USA Linke, die begriffen haben, was auf dem Spiel steht.«

»Also dass sie den Baader aus dem Knast befreit haben, versteh ich ja noch. Aber man kann doch dabei nicht auf einen Menschen schießen!«, sagte Anne, empört.

»Warum musste der Kerl auch im Weg stehen?« Ulli.

Unter dem Vorwand, gemeinsam mit ihm ein Buch schreiben zu wollen, hatte Ulrike Meinhof im Mai dafür gesorgt, dass Baader aus der Haftanstalt Tegel in die Bibliothek des Deutschen Zentralinstituts für soziale Fragen gebracht wurde. Ein Angestellter der Bibliothek hatte den Mut gehabt, sich Baaders »Befreiern« entgegenzustellen, und war durch zwei Schüsse schwer verletzt worden. Anne hatte nicht viel im Kopf, aber Herz, im Unterschied zu Ulli. Leonore nickte ihr zu.

»Mach dir nichts aus den dummen Sprüchen. Sie sind nur neidisch«, flüsterte der Typ neben ihr. Der Gast, den sie bis zu diesem Abend noch nie hier gesehen hatte, ein gewisser Jost, ein schlanker Typ mit stoppelkurzem blonden Haar, lächelte sie unerwartet freundlich an. Verschwörerisch, geradezu.

Sie klinkten sich aus der allgemeinen Diskussion aus. Leo berichtete von London und dass sie mit einem befreundeten Gitarristen bei Cat Stevens zu Besuch gewesen sei. Der hatte wie ein Buddha im Schneidersitz auf dem Bett gethront, während seine Bewunderer andächtig auf dem weißen Flokati hockten, mit dem der Raum ausgelegt war, und zu ihm aufsahen. Jost hatte als Schüler in einer Band gespielt und mochte Cat Stevens nicht. Damit waren sie bei ihren Musikvorlieben.

Die Beatles? Waren ihm zu nett. Die Stones? Mick konnte nicht singen, fand sie. Frank Zappa? Jost waren die Texte zu intellektuell. Immerhin konnten sie sich auf Janis Joplin und Genesis einigen, auf Pink Floyd und Neil Young und darauf, dass es an der Zeit wäre, in die nächste Kneipe zu gehen, auf eine Runde Bier »und eine Runde Darts«, flüsterte Jost ihr zu. »Üben für die Weltrevolution. Wer treffen will, muss zielen können.«

Darts spielte man im Scottish Pub, eine Eckkneipe zwei Straßen weiter, in einem Gang rechts von der Bar, der zu den Klos führte. Jost traf gut. Aber Leonore traf besser. Sie hatte in den Pubs von Clapham und Notting Hill geübt. Als Erstes schossen sie zwei Deutsche aus dem Spiel. Danach trat ein dürrer, langhaariger Schotte gegen Leo an, den sie ebenfalls erledigte, allerdings nicht ganz so schnell. Bald hatte sich eine ganze Gruppe um sie gebildet, vor allem englische Soldaten, die Deutschen hatten schnell aufgegeben. Sie spielten 301 mit Double In und Double Out, ohne Kinkerlitzchen. Jost brauchte man nicht zu erklären, wie das ging: Zum Einstieg musste man den äußersten Ring der Scheibe treffen, das zählte doppelt. Der mittlere Ring zählte dreifach. Ein Treffer in den Bull, den inneren Ring, ergab 25 Punkte, und wer den Pfeil ins Bull's Eye setzte, in den kleinen roten Kreis in der Mitte, erntete satte 50 Punkte. Jeder Treffer wurde von der Ausgangspunktzahl 301 abgezogen, aber man musste mit einem Double Out enden, und zwar exakt, jeder Punkt darüber war verloren. Es half, wenn man rechnen konnte. Mit guten Spielern ging das alles rasend schnell. Leonore blickte mit Neid auf das Lederetui eines bulligen Engländers namens Patrick, er spielte mit Tungsten-Darts, das war die Krönung.

Getrunken wurde auf britische Art: Jeweils einer ging zur Bar, um für die ganze Runde Bier zu besorgen. Doch Leo kam kaum zum Trinken, sie spielten ohne Pause, nur zweimal verlor sie, einmal gegen Jost, einmal gegen Patrick.

Die feierliche Ansage »Last orders, gentlemen, please« von Ian, dem Barkeeper, sorgte dafür, dass alle zur Bar hasteten, um sich einen letzten Drink zu sichern. Jost und Leo kniffen, obwohl sie Patrick noch ein Pint schuldeten. Erhitzt und eng umschlungen liefen sie nach Hause und sangen lauthals: »Walk on, walk on, with hope in your heart, and you'll never walk alone.« Jost küsste Leo die Tränen von den Wangen und fragte nicht, warum sie heulte. Dann schenkte er ihr den Stern vom blauen Mercedes, der vor dem Haus parkte.

Das Bett war zu schmal für zwei Personen, aber nicht in dieser Nacht.

Das Verhältnis mit Jost heilte eine Wunde. Leo hatte sich seit der Abtreibung an keinen Mann mehr herangetraut, bei den Kommilitonen galt sie als zickig oder schüchtern, je nachdem. Männer, die sie für schüchtern hielten, versuchten sie ins Bett zu diskutieren mit empfindsamen Schilderungen des tendenziellen Falls der Profitrate oder feurigen Elogen auf die Frauenbefreiung. Es war lächerlich. Die anderen waren ihr lieber, die gaben gleich auf.

Jost redete nicht, er zeigte Geduld und Zartgefühl auf andere Weise. Wo er wohnte und was er machte, fragte sie nicht, und er sagte es nicht, auch nicht, ob und wann er wiederkommen würde, allein die Frage verbot sich. Das alles störte sie nicht, auf diese Weise blieb ihre Beziehung überraschend, und sie fühlte sich nicht eingeengt. Nur einmal stellte sie ihm eine Frage, nachdem sie lange und zärtlich gevögelt hatten.

»Woher hast du das? Woher weißt du, wie Frauen ticken? Du musst eine ältere Geliebte gehabt haben!« Das war ein Fehler.

Er starrte sie an, als ob sie sich beim Essen bekleckert hätte, und sagte »Halt's Maul«. Nicht laut. Leise, fast bedrohlich. Dann stand er auf, zog sich an und ging. Er kam erst nach Wochen wieder.

Manchmal war er bereits verschwunden, wenn sie aufwachte. Aber eines Morgens musste sie mitten in der Nacht aufs Klo, während er tief und fest schlief. Ein unangenehmer Gang im Nachthemd und auf nackten Füßen durchs Treppenhaus nach oben in die Wohnung. Als sie zurückkam in ihr dunkles Kämmerchen, stolperte sie über seine Jacke, die auf dem Boden lag. Sie bückte sich, ertastete einen schweren Gegenstand in der Innentasche, griff hinein, bekam etwas Glattes, Kühles zu fassen. Was war das? Eine Taschenlampe? Sie ging den Konturen mit den Fingerspitzen nach. Die Form passte nicht zu einer Taschenlampe, das Ding war lang, aber nicht rund. Sie tastete weiter zu einer Art Griff, hier war das Metall nicht glatt, sondern geriffelt. Und dann berührte ihr Finger einen glatten Hebel.

Ihr wurde erst kalt und dann heiß, sie zog die Hand zurück, als ob sie sich verbrannt hätte. Das war der Abzug einer Pistole. Jost kam mit einer Knarre in der Jackentasche zu ihr.

Wer war Jost? Gauner? Bulle? Terrorist?

Sie schlich zurück ins Bett und hoffte, dass er nichts bemerkt hatte. Am liebsten wäre sie geflüchtet, aber davon wäre er aufgewacht. Und dann?

Sie fror. Schon wieder hatte sie sich auf etwas eingelassen, das sie nicht kontrollieren konnte. Wieso war Jost bewaffnet? Es gab darauf eigentlich nur eine Antwort.

Nach einer Weile schlief sie dennoch ein. Als sie aufwachte, war er fort. Obwohl sie hätte schwören können, dass er nicht mitgekriegt hatte, wie sie über seine Knarre gestolpert war, kam er nicht wieder. Sie bedauerte das, aber nur ein wenig. Vor allem war sie froh darüber.

Erst als sie ihre Unterlagen für die Reise in die USA zusammensuchte, merkte Leo, dass in ihrer Brieftasche der Personalausweis fehlte. Das wäre nicht weiter schlimm gewesen, doch auch ihr Reisepass war aus der Schreibtischschublade verschwunden. Sie stellte das Zimmer auf dem Kopf, was bei acht Quadratmetern kein großer Akt war. Nichts. Auch kein Führerschein. Und ihre eiserne Reserve von 500 DM fehlte ebenfalls.

Jost. Er musste ihre Sachen durchwühlt haben – während sie fest schlief. Oder auf dem Klo oder im Bad war.

Mit klopfendem Herzen lief sie nach oben zu den anderen. Alle saßen noch beim Frühstück, Karlheinz las, wie immer, die Peking-Rundschau, Bernd hatte die Frankfurter Rundschau über dem Frühstücksgeschirr ausgebreitet, und Anne studierte mit Bleistift in der Hand ein Seminarpapier.

»Wisst ihr, wie man Jost erreicht?«

Bernd sah auf und grinste. »Das müsstest du doch am besten wissen!«

»Ich weiß nicht, wo er wohnt. Und ihr kennt ihn länger als ich.«

»Kennen? Das wäre zu viel gesagt.«

»Er saß doch hier mit uns am Tisch, als Martina gekocht hat, jemand muss ihn doch eingeladen haben!«

»Ich war's jedenfalls nicht!« Martina hob ihren Kaffeebecher. »Da ist noch Kaffee, wenn du willst.«

Leonore wollte nicht.

»Warum suchst du ihn denn? Bist du schwanger?«, fragte Anne, ohne von ihrem Papier aufzusehen.

Ein eisiger Schmerz durchfuhr sie. Aber nein, sie war nicht schwanger, sie hatte dafür gesorgt, dass nichts passieren konnte.

»Ich – vermisse was.«

»Das kann ich mir vorstellen.« Wieder Bernd, mit diesem blöden Grinsen.

Nein, hier war keine Hilfe zu erwarten. Leonore stürmte hinaus.

Als es wenig später an ihrer Tür klopfte, hoffte sie für einen glücklichen Moment, dass jemand Geld und Papiere gefunden hatte, aber es war nur Karlheinz, wie immer in einer schlabbrigen Armeehose, an den Füßen Sandalen über grünkarierten Socken, in der Hand eine Kippe. Er trug die spärlichen Haare lang, und seine Brille war wie immer fettig, sie fragte sich schon lange, ob er auch nur irgendetwas dadurch sehen konnte.

»Nun erzähl mal, was ist los?«

»Ich suche Jost.«

»Das habe ich begriffen, aber warum?«

Er drängte sich an ihr vorbei in den Raum, setzte sich aufs Bett und ließ die Asche seiner Kippe auf den Boden fallen. Leonore konnte sich nicht zwischen Wut und Selbstmitleid entscheiden. Das Selbstmitleid siegte. »Mein Personalausweis ist weg, mein Führerschein, mein Reisepass und 500 Mark.«

»Verstehe.«

»Ohne Pass komme ich nicht in die USA.«

»Stimmt. Das ist ein Problem. Und du glaubst an Beischlafdiebstahl?«

Fast hätte sie gelacht. Nur Karlheinz benutzte noch solche Wörter. »Ich glaube nicht, dass es einer von euch war, wenn du das meinst.«

»Das ist in der Tat unwahrscheinlich. Man pisst nicht ins eigene Nest, wenn ich das mal so salopp sagen darf. Und was willst du jetzt tun?« Wieder ließ er die Asche auf den Boden fallen. Sie nahm den Aschenbecher von ihrem Schreibtisch. Er griff danach, ohne hinzuschauen, hoffentlich wusste er, was man damit machte.

»Wenn ich Jost nicht finde, muss ich zur Polizei gehen. Ich brauche Ersatzpapiere, sonst komme ich hier nicht weg.«

»Das lässt du besser. Gib den Genossen eine Chance.«

»Wie bitte? Welchen Genossen soll ich eine Chance geben? Eine Chance wozu?« Sie verstand nicht. Nein, sie wollte nicht verstehen. Denn sie ahnte etwas.

»Wer untergetaucht ist, braucht ab und an eine fremde Identität.«

»Wer ist untergetaucht?«

»Jetzt tu nicht so. Du weißt schon. Die Genossen brauchen Wohnungen und Autos.«

Die Genossen. Er meinte tatsächlich die Baader-Meinhof-Truppe. Nach seiner Befreiung aus dem Knast war Andreas Baader mit Horst Mahler und Ulrike Meinhof untergetaucht, die Fahndung lief auf Hochtouren, überall hingen Plakate. Man suchte nach »anarchistischen Gewalttätern« und lobte für sachdienliche Hinweise 100 000 DM aus.

»Ich muss den Verlust melden. Ohne Ausweis kriege ich kein Visum. Ohne Pass komme ich nicht in die USA.«

»Ist vielleicht besser so«, antwortete Karlheinz und drückte seine Kippe im Aschenbecher aus.

Ihr Besuch bei einem szenebekannten Anwalt war ein Schlag ins Wasser. »Du musst den Genossen eine Chance geben«, hieß es wieder, sie dürfe unter keinen Umständen zur Polizei gehen. »Das könnte üble Folgen haben«, sagte der Mann mit dem Beatles-Haarschnitt düster.

»Für mich?«

Er verzog den Mund zu einem sparsamen Lächeln. »Das auch.«

Sie blickte ihn stumm an, stand auf und ging. Es sah nicht danach aus, als ob ihre Interessen für irgendwen von Belang wären, wichtiger waren die »Genossen«. Was tun? Sie wollte nicht zurück in ihr Zimmer, und oben in der Wohnung konnte sie nicht auf Verständnis hoffen. Sie fühlte sich wie ein getretener Hund, der durch die Stadt streunt, die ihr heute besonders grau und kalt vorkam.

Irgendwann landete sie vor einem Eduscho, kaufte sich einen Kaffee und stellte sich an einen bekleckerten Stehtisch, von dem aus man die Straße überblicken konnte. Draußen liefen Menschen vorbei, die auch nicht fröhlicher wirkten als sie. Einen Moment lang glaubte sie in einem Mann mit stoppelkurzen Haaren Jost zu erkennen. Als sich ihr Puls wieder beruhigt hatte, machte sie sich auf den Heimweg.

Ian polierte die Gläser, als Leo um kurz nach fünf beim Scottish Pub vorbeischaute.

Er musste ihr angesehen haben, dass es ihr nicht gut ging, jedenfalls stellte er, ohne zu fragen, ein Glas Old Peculier auf die Theke. Das süße dunkle Bier, ein Klassiker aus Yorkshire, tröstete jede verwundete Seele – nur ihre nicht, nicht heute.

»Ian, du kennst doch Jost«, sagte sie nach einer Weile.

»Nicht so gut wie du«, antwortete er.

»War er hier, in letzter Zeit?«

Ian war ein großer Mann, mit langen glatten Haaren und tiefbraunen Augen, sehr schottisch, fanden die Frauen, die ihn anhimmelten und ihn für »tief« hielten, weil er wenig sagte.

Ian hielt eines der Gläser vor das Licht, wischte nach und schüttelte den Kopf.

Leonore trank nach dem ersten ein zweites Bier und hing ihren Gedanken nach. Sie würde ihren Eltern das Fiasko gestehen müssen. Aber wie? Die beiden würden von ihr verlangen, den Diebstahl zu melden. Und dann?

Dann wäre sie eine Verräterin an den »Genossen«, und die waren nicht zimperlich. Aber auch bei der Polizei würde man sie nicht liebevoll aufnehmen. Angesichts der herrschenden Hysterie würde man sie wahrscheinlich zu den »anarchistischen Gewalttätern« zählen. Und das war das moderne Kainsmal.

III

Osterholz

»Wann genau sollst du in Boston sein? Soll ich schon mal den Flug buchen?«

Bei jedem Telefongespräch nervte Leonores Mutter mit der immer gleichen Frage. Es half nichts: Leonore musste ihren Eltern gestehen, dass Boston gestorben war.

Sie nahm den Zug, mit dem Auto durfte sie nicht fahren, das war zu riskant ohne Lappen. Die Bullen hielten gerne Autos wie ihren klapprigen Käfer an und filzten die Insassen mit vorgehaltener MP. Das mit dem Zug würde ihre Eltern zwar wundern, sie wussten, wie gern sie Auto fuhr. Doch das war das geringere Problem. Schwieriger würde es werden, eine Ausrede für das Scheitern ihrer Amerikapläne zu finden.

Naheliegender Grund: eine schwere Depression. Ihre Mutter hätte dafür Verständnis. Auch, dass sie in diesem Zustand nicht in ein fremdes Land fahren konnte. Doch würde sie ihr die Story auch abnehmen? Margo Seliger hatte einen Blick für Lügen und Halbwahrheiten.

Nächste Variante: Das College hatte überraschenderweise abgesagt. Warum? Einen Grund hatten sie nicht genannt. Arrogante Amis. Das würde den Amerikahasser Henri in seinen Vorurteilen bestätigen.

Pikante Lösung: Sie hatte sich verliebt und wollte die neue Liebe nicht riskieren. Ihre Mutter würde sie für völlig verrückt erklären. Dafür riskiert man doch nicht die Chance seines Lebens! Und wenn er dich wirklich liebt, dann wartet er auf dich. Haben wir ja auch gemacht.

Dagegen war natürlich kein Argument möglich. Henri und Margo Seliger hatten sich in zehn Jahren nur wenige Male gesehen, vom Wehrdienst für Henri, dem übergangslos der Kriegsdienst folgte, bis zu seiner Entlassung aus der französischen Gefangenschaft 1947. Sie hatten ihre Liebe mit Hunderten von Briefen am Leben gehalten. Unvorstellbar heutzutage, wo man, wenn die ewige Liebe scheiterte, ganz schnell jemand Neues fand.

Die Eltern holten sie in Osnabrück ab. »Wie schön, dass du vor der Weltreise noch mal kommst!«, sagte Margo und hakte sich bei ihr unter. »Dein Vater lädt uns ins Leysieffer ein.« Das Leysieffer war Ritual. Es galt als feinstes Café der Stadt, alle gingen dorthin, die auf sich hielten, und die Seligers hielten auf sich, obwohl man ihnen noch immer zu verstehen gab, dass sie eigentlich nicht dazugehörten.

Es gab einen freien Tisch im ersten Stock. Henri bestellte Schwarzwälder Kirsch, Margo geräucherten Lachs und Leonore zwang sich zu Waldorfsalat. Die »Damen« gönnten sich einen Sekt, doch Henri blieb stark, er hatte das Trinken aufgegeben. Man merkte es ihm an, er sah gut aus, nicht mehr so verquollen und rot im Gesicht.

»Und? Hast du alles Nötige erledigt? Weißt du schon deine Adresse?«, fragte Margo und legte sich ein Stück Lachs aufs Weißbrot. Sie waren die Einzigen hier, die zu dieser Tageszeit etwas anderes aßen als Kuchen. Um sie herum das, was Margo »gehobenes Publikum« nannte, die Damen sorgsam onduliert, im Twinset oder Kostüm.

»Wie sie sich wieder vollstopfen, die Damen der besseren Gesellschaft«, flüsterte Margo angeekelt.

Leo musste grinsen. Ja, von ihr habe ich den bösen Blick, dachte sie. Von meiner Mutter.

»Ich hoffe, du schreibst uns ab und an. Es dürfte auch in Amerika Schreibmaschinen geben.« Margo verteilte eine Messerspitze Meerrettich auf ihrem Lachs.

Leo schob ihren Teller von sich. »Ich fahre nicht«, sagte sie.

»Sehr vernünftig«, murmelte ihr Vater, der seine Torte bereits verputzt hatte. »Ich habe von der Idee sowieso nichts gehalten.«

»Aber warum denn nicht, um Himmelswillen?« Margo, mit erhobener Gabel und weit aufgerissenen Augen.

»Ich kann nicht. Ich meine, sie haben mich ausgeladen. Es geht nicht. Bitte fragt nicht weiter.«

Aber mit so etwas konnte man Margo Seliger nicht kommen. »Was hast du bloß wieder angestellt, dass sie dich ausgeladen haben?«

Leo spürte, wie sich ihre Kehle verengte und ihr die Tränen kamen. Sie nahm die Serviette und hielt sie sich vors Gesicht.

Aber das half nichts. Sie heulte wie ein kleines Kind, und das vor all den Leuten.

Ihrem Vater waren Gefühle peinlich, dennoch legte er ihr seine Gärtnerhand auf den Arm und drückte ihn ganz leicht. Ihre Mutter wartete, bis Leo sich wieder beruhigt hatte. »Erzähl, Kind«, sagte sie.

Es war nicht so, dass sie kein Talent zum Lügen hatte. Aber sie hatte plötzlich das unbändige Bedürfnis, die Wahrheit zu sagen und Trost zu suchen, ausgerechnet bei ihren Eltern, die das Dramatische der Situation wahrscheinlich nicht im Ansatz verstehen würden.

»Meine sämtlichen Papiere sind weg«, sagte sie leise. »Führerschein, Pass, Personalausweis. Alles weg.«

»Also hat Boston dich nicht ausgeladen.« Margo, streng. »Warum erzählst du das dann?«

»Für gestohlene Papiere gibt es Ersatz. Du meldest den Diebstahl, und damit hat es sich«, sagte ihr Vater.

»Ich kann nicht.«

»Leo! Du bist erwachsen! Du wirst doch wohl zur Polizei gehen können!« Margo funkelte sie an. »Also!«

»Lass mal, Liebes«, unterbrach sie Henri. »Ich denke, Leo hätte das längst getan, wenn es so einfach wäre, oder?«

Sie nickte. »Es geht nicht«, flüsterte sie. »Ich weiß, wer es war. Wir hatten – eine Affäre.«

»Was für ein Lump! Und da zögerst du noch? Du musst ihn anzeigen!«

Leonore sah mit Bangen, wie ihre Mutter zu voller Form auflief. Patent, wie sie war, hatte sie für alles eine Lösung und würde ihre Tochter wahrscheinlich eigenhändig zur Polizei schleppen, wenn der nicht endlich etwas Vernünftiges einfiele. Wie zum Teufel kam sie aus der Nummer wieder raus?

»Er liebt mich. Er will nicht, dass ich nach Amerika fahre.«

»Guter Junge«, murmelte Henri und grinste verschämt.

»Aber deshalb kann er dich doch nicht beklauen!« Margo malträtierte ihren Lachs, als ob es sich dabei um den Übeltäter handelte.

»Es dürfte übrigens derzeit nicht sehr einfach sein, Ersatzpapiere zu bekommen«, sagte Henri, plötzlich wieder sachlich. »Wegen der RAF-Fahndung gilt jeder Verlust von Ausweisen oder Führerscheinen als verdächtig.«

»Ich kriege ja alles wieder«, flüsterte Leonore, die ihre Chance gekommen sah. »Wenn ich Boston absage.«

»Du wirst doch hoffentlich sofort mit dem Kerl Schluss machen?«

Leo versuchte, ihre Mutter tapfer anzulächeln. »Natürlich.«

»Na dann«, sagte Henri. »Thema durch. Du bleibst hier, und ich gestehe, dass ich sehr froh darüber bin.«

»Gut, dass ich den Flug noch nicht gebucht habe.« Margo, die Buchhalterin.

Auf der Rückfahrt verhielt sich ihre Mutter ausnahmsweise still und bohrte nicht nach. Sie hatte sich eigentlich immer gefügt, wenn Henri eine feste Haltung einnahm, aber wann tat er das schon? Jetzt, immerhin.

Zurück in Osterholz absolvierten sie die abendliche Gartenrunde, und Leonore rühmte jeden kleinen Fortschritt, um gute Stimmung bemüht. Danach saßen sie vor dem Gartenhaus, die beiden Frauen tranken Wein, und Margo erzählte detailfreudig, was alles in der letzten Zeit passiert war, wofür Leo ihr ausnahmsweise dankbar war.

»Ich weiß nicht, ob du weißt, dass Jon Bajohr und seine Frau ein Kind bekommen haben.«

Natürlich nicht.

»Und das in ihrem Alter! Dabei ist sie schon reichlich über vierzig. Es ist ein Sohn, sie haben ihn Maximilian genannt. Ziemlich hochgestochen. So ein Name ist doch eine Belastung für das Kind.«

Wahrscheinlich.

»Meine Mutter, deine Großmutter, ist zuckerkrank, aber sie bekommt in Stendal nicht die richtigen Medikamente.«

»Verbrecherstaat«, brummte ihr Vater. »Und unser Kanzler redet mit denen.«

»Das behagt einem kalten Krieger wie dir natürlich gar nicht«, wagte Leonore zu sagen. »Nur wir dummes Fußvolk wären dankbar für ein bisschen Frieden.«

Er blickte auf und zu ihrem Erstaunen zwinkerte er ihr zu. »Ja, das Volk braucht den schönen Schein. Sein Opium. Das wusste schon Karl Marx.«

Leonore schlief zum ersten Mal seit Langem wieder tief und ruhig, auf der Schlafcouch in ihrem alten Zimmer, das jetzt Margos Büro war. Als sie am nächsten Tag aufstand, hatte Henri bereits draußen den Frühstückstisch gedeckt. Es war ein milder Septembermorgen, und die Welt erschien ihr plötzlich nicht mehr ganz so bedrohlich. Sie war nicht allein.

Und so blieb sie noch ein paar Tage und tat Dinge, die sie schon lange nicht mehr getan hatte. Sie half Henri im Garten, davor hatte sie sich früher immer gedrückt. Sie machte ausgedehnte Spaziergänge über die Feldwege, an abgeernteten Äckern vorbei und durch den bereits herbstlichen Wald. Das verwunschene Haus, vor dem sie früher oft gesessen hatte, war entzaubert. Jemand hatte es gekauft und restauriert, und der einst verwilderte Garten war jetzt so gepflegt, dass sie ihn langweilig fand. Als sie an Wienneckens Hof vorbeikam, dachte sie an Enna, die alte Mähre, die gewiss schon tot war, und an Axel, den Schäferhund mit den kurzen Beinen, der sie immer so freundlich begrüßt hatte. Heute sprang ihr ein anderer Hund entgegen, ein schwarzer Kläffer, der sich erst beruhigte, als Frau Wiennecken nach ihm rief.

»Leonore! Das ist aber schön, dich mal wiederzusehen«, sagte die Bäuerin bei ihrem Anblick. »Cäsar, sei lieb und gib Pfote.« Tatsächlich setzte sich das schwarze Kerlchen vor sie hin und hob die Pfote, die sie feierlich schüttelte. »Enna ist vor drei Jahren gestorben, die hat dich bestimmt vermisst. Jetzt haben wir keine Pferde mehr, das rentiert sich nicht.«

»Wie traurig«, sagte Leonore mit einem Kloß im Hals.

»Ja, traurig, aber ein Trecker kostet weniger und schafft mehr weg.«

Der Tagesrhythmus ihrer Eltern, den sie früher immer als furchtbar spießig empfunden hatte, tat ausgesprochen gut. Margo fuhr ins Büro, und Henri ging einkaufen, während Leonore bei einer Kanne Kaffee und einem belegten Brot die Zeitung las. Irgendwann kam Henri leise pfeifend zurück, räumte seine Einkäufe ein und machte sich ans Kochen. Hilfe lehnte er ab. Das war schon immer so gewesen, man durfte ihm nicht in die Quere kommen, wenn er in der Küche hantierte.

Pünktlich zum Mittagessen fuhr Margo vor. Nach dem Essen zogen sich die Eltern zum »Mittagsschläfchen« zurück. Auch das hatte Leonore immer furchtbar gefunden, aber sie probierte es aus – es war tatsächlich erholsam. Um halb drei fuhr Margo wieder ins Büro und war pünktlich zum Abendessen zurück. Weder Margo noch Henri erwähnten die Sache mit Amerika und dem eifersüchtigen Liebhaber. Nur die Baader-Meinhof-Bande war bei jedem Abendessen Thema. »Die Meinhof wird doch von der SED bezahlt«, tönte Henri. »Und die Ensslin ist wahrscheinlich sexuell abhängig vom Baader, diesem Proleten.«

Küchenpsychologie. Als ob Frauen nur Gefühle und keinen Kopf hätten. Leo mochte solch primitive Argumente nicht. Aber war nicht auch sie ein kopfloses Huhn gewesen? Alle schienen davon auszugehen, dass Jost zu den »Genossen« gehörte, nur sie hatte nichts gemerkt. Warum nur war sie nicht misstrauischer oder einfach nur vorsichtiger gewesen? Sie hatte es sogar irgendwie spannend gefunden, dass sie nicht wusste, wovon er lebte und wo er wohnte.

»Ich fahre morgen zurück und kümmere mich um meine Papiere«, sagte sie mit trockenem Mund.

Ihr Vater brachte sie zum Bahnhof. Sie saßen schweigend nebeneinander, die ganze Fahrt über, von Osterholz über Wulften und Belm nach Osnabrück. Henri trug ihr die Tasche zum Bahnsteig, sie waren viel zu früh.

Sie setzten sich auf eine Bank am Bahnsteig. »Was willst du tun?«, fragte er nach einer Weile.

»Ich möchte die Universität wechseln, ich kann in Münster nicht bleiben.«

»Verstehe.«

Sie hätte ihn umarmen können. Er stellte keine Fragen, äußerte keine Bedenken.

»Du musst aufpassen«, sagte er nach einer Weile. »Sollte jemand unter deinem Namen straffällig werden, kann es gefährlich werden. Derzeit sitzt die Waffe bei unseren Ordnungskräften ziemlich locker.«

»Ich weiß«, sagte sie.

»In einem solchen Fall gälte es als höchst verdächtig, dass du den Verlust der Papiere nicht angezeigt hast. Denk daran.«

Henri ahnte etwas. Sie nickte stumm.

Der Zug fuhr ein. Leonore stieg die Stufen hinauf und ließ sich von ihrem Vater die Tasche reichen. Da war so viel Wärme und Zuneigung in seinem Blick, dass sie fast geheult hätte.

»Zögere bitte nicht, dich zu melden, wenn etwas schiefgehen sollte, Leo, hörst du? Ich tue, was ich kann, verlass dich drauf.«

Sie war also nicht verlassen.

IV

Münster

Leonore döste auf der kurzen Zugfahrt vor sich hin. Der Himmel war bewölkt, aber immer wieder drang ein Sonnenstrahl durch das Grau und ließ die Wälder rot und gelb aufflammen. Sie liebte den Herbst, nur die Aussicht auf den Winter störte.

Auf dem Weg vom Bahnhof in die Kettelerstraße in Münsters Kreuzviertel sprach sie sich Mut zu. Sie würde gleich am Montag zur Polizei gehen und den Diebstahl melden. Sie würde auch die peinlichsten Fragen ruhig über sich ergehen lassen. Wann ihr der Verlust aufgefallen sei? Wer Zugang zu ihrem Zimmer hatte? Ihre Wohngemeinschaft? Nein, sie durfte die anderen nicht mit hineinziehen, das wäre unfair. Es gab nur einen außer ihr, der sich in ihrem Zimmer aufgehalten hatte, ein Mann, den sie seit Wochen nicht mehr gesehen hatte. Doch wenn sie Jost erwähnte, würde sie zugeben müssen, dass sie nicht wusste, wie er mit Nachnamen hieß und wo er wohnte. Sie ahnte, was man bei der Polizei denken würde: Eine wie sie war ein Flittchen – oder sie log, weil sie mit den Terroristen unter einer Decke steckte. Weil sie eine Sympathisantin der Baader-Meinhof-Bande war.

Die Terroristenhysterie steigerte sich von Woche zu Woche. Überall Fahndungsplakate, in der Eckkneipe, im Tante-Emma-Laden, an der Tankstelle. Die Abgebildeten – »Vorsicht! Diese Gewalttäter machen von der Schusswaffe rücksichtslos Gebrauch!« – sahen so normal aus wie die Studenten an der Uni: die einen langhaarig oder bärtig, die anderen brav gescheitelt und bebrillt, die Mädchen mit unschuldigen Madonnenfrisuren. Einen hielt sie auf den ersten Blick wegen der raspelkurzen Haare für Jost, sie zuckte erschrocken zurück, als sie das Plakat am Kiosk hängen sah. Aber er war es nicht, der Typ hieß Jan-Carl Raspe. Ein anderer sah aus wie der Mann an der Kasse ihrer Bank, aber der hieß nicht Bernhard Braun und stand im Übrigen noch immer in seinem Glaskasten. Sie fragte sich, wie oft er wohl schon die Polizei zu Besuch hatte.

An der Uni berichteten die einen stolz, die anderen verängstigt, dass die Polizei sie in voller Montur heimgesucht hätte, nur, weil ein Nachbar sie für irgendwie verdächtig hielt. Es war wie im Irrenhaus. Also Jost besser nicht erwähnen. Auf unschuldig machen. Jemand musste die Papiere aus ihrer Handtasche genommen haben, irgendwann, irgendwo, in der Kneipe oder in der Disco.

Im Hausflur war es kühl, und es roch wie gewohnt nach Bohnerwachs. Sie hing noch immer ihren Gedanken nach, als sie ihre Reisetasche vor der Tür zu ihrem Kämmerchen abstellte und nach oben in die Wohnung ging.

Ulli kam ihr im Flur entgegen. »Respekt«, sagte sie lächelnd. »Das hätte ich dir nie zugetraut.«

»Was hättest du mir nicht zugetraut?«, fragte Leo.

»Naja, die Bullen haben nach dir gesucht, kannst du dir ja denken, nachdem du den Wagen angemietet hast, mit dem die Genossen eine Bank überfallen haben.«

»Ich habe was?«

»Wir haben eigentlich gedacht, du wärst untergetaucht.«

»Moment mal, Ulli. Ich muss dringend aufs Klo. Und dann erzählst du mir das alles noch einmal von vorne.«

Als sie aus dem Bad kam, stand Bernd neben Ulli.

»Es ist vielleicht nicht so gut, dass du dich hier bei uns blicken lässt.« Bernd, mit saurer Miene.

»Wie bitte? Ich wohne hier, Bernd.«

»Dieser bewaffnete Aktionismus ist völlig idiotisch, das schadet unserer Sache. Und jetzt suchen dich die Bullen, ausgerechnet hier. Das bringt uns alle in Gefahr. Also verschwinde lieber.«

»Ganz ruhig, Leute. Wir sollten uns nicht von spießbürgerlicher Hysterie anstecken lassen.« Jetzt stand auch Karlheinz im Flur. »Leo braucht unsere Solidarität. Sie hat den Genossen geholfen. Das verdient Anerkennung. Beim Kampf gegen das System müssen wir zusammenhalten.«

»Ich habe niemandem geholfen, wovon redet ihr eigentlich?«

Ulli blickte sie zweifelnd an. »Eine gewisse Leonore Seliger hat in Hannover einen Wagen angemietet, der nach einem Banküberfall in Westberlin als Fluchtauto benutzt wurde. Wenn du es nicht warst ...«

»Dann war es jemand, der meine Papiere benutzt hat.« Leonore schluckte. Es war genau das geschehen, was Henri befürchtet hatte. Sie blickte auf, in die Gesichter der Leute, die sie für ihre Freunde gehalten hatte. In das zweifelnde von Ulli. In das zornige von Bernd. In das lächelnde von Karlheinz. Sie drehte sich um und ging.

Die nächstgelegene Polizeistation lag am Friesenring. Hinter dem Tresen saß ein Mann mit spärlichem Blondhaar und tippte mit zwei Fingern in eine urtümliche Schreibmaschine, zu einer IBM-Kugelkopf hatte man es hier noch nicht gebracht.

»Ja?«, knurrte er, ohne aufzusehen.

»Ich möchte den Verlust meiner Papiere melden.« Der Mann seufzte tief, drehte sich um, schaute sie über den Rand seiner Brille hinweg an und stand auf.

»Na denn mal los, Frolleinchen. Name? Adresse?«

Sie nannte ihm beides. Der Mann blickte auf seinen Block, schüttelte den Kopf, sah wieder hoch. »Sie haben Ihre Papiere verloren? Wo und wann?«

»Ich weiß es nicht, ich vermisse sie seit zehn Tagen.«

»Und warum kommen Sie damit erst jetzt?«

»Ich musste zu meinen Eltern, und deshalb ...«

Das Gesicht des Mannes zeigte keine Regung mehr. »Ich muss Sie bitten, mitzukommen.«

Es dauerte Stunden, bis man ihr endlich glaubte, dass sie unmöglich das Auto für den Banküberfall hätte anmieten können, da sie zu diesem Zeitpunkt bei ihren Eltern war. Henri war eine große Hilfe gewesen, das Alibi eines Landgerichtsrates mochte niemand anzweifeln. Leo konnte nach Hause gehen, zurück in ihr Zimmer, durfte aber die Stadt nicht verlassen. Auch recht. Sie wusste sowieso nicht, wohin sie sich wenden sollte.

Doch die Sache war mitnichten ausgestanden. Schon zwei Tage später klopften zwei Herren an die Tür der Wohnung über ihr, Martina empfing die beiden und schickte sie umgehend nach unten. Die Bullen waren in Zivil und sahen ein wenig aus wie Plisch und Plum: der eine dicklich und untersetzt mit Bürstenhaarschnitt, der andere groß und hager mit tiefen Falten auf der Stirn. Es ging, natürlich, um die verlorenen Papiere und um die Frage, wann und wo sie verloren gegangen waren. Ob sie sicher sei, dass sie den möglichen Täter nicht kannte. Mit wem sie denn in der Disco gewesen sei, mit wem in der Kneipe, ob jemand sie zu Hause besucht habe. Sie wiederholten die Fragen immer wieder, mit leichten Variationen, Plisch schrieb mit, Plum lächelte zuckrig, wenn sie auf eine Frage »keine Ahnung« sagte.

Sie kamen nicht einmal und nicht zweimal. Nach dem dritten Mal stand Bernd vor der Tür zu ihrem Kämmerchen und forderte sie mit eisiger Miene auf, zu einer Aussprache zu kommen. »Ich mache was zu essen!«, rief Martina von oben herunter. Das klang schon einladender.

Bernd eröffnete die Verhandlung. »Dank Leo stehen wir mittlerweile ständig unter Polizeibeobachtung. Das schadet unserer legalen Arbeit.«

»Deine legale Arbeit! Dass ich nicht lache! Meinst du eure Kapitalschulungen? Das Flugblätterverteilen vor den Toren von Glasurit? Es gibt Leute, die etwas tun, nicht nur reden. Die etwas wagen!« Ulli, mit erhobener Stimme. Das Bürgertöchterchen machte auf besonders radikal. »Die mit dem Leben bezahlen! Wie Petra Schelm!«

Martina stellte einen Topf mit dampfenden Spaghetti auf den Tisch, daneben eine Kasserolle mit rostroter, duftender Bolognese. »Wir haben keinen Parmesankäse mehr, kannst du das mal auf die Einkaufsliste schreiben, Anne?« Anne stand auf und schrieb »Parmesan« in großen Buchstaben auf den Notizblock, der an der Tür hing.

»Mag sein, dass die Polizeipräsenz uns schadet, aber vielleicht nützt sie uns auch?« Karlheinz, provozierend grinsend.

»Wie könnten die Bullen uns wohl nützen?«, fauchte Bernd. »Du redest Unsinn.«

»Naja. Wir brauchen nur rumzuerzählen, dass alle naselang einer von der Bullerei hier auftaucht, und schon bleiben wir von potenziellen Übernachtungsgästen verschont.«

»Also wenn Ulrike und die anderen hier auftauchen, dann helfen wir ihnen natürlich!« Ulli klatschte einen vollen Löffel Sauce auf ihre Spaghetti, rote Spritzer landeten auf ihrem feinen Pullover.

»Wir hatten das Thema schon einmal, liebe Ulli.« Karlheinz brauchte keinen Löffel, um die Nudeln um die Gabel zu wickeln, eine Fertigkeit, die Leonore bewunderte, sie hatte das nie gelernt. »Und wir waren uns einig in der Hoffnung, dass dieser Kelch an uns vorübergeht.«

»Sie werden gejagt. Gehetzt. Überall diese grässlichen Fotos, auf denen sie Verbrechervisagen haben, damit es der Bevölkerung ordentlich gruselt und sie alles brav melden! Wir müssen helfen, das ist doch gar keine Frage!« Anne, mit großen Augen und erhobener Gabel. Die gute Seele.

Leonore stocherte stumm in ihren Spaghetti. Sie musste hier raus, das war klar, aber sie konnte nicht, sie hatte noch immer keine Ersatzpapiere, und man hatte sie dazu vergattert, ihren Wohnsitz nicht zu verlassen.

»Gut.« Sie blickte auf. »Ich werde ihnen die Informationen geben, die sie haben wollen. Danach seid ihr mich hoffentlich los.«

Alle redeten plötzlich auf einmal. Leonore wartete, bis ihnen die Luft ausgegangen war. »Ich werde ihnen sagen, dass ich ein Verhältnis mit Jost hatte, dass ich bei ihm eine Knarre gesehen habe und dass ich ihn verdächtige, meine Papiere geklaut zu haben.«

»Man verrät einen Genossen nicht!« Ulli, wütend.

»Ich weiß nicht, wessen Genosse er ist. Vielleicht deiner. Meiner ist er nicht.«

Leo schob den Stuhl nach hinten, stand auf, sagte »Ich bedanke mich für das Essen« und ging. In ihrem Zimmer setzte sie sich an die Schreibmaschine, schrieb auf, wann die Sache mit Jost begonnen und wann sie geendet hatte, und beschrieb ihn, so gut sie konnte – und das konnte sie. Sie ließ auch den schlecht verheilten Schlüsselbeinbruch nicht aus, sie hatte die Stelle oft genug mit den Fingerspitzen gestreichelt.

Leonore hatte beschlossen, nicht schon wieder auf der Wippe sitzen zu bleiben, während alle anderen absprangen.

V

Frankfurt am Main

»Du willst in der gefährlichsten Stadt Deutschlands leben?« Ihre Mutter war entsetzt gewesen über Leos Plan, nach Frankfurt am Main zu ziehen, aber Henri hatte sie unterstützt. Die Miete für die Zweizimmerwohnung am Allerheiligentor, Küche, Bad, Balkon, war erstaunlich günstig, und der Vermieter fragte nicht lange, sondern gab ihr gleich den Vertrag. Schon in der ersten Nacht begriff sie, warum die Wohnung so erschwinglich war. Hundegebell weckte sie auf, gefolgt von heiseren Flüchen. Jemand schrie, etwas klatschte, »Mach disch wegg, du Freggel«, brüllte die heisere Frauenstimme. Dann war Ruhe, aber nicht lange, schon gab es wieder Streit, worum auch immer. Leonore wickelte sich die Bettdecke um die Ohren und versuchte, das Theater da draußen zu ignorieren. Am nächsten Morgen fühlte sie sich, als ob sie kein Auge zugemacht hätte.

Beim Zeitungholen begegnete ihr eine nicht mehr sonderlich junge hochtoupierte Blondine vor dem Wasserhäuschen, in einem Babydoll mit weißem Pelzkragen, das oben zu eng und unten zu kurz war, und in schmalen hochhackigen Pantöffelchen, in denen sie kaum stehen konnte. Neben ihr ein auch nicht mehr ganz junger Schäferhund und ein verknitterter Cowboy mit Goldkettchen am Arm. Als Leo freundlich grüßte, warf Madame ihr eine Kusshand zu und nannte sie Schätzchen.

Das also war der Grund für die günstige Miete: Das Allerheiligentor grenzte an den Billigstrich Frankfurts, an die Breite Gasse. Irgendwann hatte sie sich an den nächtlichen Lärm gewöhnt, an die Freier, die auch sie auf der Straße ansprachen, und an die Zuhälter, die sie davor zu schützen versuchten.

Das Allerheiligentor hatte einst zur östlichen Stadtmauer Frankfurts gehört, dahinter lag früher das Judenviertel. Von hier aus war sie in zehn Minuten am Main und, in der anderen Richtung, auf der östlichen Zeil. Dort gab es einen Teppichhändler, eine Kneipe und ein Antiquariat, für den Kopf war also gesorgt. Es war auch nicht weit in die Innenstadt, zur Kleinen Markthalle etwa, Frankfurt war überhaupt sehr überschaubar, und das gefiel ihr.

Leo hielt sich aus allem heraus, aus Partys, Demos und Teach-ins, und konzentrierte sich auf ihre Arbeit über das

»Augusterlebnis«, über die Begeisterung, mit der die Deutschen in den Ersten Weltkrieg gezogen waren. Jedenfalls, wenn man nach den Feldpostbriefen junger Männer ging, die Heldenpathos verströmten: Fürs Vaterland, für die Familie, für den Kaiser wollten sie durchhalten bis zum Sieg, wollten ihr junges Blut verströmen, wenn es nottat. Endlich, so klang es bei manch einem, öffnete sich auf dem Schlachtfeld ein Weg aus der Langeweile des Alltags, endlich gab es ein Ziel, endlich ging es vorwärts, endlich war was los.

Die Tat. Die Aktion. Es war verblüffend, wie vertraut ihr die Sprache vorkam. Vom unbedingten Willen zur Tat tönte es auch bei den Sympathisanten der Baader-Meinhof-Gruppe, und siegen wollte man auch, fragte sich nur, über was und wen.

Jeden Tag durchquerte sie die Stadt zu Fuß: vom Allerheiligentor über die Zeil bis zur Konstablerwache, dann weiter zur Hauptwache und an der Ruine der Alten Oper vorbei zur Bockenheimer Landstraße. Hier begann das Frankfurter Westend, ein Gründerzeitviertel mit Gärten und Villen, wo einst wohlhabende jüdische Bürger lebten. Mittlerweile standen Hunderte der prächtigen Häuser leer, viele sollten abgerissen werden, einige waren von Studenten besetzt worden.

Für Leonore war das eine Art Déjà-vu. Auch in Osnabrück hatten zukunftsbesoffene Stadtplaner die Altstadt planieren wollen, etwas Ähnliches sollte hier geschehen, und ja: Das musste verhindert werden. Den Häuserblock Ecke Schumannstraße schmückten Balkons und Erker und Kuppeln, immer, wenn sie daran vorbeiging, versuchte sie, sich das Leben hier vor 1933 vorzustellen. Heute zierten das heruntergekommene Haus Spruchbänder der Besetzer, niemand wusste, wie lange sie noch geduldet wurden.

Die Johann-Wolfgang-Goethe-Universität lag nicht weit entfernt, aber Leo war nur dort, wenn es galt, die nötigen Scheine zu machen. Ihr eigentliches Ziel war die Universitätsbibliothek.

Sie verbrachte Stunden mit Lesen und Exzerpieren, bevor sie wieder zu ihrer Wohnung zurücklief. Sie mied Kommilitonen, sie hatte keine Lust auf die ewig gleichen Politdebatten. Außerdem war sie ein gebranntes Kind. Seit Jost und der WG in Münster war sie misstrauisch geworden.

Ihr Arbeitstag endete beinahe jeden Abend gegen 23 Uhr mit einem Besuch in ihrer Stammkneipe auf der Zeil, nicht etwa, weil die Kneipe so gemütlich war, sondern weil sie ein Dartboard hatte und Gäste, die etwas vom Spiel verstanden – überwiegend amerikanische Soldaten.

Die Amis waren anders als die Briten, man traf sie hier überall, in Uniform und ohne, sie hatten offenbar keine Angst vorm Fraternisieren. Leo genoss die kameradschaftliche Distanz, die sich nicht nur der Sprache verdankte. Polittalk gab es nicht. Niemand kam ihr zu nah. So lernte sie Conrad kennen, der regelmäßig zum Dartsspielen kam, ein muskulöser, etwas untersetzter Mann mit Oberlippenbart. Er wirkte nur auf den ersten Blick abschreckend.

Als Leo eines Abends von der Bibliothek nach Hause kam, stand ein goldfarbener amerikanischer Straßenkreuzer vor ihrem Haus. Auf der Motorhaube saß, im Schneidersitz, Conrad. So begann es. In den Augen vieler eine Mesalliance. Doch Leo schätzte genau das an ihm: dass er keiner dieser linken Intellektuellen war, die sie stundenlang mit angelesenen Theorien langweilten, von denen sie im Übrigen weit mehr verstand.

In den Szenekneipen Frankfurts durfte sich das Paar nicht sehen lassen. Sie hatten es versucht, aber empörungsbereite

Studenten bekamen schnell mit, dass Conrad nicht nur Amerikaner, sondern auch noch ein GI war und damit – natürlich! – unmittelbar verantwortlich für den Vietnamkrieg. Und Leo? Sie glaubte plötzlich zu wissen, wie es sich anfühlte, als Soldatenliebchen und Kollaborateurin betrachtet zu werden. Es hatte wenig Sinn, mit den Studenten darüber zu diskutieren. Die wussten, was sie wussten: Soldaten sind Mörder.

Auch mit Conrad diskutierte sie nicht. Er war wie viele andere mit sechzehn Jahren zur Army gegangen, hatte jede Menge Ausbildungsgänge absolviert und würde mit sechsunddreißig Jahren eine Pension erhalten, die ihm erlaubte, einen neuen Lebensweg einzuschlagen. Wenn sie ihn nach seinen Zukunftswünschen fragte, grinste er, breitete die Arme aus und flüsterte: »Alles ist möglich.«

Conrad sorgte dafür, dass sie aß – »vernünftig«, wie er das nannte. Er brachte Riesensteaks mit, aus dem PX, dem Supermarkt für US-Soldaten, die sie kaum bewältigen konnte. Mit ihm zu vögeln war das reine Vergnügen, man merkte ihm an, dass er Jahre damit verbracht hatte, Mädchen zu verführen, mit denen es nicht »bis zum Letzten« gehen durfte. Manchmal überfiel sie die Lust an den unmöglichsten Orten und zu gänzlich unpassenden Gelegenheiten. Sie trieben es auf dem Damenklo im Bahnhofsrestaurant und in einer Telefonzelle irgendwo im Taunus. Sie waren jedes Wochenende unterwegs, Conrad hatte immer genug Benzin für Ausflüge in die Umgebung, und es half auch nicht, wenn sie vorgab, arbeiten zu müssen. Er wusste, wie er sie überreden konnte.

Eines Tages wollte er nach Rüdesheim am Rhein, in die sagenhafte Drosselgasse. Darüber hatte Leonore nur das Allerschlimmste gehört: Es hieß, in dem nicht gerade hübschen Rheingauort verstopften Massen von Touristen die schmalen Straßen, betranken sich mit billiger Plörre und schunkelten zu Volksmusik. Leo nahm sich vor, sich überraschen zu lassen, doch jedes Klischee wurde erfüllt. Sie zwängten sich durch die Menschenmenge, überall dröhnte Musik, die sie nicht mochte, und der Wein war warm und furchtbar süß. Conrad trug ein buntes Hawaiihemd und lächelte selig. Offenbar fühlte er sich an einer Art heiligem Ort deutscher Kultur, er pries den Wein und erstand mit tiefem Ernst ein paar Flaschen Riesling, einen Korkenzieher und zwei Gläser. Wenigstens war es nicht Liebfrauenmilch.

Sie pilgerten hinauf zum Niederwalddenkmal, einem riesigen Fremdkörper über den Weinbergen. Conrad setzte sich auf eine der Stufen, die zu der gerüsteten Germania mit der Kaiserkrone in der Hand führten, goss Wein in die Gläser, sagte: »This is absolutely fantastic«, und starrte andächtig auf den mächtigen Rhein unter ihnen. Leonore missfiel das Pathos des Monuments, das an die Reichseinigung 1871 erinnern sollte. Doch Conrad verstand ihr Missbehagen nicht, das alte Europa sei schließlich die Wiege der Kultur, die meisten Amerikaner stammten aus Europa. »Never forget.«

Er war ganz offensichtlich der bessere Patriot.

VI

Wochen später holte die Vergangenheit sie ein. Leo saß noch zu Hause beim Kaffee, als es klingelte. Zwei Männer standen vor der Tür, in diesen speckig gesessenen Anzügen, wie sie Angestellte tragen. »Mordkommission«, sagte der Kleinere von beiden mit schiefem Lächeln und hielt ihr einen Ausweis hin, den er so schnell wieder wegzog, dass sie Namen und Rang nicht entziffern konnte. Sie spürte ihren Pulsschlag bis hoch in die Kehle.

Man musste kein Hellseher sein, um zu ahnen, was die Mordkommission bei ihr suchte: Terroristen. Vor einigen Wochen hatte es einen Bombenanschlag auf das IG-Farben-Haus in Frankfurt gegeben, wo das V. Korps der Amerikaner stationiert war. Ein Toter, dreizehn Verletzte. Conrad, der sonst so abgebrüht wirkte, hatte den Anschlag aus nächster Nähe miterlebt: »Drei Minuten früher, und es hätte mich erwischt.«

Acht Tage später gab es einen Bombenanschlag auf das Springer-Hochhaus in Berlin. Und dann, vor gut einer Woche, der Anschlag auf das europäische Hauptquartier der US-Armee in Heidelberg.

Leonore ließ die beiden Männer eintreten. Ihr war kalt.

»Wo sind Sie gewesen, am 24. Mai 1972?«

Das war der Tag, an dem es in Heidelberg gekracht hatte. Conrad ließ sich nach dem Anschlag tagelang nicht blicken und war dann völlig übermüdet bei ihr aufgetaucht. Er kannte die drei Toten. Clyde Bonner. Ein neunundzwanzigjähriger Vater zweier Söhne. Von einer Autobombe in Stücke gerissen, »sein Oberkörper lag hier« – Conrad breitete die Hände aus –, »sein Rumpf vierzig Meter entfernt. Kannst du dir das vorstellen?«

Nein, konnte sie nicht.

»Ronald Woodward, gestorben auf dem Weg ins Krankenhaus, drei Kinder. Charles Peck, von einer aus den Angeln gerissenen Eisentür erschlagen. Es war ein Schlachtfeld.«

Und warum waren die Männer gestorben? Wegen Vietnam, hieß es im Bekennerschreiben der RAF. Und daran sollte sie beteiligt gewesen sein? »Ich war in der Bibliothek und zu Hause«, antwortete sie.

»Haben Sie dafür Zeugen?«

Der größere der beiden Polizisten, ein älterer Mann mit dünnem Haar und blassen Augen, räusperte sich. »In einem der tatbeteiligten Autos saß eine Frau. Das könnten Sie gewesen sein.«

Leonore zuckte zurück. Und dachte im nächsten Moment, dass die beiden wohl nicht so lässig im Wohnungsflur stehen würden, wenn sie das wirklich glaubten.

»Ganz bestimmt nicht. Und das wissen Sie.« Sie sah in zwei ausdruckslose Gesichter. Jetzt dachte sie nicht mehr daran, die beiden ins Zimmer zu bitten. Die Angelegenheit konnte auch im Stehen erledigt werden.

»Es dürfte Ihnen bekannt sein, dass mir vor einem Jahr in Münster meine Papiere gestohlen wurden.«

Sie erzählte den beiden die Geschichte; sie hörten zu, ohne eine Miene zu verziehen. »Können Sie beweisen, dass Sie nicht am Tatort waren?«, fragte der mit den blassen Augen.

War das nicht umgekehrt? Musste man nicht ihr etwas beweisen? Sie schüttelte den Kopf.

»Wir haben einen Hinweis auf Sie erhalten.«

»Was für einen Hinweis?«

»Einen anonymen Brief.«

»Und deshalb stehen Sie hier? Wegen einer haltlosen Denunziation?«

Auch der Jüngere der beiden versuchte jetzt ein halbherziges Lächeln. »Wir müssen jedem Hinweis nachgehen.«

»Natürlich.« Sie gab ein falsches Lächeln zurück. Zu ihrer Überraschung verabschiedeten sich die Männer und gingen.

VII

In zwei Stunden wollte Conrad bei ihr sein. Was würde er sagen, wenn Leo ihm gestand, dass die Mordkommission bei ihr gewesen war? Würde er ihr noch trauen? Sie stellte sich vor, wie sich sein Gesicht veränderte: von freundlich-jovial zu streng und feindselig. Er war Soldat. Er kannte Gewalt. Und sie glaubte nicht, dass er bereit war, seine Feinde zu lieben.

Sie ging wieder an ihre Arbeit, aber sie konnte sich nicht konzentrieren. Endlich klingelte es, sie sprang auf, jetzt würde sich entscheiden, wie es weiterging. Ob es weiterging.

Leo öffnete die Tür, mit ernstem Gesicht. Und da stand Conrad, beide Arme ausgestreckt, eine Flasche französischen Champagner in der rechten Hand, strahlend. »Let's have a party«, sagte er und umarmte sie lachend. »Die Verbrecher sind gefasst.«

Sie ließ sich von seiner guten Laune anstecken. Man hatte drei Köpfe der Baader-Meinhof-Gruppe aufgespürt und festgenommen, Andreas Baader, Holger Meins und Jan-Carl Raspe. Immerhin wusste sie jetzt, warum die beiden Polizisten sie eher routinemäßig befragt hatten. Sie war nicht ernstlich verdächtigt worden. Sie musste Conrad nichts gestehen.

»Ich habe eine Woche Urlaub«, sagte Conrad, nach einer halbbetrunkenen Vögelei und einem Menü aus Käse und Brot im Bett. »Lass uns losfahren.«

Sie fuhren in seinem Straßenkreuzer gen Süden, abseits der Autobahn, an Straßburg vorbei. In einem pittoresken Ort namens Dambach-la-Ville fanden sie ein ebenso malerisches Hotel in einem alten Fachwerkhaus, schlicht, aber gemütlich. In der Winstub unten im stattlichen Gewölbe stürzte sich Conrad geradezu gierig auf eine elsässische Spezialität namens Baeckeoffe und ließ nach der ersten Flasche Riesling noch eine zweite und dritte kommen. An Sex war nicht mehr zu denken, im Zimmer fiel er ins Bett und schlief sofort ein.

Am nächsten Tag fuhren sie durch die Vogesen Richtung Westen. Conrad hatte die Fenster heruntergekurbelt und das Radio aufgedreht, Leonore lehnte sich zurück und genoss das Gefühl, das erste Mal seit Langem keine quälende Unruhe mehr zu spüren. Es war vorbei, sagte sie sich, der Terror und die Hysterie der Terroristenjäger. Dem Drachen war der Kopf abgeschlagen worden.

»Nancy«, sagte Conrad. Sie verstand erst nicht, was er meinte. Nancy Sinatra? Aber er meinte die lothringische Stadt, in die sie einfuhren. Nancy hatte bis Ende des 18. Jahrhunderts zum Heiligen Römischen Reich Deutscher Nation gehört, das wusste sie, aber sie war nie hier gewesen und war überrascht von der Pracht der unzerstörten Altstadt. Am liebsten hätte sie den ganzen Tag hier verbracht, aber Conrad wollte nach einem Kaffee in einem der Bistros in der Nähe der Place Stanislas gleich weiter, wohin, sagte er nicht.

Nach vielleicht hundert Kilometern Landstraße erreichten sie Verdun. Der Name stand für das Grauen des Ersten Weltkriegs, für Stellungskrieg, für Materialschlacht, für Gasangriff und Massensterben, das wusste sie nur zu gut. Was wollte er hier? Doch Conrad fuhr an der Stadt vorbei und parkte das Auto hinter einem Wäldchen. Leonore stieg aus. Ihr Blick fiel auf eine riesige grüne Wiese, die sanft anstieg, bis zum Horizont. Erst nach einem Moment begriff sie, was hier zu sehen war, in Reih und Glied, wie mit dem Lineal gezogen: Abertausende weiße Kreuze.

Conrad nahm sie bei der Hand und schritt beinahe feierlich durch die Reihen. »Über sechzehntausend französische Soldaten ruhen hier«, sagte er schließlich. Die Kreuze trugen Schilder, manche auch Bilder: Camille Gauny lag hier, gemeinsam mit den Knochen eines unbekannten Soldaten, »Mort pour la France«.

Sie bewegten sich auf ein langgestrecktes graues Gebäude zu, rechts und links Tonnengewölbe, wie Bunker geformt, in der Mitte erhob sich ein Turm, der wie eine Granate aussah. Ein Beinhaus. Auch hier Namen über Namen, die Franzosen hatten sich bemüht, niemanden auszulassen, der hier gestorben war. Es berührte Leonore tiefer, als sie zulassen wollte.

Conrad ließ ihre Hand los, salutierte und legte dann die rechte Hand auf sein Herz. Mit gesenktem Kopf murmelte er etwas, das sie nicht verstand.

»Lass uns gehen«, flüsterte Leonore. Sie gingen stumm zurück zum Auto.

»Mein Großonkel ist im Herbst 1917 an die Westfront abkommandiert worden«, sagte Conrad, während sie weiterfuhren. Nach vielleicht vierzig Kilometern kamen sie vor zwei Torhäusern an, auf denen steinerne Adler mit erhobenen Schwingen thronten. Leonore schrak zurück, als sie durch den Eingang blickte: ein weiteres riesiges Gräberfeld mit weißen Kreuzen bis zum Horizont.

Conrad legte ihr den Arm um die Schulter. »Das hier ist der amerikanische Friedhof, der größte in Europa«, sagte er. Als sie zu ihm aufsah, hatte er Tränen in den Augen. »Wir hatten hier nichts zu suchen.«

Sie wusste nicht, was er meinte. Ohne die Amerikaner hätten die Deutschen unter ihrem Kaiser gesiegt. Und dann?

Conrad missverstand die Ratlosigkeit, die er in ihrem Gesicht zu lesen schien. »Lass nur, ich mach das allein«, flüsterte er und küsste sie auf die Wange. Dann ging er hinein.

Der Himmel hatte sich zugezogen, eine Wolkendecke lastete über der Szene – wie passend, dachte Leonore und wünschte sich, auch so trauern zu können wie Conrad. Aber um wen oder was?

Im Oktober 1972 wurde Conrad zurück in die USA beordert.

Jana

Berlin, Winter 2011

Der Dezember in Berlin war herbstlich mild, weshalb Jana beschlossen hatte, durch die frische Luft zu laufen. Von der Pension, in der sie und Max immer übernachteten, wenn sie in Berlin zu tun hatten, war es nicht weit zur Stasiunterlagenbehörde. Sie ging die Linienstraße entlang, vorbei an den Vorgärten mit Hecken und Sträuchern und Bäumen, die ihr Laub längst abgeworfen hatten. Max hatte recht gehabt, natürlich: Sie fürchtete sich vor dem, was sie finden könnte.

Aber was hatte sie schon zu befürchten? Sie kannte die dunklen Seiten ihrer Familie. Margo Seliger, Leonores Mutter, hatte jahrelang an die Stasi berichtet. Jana erinnerte sich schmerzlich genau an die heißen Augusttage, als sie an Margos Sterbebett gesessen und deren Tagebücher gelesen hatte. Margo hatte vor allem technische Informationen der Firma von Jon Bajohr weitergegeben, deren Geschäftsführerin sie gewesen war, Unterlagen über neuartige Verfahren der Datenverarbeitung etwa, obwohl das streng verboten war. Nicht nur Güter, auch Know-how fielen unter das Embargo, man wollte der DDR und der Sowjetunion keinen Zugang zu technischen Neuerungen gewähren. Margos Motive mochten edel gewesen sein – vielleicht hatte sie wirklich geglaubt, das alles für »Frieden und Völkerverständigung« zu tun. Doch diese sonst so penible Frau hatte offenbar erfolgreich verdrängt, dass sie damit nicht nur sich, sondern auch ihre Familie in

Gefahr brachte, ganz zu schweigen von der Firma, von Maxdatex, die heute Maximilian Bajohr und Jana Seliger gehörte. Sie hatte das Vertrauen Jon Bajohrs missbraucht.

Dessen Tod war im Übrigen noch immer ein Rätsel. Als sicher galt, dass er in der Nacht seines Unfalls zu den Seligers unterwegs war. Nur zwei Menschen dürften davon gewusst haben: Margo und Henri. Wenn Jana daran auch nur dachte, wurde ihr kalt.

Max durfte man auf das Thema nicht ansprechen. Vater, sagte er dann, hat wie üblich zu viel getrunken, hat sich in diesem Zustand an das Steuer seines Autos gesetzt und ist nachts und bei Eisglätte von der Straße abgekommen. Basta. »Nicht an allem ist die Stasi schuld, Jana. Das ist der Sündenbock, auf dem man alles abladen kann. Das Spiel spiele ich nicht mit.«

Hatten Margos Verrat und Jon Bajohrs Tod etwas mit Leonore zu tun? Vielleicht nichts. Vielleicht hatte sich das MfS aus ganz anderen Gründen für Leonore interessiert. Sie würde es bald wissen.

Der Leseraum der Stasiunterlagenbehörde befand sich in der Karl-Liebknecht-Straße 31, in einem der einfallslosen Zweckbauten gegenüber einem ebenso hässlichen Hotelkasten. Jana stieg die Stufen zur Eingangstür hinauf und meldete sich beim Empfang an. Nach Vorlage ihres Ausweises reichte die Frau an der Rezeption ihr einen Besucherschein und griff zum Telefon. Jana rechnete mit einer langen Wartezeit, schließlich war sie bei einer Behörde, doch die Sachbearbeiterin kam schon nach ein paar Minuten. Die nicht mehr ganz junge Frau, schlank, mit schwarzem Bubikopf, lächelte so liebenswürdig, dass Jana Mitleid befürchtete, was nicht verwunderlich wäre, die Frau musste in diesen Räumen schon viel

Schicksalhaftes erlebt haben. Menschen, die aus ihrer Akte erfuhren, dass der beste Freund, die Geliebte, der Bruder, die Nachbarin, der Ehemann, die Mutter sie all die Jahre über verraten hatten. Dass ihre intimsten Angelegenheiten aktenkundig geworden waren – vom Alkoholkonsum bis zu Depressionen oder Fressanfällen, ganz zu schweigen von Witzen über die Obrigkeit oder Bezug von Westpresse. Und wie ging es erst all denen, die »Zersetzungsmaßnahmen« ausgesetzt gewesen waren, wie es im MfS-Jargon hieß?

Sie folgte der Frau durch ein Drehkreuz und stieg mit ihr in den Aufzug. Ein paar Etagen höher ging es einen langen Gang entlang, bis sie im hell ausgeleuchteten Lesesaal ankamen. Jana ging zu dem ihr zugewiesenen Platz, auf dem drei Aktendeckel lagen. Das war weniger, als sie befürchtet hatte. Dennoch ging ihr Puls schneller, sie musste tief Luft holen.

Sie öffnete den ersten, einen orangefarbenen Hefter. Die Akte begann nach guter Beamtenmanier mit einem vierfach gelochten Vorsatzblatt, auf dem handschriftlich eine »Reg.-Nr.« eingetragen war. Unter »Beginn« stand ein Datum, das sie verwunderte: 12. Mai 1964. Was war an der gerade einmal fünfzehnjährigen Leonore Seliger für das MfS interessant gewesen? »Es wurde eingeschätzt, dass ...« Das übliche gestelzte Stasideutsch, sie kannte das. Man vermutete nicht, man ging auch nicht von irgendetwas aus oder hielt es für wahrscheinlich, nein: man schätzte ein. Was Leonore betraf, schätzte man ein, dass sie politisch interessiert war, das System der Bundesrepublik kritisch beobachtete und für den Frieden eintrat – im Singekreis einer evangelischen Kirche. Der »Einschätzer« hielt sie in seinem »Stimmungsbericht« für einen potenziellen jungen Kader, der auf »systemkritische Friedensarbeit orientiert« sei.

Jana blätterte weiter. Man hatte Leonore auf Anraten des Pfarrers ihrer Kirche im Sommer 1964 in die »Pionierrepublik Wilhelm Pieck« an den Werbellinsee eingeladen, zu einer Art internationalem Jugendcamp. Dass so etwas damals möglich war, wunderte sie. Galten solche Einladungen nicht eigentlich nur den Kindern besonders verdienter Westgenossen? Jedenfalls hatte sie im Ferienlager jemanden kennengelernt, dem sie Briefe geschrieben hatte, aus denen in der Akte zitiert wurde. Das wunderte Jana noch mehr. Leonore schrieb über ganz alltägliche Sachen. Sie schwärmte für die Beatles und die Musik der Sechzigerjahre, berichtete auch über ihr neues Leben nach dem Umzug von Osnabrück nach Osterholz. Warum hatte jemand Briefe von solcher Harmlosigkeit überhaupt erwähnenswert gefunden? Warum war ein regelrechter Vorgang angelegt worden? Sicher, auch die Firma von Margo Seliger war ein Thema in Leos Briefen, man merkte ihr an, dass sie nicht viel davon verstand. Aber selbst das rechtfertigte doch wohl kaum den Aufwand, der hier betrieben worden war, schließlich hatte das MfS mit Margo über eine weit ergiebigere Quelle verfügt. Jana blätterte weiter, atmete den sauren Geruch des Papiers und den Staub der Jahre. Wenigstens klangen die Berichte nicht danach, dass Leo von ihrer eigenen Mutter verraten worden war. So hätte sich Margo Seliger nie ausgedrückt. Ein kleiner Trost, immerhin.

Leonores letzter Brief an den unbekannten Empfänger stammte aus dem Jahr 1966, bevor sie ins Internat ging, sie teilte darin lediglich ihre neue Adresse mit. Doch damit waren die Stasiberichte nicht erschöpft. Was über die späteren Jahre in der Akte zu finden war, basierte offenbar auf anderen Quellen. Wer hatte die Stasi davon unterrichtet, dass mit

Leonores Personaldokumenten ein Auto für einen Banküberfall der RAF angemietet worden war? Woher wussten die Schnüffler, dass sie in Verdacht geraten war, 1972 an einem Anschlag auf das Hauptquartier der US-Armee in Heidelberg beteiligt gewesen zu sein? Dass sie ein Verhältnis mit einem amerikanischen Soldaten hatte? Und was war dran an diesen Meldungen?

Jana erkannte ihre Mutter nicht wieder. Aber so würde es sicher den meisten ergehen: Was wusste man schon von seinen Eltern? Von ihren Schwächen, ihren Sünden?

Ab Dezember 1972 gab es keine Berichte über Leonore mehr. Der dritte Aktendeckel enthielt nur drei Vermerke, der erste aus dem Jahr 1976: »Zielperson mit einem ehemaligen Bürger der DDR liiert.« Damit konnte nur Alexander Seidensticker gemeint sein. Leonores Mann – mein »Vater«, dachte Jana bitter – war 1962 aus der DDR geflohen. Der zweite Vermerk stammte aus dem Jahr 1979: »Perspektiv-IM dekonspiriert.« Von welchem »Perspektivagenten« war hier die Rede? Was »dekonspiriert« bedeutete, wusste sie: Da war jemand aufgeflogen. Aber wer? Und was hatte das mit Leonore zu tun?

Erst nach einer Weile blätterte sie weiter, zum dritten und letzten Vermerk. Der hatte es in sich, er traf sie direkt in den Magen. »Quelle: IMV ›Turm‹, erh.: Gen. Knobel, am 19.12.1988. Frau Seidensticker fühlt sich beobachtet. Sie glaubt, in allen möglichen Personen einen unserer Kundschafter zu erkennen.« Dann ein geschwärzter Name: »… erbittet Auskunft über zu treffende Maßnahmen.«

Maßnahmen. In der Sprache der Stasi konnte das alles Mögliche heißen, von weiterer Beobachtung über Zersetzung bis Mord. Und wer war die Person, die danach fragte? Vor allem aber: Wer war Leonore so nah, dass er wissen konnte, was sie fühlte und glaubte?

Nach einem halben Tag auf dem unbequemen Behördenstuhl tat Jana alles weh, nicht nur das Herz. Die Sehnsucht nach Max und den Zwillingen wurde übermächtig. Sie holte ihre Reisetasche aus der Pension, fuhr zum Bahnhof und nahm die nächste Verbindung. Max stand am Gleis, als der Zug Stunden später im Hauptbahnhof von Osnabrück einfuhr. Sie umarmten sich schweigend. Erst, als sie auf der Höhe von Belm waren, sagte Max: »Und?«

Jana versuchte, möglichst kurz und abschließend zusammenzufassen, was sie gelesen hatte, sie fühlte sich nicht in der Lage, auf kritische Fragen zu antworten. »Sie hat jemandem in der DDR Briefe geschrieben, die eingeschätzt und abgeheftet wurden. Weltbewegendes habe ich dadurch nicht erfahren.«

»Na siehst du«, sagte er sanft. »Keine Leichen im Keller.«

Jana widersprach ihm nicht. Sie zögerte, ihm die Sache mit dem Perspektivagenten zu erzählen. Dass jemand aus Leonores engster Umgebung an die Stasi berichtet hatte. Und dass Leonore angeblich Gespenster sah.

Die Zwillinge lagen schon im Bett und schienen sogar zu schlafen, jedenfalls rührte sich keiner der Buben, als Jana ihnen einen Kuss auf die Stirn gab. Behutsam schloss sie die Tür hinter den beiden und ging hinunter. Max hatte bereits zwei Gläser Weißwein auf den Tisch vor dem Sofa gestellt. Sie prosteten einander schweigend zu.

»Jana.« Er nahm ihre Hand und streichelte sie. »Du machst dich fertig mit dieser ganzen Geschichte.« Sie wollte protestieren, aber er blickte sie so liebevoll an, dass sie ihm nicht böse sein konnte. »Nimm dir bitte ein paar Tage frei, du siehst völlig erledigt aus.« Das war nicht gerade ein Kompliment, dennoch war sie ihm dankbar. Sie war erschöpft wie nach einem Marathonlauf, und schon nach dem einen Glas Wein fühlte sie sich reif fürs Bett.

Doch der Marathonlauf war noch nicht zu Ende. Im Traum lief sie weiter, immer weiter, durch eine menschenleere Straße, im Nebel, in der Nacht. Sie hörte Schritte hinter sich. Sie lief schneller. Hinter ihr war es plötzlich still. Sekunden später presste sich eine Hand auf ihren Mund, ein Arm umfing ihre Taille, sie wurde hochgehoben, von der Straße fort in ein Gebüsch gezerrt. Sie musste sich gewehrt haben, denn schon war sie wieder auf der Straße, sie war nicht mehr Jana, sie war Leonore, der es gelungen war, den Verfolger abzuschütteln. Doch da waren sie wieder, die Schritte, aber sie klangen anders, nicht nach den harten Schritten eines Mannes in Schuhen, sondern – sie drehte sich um: Der Mann, der hinter ihr herlief, auf bloßen Füßen, war nackt.

Sie wachte auf und versuchte, sich zu erinnern: an das Gesicht des nackten Mannes. Doch sie sah nur den Lichtschein eines Autos durch die Vorhänge und hörte die tiefen Atemzüge von Max. Langsam beruhigte sich ihr Puls.

Als sie am nächsten Morgen aufwachte, war das Haus leer. Max hatte sie ausschlafen lassen und auf dem Weg zum Büro die Kinder in die Schule gebracht. Jana tappte in die Küche, schüttete Milch in einen Becher und ließ sie aufschäumen, bevor sie einen doppelten Espresso aus der Maschine hineinlaufen ließ. Mit dem Becher in der Hand ging sie durchs Haus und versuchte, sich vorzustellen, wie Leonore sich hier gefühlt hatte, damals, als sie von der Stadt aufs Land verpflanzt wurde. Wenn man Leos ehemaliges Zimmerchen mit der Zimmerflucht im Dachgeschoss verglich, in der die Zwillinge ihr Reich hatten, dann kam es einem furchtbar winzig vor. Jana hatte es Margo gleichgetan und sich hier ein Büro eingerichtet. Nur der Schreibtisch war geblieben, andere Spuren von Leonore waren nicht mehr zu entdecken, was nach fünfundvierzig Jahren wahrlich kein Wunder war.

Sie ging zum Plattenspieler hinten in der Halle, der beinahe ebenso alt war, und suchte in der Truhe nach Margos Schallplatten, die sie in einem Anfall von Pietät aufgehoben hatten. Alexandra, das war jetzt das Richtige. Sie legte die Platte auf. Viel Gefühl, hart am Kitsch. Aber die Stimme drückte ihr die Kehle zu. Und dann der Text: »Erstes Morgenrot bringt mir den Gruß der Heimat aus dem fernen Land, wo meine Wiege stand.« Sie drehte die Anlage auf, so laut es ging, es störte ja niemanden hier in der Einöde, und ging die Treppe hoch, die von der Halle aus hinauf in den ersten Stock führte. Soweit sie wusste, hatte es im Gefängnis Hoheneck, in dem sie geboren worden war, keine Wiege gegeben.

Alexandra. Margo hatte die Frau mit der gefühlvollen Altstimme geliebt, deshalb kannten alle Familienmitglieder die Lieder in- und auswendig. Doch da gab es noch etwas, das die Seligers mit der Sängerin verband. Jana setzte sich auf die oberste Treppenstufe und ließ ein Lied nach dem anderen über sich hinwegrollen.

Alexandra war am 31. Juli 1969 auf der Fahrt in den Urlaub nach Sylt bei einem mysteriösen Autounfall ums Leben gekommen. Ein Fernsehjournalist vermutete Sabotage. Zwei der Männer Alexandras, der Vater ihres Sohnes sowie der letzte Mann in ihrem Leben, seien in irgendwelche Geheimdienstaktivitäten verwickelt gewesen. Auch sei ein Unfalltod durch die Manipulation von Bremsen und Lenkung eine Spezialität des russischen KGB.

Verschwörungstheorien? Jana hielt mittlerweile nichts mehr für unmöglich, und auf sogenannte »nasse Sachen« verstand sich auch die ostdeutsche Stasi.

Maßnahmen. Maßnahmen gegen Leonore. War es das gewesen? War das der Grund für ihren Tod? Dass sie jemanden gesehen hatte, den sie nicht sehen sollte? Oder litt sie tatsächlich unter Verfolgungswahn, hatten die Depressionen die Oberhand gewonnen, nahm sie sich deshalb das Leben?

Ihre Gedanken drehten sich im Kreise und machten sie verrückt. Jana stand auf und öffnete die Tür zur Dachgeschosswohnung.

Jon und Henri konnten sich weiß der Himmel nicht beklagen. Hier oben gab es für jeden der Knaben ein eigenes Zimmer, eins rechts, eins links, dazwischen ein gemeinsames Wohnzimmer und ein Bad und sogar eine voll eingerichtete Küche, die die beiden allerdings nicht nutzten. Man sollte sie vielleicht zu einem Kochkurs anmelden? Jana lächelte bei dem Gedanken. Sie wollte nicht wissen, wie die Küche nach einer Orgie mit Spaghetti bolognese aussähe. Ganz sicher würde sie den Buben nicht hinterherputzen.

Dass es bei den beiden ordentlich aussah, erwartete sie nicht. Aber mit diesem Bild hatte sie nicht gerechnet: Margos Brokatkleider lagen auf dem Wohnzimmerboden und – das war ein Sakrileg: Leonores Hippiekleid. Jana setzte sich auf den Teppich. Mutter, dachte sie. Leonore. Leo. Wie konntest du nur einfach so verschwinden.

Zu allem Elend klang jetzt auch noch Alexandras Stimme, geschmeidig wie Sirup, mit dem absoluten Herzensbrecher nach oben: »Mein Freund der Baum ist tot. Er starb im frühen Morgenrot.« Jana wischte sich die Augen und stand auf. Schluss mit den Sentimentalitäten. Die Bengel waren auf dem Dachboden gewesen und hatten den Kleiderschrank geplündert. Das würde Folgen haben.

Doch sie hatten noch andere Schätze gehoben. Unter dem Fenster stand eine verstaubte Holzkiste, der Deckel war hochgeklappt. Jana blickte auf eine Reihe von Aktenordnern, die mit dem Rücken nach oben in der Kiste standen, etikettiert. »Menschen«, stand in sauberer Schrift auf dem einen, »Ereignisse« auf einem anderen. Einen mit »Briefe« beschrifteten Ordner zog sie heraus und schlug ihn auf. Blatt um Blatt, mit der Schreibmaschine getippt, ordentlich abgeheftet. Sie öffnete die Klemme und blätterte.

»Liebe Clara.« Der zuoberst abgelegte Brief war offenbar nicht abgeschickt worden, auch die beiden darunter nicht. Jana blätterte weiter. Diese Clara hatte ein paarmal auf Leos Briefe geantwortet, in steifem Funktionärsdeutsch. Das musste die Brieffreundin aus der DDR sein, die Leos Briefe nicht für sich behalten, sondern mit der Stasi geteilt hatte.

Janas Mitleid mit ihrer Mutter drückte ihr die Kehle zu. Leonore war auf der Suche nach Freundschaft gewesen und hatte die Falsche getroffen.

Eve of Destruction

I

Frühjahr 1979

Leonore Seliger hatte es endlich nach Boston geschafft.

Doch nicht sie war zu einem Gastsemester nach Harvard eingeladen worden, sondern Alexander Seidensticker, ihr Freund oder ihre »Beziehung«, wie man heute sagte. Aber was machte das schon? Sie gönnte es ihm, sie profitierte ja davon.

Sie hatten sich bei einem Empfang kennengelernt, den der Dekan des Historischen Instituts für Franz Förster gab, den frisch emeritierten Professor für Mittelalterliche Geschichte. Bei den Historikern ging es noch konventionell zu, dort sah man keine langen Haare, Norwegerpullis und Jeans, man trug Anzug und wusste sich zu benehmen. Manch blankgeschrubbtes Studentengesicht gehörte wahrscheinlich zu einer klassischen Spießerseele, aber immerhin rasierten sich diese Männer noch. Alexander Seidensticker fiel ihr auf, weil er wie ein Grenzgänger zwischen den Welten wirkte. Er war groß, schlank, trug ein eng geschnittenes Jackett und ein weißes Hemd, aber keine Krawatte und eine Jeans. Die dunklen Locken waren nicht zu kurz, und selbst die schwarze Brille mit den dicken Gläsern stand ihm. Sie umkreisten einander eine Weile, aber sie hatten das gleiche Ziel, deshalb standen sie irgendwann nebeneinander, jeder ein Glas Weißwein in der Hand.

Alexander passte auch sonst nicht ganz hierhin, er war nur Nebenfachhistoriker, wie sich herausstellte, er hatte das studiert, was jeder gestandene Historiker verachtete: das Allerweltsfach Politikwissenschaft. Doch während Jana ihre Dissertation noch immer nicht abgeschlossen hatte, saß Alexander bereits an seiner Habilitation. Was sie schon am ersten Abend weich werden ließ, hatte allerdings mit Wissenschaft nichts zu tun: Es waren seine braunen Augen, die so verletzlich, so hilflos, so unschuldig schauten, wenn er die Brille absetzte.

Was hatte Margo einmal gesagt? Liebe und Leidenschaft vergehen, wichtiger ist, dass man ein gemeinsames Interesse hat, das die Ehe auch in stürmischen Zeiten zusammenhält. So war das mit Alexander und ihr gewesen. Sie hatte bereits nach einem halben Jahr gewusst, dass er der richtige Partner war, wenn sie Kinder haben wollte.

Der Wunsch danach war immer mächtiger geworden. Leonore entdeckte Eigenschaften an sich, die sie sich nie zugetraut hätte, mehr noch: die sie verachtet hatte. Ihr wissenschaftlicher Ehrgeiz war erlahmt. Auch wenn das furchtbar spießig war: Sie ließ Alexander die Karriere machen, die sie einst angestrebt hatte, und ging in seinem Windschatten ihren Interessen nach – mit Hingabe, das schon, aber ohne klares Ziel.

Harvard war eine Insel der Gelehrsamkeit, sie fühlte sich bald zu Hause zwischen ihrer Wohnung im eher kleinstädtischen Cambridge nahe Central Square und der Widener Library. Die Bibliothek war ein Paradies für Leute, die sich in alten Büchern und Dokumenten verlieren konnten. Bei ihrem ersten Besuch dort hatte sie Gänsehaut bekommen. Allein der Haupteingang war respekteinflößend: Eine breite Freitreppe führte hoch zu dem von elfenbeinfarbenen Säulen gestaffelten Portikus. Durch Türen aus schwerem dunklen Holz gelangte man in den Eingangsbereich, und von dort ging es an der stets mit Blumen geschmückten und mit einer Gutenbergbibel ausgestatteten Privatbibliothek des Namenspatrons Harry Elkins Widener vorbei zum Katalogbereich und in den Lesesaal, der beinahe so groß wie eine Bahnhofshalle war und in dem man dennoch nicht viel mehr hörte als Bleistifte auf Papier.

Die Geschichte von Harry Widener war tragisch und großartig zugleich, also sehr amerikanisch. Er war ein Harvardabsolvent von 1907, entstammte einer der reichsten Familien der USA und starb zusammen mit seinem Vater 1912, in seinem achtundzwanzigsten Lebensjahr, beim Untergang der Titanic. Die Mutter überlebte die Katastrophe und stiftete die Bibliothek zu seinem Angedenken. Amerika war berühmt für seine Mäzene – und gerade hier entfaltete sich der Bürgerstolz in seiner ganzen Pracht.

Leonore verschwendete keinen Gedanken an das Ende des Forschungssemesters und die Rückkehr nach Deutschland. Sie las, hing ihren Gedanken nach und hoffte, schwanger zu werden, worum Alexander und sie sich redlich bemühten. Doch diese Träume endeten an einem kühlen Vormittag in der Fruit Street im West End von Boston. Alexander wusste nichts von ihrem Besuch bei einem Frauenarzt.

»Um dreizehn Uhr bei Bartley's Burgers am Harvard Square, ich lade dich ein.«

Alexander saß schon da, als sie eintraf. Mit großer Geste und strahlendem Lächeln stand er auf, um ihr den Hocker zurechtzurücken.

»Was ist los? Hast du was geerbt?«

»So ähnlich.« Er lachte über ihren matten Witz. »Ich muss zu drei Vorträgen in die Schweiz. Wir fliegen in vier Wochen.«

»In vier Wochen? Ist das nicht ein bisschen kurzfristig?«

»Das stimmt. Ich bin ja auch nicht die erste Wahl. Ich muss für Franz Förster einspringen, er ist krank geworden.« Förster war Alexanders Doktorvater gewesen, er hatte seinen Lieblingsschüler immer unterstützt, natürlich war Alexander ihm dafür etwas schuldig. Leonore merkte, dass sie schlechte Karten hatte.

»Ich kann das nicht ablehnen, Leo, das verstehst du, oder?« Er griff über den Tisch nach ihrer Hand. Sie hätte sie am liebsten zurückgezogen. Sie wollte nicht fort. Seit dem Vormittag in der Fruit Street war die Bibliothek ihr Refugium geworden, ihr sicherer Hafen, in dem sie Trost fand.

»Du hockst viel zu viel in der Bibliothek, du solltest mal wieder etwas anderes sehen. Die Welt! Oder wenigstens die Schweiz.«

Sie wollte nichts anderes sehen, die Welt interessierte sie nicht, und erst recht nicht die Schweiz.

»Komm. Bitte. Ich brauche dich.« Er nahm die Brille ab, schaute sie an mit großen Augen, mit diesem Blick eines Kurzsichtigen, so hilflos und so unschuldig. Das brachte sie meistens in kürzester Zeit zum Schmelzen, nur diesmal nicht.

»Warum muss ich überhaupt mitkommen? Das kostet nur Geld, das wir nicht haben.«

»Egal. Du bist unverzichtbar!«

»Glaubst du, dass dir außer mir sonst niemand applaudiert?«

Jetzt lachte er verlegen. »Ich bin nicht gern allein, das weißt du doch.«

Ja, das wusste sie, und sie verstand es nicht. Sie brauchte das, allein zu sein. Vor allem jetzt.

»Die Schweiz ist wunderbar. Wir könnten Ausflüge machen. In die Berge.«

Ihm fiel tatsächlich nichts Besseres ein als die Alpen? Sie überlegte kurz. »Gut.«

Wieder leuchteten seine Augen.

»Unter einer Bedingung.«

Er nickte, lammfromm. Jetzt würde sie den Preis hoch ansetzen können. Schade, dachte Leonore, dass ihr Wunsch so schlicht war. »Wir fahren in Osterholz bei meinen Eltern vorbei.«

Sie sah ihm an, dass er Schlimmeres erwartet hatte. Er stand auf, beugte sich zu ihr herunter, küsste sie auf die Stirn und murmelte: »Nur, wenn du mich als deinen Verlobten vorstellst.«

Das war wie ein Stich ins Herz. Vor ein paar Wochen noch hätte sie seine Bedingung mit tiefer Freude erfüllt. Doch seit ihrem Besuch in der Fruit Street wusste sie nicht mehr, ob sie ihn überhaupt heiraten durfte, jetzt, da ihr klar war, dass sie nicht einlösen konnte, was sich beide wünschten. Sie verzichtete auf Verhütungsmittel, seit sie mit Alexander zusammen war. Er wusste das, es war ihm recht, dass sie es darauf ankommen ließen. Doch sie wurde einfach nicht schwanger, weshalb sie endlich zum Frauenarzt gegangen war. Der Arzt, ein älterer Herr, hatte ihr voller Mitleid zu verstehen gegeben, dass sie sich den Gedanken an ein Kind aus dem Kopf schlagen musste. Sie hatte ihm nichts von der Abtreibung erzählt, nur von einer Fehlgeburt. Er vermutete, dass es bei der Ausschabung zu einer Verletzung der Gebärmutter gekommen war. Sie war unfruchtbar. Noch hatte sie Alexander nichts davon erzählt, sie traute sich nicht, ihm die Wahrheit zu sagen.

Henri und Margo waren bester Laune, als sie in Osterholz eintrafen, bei bedecktem Himmel und einem frischen Wind, der die gelben Osterglocken und roten Tulpen am Rand des Rasenrondells striegelte. Alexander wurde herzlich empfangen. Henris Interesse war ehrlich, Politik und Geschichte beschäftigten ihn immer schon. Auch Margo dämpfte ihren prüfenden Blick wohlwollend, er war ja immerhin ein Mann mit Position.

»Kaffee gibt es um vier. Wie wär's mit einer Gartenrunde?«

Manches ändert sich nie, dachte Leonore. Margo ging mit Alexander vorneweg, gefolgt von Leonore und ihrem Vater. »Geht's dir gut, Kleines?«, fragte Henri leise. Sie nahm seine Hand und drückte sie. Er spürte ihre tiefe Traurigkeit. Fast wären ihr die Tränen gekommen.

Margo erzählte Alexander vom Kauf des alten Kottens und von der Schweineweide, die sie in einen Landschaftsgarten verwandelt hatte, eine Geschichte, die Leonore auswendig kannte. Doch ihre Mutter hatte recht: Der Garten sah gepflegt aus, vielleicht sogar ein wenig zu gepflegt. Der Rasen stand bereits in frischem Grün, die Forsythien begannen, ihre gelben Blüten zu öffnen, und die Knospen des Flieders waren prall. Leider hatte Henri den alten Pflaumenbaum radikal beschnitten, den hatte Leo immer gemocht, besonders im Winter liebte sie seinen bizarren Schattenriss.

»Er wäre uns im letzten Herbststurm beinahe umgekippt«, sagte Henri. »Auch Bäume werden alt und morsch. Wie ich.«

»So siehst du aber gar nicht aus!«

Henri lachte. »Seit ich pensioniert bin, fühle ich mich mindestens zehn Jahre jünger.«

»Du hast deinen Beruf nie geliebt, stimmt's?«

Er brummte irgendetwas, noch immer konnte er nicht zugeben, wie ungern er Richter gewesen war.

Von der Wiese ging es über einen sorgsam geharkten Weg am Rosenspalier vorbei zum Gartenhaus, hinter dem der Gemüsegarten begann. Die glänzende Erde sah frisch umgegraben und geharkt aus, in einem der Beete steckten bereits kleine Pflöcke, auf die Henri bunte Tüten gestülpt hatte: Möhren und Erbsen.

»Wenn du auch noch jagen gehst, seid ihr autark«, meinte Leonore. Sein Blick sagte ihr, dass ihm der Gedanke behagte. Im Unterschied zu Margo brauchte er die Welt da draußen nicht, er brauchte seine Frau, seinen Garten, seine Bücher und seine Ruhe.

Ihre Mutter drehte sich zu ihnen um, mit strahlendem Gesicht. »Ich freue mich so, dass ihr da seid. Drinnen gibt es Kaffee und Kuchen. Und eine Überraschung.«

In der Halle war der Kaffeetisch gedeckt, für fünf Personen.

»Habt ihr Besuch?«

Margo strahlte noch immer. Wie auf Verabredung hörte man oben eine Kinderstimme. Und dann kam eine schlanke, nein: dünne Frau mit kurzen Haaren die Treppe herunter, auf dem Arm ein blondes Kindchen, das vergnügt vor sich hin brabbelte.

»Das ist Gisela. Sie ist nach einer endlos langen Odyssee aus der DDR in die Freiheit entlassen worden. Erst wollten die im Osten sie nicht rauslassen, dann die im Westen nicht reinlassen.« Das Kind auf Giselas Arm streckte beide Händchen nach Leonore aus. Sie machte überrascht und beglückt einen Schritt nach vorn, bis sie merkte, dass die Kleine Henri meinte.

»Hallo, meine Süße«, sagte er mit sanfter Stimme. So kannte man ihn gar nicht.

»Und das kleine Wunder, in das sich Henri sofort verliebt hat, heißt Jana.«

Ein kleines Wunder. Leonore fuhr der Schmerz in den Magen. Ein Wunder, das sie nie erleben würde.

Es gab Filterkaffee und Schwarzwälder Kirschtorte, von Leysieffer, nahm sie an. Henri und Alexander redeten begeistert aufeinander ein, es ging um die Weltlage, natürlich, für Geringeres interessierten sich so große Geister nicht. Leonore sah fasziniert zu, mit welcher Gier sich Gisela auf den Kuchen stürzte.

»Gisela hat harte Zeiten hinter sich, stimmt's, Gisela?« Margo musterte die Frau, als ob sie das magere Gestell mästen wollte.

Die nickte mit vollem Mund. »Im Knast gab es so was nicht. Ich hab einiges nachzuholen.«

Das Kindchen saß jetzt auf Henris Schoß, lachte und hüpfte auf und nieder.

»Du warst im Gefängnis?« Margo und Henri mussten ihre soziale Ader entdeckt haben, dachte Leonore, sonst hätten sie wohl kaum einen Knacki aus der DDR bei sich aufgenommen.

»Oh ja. Wegen asozialem Rowdytum und staatsfeindlicher Hetze. So hieß das. Das sind bei uns die Orden des kleinen Mannes.«

»Rowdytum ist ein Verbrechen, das es wahrscheinlich nur in der DDR gibt«, meinte Alexander. »Bin ich froh, dass ich rechtzeitig da raus bin.«

»Und staatsfeindliche Hetze ist ein Witz. Wie zum Beispiel der hier: Fragt ein altes Mütterchen beim Staatsrat der DDR: ›Wurde der Sozialismus von Wissenschaftlern oder von Kommunisten erfunden?‹ Antwort: ›Natürlich von Kommunisten.‹ Sagt das Mütterchen: ›Das dachte ich mir. Wissenschaftler hätten die Sache sicher erst an Mäusen ausprobiert.‹«

Alexander lachte am lautesten, vielleicht kannte er den Witz von früher.

Margo lachte nicht. »Man hat sie ins Gefängnis gesteckt, obwohl sie schwanger war! Henri hat recht: Das ist ein Verbrecherstaat.«

Früher hätte ihre Mutter das nie gesagt. Was hatte sich geändert? Sicher, wir alle lernen dazu, dachte Leo. Dennoch wunderte sie sich über die plötzliche Großzügigkeit der beiden einer unbekannten Frau gegenüber. So mitleidig kannte sie ihre Eltern nicht.

Sie musterte die Frau und das Kind. Welches Regime steckte eine schwangere Frau ins Gefängnis? Auch noch wegen solcher Kleinigkeiten? Und wie schafft man es, so etwas unbeschadet zu überstehen? Was hatte das Kind von alledem mitbekommen? Die Kleine faszinierte sie. Ein perfektes kleines Mädchen. Wie alt mochte sie sein? Noch keine zwei Jahre, dachte Leo. Das Kind saß selig lächelnd auf Henris Schoß und ließ sich von ihm Kuchenhäppchen in den Mund schieben.

Und du, dachte Leo, hast dir jede Chance auf ein eigenes Kind versaut. Nur, weil du an den blöden Hippiespruch von »Make love not war« geglaubt und noch nicht einmal mitgekriegt hast, ob James oder Keith oder Colin dich schwanger gemacht hat. Sie schob den Kuchenteller von sich. Ihr war ganz schwach vor Kummer.

Sie nahm kaum noch wahr, was Henri und Margo erzählten. Gisela ließ sich von Margo ein weiteres Tortenstück auf den Teller legen. »Heimkinder haben immer Hunger«, kommentierte sie. Wenigstens hatte sie Humor.

Die Kleine war auf Henris Schoß eingeschlafen. Leonore betrachtete Gisela. Die schlanke Gestalt. Die graublauen Augen. Ihre Haltung. Ihr Stil, trotz ihrer schnoddrigen Sprache. Das alles erinnerte sie an jemanden.

»Kann es sein, dass wir uns vor Jahren schon einmal begegnet sind?«, fragte sie plötzlich. Fragen konnte man ja.

Gisela lachte. »Nur, wenn du auch in einem Heim in der DDR aufgewachsen bist. Ich kam meiner Mutter nicht gelegen, deshalb.« Sie hob die schmalen Schultern.

»Pionierrepublik Wilhelm Pieck am Werbellinsee? Sommer 1964?«

»Unmöglich. Da durfte ich nicht hin, das war nur was für die Privilegierten.«

Leonore zögerte. Dann nickte sie. »Stimmt. Das Mädchen hieß auch nicht Gisela, sondern Clara. Clara ...«

Gisela unterbrach sie mit einem spitzbübischen Lächeln. »Ich bewundere dein Gedächtnis. Wenn ich Pech habe, erinnere ich mich gerade noch an die ersten Wochen im Knast. Das könnt ihr euch nicht vorstellen! Hoheneck ist ein uralter Kasten aus dem Mittelalter, völlig überbelegt. Ich war im W I 7, also Westflügel, 1. Etage, Verwahrraum 7. Sechs zweistöckige Betten in einem dunklen, feuchten Loch. Daneben ein Raum mit Waschtrögen und zwei Toiletten, den mussten wir uns mit den Frauen aus der Nachbarzelle teilen. Muss man sich mal vorstellen. Das war echt lustig.«

»Lustig? Also wirklich!« Margo, empört.

»Immerhin durfte ich arbeiten. Strumpfhosen nähen. Das

lenkte ab.« Gisela lachte wieder. »Wirklich übel waren die Zählappelle. Jeden Morgen mussten wir aus dem Bett, uns in zwei Reihen aufstellen und Meldung machen. Wenn sich das Personal verzählt hatte, wurde noch mal gezählt, und so dauerte das manchmal stundenlang.«

»Das – tut mir leid«, stotterte Leonore. Diese Gisela mochte Clara ähnlich sehen, aber was und wie sie erzählte, klang wirklich nicht nach der braven Parteisoldatin Clara Pinkus, die sie einst kennengelernt hatte. Und doch verließ sie das Gefühl nicht, dass hier etwas nicht stimmte. Was machte die Frau ausgerechnet in Osterholz?

Und wie bist du hierhergekommen, wollte sie fragen, aber Gisela plapperte weiter.

»Ich hatte es ja noch gold. Ich durfte die Kleine einmal im Monat sehen. Anderen haben sie das Kind weggenommen und ins Heim gesteckt. Aus irgendeinem Grund machten sie bei mir eine Ausnahme. Außerdem hatte ich dort Freunde: Wir Politischen hielten zusammen. Wir alle warteten darauf, dass die liebe BRD uns mit viel D-Mark rauskauft.«

»Die Verbrecher haben von menschlichen Erleichterungen gesprochen, aber eigentlich ging es ihnen nur ums Geld«, brummte Henri.

»Reden wir nicht mehr drüber.« Gisela legte die Gabel behutsam auf den Teller. »Es ist vorbei. Ich bin hier, in Freiheit und mit einem wunderbaren Bett, das nach mir ruft. Auch die Kleine muss jetzt schlafen.«

Der Abend gehörte von nun an Margo, die mit glänzenden Augen von Gisela und ihrer kleinen Jana schwärmte. Als Leonore versuchte, den Grund für Giselas Anwesenheit in Erfahrung zu bringen, wandte ihre Mutter sich Alexander zu, um ihn über seine Berufsaussichten auszufragen.

Endlich gelang es ihnen, sich loszueisen. Alexander war bereits im Bett, als Leonore aus dem Bad kam und sich zu ihm legte. »So eine Kleine wie Jana hätte ich auch gern«, murmelte er ihr ins Ohr.

»Dann mach mal«, flüsterte Leo zurück, obwohl sie nicht die geringste Lust verspürte. Sie wusste ja, dass es nicht half. Nichts half.

II

Als Alexander und Leonore zum Frühstück herunterkamen, war es bereits passiert. Henri trug Jana auf dem Arm, das Kind war rot im Gesicht und hatte sich heiser geschrien. Margo saß im Morgenmantel am Tisch und telefonierte. »Können Sie kommen, Frau Henke?«, hörte Leo sie fragen. »Sie haben doch Enkel. Sie kennen sich sicher mit einem so kleinen Wurm aus.«

»Was ist los?«, fragte Leo ihren Vater flüsternd und streckte die Arme nach dem weinenden Kind aus. Henri überließ ihr das Bündelchen bereitwillig, sie merkte bald, warum. »Sie ist ganz nass. Wo ist ihre Mutter?«

»Verschwunden«, knurrte Henri. »Und wie ich das sehe, wird sie auch nicht zurückkommen.«

Leonore lief mit dem Kind auf dem Arm nach oben. Die Kindersachen waren alle noch da – nur Gisela nicht. Den Zettel auf dem Küchentisch sah sie erst, als die Kleine gewaschen und neu angekleidet war. »Jana soll es einmal besser haben als ich«, stand da in einer geraden, sauberen Handschrift. »Ich gehe zurück.« Sie ging zurück? Wohin? Und nahm ihr Kind nicht mit? Unfassbar. Leonore lief wieder nach unten.

Alexander und Henri standen um Margo herum, die im Sessel saß und weinte.

»Ich habe der Sache nie getraut«, brummte Henri und legte ihr die Hand auf die Schulter.

»Welcher Sache?«, fragte Leonore. Worauf hatten sich ihre Eltern da eingelassen?

»Aber sie kann doch gar nicht zurück«, schluchzte Margo. »Sie kommt doch sofort wieder ins Gefängnis.«

»Wer weiß. Vielleicht war das alles nur eine Legende, um unser Mitleid zu erregen? Wir wissen doch gar nicht, wer sie wirklich ist.«

»Warum sollte sie uns belügen?« Margos rotgeweinte Augen blitzten empört.

»Die Verbrecher da drüben machen ein gutes Geschäft mit dem Freikauf von Menschen«, meinte Henri. »Glaub bloß nicht, dass sie nur ihre Politischen freilassen. Die laden auch ihre Kriminellen bei uns ab.«

»Gisela war keine Kriminelle.«

»Woher willst du das wissen? Wir müssen die Polizei verständigen.«

»Aber warum? Sie hat doch nichts getan?«

Henri blickte seine Frau entgeistert an. »Sie hat ihr Kind zurückgelassen. Findest du das vielleicht nicht kriminell? Wir müssen …«

»Nein!«, Margo schrie beinahe.

»Wieso nein?« Henris Gesicht verzog sich zu einer misstrauischen Maske.

»Hört auf, euch zu streiten!« Leonore merkte, wie die Kleine auf ihrem Arm wieder unruhig wurde, die lauten Stimmen regten das Kind auf. »Wer Gisela ist und wohin sie geht, ist mir ehrlich gesagt völlig schnurz. Wer sein Kind allein lässt, ist mir keinen weiteren Gedanken wert. Viel wichtiger ist, was jetzt mit der Kleinen passiert.«

»Sie bleibt bei uns«, sagte Margo.

»Sie bleibt bei mir«, antwortete Leonore.

Noch am gleichen Abend erzählte sie Alexander von ihrem Besuch in der Fruit Street und von dem Ergebnis der ärztlichen Untersuchung: Sie konnte keine Kinder kriegen. Doch war das nicht die Basis ihrer Beziehung gewesen, das gemeinsame Projekt?

Als sie zu schluchzen begann, nahm Alexander sie in den Arm und wiegte sie, als ob sie selbst noch ein Kind wäre. »Nicht weinen«, murmelte er an ihrem Ohr. »Es gibt so viele Kinder ohne Eltern, denen wir helfen können. Wir finden einen Weg.«

Er trat seine Vortragsreise in die Schweiz ohne sie an.

Leonore fühlte sich schon nach zwei Tagen wie eine Löwenmutter, die ihre Brut mit Klauen und Zähnen verteidigt. Jana wieder hergeben? Unmöglich.

»Irgendetwas müssen wir unternehmen«, meinte Henri beim Mittagessen.

Margo reagierte nicht. Sie wirkte blass und unkonzentriert, sie schien keinen Appetit zu haben, hatte gerade mal eine halbe Kartoffel in die Senfsoße getunkt.

»Warum?«, fragte sie endlich. »Wenn Gisela zurückgegangen ist in ihren Verbrecherstaat, landet sie wieder im Knast. Geschieht ihr recht. Für ihr Kind dürfte sich dort niemand interessieren.« Sie legte das Besteck beiseite.

Und wenn doch?, dachte Leo. Was, wenn das Kind zurückmuss? Was, wenn Gisela tatsächlich Clara ist, eine linientreue Parteigenossin? Aber was wollte sie dann hier, im Westen, bei Margo und Henri?

Doch wenn sie ehrlich war, interessierte sie das im Grunde weit weniger als das Schicksal der Kleinen. »Wir sollten nichts überstürzen«, sagte sie schnell.

»Richtig. Wahrscheinlich ist der Satansbraten schon bald wieder da«, brummte Henri. »Ich möchte mal wissen, wie sie sich das überhaupt vorstellt: ›Ich gehe zurück.‹ Wie kommt sie da hin? Ohne Geld?«

»Ich habe ihr welches gegeben.« Margo, mit müder Stimme.

»Du hast ein viel zu großes Herz.« Henri, der wie immer gegessen hatte, als ob jemand ihm etwas wegnehmen wollte, ließ das Besteck klirrend auf den leeren Teller fallen.

Würde Gisela zurückkommen und Jana mitnehmen? Der Gedanke fuhr Leo wie eine eisige Faust in den Magen. Sie stand hastig auf. »Ich schau mal nach der Kleinen, ich glaube, ich habe etwas gehört.«

Oben in der Wohnung war alles still, Jana schlief in ihrem Bettchen, sie schien etwas Schönes zu träumen, denn sie lächelte. Leonore setzte sich zu ihr.

Sie erkannte sich selbst nicht wieder. Nichts interessierte sie mehr außer der Kleinen. Es musste eine Lösung geben. Was hatte Alexander gesagt? Genau: man konnte auch ein Kind adoptieren. Dafür müssten sie heiraten, sonst würde man sie nicht als Adoptiveltern zulassen. Doch das war das geringste Problem gegenüber einem schier unüberwindbaren Hindernis: Wie sollte eine Adoption möglich sein ohne die Einwilligung der leiblichen Mutter? Es war ein Albtraum.

Leo ging wieder hinunter. Henri hatte bereits den Tisch abgeräumt, aber Margo saß noch da und tupfte sich mit einer Serviette den Mund ab.

»Ihr bleibt natürlich erst einmal hier«, sagte sie mit müder Stimme.

Leonore erschauerte bei der Vorstellung, ihr Leben unter den kritischen Augen ihrer Mutter verbringen zu müssen. Doch das blieb ihr erspart. Am nächsten Tag wurde Margo mit dem Krankenwagen abgeholt. Sie hatte sich eine schwere Gürtelrose zugezogen, offenbar die Folge von emotionalem Stress, und verbrachte die nächsten Wochen im Krankenhaus.

Die Zeit verging, das Frühjahr kam mit aller Macht, eine blasse Margo wurde aus dem Krankenhaus entlassen, und Gisela hatte sich noch immer nicht blicken lassen. Alexander hatte seine Vortragsreise erfolgreich hinter sich gebracht und drängte darauf, wieder zurück nach Boston zu fliegen.

Er zeigte sich überrascht und gerührt von ihrer neuen Mütterlichkeit. »Warum hast du eigentlich damals abgetrieben? Du gehst doch völlig auf in der Mutterrolle, ganz anders als die Frauenbewegten, die mit dem ›Mein Bauch gehört mir‹.«

»Ich bin ja auch nicht stolz darauf«, sagte sie leise.

»Also warum?« Er lächelte, versuchte, seiner Frage eine unverbindliche Note zu geben, aber sie spürte den leisen Vorwurf dahinter. Ihre Beziehung war von der selten ausgesprochenen Voraussetzung getragen gewesen, dass sie eine Familie gründen würden, egal, ob das gerade als spießbürgerlich galt. Eine Familie mit Mutter, Vater, Kind, keine Wohngemeinschaft, keine Großfamilie, keine alleinerziehende Mutter mit Samenspender. Eine kleinstbürgerliche Kleinfamilie.

»Warum?« Sie zögerte. Weil sie nicht wusste, wer der Vater war? Weil sie keinen der drei möglichen Anwärter einem Kind als Vater zumuten wollte? Oder weil sie selbst keine Lust darauf hatte, die Frau eines arbeitslosen Engländers zu werden?

»Weil ein Kind einen Vater braucht«, sagte sie schließlich. »Ich wusste nicht, wer der Vater war.«

»Bist du etwa ... Nein, oder?« In Alexanders Augen flackerte etwas auf, Entsetzen, Besorgnis, Mitgefühl.

Sie schüttelte den Kopf. Er glaubte, sie wäre vergewaltigt worden. Dabei war sie nur das gewesen, was damals alle waren: hingerissen von der Idee der freien Liebe, ohne Rücksicht auf die Konsequenzen. Was sollte sie ihm antworten? Ich war jung und naiv? Oder sollte sie ihm etwa die Wahrheit sagen? Die hieß: Ich habe es genossen, es waren die bis dato besten Monate meines Lebens, auch wenn der Preis dafür zu hoch war.

Plötzlich lächelte Alexander. »Es war die Zeit, damals, nicht wahr? 1968? Swinging London? Musik und Drogen? Freie Liebe? Ich habe davon nicht viel mitbekommen, ich habe alles darangesetzt, mein Studium so schnell wie möglich zu Ende zu bringen. Insofern – beneide ich dich.«

Sie lächelte zurück. »Das meinst du nicht ernst.«

Er nahm sie in den Arm. »Doch. Aber dass dich das so verletzt hat – das hätte nicht sein dürfen.«

Sie nickte und ließ die Tränen fließen, aus Trauer oder Erleichterung oder wegen beidem.

Alexander war mit all ihren Plänen einverstanden. Sie mussten heiraten, jetzt, sofort, damit die Adoption beantragt werden konnte. Die Eheschließung ging verblüffend schnell über die Bühne, trotz aller Formalitäten. Alexander hatte den zuständigen Stellen vorgelogen, dass er sie nicht als unverheiratete Frau »in anderen Umständen« in Deutschland zurücklassen könne, während er in die USA fliegen müsse. Niemand bezweifelte ihre Schwangerschaft. Zwei Tage nach der Heirat brachte Leo ihren Mann zum Zug, der zum Flughafen nach Frankfurt fuhr, ihr Abschied war kurz, er dachte an Boston, sie an das, was vor ihr lag.

Leos einziger Verbündeter wurde ihr Vater.

Gemeinsam hatten sie die Wohnung oben im Dachgeschoss durchsucht, das die Eltern erst kürzlich ausgebaut hatten. Zimmer, Küche und Bad wirkten unbenutzt, Gisela hatte nicht eine Spur hinterlassen, alles war geputzt und aufgeräumt, selbst die Bettwäsche und die Handtücher hatte sie in die Waschmaschine gesteckt und auf dem Dachboden zum Trocknen aufgehängt. Sie fanden Janas Geburtsurkunde in einer der Küchenschubladen. Das Kind war am 24. Oktober 1977 in einem Krankenhaus in Stollberg geboren worden, in der Nähe des Gefängnisses. Das also stimmte.

»Damit kann ich arbeiten«, sagte Henri und nahm Leo in die Arme. »Ein paar Strippenzieher kenne ich noch, die werde ich beknien.«

»Ich wusste gar nicht, dass du so ein Muttertier sein kannst«, bemerkte Margo spitz, während sie die Kleine im Kinderwagen über die Feldwege schoben.

»Ich auch nicht. Mir ist im Moment alles andere egal.«

Margo seufzte. »Und das hältst du aus, so ohne Arbeit?«

Leonore lachte. »Ich habe mich noch nie derart wohlgefühlt.«

»Also ich hätte nie ohne eine Aufgabe sein können.«

»Das habe ich gemerkt. Dabei ist ein Kind doch eigentlich herausfordernd genug, oder?«

Margo musterte sie von der Seite. »Hast du dich vernachlässigt gefühlt, als du klein warst?«

Leonore schwieg. »Zu Anfang vielleicht«, sagte sie dann. »Später fand ich es angenehm, dass mir niemand reingeredet hat.«

»Hätten wir das bloß getan. Die Sache mit eurer Kneipe und den desertierten Soldaten hätten wir uns gern erspart.«

Ich mir auch, dachte Leonore und wünschte, ihre Mutter würde endlich aufhören, in der Vergangenheit herumzustochern.

»Weißt du noch, wie wir gemeinsam geraucht haben, im Hinterhof in der Wiesenbachstraße?«, fragte Margo nach einer Weile.

Leonore blickte zur Seite. Plötzlich sah ihre Mutter ganz weich aus. Natürlich erinnerte sie sich an die abendliche Zigarettenverschwörung. Das waren die letzten Tage des Friedens zwischen ihnen gewesen, bevor die Sache mit dem Jugendpfarrer passierte. Sie griff nach Margos Hand. »Ja. Das war schön.«

Mit Henri war alles völlig unkompliziert. Er verstand sie, ohne viel zu sagen, und sorgte für sie so, wie er auch für seine Frau sorgte. Denn seine Tochter musste ja in Osterholz bleiben, ohne Papiere und ein Visum für Jana konnte sie nicht zurück nach Boston, und ihre Wohnung in Frankfurt war noch auf Monate hinaus vermietet. Alexander würde für das nächste Semester in den USA bleiben, sie war also allein. Aber was machte das schon? Hier gab es ein blondes Wunder, das sie anstrahlte.

Leonore mutierte von einem Bücherwurm zu einem Wesen, das ihr bis dahin gründlich fremd gewesen war: zu einer Art warmem Teigkloß, ein Behagen verbreitendes Ding, dessen Grenzen fließend waren und das sich ganz einem kleinen Kind anpasste, das keineswegs immer guter Laune war. Manchmal schrie Jana nach ihrer Mutter und ließ sich nicht dazu überreden, in Leonore einen brauchbaren Ersatz zu sehen. Manchmal wachte sie nachts auf und weinte bitterlich. Doch das ging vorbei. Leonore genoss es, bedingungslos zu lieben.

III

Frankfurt am Main, Jahre später

»Ich finde, Jana sollte endlich in den Kindergarten gehen.« Alexander hatte sein Frühstück beendet und die Zeitung ausgelesen und war nun bereit, seine Familie zur Kenntnis zu nehmen.

»Wieso endlich? Ich finde, es ist noch viel zu früh.«

»Zu früh? Sie ist bald fünf Jahre alt.«

»Sie ist erst vier.«

»Sie gehört schon längst unter Gleichaltrige.«

»Und was hat sie davon?«

»Na hör mal! Warst du nicht schon mit drei Jahren im Kindergarten?«

»Ja, und es war grässlich. Alles nur Mädchen mit braven Zöpfen und in Kleidchen mit Schmetterlingsärmeln. Und dann diese Streberin Sabine, die niedliche Engel und Rehe malen konnte, während ich noch Strichmännchen zeichnete. Wir mussten singen und beten und ›Reise nach Jerusalem‹ spielen, ich war immer die Letzte.«

»Ich dachte, du wärst froh gewesen, deiner nervenden Mutter entkommen zu sein?«

Alexander wollte sie necken, aber sie war für Scherze nicht zu haben. Alles in ihr sträubte sich bei der Vorstellung, auf Jana auch nur wenige Stunden am Tag verzichten zu müssen. »Das war der einzige Vorteil. Außerdem ist Jana anders als ich. Und ich bin anders als Margo.«

Margo konnte ohne ihre Arbeit nicht sein, Leonore hingegen hatte festgestellt, dass das Undenkbare möglich war. Sie saß mittlerweile höchstens noch drei Stunden täglich am Schreibtisch, der Rest des Tages gehörte Jana. Sie hatte sich sogar beigebracht, halbwegs anständig zu kochen – nach Rezepten, die es bei »Essen und Trinken« gab, einer ausgesprochen hilfreichen Monatszeitschrift. »Betreutes Kochen« nannte sie das, wenn sie mit Küchenwaage und Maßbecher exakt nach Vorlage kochte. Man konnte schließlich nicht immer kreativ sein, manches konnten andere besser als sie, und Jana und Alexander schien zu schmecken, was sie auf den Tisch brachte.

»Ich meine nur: Solange ich keine feste Stelle habe, wäre ein zusätzliches Einkommen nicht ganz verkehrt«, sagte Alexander mit verräterisch sanfter Stimme.

Leonore hielt die Luft an. Das war ihr wunder Punkt. Sie lebte auf Kosten anderer, vor allem von Alexander und dem Geld, das ihre Mutter ihr schickte – »für das Kind«. Margo war nicht kleinlich, das konnte man ihr wirklich nicht vorwerfen. Aber man hörte ihrer Stimme am Telefon an, dass sie es unverständlich fand, dass Leonore nicht »auf eigenen Beinen« stehen wollte, wie sie zu sagen pflegte.

»Was hältst du davon, wenn ich Verena für Freitagabend zum Essen einlade?« Alexander wechselte erfreulicherweise das Thema. Verena Mahne war ihm wichtig, sie betreute eine Reihe historischer Sachbücher beim Westwärts-Verlag, dort hatte Alexander einen Aufsatzband herausgegeben.

»Wenn dir daran liegt«, sagte Leonore gleichmütig.

»Ich denke, es wäre gut für uns beide.«

Was immer er damit meinte.

Leo suchte sich ein Rezept aus dem Maiheft von »Essen und Trinken« heraus und ging am Freitag extra früh in die Kleine Markthalle, um die Zutaten für ein erlesenes Dinner einzukaufen. Während Jana sich ihre Kassette mit Musik der »Neuen Deutschen Welle« so oft und so laut anhörte, bis Leonore das »Ich will Spaß«-Gequietsche nicht mehr hören konnte – vor allem, wenn Jana mitsang: »Ich geb Gas!« –, stand sie in der Küche und gab die perfekte Hausfrau.

»Da, da, da. Du liebst mich nicht, ich lieb dich nicht.« Leonore war wütend auf Alexander und wusste nicht genau, warum.

Verena kam pünktlich vor Ablauf des akademischen Viertels im kleinen Kampfanzug: hohe Stiefel über einer passgenauen Jeans, dazu ein enganliegender Pulli, die schulterlangen blonden Haare aus der Stirn gebürstet. Sie reichte Leonore die Hand, gab Alexander Küsschen links und rechts und bewunderte die Schäfchen auf Janas Schlafanzug. Das Kind hatte vorm Einschlafen begutachten wollen, für wen sich ihre Mutter beim Kochen so viel Mühe gegeben hatte. Als die Kleine wieder im Bett war und nach ein wenig höflichem Small Talk verschwand Leonore in der Küche.

Alexander und Verena schienen sich bestens zu verstehen, aber ihr war die Frau nicht sympathisch, vielleicht gerade deswegen. Unsichtbar, wie Hausfrauen sind, servierte sie das Essen, wartete, bis Verena das Besteck abgelegt hatte, die kaum zum Essen kam, es gab ja so viel zu bereden, und räumte die Teller ab. Alexander ließ sich zu einem Lob herab, mit eilfertigem Echo von Verena, die nur im Essen herumgestochert hatte. Dafür war sie trinkfest, bereits die zweite Weinflasche war leer, obwohl Leo an ihrem Glas höchstens genippt hatte.

Als sie mit der Käseplatte aus der Küche kam, hörte sie Verena mit vor Betroffenheit beschlagener Stimme sagen: »Ich finde es unverantwortlich, in diesen apokalyptischen Zeiten ein Kind auf die Welt zu bringen, das ist der pure Egoismus.« Was für ein dämlicher Satz! Aber Alexander lächelte und nickte, das ärgerte Leo beinahe noch mehr. Mit den Worten: »Ich wünsche fröhlichen Weltuntergang«, stellte sie die Platte auf den Tisch und ging wieder in die Küche. Ihr war der Appetit vergangen.

Als sie zurückkam, lächelte Verena sie Verständnis heischend an. »Man kann die Augen ja nicht vor dem verschließen, was auf der Welt passiert, oder? Die drohende Auslöschung durch menschliche Hybris ist ein Fakt. Alexander wird das zum Thema seines nächsten Projekts machen, nicht wahr, Alex?«

»Sie meinen: Die Apokalypse gestern, heute und morgen? Untertitel: Untergang leicht gemacht?« Leonore hielt das ganze Untergangsgetue für einen großen Schwindel, für eine Art modernen Ablasshandel. Es ersetzte die Drohung mit der Hölle und sollte ebenso gefügig machen.

»Leo!« Alexander, die Augen betroffen aufgerissen. »›Global 2000‹ zufolge – du kennst doch den Bericht, den der amerikanische Präsident in Auftrag gegeben hat – müssen wir bereits bis 2020 mit dem Verlust unserer Wälder rechnen. Und in dieser Welt soll Jana aufwachsen?«

»Hättest du lieber, dass sie vorher stirbt?«

Er sah sie entgeistert an. »Was sagst du denn da! Natürlich nicht.«

Dabei war das doch die logische Schlussfolgerung aus seiner Frage, oder? Leos Laune war längst unter das Parkett gesunken.

Verena lachte, ein wenig hysterisch. »Frau Seidensticker, es ist doch nicht zu bestreiten, dass wir in einer Zeit leben, in der wir uns bewusst werden, dass die Welt sich am Rande des Kollapses befindet.«

Heute am Abgrund, morgen einen Schritt weiter, dachte Leonore. »Man soll nicht alles glauben, was in der Zeitung steht«, sagte sie. »Denen geht es nicht um die Wahrheit, sondern um unsere Aufmerksamkeit.«

»Komm, Leo, du liest sie doch gar nicht, die Zeitung liegt jeden Abend unangetastet auf meinem Schreibtisch. Du schottest dich bewusst ab von allem, was deine Idylle stören könnte!«

»Ich möchte nicht, dass Jana Angst eingejagt wird!«

»Gesunde Angst kann Leben retten«, konterte Verena.

Was immer sie unter »gesund« verstand. Leonore flüchtete wieder in die Küche. Nach einer Weile kam Alexander hinterher, legte die Brille auf die Arbeitsplatte, nahm sie in den Arm und schaute ihr in die Augen. »Leo, könntest du nicht etwas weniger widerborstig sein?« Sie wand sich in seiner Umarmung. »Verena möchte, dass du für sie lektorierst, das würde uns sehr helfen, aber wenn du auf Streit aus bist, wird daraus nichts.«

»›Es ist unverantwortlich, Kinder in diese Welt zu setzen‹«, äffte Leo die Verlagsfrau nach, »und du nickst auch noch dazu. Ich weiß ja, dass Mutter sein nicht modern ist, aber solche Sätze sind doch widersinnig!« Früher war Margo, die Karrierefrau, eine Außenseiterin gewesen, jetzt war sie es, nur, weil sie ein Kind wichtiger fand als einen Beruf. Aber die

Feministinnen redeten lieber über Abtreibung als über Kinder.

Er nahm ihr das Geschirrtuch aus der Hand. »Ich möchte mit Verena zusammenarbeiten. Das Projekt ist ihre Idee, und es gefällt mir.«

»Ein Buch über den Weltuntergang? Das ist also schon entschieden?«

»Weltuntergang hast du gesagt! Darum geht es nicht. Aber es ist doch offenkundig, dass die Menschheit an ihre Grenzen gekommen ist. Die Ölvorräte sind bald erschöpft. Das Artensterben beschleunigt sich. Es gibt immer weniger Raum für freie Natur. Und dann die drohende atomare Katastrophe. Denk an Ronald Reagan und die Neutronenbombe.«

Eine neuartige Waffe, die nur lebende Wesen töten und alles andere – Straßen, Gebäude, Maschinen – unbeschädigt lassen sollte. Aber für wen, wenn niemand mehr übrig war? Ein Widersinn, fand Leonore. Ja, sicher, es war nicht gut, dass Jana in einer solchen Welt aufwachsen musste. Aber sollte man ihr deshalb die Freude am Leben nehmen?

»Darüber hinaus wünsche auch ich mir, dass du für Verena arbeitest. Es gibt deinem Hirn Nahrung und bringt Geld in die Haushaltskasse. Also vertragt euch.«

Wie kommst du auf die Idee, dass mein Hirn Nahrung braucht, hätte sie fast zurückgegeben, aber sie merkte, dass es ihm ernst war. Sie ließ ihn eine weitere Flasche Wein entkorken, legte die Schürze ab und folgte ihm zurück an den Esstisch.

»Mein Mann meint, dass es nicht gut für mich ist, auf Kind und Küche reduziert zu sein.«

»Die Kleine soll in den Kindergarten, und Leonore sträubt sich noch«, erklärte Alexander lächelnd. Für das »noch« hätte sie ihn schon wieder erwürgen können.

»Ich verstehe ja nichts davon, aber man liest, dass es für Kinder gut ist, sich frühzeitig von den Eltern zu emanzipieren. Kinder brauchen andere Kinder. Vater, Mutter, Kind will doch heute keiner mehr, der bei Verstand ist.«

»Sicher. Das wollen nur neurotische Kleinbürger.«

Verena lachte. »Sorry, war eine dumme Bemerkung von mir. Ich meine ja nur, dass wir alle unsere Freiheit brauchen, die Kinder wie die Eltern.« Sie streckte ihre manikürte Hand aus und legte sie auf Leos Unterarm. »Ich verstehe Sie, so eine Veränderung im Leben fällt natürlich schwer.«

»Nichts ist so beständig wie die Veränderung.« Alexander grinste.

»Wie der Wandel, hat Heraklit gesagt«, gab Leonore zurück, schärfer, als sie wollte. Üblicherweise war Alexander der Korinthenkacker.

Verena lächelte und nickte. »Genau. So jemanden brauche ich: einen, der genau ist. Beim Lektorat braucht man volle Konzentration.« Sie sah Leonore aus himmelblauen Augen an. »Die hat man doch sicher eher, wenn das Kind auch mal außer Haus ist, oder?«

Leonore nahm einen großen Schluck aus dem Glas. Ja, es wäre schön, wenn man sich Wein wie diesen öfter als nur ausnahmsweise leisten könnte. Nicht nur deshalb musste sie endlich eigenes Geld verdienen. Ihr Widerstand legte sich langsam, dafür meldeten sich die Selbstzweifel. »Ich weiß nicht, ob ich das kann.«

»Aber sicher können Sie. Ich habe da ein Manuskript, für das ich einen Fachmann brauche. Es geht um das Augusterlebnis 1914. Der Erste Weltkrieg – das ist doch eines Ihrer Themen, oder?«

Leonore seufzte. Die Arbeit an diesem Projekt war schon

eine Weile her, aber sie hatte viel dabei gelernt. Nein, die weitverbreitete These stimmte nicht, dass die Deutschen damals allesamt jubelnd in den Krieg gezogen wären. Menschen gestern wie heute glaubten, aus einem Foto oder einem Filmschnipsel weitreichende Schlüsse ziehen zu dürfen. Doch sie irrten sich, wenn sie meinten, ihre Vorfahren wären so ganz anders gewesen als sie selbst: böser, gewalttätiger, blutrünstiger. Sie sind wie wir, dachte Leo. Schlimm genug.

Doch, ja, sie verstand etwas vom Stoff, das war richtig. Sie nickte.

»Kommen Sie, lassen Sie uns darauf anstoßen.« Verena hob ihr Glas und streckte es Leonore entgegen. »Ich schlage vor, dass wir uns duzen. Ich bin Verena.«

Auch das noch, dachte Leo und stieß mit ihr an. »Ich heiße Leonore, aber Leo reicht völlig.«

Es wurde spät. Als Verena endlich gegangen war, half Alexander, die Küche wieder in Ordnung zu bringen. Er wirkte bestens gelaunt, was nicht nur am Alkohol gelegen haben dürfte. Sondern daran, dass ich klein beigegeben habe, dachte Leo.

»Der Kinderladen ist um die Ecke, da kann Jana sicher bald allein hingehen.« Er hatte sich also schon kundig gemacht. Er rechnet mit meiner Rückgratlosigkeit, dachte Leonore bitter.

»Ein Kinderladen? Muss das sein?«

»Ach komm, die sind doch schon lange aus den Kinderschuhen raus. Sozusagen.« Er lachte auch noch über seinen flauen Witz.

Ein paar Tage später begleitete sie Jana zu ihrem ersten Tag in der »Rappelkiste«. Das Mädchen wirkte nicht sehr begeistert angesichts des lauten Geschreis, mit dem sie empfangen wurden, und versteckte sich hinter Leonore.

»Die tun dir doch nichts!« Eine Frau mit dickem Zopf und in einer dieser praktischen Latzhosen ging vor Jana auf die Knie und hielt ihr die Hand hin. Die Kleine ergriff sie, aus Höflichkeit, dachte Leonore, sie ist eben gut erzogen. Sie war beinahe enttäuscht, als Jana widerstandslos mitging, hinein in den Raum, in dem Kinder mit Fingerfarben auf Tapeten malten oder sich mit Polstern und Kissen bewarfen. Aber wenigstens, soweit sie sehen konnte, nicht mit Schlimmerem. Und mehr oder weniger angezogen waren die Kleinen auch.

Leo war einst Blumenkind gewesen und hatte an die freie Liebe geglaubt, sie hielt sich nicht für prüde. Sie glaubte nur nicht daran, dass jeder Tabubruch befreiend wirkte, wie es zur Blütezeit der »antiautoritären Erziehung« hieß. Machte es frei, mit Scheiße zu spielen? Befreite es, wenn die Kinder sich aufeinanderlegten, um schon mal Sex zu üben? »Müssen wir schon wieder spielen, was wir wollen«, soll irgendein Kinderladenkind mal geseufzt haben. Wahrscheinlich war das ein Witz. Aber es traf etwas Wesentliches. Wo es keine Grenzen gab, konnte man auch keine überwinden. Und ohne Geheimnis gab es keine Spannung.

»Das ist doch längst vorbei, die Indoktrination der Kinder. Kein Kinderladen erzieht die Kleinen mehr zum Klassenkampf«, hatte Alexander gesagt. »Gib ihnen eine Chance.«

Sie gab der Sache eine Chance, allerdings begleitete sie Jana auch in den nächsten Wochen noch auf dem Weg zur »Rappelkiste«. Bis Maria, eine der Kinderladenfrauen, sie beiseitenahm und ihr mit ernster Miene erklärte, sie müsse das Kind »loslassen«, eine allzu starke Mutterbindung sei nicht gut für Jana. Leonore nickte stumm.

Jana allein losziehen zu sehen fiel ihr schwer, aber es hatte seinen Vorteil: So blieb ihr der Anblick der tobenden Horde unerzogener Blagen erspart, die nichts zu lernen schienen außer sich danebenzubenehmen. War sie spießig? Ja. Und ob.

Es dauerte nicht lange, bis der brüchige Frieden zwischen Kinderladen und Löwenmutter zerstob. Jana kam eines Mittags völlig aufgelöst nach Hause. Sie hatte geweint, man sah die Tränenspuren auf ihrem geröteten Gesichtchen.

Leo kniete sich nieder und nahm ihr Mädchen in den Arm. »Was ist los?«

»Die Bäume müssen sterben!«

»Aber wer sagt denn so was?«

»Die Maria! Und die Hannelore! Wir müssen etwas tun! Sonst gibt es bald keinen Wald mehr. Und keine Rehe und Hasen.«

Leo wurde erst wütend und dann ganz ruhig. Sie machten dem Kind Angst. Das würde sie nicht zulassen.

IV

Jahre später

Die Geschirrspülmaschine summte vor sich hin, und die Kaffeemaschine spuckte und spotzte, während das erhitzte Wasser sich durch den Filter arbeitete. Leonore stand am Fenster, beobachtete die Spatzen draußen im Garten, die sich um das Futter balgten, das ihnen die Nachbarin, Frau Professor Dunsing, täglich auf einem Blumenuntersetzer servierte, und wartete, bis der Kaffee durchgelaufen war. Das war die friedlichste Zeit des Tages, und sie genoss jede Sekunde. Jana war in der Schule, und Alexander hielt irgendwo einen Vortrag, sie hatte vergessen, wo. Seit seinem Buch war er Experte, was den Weltuntergang betraf. Katastrophenprophetie erwies sich als ziemlich lukrativ. Wir hauen noch mal ordentlich auf den Putz, bevor wir untergehen, dachte Leonore, so macht das Ende Spaß.

Endlich war der Kaffee fertig. Sie nahm den Becher mit in ihr Refugium, ihr weltliches Paradies, ihr Arbeitszimmer, das sie sich in einem der hinteren Räume der großen heruntergekommenen Altbauwohnung im Frankfurter Westend eingerichtet hatte, mit Balkon und Blick auf den Garten.

Sie konnten sich mittlerweile besseren Wein als den in den großen Korbflaschen leisten. Alexander hatte die erste Etappe seines Ziels erreicht, er war bei den Gesellschaftswissenschaftlern an der Frankfurter Universität mit A13 fest etabliert und hoffte auf A14. Er hatte geschafft, was Leonore einst ebenfalls angestrebt hatte – wenn es das Kind nicht gegeben hätte. Heute war sie heilfroh darüber, dass aus solchen Plänen nichts geworden war. Die akademische Welt wirkte auf sie lebensfeindlich und wirklichkeitsfern.

Sie war auf anderen Wegen in die Welt der Bücher zurückgekehrt. Die Zusammenarbeit mit Verena Mahne vom Westwärts-Verlag verlief erstaunlich reibungslos. Verena hatte ihr sogar Aufträge eines weiteren Verlags vermittelt, es gab genug zu tun, und die Bezahlung war zwar mäßig, aber willkommen.

Ganz langsam hatte sich zwischen Verena und ihr sogar so etwas wie eine Freundschaft entwickelt. Über die schrillsten Thesen aus der Frauenbewegung lachten sie beide: dass nur die lesbische Liebe die wahre Liebe sei, dass Männer höchstens als Samenspender zu gebrauchen seien, wenn es denn schon ein Kind sein musste. Selbst was das betraf, leistete Verena mittlerweile Abbitte, auf die ihr eigene, selbstironische Weise, indem sie Leo eine Zeitlang mit dem Ruf »Auch Mütter sind

Menschen!« begrüßte. Selbst in der Kinderladenfrage hatte sie Leo gegen Alexander verteidigt, dem es gar nicht gefallen hatte, dass Jana nach der Sache mit den sterbenden Bäumen wieder zu Hause geblieben war.

Mit Verena konnte man sogar über die jeweils neuesten Erscheinungsformen der German Angst lachen. Mit Alexander ging das nicht. Der hatte das Reiten auf der apokalyptischen Welle mittlerweile zu seiner ureigenen Mission gemacht.

Nur über eines hatte Verena nicht mit sich verhandeln lassen: über den mageren Stundenlohn. Doch da Leonore schneller arbeitete als andere, berechnete sie irgendwann einfach ein paar Stunden mehr. Schon waren alle zufrieden, die Welt wollte eben betrogen werden. Vernünftiger wäre es, der Verlag ließe sich Qualität etwas kosten, aber was soll's, dachte Leonore. Recht haben ist einfach, recht behalten weit schwerer. Es gibt Lügen, die das Leben einfacher machen.

Die lachsfarbenen Lilien in der Vase auf dem Schreibtisch verströmten einen betörenden Duft. Frische Blumen waren ein Luxus, den sie sich jede Woche gönnte. Sie liebte ihr Büro, das eher einer altmodischen Bibliothek glich: an den Wänden Holzregale, die nicht ganz bis an die Decke reichten. Der Fußboden Parkett. Hohe Fenster, durch die es jetzt im Winter gewaltig zog. Eine Tischplatte auf zwei Böcken als Schreibtisch. Bei weniger komplizierten Manuskripten setzte sie sich zum Redigieren aufs Sofa, in eine Decke gewickelt. Im Sommer, bei schönem Wetter, saß sie in einem alten Ledersessel auf dem Balkon. Ihre Arbeitsmittel waren schlicht, obwohl sie einen ziemlichen Verschleiß an Bleistiften hatte, mit denen sie in den Manuskripten ihrer Autoren ausstrich und ersetzte, anstrich und anmerkte, denn die mussten immer gut angespitzt sein.

Ihr einzig echter Luxus war ein tragbarer Computer, ein Toshiba T1100, den sie vor allem für ihre eigenen Texte benutzte. Sie schrieb nicht mehr so besessen wie früher, auch drehten sich die meisten ihrer Texte um Jana: Was sie sagte, wie sie sich entwickelte, worüber sie stritten. Typisch Mutter eben. Den Minicomputer hatte sie sich selbst zu Weihnachten geschenkt, er war ein schier unbegreifliches Wunder. Ihre Mutter hatte den Markt für Personal Computer früh erkannt. Das musste man ihr lassen, Margo Seliger hatte ein Gespür für technische Innovationen, »das hat Zukunft«, pflegte sie zu sagen, und meistens hatte sie recht damit. Maxdatex war mittlerweile ganz auf den Verkauf und die Einrichtung von Personal Computern für Privatkunden umgeschwenkt.

»Sag Bescheid, wenn du dich dafür interessierst, von mir bekommst du Rabatt«, hatte sie gesagt und ihr zu Weihnachten noch einen weiteren Preisnachlass eingeräumt. Nein, Margo Seliger ließ sich nicht lumpen. Dafür hatte Leo ihr ein Fotoalbum mit Bildern von Jana geschenkt.

Sie strich über den aktentaschengroßen grauen Kasten. Es war nicht ganz ungefährlich, mit dem Laptop zu arbeiten. Das Schreibprogramm, für das sie sich entschieden hatte, lief auf der gleichen kleinen Diskette, auf der sie auch ihre Texte speicherte. Manchmal vergaß sie, rechtzeitig eine Sicherungskopie von ihrer aktuellen Arbeit anzulegen, und dann war die Diskette plötzlich voll, und nichts ging mehr. Bei jedem Absturz wurde ihr schlecht, und ihr Puls hämmerte, sie beeilte sich, den Text aus dem Gedächtnis zu rekonstruieren. Seltsamerweise war die zweite Version meist gelungener als das Original.

Auf jeden Fall wurden mit diesem Wunder allerhand lästige Dinge überflüssig: das Auseinanderschneiden des Manuskripts und das Einkleben der Einzelteile an anderer Stelle sowie der Einsatz von Tipp-Ex. Es war eine Riesenerleichterung, dass die Fußnoten automatisch durchnummeriert wurden, egal, ob man eine hinzufügte oder eine wegnahm. Dass sich die Bibliografie sekundenschnell alphabetisch sortieren ließ und dass man jede Version eines Textes beliebig überschreiben konnte. Das war zugleich der Nachteil, denn nicht alles wurde durch beständiges Überarbeiten besser, wie sie selbstkritisch feststellen musste. Und besonders hässlich war das Jammern des Nadeldruckers, denn schon aus Sicherheitsgründen druckte sie das Geschriebene häufig aus, selbst wenn sie es noch überarbeiten wollte.

Das »papierlose Büro«, das die Computerhersteller versprachen, lag also in weiter Ferne. Nach wie vor mussten Bäume fallen, vielleicht sogar mehr als früher. »Mein Freund der Baum ist tot, er fiel im frühen Morgenrot« – Alexandra hatte Janas Tränen vorweggenommen.

Leo fand dennoch, dass die Vorteile überwogen. In dieser Hinsicht war sie wie ihre Mutter: fasziniert von Technik. Personal Computer hatten Zukunft. Irgendwann würde es völlig normal sein, dass jeder einen benutzte.

Alexander verstand ihre Begeisterung nicht, er lehnte Computer ab. Er brauchte Papier, fand, dass ein Bildschirm nicht gut für die Augen war, und schrieb noch immer am liebsten mit der Hand, »das ist wärmer, einfach menschlicher als so eine Maschine«. An der Universität gab es jede Menge Sekretärinnen, denen es wahrscheinlich schmeichelte, wenn der Meister ihnen seine Manuskripte in die Schreibmaschine diktierte. Manchmal fragte sie sich, ob er wohl mit einer dieser ergebenen Damen fremdging.

Sie umkreiste ihren Schreibtisch und den Stapel Papier, der in der Mitte lag. Ein ordentlich mit der Schreibmaschine getipptes Manuskript. Der Arbeitstitel lautete »Leben im Risiko«, nichts konnte besser passen in diese hysterischen Zeiten.

»Le Waldsterben« nannte man in Frankreich die Lieblingssorge der Deutschen, die Franzosen kannten das Phänomen offenbar nicht. Die Partei »Die Grünen« war an jedem toten Baum gewachsen. Als sie das erste Mal in den Bundestag einzogen, überreichte eine der grünen Frauen dem soeben wiedergewählten Bundeskanzler Helmut Kohl einen dürren Tannenzweig mit den Worten: »Die Tanne drückt unsere Sorge über das Waldsterben aus.«

Wem tote Tannen nicht genügten, der ängstigte sich vorm NATO-Doppelbeschluss. Angst war das Thema, egal wovor: vor einer Giftgaskatastrophe in Indien, vor einer neuen Startbahn auf dem Frankfurter Flughafen oder vor einer Wiederaufbereitungsanlage für Atommüll in Wackersdorf.

Ein Bestseller, zu Verenas Leidwesen in einem anderen Verlag erschienen, hieß »Mut zur Angst«. Etwa so paradox wie »Krieg für den Frieden«, dachte Leonore, aber Alexander fand Angst ebenfalls pädagogisch wertvoll und hielt sich zu Hause in der Gegenwart von Jana nur mit Mühe zurück. Noch leistete Leo Widerstand, aber die allgegenwärtige Angst war irgendwie ansteckend.

Leonore verbot sich das Grübeln und nahm die ersten Seiten des Manuskripts und den Kaffeebecher mit zum Sofa. Ja, sie war in die Welt der Bücher zurückgekehrt, doch vor dem Buch stand das Manuskript. Und das war der eigentliche Haken an ihrer Tätigkeit. Manuskripte wurden selten so abgeliefert, wie es der Lektor sich wünschte: maschinenschriftlich auf weißem Papier, DIN A4, zweizeilig, mit einem breiten Rand rechts, für die Anmerkungen. Es gab zwar niemanden mehr, der handschriftliche Manuskripte einreichte, selbst die gänzlich Durchgeistigten unter den Autoren beschäftigten mittlerweile die Ehefrau oder, wo nicht vorhanden, ein Schreibbüro, aber es gab genügend andere Möglichkeiten, dem Lektor das Leben schwerzumachen. War der rechte Rand zu klein, musste sie ihre Anmerkungen und Korrekturen auf ein Extrablatt schreiben. Ebenso, wenn der Zeilenabstand zu gering war. Besonders erfreulich war ein 400 Seiten starkes Manuskript gewesen, das sein sparsamer Autor auf Durchschlagpapier eingereicht hatte – ohne Rand und einzeilig beschrieben. Am liebsten hätte sie das Manuskript zurückgegeben, aber der Verlag sah darin einen großen Wurf: »Zu Genesis und Geltung im ›Kapital‹ von Karl Marx«. Der große Wurf fand nicht statt, das Buch war Blei in den Regalen.

Bezeichnenderweise waren es vor allem jene Autoren, deren Werke ein Lektorat dringend nötig hatten, die sich dagegen sträubten und Zensur witterten. Insbesondere die Geisteswissenschaftler schrieben in einer Sprache, die sich eher intellektuellen Moden als der Durchdringung des Stoffes verdankte. Viele Historiker konnten nicht erzählen, belegten aber noch jede Kleinigkeit mit einer Fußnote.

Nur wenige Texte machten echtes Vergnügen – dann, wenn ein Historiker seine Geschichte anschaulich machen konnte. Manchmal erzählte sie Jana davon, wenn die Kleine wieder einmal fragte, was sie den ganzen Tag über gemacht habe.

Sie setzte sich, mit gespitztem Bleistift, das Manuskript auf dem Schoß. Draußen war der Himmel milchig trüb, sodass sie die Stehlampe anschalten musste. Hier drinnen war heile Welt. Das Waldsterben kriegte man im Frankfurter Westend nicht mit, ihre Ehe verlief passabel, und Jana war meistens brav. Sie ist so ganz anders, als ich es war, dachte Leonore. Sie hat keinen Hang zur Rebellion, ist gut in der Schule und zu allen Leuten liebenswürdig. Eine echte kleine Streberin. Doch eines hatten sie gemein: die Liebe zum Lesen. Angefangen hatte das mit »Die kleine Raupe Nimmersatt«, einem Bilderbuch, aus dem sie Jana vorlesen musste, bis sie die Lust verlor und dem Kind beibrachte, das Buch selbst zu lesen. Seither fraß sich Jana nimmersatt durch alle Kinder- und Jugendbücher, die sie in die Hand bekam.

Alles war gut. Was regte sie sich also auf?

Sie spürte, wie die Unruhe sich in ihr ballte und immer mehr Platz beanspruchte. Sie konnte sich nicht konzentrieren, und das ging schon seit einigen Wochen so.

Sie hatte Angst. So wie alle, aber ganz anders. Sie hatte keine Angst vor der atomaren Vernichtung, dem Waldsterben oder einer neuen Eiszeit. Ihre Angst war schwärzer, gewaltiger. Sie war konkret. Der Terror war wieder näher gerückt.

Seit dem 1. Februar 1985. An diesem Tag war Ernst Zimmermann, ein Großindustrieller, der Chef der MTU, der Motoren- und Turbinen-Union, von einem RAF-Kommando erschossen worden. Am 19. Juni kostete ein Bombenanschlag im Frankfurter Flughafen drei Menschen das Leben. Und am 8. August 1985 schließlich gab es einen Sprengstoffanschlag auf die Rhein-Main-Airbase der amerikanischen Armee, zu dem sich die RAF bekannte.

Alle hatten geglaubt, der Terror hätte sich mit dem Deutschen Herbst 1977 erledigt. Andreas Baader, Gudrun Ensslin und Ulrike Meinhof waren tot, andere Bandenmitglieder im Gefängnis. Aber nun gab es offenbar eine neue Generation der RAF, die den Terror fortsetzte. Ernst Zimmermann wurde als Repräsentant des »militärisch-industriellen Komplexes« mit einem Genickschuss getötet. An einem Genickschuss starb auch ein amerikanischer Soldat, den man aus einer Wiesbadener Disco gelockt hatte, um an seinen Ausweis zu kommen. Damit gelang es einem der Terroristen, ein Auto auf das Gelände der Frankfurter US-Airbase zu fahren und eine Bombe zu zünden. Zwei Tote, dreiundzwanzig teils schwer verletzte Menschen.

Seither wartete Leonore auf einen Besuch der Mordkommission. Sie wartete darauf, dass Plisch und Plum vor der Wohnungstür standen, so wie damals in Münster und Jahre später nach dem Anschlag auf das US-Hauptquartier in Heidelberg.

Sie traute sich kaum zur Post oder zum Kiosk, weil sie fürchtete, auf einem Fahndungsplakat das Gesicht von Jost zu entdecken, ihrer Affäre von damals mit der Knarre in der Jacke, gealtert, aber unverkennbar. Und manchmal stellte sie sich vor, dass er selbst vor der Tür stehen und die Herausgabe ihrer Papiere fordern würde. Es war etwas Kaltes, Düsteres, Undurchdringliches, das sich da vor ihr auftürmte, und es half nicht, dass sie sich immer wieder sagte, wie lange das alles schon her sei, die Sache mit Jost und den gestohlenen Papieren.

Sie bangte nicht um die ganze Welt, wie all die anderen, die »Mut zur Angst« forderten. Sie fürchtete ganz egoistisch ausschließlich um ihre kleine, unbedeutende Idylle. Um den morgendlichen Kaffee und um gespitzte Bleistifte. Um Alexander, ein wenig. Um Jana, vor allem.

Sie legte die Manuskriptblätter beiseite, stand auf und lief unruhig durch den Raum, an den Bücherregalen entlang, zum Fenster. Dort drüben, auf der Straße jenseits des Gartens, flackerte Blaulicht.

Ein Unfall. Jana. Leonores Atem stockte. Dann atmete sie

weiter und versuchte sich zu beruhigen. Jana war noch in der Schule. Wahrscheinlich gab es wieder einen Fehlalarm. Alles normal oder doch wenigstens so wie immer.

Sie hatte sich wieder gesetzt, als es klingelte. Mit einem leisen Schrei schreckte sie hoch.

»Ich habe vergessen, Mehl einzukaufen, dabei brauche ich nur zwei Löffelchen, Leonore, können Sie mir aushelfen?«

Frau Professor Dunsing stand vor der Tür, mit gespitztem Mund und weit geöffneten Augen, leicht geschminkt, wie immer, mit rosa Puder auf den Wangenknochen, blauem Lidschatten und hellem Lippenstift. Leonore hätte beinahe gelacht vor Erleichterung. Isolde Dunsing war zwar kein Professor, der Titel gehörte zu ihrem längst verblichenen Gatten, aber sie war in jeder Hinsicht alte Schule. Sie lud manchmal zum Tee, dann servierte sie hellen Darjeeling in dünnen Porzellanschälchen und Sherry in handgeschliffenen Bleikristallgläsern. Leonore mochte sie. Die alte Dame hatte Stil.

»Aber gern, kommen Sie rein, Frau Professor.«

»Ich will nicht stören.« Isolde Dunsing zögerte, ganz, wie es sich gehörte, bevor sie den schmalen Fuß im samtenen Schuh auf die Schwelle setzte.

Normalerweise mochte Leonore es nicht, wenn man sie vormittags beim Arbeiten störte, aber heute war ihr das mehr als lieb. Frau Dunsing folgte ihr in die Küche. Sie hatte eine Kaffeetasse mitgebracht, für das Mehl, das Leonore aus der Vorratskammer holte.

»Haben Sie das mitbekommen? Sie haben jetzt auch in deutschen Weinen Frostschutzmittel gefunden! Man ist vor nichts mehr sicher.«

Das beendete ihre Erleichterung schlagartig. Dass der eine

oder andere Winzer Glykol in seinen Wein gemischt hatte, war seit einigen Monaten bekannt, auch das war ein Thema, von dem Leonore nichts wissen wollte. Sie war schon paranoid genug, die Sache mit dem verseuchten Wein brauchte sie nicht auch noch. Es war nicht sehr höflich, aber sie komplimentierte Frau Professor mit der gefüllten Kaffeetasse gleich wieder hinaus.

An Arbeit war erst einmal nicht mehr zu denken. Leo blieb in der Küche stehen und blickte durchs Küchenfenster. Es war noch immer trüb, aber wenigstens regnete es nicht. Kurzentschlossen zog sie sich Stiefel und eine warme Jacke an und verließ die Wohnung.

Der Grüneburgpark war auch im Winter eine Oase, ein Ort, der den Kopf frei machte. Ohne Blätter ließen die Bäume ihre wahre Gestalt erkennen. Ihr Lieblingsbaum, die mächtige Blutbuche, im Sommer ein Leuchtfeuer, formte mit ihren Ästen und Zweigen einen fast perfekten Schirm. Drei einander geschwisterlich zugeneigte Eichen hatten nur wenige starke Äste ausgebildet und ihre Zweige ineinandergeschlungen. Leonore schlug einen Bogen und nahm den Weg, der an der Sommerlinde vorbeiführte, einem der ältesten Bäume im Park. Unter ihren tiefhängenden Zweigen lagen im Sommer die Pärchen, vor Sonne und Blicken geschützt. Sie hatte hier auch einmal gelegen, mit Conrad, das war Jahre her.

Sie lief über die Wiesen, folgte den mäandernden Wegen, schaute fünf Buben beim Fußballspielen zu, streichelte einen verspielten Dackel, der begeistert auf sie zulief. Sein Herrchen freute sich an ihrer Freude, er hatte das Tier nicht angeleint, obwohl das Vorschrift war.

Der Grüneburgweg führte am Park entlang zum IG-Farben-Haus. Der prächtige Bau, ein langgestrecktes, geschwungenes, siebenstöckiges Gebäude mit einem imposanten Entree und vorkragenden Quertürmen, verkleidet mit warm leuchtendem Travertin, hatte einst die Macht der Farbenindustrie demonstriert. Einer der ersten Stahlskelettbauten wurde vor der Hitlerzeit nach einem Entwurf von Hans Poelzig errichtet, er war mitnichten ein »Nazibau«, wofür ihn viele hielten, sondern ein hoch elegantes Beispiel für modernes Bauen, dem sie immer schon Nachahmer gewünscht hätte. Stattdessen wurden alte Bürgerhäuser im Westend abgerissen und durch charakterlose Glastürme ersetzt.

1945 hatten die Amerikaner hier ihr Hauptquartier eingerichtet, mittlerweile hieß das Gebäude Abrams Building, nach dem vorletzten Oberbefehlshaber der US-Truppen im Vietnamkrieg, General Creighton W. Abrams. Bis 1972 war der Park, in dem der Bau lag, für alle zugänglich gewesen, doch nach einem Bombenanschlag der RAF wurde er militärisches Sperrgebiet.

Conrad war es damals gelungen, sie aufs Gelände und ins Gebäude zu schmuggeln. Innen war der Bau mindestens so imposant wie von außen. Es hatte sie verwundert und gerührt, dass die Amerikaner penibel darauf achteten, das Gebäude auch innen unverändert zu lassen, ganz so, wie sie es vorgefunden hatten, bis hin zu Telefonanlagen und Steckdosen. »Es gehört uns nicht«, hatte Conrad mit großem Ernst erklärt. »Wir geben alles zurück, sobald Deutschland wieder souverän ist.«

Aber würde es das jemals wieder sein?

V

Sie hatte das nicht geplant, bestimmt nicht, ihr Unterbewusstsein musste sie geleitet haben – aber um kurz vor eins stand Leo vor Janas Schule in der Wolfsgangstraße. Beruhigenderweise war sie nicht die Einzige, auch andere Mütter warteten dort, selbst ein Vater stand zum Abholen bereit. Es dauerte nicht lange, bis sich die Türen öffneten und lachende, schreiende, sich balgende Kinder in bunten Anoraks die Treppe hinunterliefen und von ihren Müttern in die Arme geschlossen wurden. Nur Jana war nicht zu sehen. Leonore wurde unruhig. Doch da, endlich, kam sie heraus und blieb oben auf dem Treppenabsatz stehen. Sie war nicht allein. Neben ihr ein etwa gleichaltriger Junge, auf den sie mit großem Ernst einredete.

Leonore rief nicht, sie winkte auch nicht, sie beobachtete die beiden. Immer, wenn sie Jana aus der Distanz sah, fragte sie sich, nach wem sie kam. Der großen Unbekannten namens Gisela sah die Kleine eher nicht ähnlich, die hatte dunkle Haare und graublaue Augen gehabt. Augen wie die von Clara Pinkus, dachte Leonore, die den Gedanken nicht loswurde, dass Gisela sie an Clara erinnerte. Nun, das Kind hatte nicht nur eine Mutter, sondern auch einen Vater, von dem man allerdings nichts wusste, in der Geburtsurkunde war er nicht vermerkt, und Gisela hatte ihn nicht erwähnt. Vielleicht ähnelte Jana ihrem Erzeuger? Janas Nase war Leonore seltsam vertraut, sie war an der Wurzel recht breit. Wie meine, dachte sie, aber das hatte nun wirklich nichts zu bedeuten. Leider.

»Mutti!« Endlich hatte Jana sie erblickt. Sie nickte ihrem Schulkameraden zum Abschied zu und lief mit fliegendem Pferdeschwanz hinunter zu Leonore, die sie hochhob und sich mit ihr um die eigene Achse drehte, bis das Kind quietschte und ihr selbst schwindelig war. Lachend beendeten sie das Spiel. Leonore nahm Janas Hand. »Gehen wir?«

Jana nickte und drehte sich noch einmal um, bevor sie gingen. »Auf Wiedersehen, Herr Johann«, rief sie dem Mann zu, den Leonore für einen Vater gehalten hatte. Aber der war noch immer allein.

Leonore wurde eiskalt. »Was ist das für ein Mann?«

»Au«, sagte Jana, »nicht so fest.« Leonore lockerte den Griff um die Hand ihrer Tochter und ging ein wenig langsamer. Als sie in die Liebigstraße abgebogen und außer Sichtweite waren, blieb sie stehen und zog das widerstrebende Mädchen an sich. »Jana. Woher kennst du ihn?«

»Das ist der Herr Johann, der steht öfter da.«

»Das ist keine Antwort auf meine Frage.«

Jana entzog sich ihrer Umarmung. »Wieso willst du das wissen?« Sie schmollte.

»Weil ich nicht möchte, dass du mit fremden Männern sprichst, das weißt du doch.« Leonore versuchte, ruhig und beherrscht zu klingen. Jana war längst nicht mehr so anschmiegsam wie früher, sie hatte ihre Launen, und dann wurde sie trotzig. »Außerdem scheint er niemanden abzuholen, er steht noch immer allein da.«

»Er hat mir mal geholfen, als ich gestolpert bin.«

»Und da hat er dir gleich seinen Namen verraten?«

Jana nickte stumm, mit gesenktem Kopf. Das war nicht alles, das konnte nicht alles sein, aber Leonore bremste sich. Es war besser, geduldig zu sein, so schwer ihr das fiel. Schweigend gingen sie nebeneinanderher. Zu Hause lief Jana sofort in ihr Zimmer, sie mochte nichts essen, noch nicht einmal ein Käsebrot konnte sie locken.

Was ist mit mir los?, dachte Leonore in ihrem Arbeitszimmer, auf dem Schoß das Manuskript, in der Hand den gespitzten Bleistift, unfähig, sich zu konzentrieren. Woher die Panik? Diese Urangst? Kein Wunder, dass Jana bockte. Sicher war der Herr Johann einfach nur ein netter Mensch und wartete nicht auf ein Kind, sondern auf eine Lehrerin, die in der Schule noch etwas zu erledigen hatte. Warum sollte er ein Triebtäter sein, der es auf kleine Mädchen wie Jana abgesehen hatte? Oder ein Terrorist, der ihr Kind entführen wollte?

Sie musste sich angesteckt haben an der grassierenden German Angst, an der allgemeinen Hysterie, den Untergangsphantasien um sie herum.

LSD-Trips können Spätfolgen haben, hatte sie kürzlich gelesen. War es das? Rächte sich ihr Abenteuer in Swinging London ein weiteres Mal? Oder litt sie unter Depressionen, was auch Margo zu schaffen gemacht hatte, vielleicht war das erblich?

Sie versuchte, sich auf das Manuskript zu konzentrieren. Es passte zu ihrer düsteren Laune, und aus lauter Ärger über sich und die Welt pflügte sie besonders gnadenlos durch die Seiten, kürzte Girlandensätze, deutschte Fremdwörter ein und brach hochgestochene Formulierungen auf ihren schlichten Kern herunter. Womöglich hatte der Autor das nicht verdient. Doch wenn er klug war, würde er von ihrem harten Lektorat lernen. Wenn er beschränkt war, wäre es um ihn nicht weiter schade.

Als sie Janas Stimme im Flur hörte, war es draußen bereits dunkel, sie hatte gar nicht gemerkt, wie die Zeit verflogen war. Alexander war offenbar schon nach Hause gekommen und ließ sich von seiner Tochter begrüßen. Er würde vom Streit zwischen Mutter und Tochter profitieren, Jana war wie die meisten Kinder, sie verstand es hervorragend, die Eltern gegeneinander auszuspielen.

Sie legte das Manuskript beiseite und stand auf.

»Du hast hoffentlich nichts vorbereitet zum Abendessen?«, rief Alexander aus der Küche. »Ich war auf der Fressgass bei Plöger und habe ein paar Kleinigkeiten mitgebracht.« Sie hörte einen satten Knall und den begeisterten Aufschrei von Jana. Alexander kam mit zwei gefüllten Sektkelchen aus der Küche und streckte ihr eines der Gläser entgegen.

»Nanu? Was feiern wir?«

»Das Leben«, antwortete Alexander mit breitem Lächeln. »Einfach nur das Leben.«

VI

Nie würde Leonore diesen Tag vergessen. Sie hatte am Schreibtisch gesessen und mal wieder an einem Manuskript gearbeitet, es war den ganzen Tag nicht richtig hell geworden, der Himmel war wolkenverhangen, und ab und an segelten Schneeflöckchen vor dem Fenster vorbei. Alexander hatte für sich und Jana Abendbrot gemacht, sie selbst verspürte keinen Appetit.

Pünktlich zur Tagesschau war sie hinüber ins Wohnzimmer gegangen, wo Jana bereits auf dem Sofa saß und darauf wartete, dass Alexander die Fernbedienung fand, um den Fernseher einzuschalten. »Sie müssten eigentlich Bilder vom Cap Canaveral zeigen«, hatte er gemurmelt.

Die Amerikaner schickten eine bemannte Rakete ins All. Der Start war mehrmals verschoben worden. Leonore machte die Vorstellung unruhig, dass sich Menschen freiwillig in eine beengte Kabine begaben, um sich in unbekannte Weiten schießen zu lassen. »Here am I sitting in a tin can«, hatte David Bowie gesungen. »Planet earth is blue and there's nothing I can do.« Sie setzte sich zu Jana und zog sie an sich. Konnte man einsamer sein als in der unfassbaren Weite des Weltraums, als schutzloser Mensch in einer Blechbüchse?

Endlich hatte Alexander die Fernbedienung gefunden und schaltete ein. Die Tagesschau lief bereits. Man sah die Rakete abheben, auf einem Feuerschweif in den Himmel reiten. »Unglaublich«, murmelte Alexander. »Fünf Männer und zwei Frauen. Moderne Helden.«

»Eine Lehrerin ist dabei, haben sie in der Schule erzählt«, zwitscherte Jana.

Die Rakete habe bereits nach einer Minute eine Geschwindigkeit von dreitausend Kilometern in der Stunde erreicht, sagte der Sprecher. Und dann geschah das Unausdenkliche.

Die Rakete verschwand in einem Feuerball, aus dem Blumenkohlwolken aufstiegen, sich ausdehnten, auffächerten, wie große weiße Raupen, um im Bogen zurück zur Erde zu ziehen. Einen Kondensstreifen hinter sich herschleppend, stürzte ein brennendes Objekt ins Meer.

Jana schrie auf. Alexander stöhnte. Leonore zog ihr Kind noch enger an sich.

»Die Raumfähre ist explodiert«, sagte der Sprecher.

Alexander griff zur Fernbedienung und schaltete aus. »Das kann niemand überlebt haben.«

Jana lief schluchzend aus dem Zimmer. Leonore lief hinterher. Es fiel ihr schwer, das weinende Kind zu trösten. Der Tod der Lehrerin schien Jana am meisten zu berühren. Für sie hatte die Tragödie ein Gesicht: das Gesicht von Christa McAuliffe, einer Frau mit warmen braunen Augen und kastanienbraunen Locken. »Was ist mit ihren Kindern? Wenn ihre Mutter nicht mehr nach Hause kommt?«

Was sollte man darauf antworten? Dass die Kinder ja auch noch einen Vater hatten?

»Sie hätte das nicht tun dürfen«, sagte Jana plötzlich heftig. »Das war doch viel zu gefährlich. Das darf eine Mutter nicht machen.«

Natürlich darf sie, hätte Leonore am liebsten gesagt. Auch Frauen dürfen mutig sein und ihr Leben riskieren. Aber sie wusste, dass es tief sitzende Gründe dafür gab, dass Frauen das weniger risikofreudige Geschlecht waren. Einer der Gründe schlief erst nach einer Stunde mit tränennassem Gesicht ein. Leonore schwor sich, Jana nie alleinzulassen. Das Kind hatte bereits eine Mutter verloren.

Als sie zurück ins Wohnzimmer kam, hatte Alexander den Fernseher wieder eingeschaltet.

»Nie zuvor wurde bei der NASA so sehr auf Sicherheit geachtet«, kommentierte ein Mann mit ernstem Gesicht. »Alle Komponenten wurden doppelt oder dreifach eingebaut, alle Prozesse mehrfach abgesichert.«

»Wenn selbst das nichts nützt …«, sagte Leonore leise.

Alexander nahm die Brille ab, hauchte auf die Gläser und polierte sie mit seinem Taschentuch. »Wir befinden uns an einem ganz außerordentlichen Punkt in der Geschichte der Menschheit«, sagte er. »Wir haben die Grenze des Irdischen überschritten, das Weltall erobert, die Götter entthront.«

»Du meinst, das nehmen sie uns übel?« Sie wollte scherzen, ein bisschen Leichtigkeit verbreiten, Janas Kummer nahm sie fast mehr mit als die eigentliche Katastrophe.

Doch Alexander blieb ernst. Er nickte sogar. »Menschliche Vermessenheit. Daran werden wir zugrunde gehen.«

»Wir hätten Jana den Anblick ersparen müssen.«

Alexander setzte die Brille wieder auf, sah sie an, ohne auch nur die Andeutung eines Lächelns. »Jetzt hör endlich auf, die Übermutter zu spielen! Du kannst Jana doch nicht ewig beschützen! Die Welt ist kein Bullerbü!«

»Und du meinst, so lernt sie die Welt am besten kennen? Mit Brachialgewalt?«

»So ist das Leben, meine Güte!«

Sie sah ihn sprachlos an. Sie verstand Alexander nicht. Sie verstand ihn schon seit Wochen nicht mehr. Er war abwesend und abweisend, kurz angebunden und schlecht gelaunt. »Was ist eigentlich los mit dir?«, fragte sie nach einer Weile.

Er stand auf. »Es sind sieben Menschen umgekommen, das Raumfahrtprogramm der Amerikaner ist gescheitert. Das beschäftigt mich derzeit, sonst nichts. Ich geh jetzt ins Bett.«

Jetzt wusste Leo, wozu die großen Katastrophen gut waren – man musste sich angesichts ihrer Übermacht nicht mit den minderen Tragödien beschäftigen. Was war schon der Kummer eines kleinen Mädchens angesichts der Weltgeschichte?

Doch in einem Punkt hatte Alexander recht: Sie war eine Glucke geworden. Mehr als das mögliche Ende der bemannten Raumfahrt beschäftigte sie ihre zunehmende Panik. Den ganzen Februar über hatte sie Jana täglich von der Schule abgeholt, worüber sich das Mädchen nur ganz zu Anfang gefreut hatte. Mittlerweile begann Jana sich mehr und mehr gegen die mütterliche Fürsorge zu sträuben.

Hoffentlich wird sie nicht so ein unausstehliches Blag, wie

ich es war, dachte Leo. Sie hatte ihre Mutter bis zur Weißglut gereizt, war meistens zu spät zum Essen gekommen, hatte die von ihrem Vater kohlschwarz gebratenen Frikadellen nicht gegessen, pflegte den »falschen Umgang«, wie Margo meinte, mit dem sie prompt einen Motorradunfall baute, bei dem sie sich das Schlüsselbein anknackste.

Bis zur Pubertät waren noch ein paar Jahre Zeit, aber was, wenn Jana auch so – »schwierig« würde, wie Margo das genannt hatte? Leo verkniff sich den Gang zur Schule, hielt das einige Wochen durch, bis ihre Angst sich durchsetzte und sie ihre Kontrollgänge wieder aufnahm. Doch nun stellte sie sich nicht mehr direkt vor die Schule, sondern versteckte sich in einer Toreinfahrt, von der aus sie den Schulhof im Blick hatte. Jana bemerkte nichts von ihrer Anwesenheit, sie war meist viel zu vertieft in die Gespräche mit ihren Schulkameraden, und da sie gern trödelte, war ihre Mutter stets vor ihr zu Hause. Leonore konnte sich das Kochen sparen, Alex aß in der Mensa, und Jana hatte selten viel Appetit, also gab es Kleinigkeiten, Gemüse und Salate, gesunde Sachen eben, für die sie viel Geld ausgab beim Türken um die Ecke.

Einmal war Jana vor ihr da, Leo hatte einen Autor auf der Straße getroffen, der sich bei ihr bedankte, er war mit ihrem Lektorat zufrieden, was für ihn sprach. Doch Jana fragte nicht, wo ihre Mutter gewesen sei, sie war mit ihren neun Jahren über derlei hinaus.

Und dann, eines Tages, stand Herr Johann wieder vor der Schule. Es war ein regnerischer Tag Anfang April, er hatte einen Schirm aufgespannt und wartete. Leo beobachtete ihn, in der Toreinfahrt verborgen. Auf wen, zum Teufel, wartete der Mann? Nicht auf eines der Kinder, die jetzt aus der Schule gelaufen kamen, Jana, wie so oft, als eine der Letzten. Sie ging an einer Frau vorbei, die am Schultor stand und offenbar vergeblich auf ein Kind gewartet hatte. Als die Frau sich umdrehte, sah Leonore ihr Gesicht. Es war Gisela.

Erst spürte sie eine Art Erleichterung: dass seine leibliche Mutter sich für ihr Kind interessierte, war ihr lieber als ein Kinderschänder oder Entführer. Doch dann fuhr ihr ein eisiger Schrecken in den Magen. Gisela kam, um ihr Jana wegzunehmen.

Du musst dich geirrt haben, redete sie sich ein. Das war nicht Gisela. Vielleicht ist dein Personengedächtnis doch nicht so gut, wie du immer behauptest? »Herr Johann« ging an ihr vorbei, sie sah sein Gesicht unter einem grauen Hut. Mittelschlank. Glattrasiert. Schmaler Mund. Kleine Augen. Gisela war währenddessen in die andere Richtung verschwunden.

Leonore gab sich auf dem Weg nach Hause alle Mühe, sich zu beruhigen, und tat Jana gegenüber locker und entspannt, die sich nach dem Mittagessen mit ihrem Buch aufs Sofa verzog. »Dieser Herr Johann, der immer vor deiner Schule steht. Redest du noch manchmal mit ihm?«

Jana blickte arglos von ihrem Schmöker auf, derzeit war sie ganz versessen auf Selma Lagerlöfs »Die wunderbare Reise des kleinen Nils Holgersson mit den Wildgänsen«. Das Buch war dick genug, um sie noch eine ganze Weile zu beschäftigen.

»Ja, vor ein paar Tagen, er fragt mich immer, wie es mir geht.«

»Und? Sagst du ihm die Wahrheit?«

Jana grinste breit, das tat sie besonders gern, seit ihr vorne zwei Milchzähne ausgefallen und die neuen Zähne noch ganz winzig waren. »Natürlich, ich erzähle ihm, dass ich täglich vertrimmt werde und ohne Abendessen ins Bett muss.«

»Scherzkeks.«

»Ehrlich, Mutti. Er fragt höflich, und ich antworte höflich, das hast du mir beigebracht.«

»Und was ist mit der Frau, die am Schultor steht?«

»Du meinst die Lehrerin, auf die er wartet? Die hab ich noch nie gesehen.« Jana nahm ihr Buch wieder auf. »Musst du nicht arbeiten?«, fragte sie mit hochgezogenen Augenbrauen.

»Frechdachs.«

Leonore behielt ihre mittäglichen Kontrollen bei, ohne Alexander etwas davon zu erzählen. Weder Herr Johann noch Gisela ließen sich blicken. Langsam verebbte ihre Panik.

VII

Vielleicht hätte sich Leonore mehr um Alexander kümmern sollen. Sie sahen sich kaum, sie sprachen nicht miteinander, sie unternahmen nichts Gemeinsames. Er musste sich auf das Semester vorbereiten und blieb bis spätabends an der Uni. Er arbeitete an einem Vortrag und wollte nicht gestört werden. Er nahm an diesem oder jenem Symposion teil, war wegen eines Blockseminars übers Wochenende nicht zu Hause, ging auf Vortragsreisen. Leonore war zu sehr mit sich selbst beschäftigt, um sich darüber Gedanken zu machen, aber eigentlich waren die Zeichen nicht zu übersehen. Sie lebten sich auseinander.

Er geht fremd, dachte sie oft, wenn sie wieder einmal glaubte, einen unbekannten Geruch an ihm wahrzunehmen. Doch selbst dieser Verdacht ließ sie seltsam kalt. Weil die Liebe erloschen war? Ach, an die romantische Liebe hatte sie nie geglaubt. Ehe und Familie waren ein gemeinsames Projekt, das auf gegenseitiger Achtung beruhte, ein festeres Fundament als die vergängliche Leidenschaft.

Und Alexander kümmerte sich vorbildlich um Jana.

Wenn er da war, brachte er das Kind ins Bett, passte auf, dass sie sich die Zähne putzte, und erzählte ihr eine Geschichte, damit sie einschlief. Ein großartiger Vater, sagte Leonore sich stets und versuchte, jeden Anflug von Eifersucht zu unterdrücken. Andere Frauen würden jubeln über diesen perfekten Mann.

Doch irgendetwas behagte ihr nicht.

Natürlich wollte sie ihn nicht überprüfen. Natürlich vertraute sie ihm. Natürlich war es der reine Zufall, dass sie eines Abends vor der Tür zu Janas Zimmer stand und zuhörte.

Alexander predigte, was sie gar nicht mochte: mit gesenkter Stimme, übertrieben sanft, ließ seine Sätze mit »wir müssen« beginnen und mit »das verstehst du doch« enden.

Sie nahm sich vor, ganz ruhig zu bleiben und ihm keine Vorwürfe zu machen, wenn er zurück ins Wohnzimmer kam. Sobald er sich auf das Sofa hatte fallen lassen, griff er nach seinem Buch. Sie setzte sich neben ihn und nahm es ihm aus der Hand.

»Wir müssen reden«, sagte sie. Er sah sie nicht an. Nach einer Weile nickte er. »Du hast recht. Das tun wir schon lange nicht mehr.«

»Und stattdessen redest du mit Jana? Ich habe dir vorhin zugehört. Bitte mach ihr keine Angst.«

Er seufzte. »Unsinn. Ich kläre sie auf. Sie wird nicht immer ein Kind bleiben. Und sie und ihre Generation werden ausbaden müssen, was wir anrichten.«

Leonore stöhnte innerlich auf. Er war noch immer ein Untergangsprophet, ganz so wie die Leute, die in der Fußgängerzone stehen und »Wachet auf« rufen.

»Alexander! Ich will nicht, dass du ihr Angst machst, hörst du?«

»Ich erkläre ihr die Zusammenhänge. Unzählige Pflanzen und Tiere sind gefährdet, der Mensch verpestet und vergiftet die Natur, wir vernichten Lebensmittel, während woanders Menschen hungern. Du wischst das alles weg, du siehst nur deine kleine Welt, deine Idylle. Kinder können die Wahrheit vertragen.«

»Die Wahrheit.« Als ob er sie gepachtet hätte.

»Die Wahrheit ist, dass die Industriegesellschaft mit ihrer Maßlosigkeit an ihr Ende gelangt ist«, sagte Alexander bitter. »Das weißt du doch. Ich dachte, ich hätte eine intelligente Frau geheiratet, kein Heimchen am Herd, keine überbehütende Mutter, die sich für nichts anderes interessiert als die blütenweiße Seele ihres Kindes.«

Das saß. Es war so ungerecht. Aber es saß. Leonore ballte die Fäuste. »Dann such dir eine andere Frau, wenn dir die hier nicht passt«, zischte sie. In seinen Augen las sie, dass er auf die Idee längst selbst gekommen war.

Der Kälteeinbruch in der zweiten Aprilwoche hatte das Frühjahr eingefroren, nur langsam stiegen die Temperaturen wieder. Jana hatte die Osterferien mit Nils Holgersson auf dem Sofa verbracht. Abends spielten sie zu dritt Monopoly oder Scrabble. Leonore und Alexander hatten eine Art brüchigen Frieden geschlossen. Er blieb überwiegend zu Hause, gelegentlich gingen sie aus und am Wochenende mit Jana ins Kino. Entweder hatte er doch keine Geliebte, oder die machte ohne ihn Urlaub.

Alexander gibt sich Mühe, sagte Leonore sich. Aus schlechtem Gewissen? Sie schalt sich für den Gedanken. Er war guten Willens, also sollte sie das auch sein.

»Was haltet ihr von einem Kurzurlaub?«, sagte er eines Abends beim Abendbrot.

»Au ja!« Jana. »Wir fahren zu den Großeltern!«

Leonore sah Alexander an, dass er daran ganz und gar nicht gedacht hatte. Jana wollte seit einem langen, liebevollen Brief von Margo unbedingt nach Osterholz, und eigentlich hatte das Kind recht: Sie waren viel zu lange nicht dort gewesen.

»Diesmal nicht, Jana. Ich muss einen Vortrag in St. Gallen halten und möchte, dass wir das mit ein paar Tagen Urlaub am Bodensee verbinden.«

»Och«, machte Jana.

»Es wird dir gefallen. Die Großeltern besuchen wir im Sommer.« Leonore sprang ihm bei.

»Der 1. Mai ist ein Feiertag, der darauffolgende Freitag ist ein Brückentag, und wenn wir ein paar Tage vorher losfahren, haben wir eine ganze Woche nur für uns.«

Wir müssen also Janas Klassenlehrer belügen, dachte Leonore. Aber sie hatte da wenig Skrupel.

Den Abend vor der Reise verbrachte Alexander fluchend und schwitzend damit, die Fahrräder auf den Heckträger am Auto zu montieren. Leonore hatte Nudelsalat gemacht und Brote geschmiert, und so schafften sie es am nächsten Tag wider Erwarten, früh loszufahren. Als sie aus Frankfurt heraus waren, schob Leonore Janas derzeitige Lieblingskassette ins Autoradio, von Nena, und bei »Nur geträumt« sangen sie beide mit.

Gegen Mittag erreichten sie die Ferienwohnung auf der Schweizer Seite des Bodensees, die einem Kollegen von Alexander gehörte. Alexander half ihnen noch, ihre Sachen einzuräumen, und dann nahm er das Auto nach St. Gallen. Leo und Jana erkundeten die Umgebung, fanden eine Imbissbude am See, aßen Pommes frites rot-weiß mit Bratwurst – und das erste Eis des Jahres.

Am nächsten Tag radelten sie am Bodensee entlang, bis Jana müde war. Die Wohnung lag ruhig, nichts störte ihre Nachtruhe, und das Kind war glücklich, als es zum Frühstück Pfannkuchen mit Marmelade gab.

Am Abend war Alexander wieder da. Der Frieden zwischen ihnen hielt an, sie waren hier so weit weg von allem, es gab kein Radio und keinen Fernseher, und selbst Zeitungen waren verboten, darauf hatten sie sich geeinigt: Einmal keine Katastrophenmeldungen, hatte Leonore gebeten, einmal keinen Einbruch der Realität in ihre Idylle. Einfach nur leben, ohne Sorgen, ohne Angst.

Vielleicht war es das Wasser, das Alexander dazu brachte, von seiner Jugend in der DDR zu reden. Normalerweise mied er das Thema, aber als sie eines Abends mit einer Flasche Wein auf dem Bootssteg saßen, begann er zu erzählen.

Das meiste wusste sie ja: Alexanders Eltern waren Zeugen Jehovas, die in der DDR erst als Opfer des Faschismus geschont, aber schon bald darauf als Staatsfeinde bekämpft wurden. Er war nicht nur vor dem Regime geflohen, sondern auch vor seinen Eltern und ihrer lebensfeindlichen Ideologie. Und vor der Leere und Einsamkeit in Lassan, in Vorpommern, kurz vor der polnischen Grenze.

»Vielleicht wissen wir heutzutage viel zu viel. Lassen uns ablenken von allem und jedem und vergessen darüber den Moment. Wenn ich daran denke, dass ich damals ganz und gar im Tal der Ahnungslosen lebte ...«

»Kein Feindsender? Kein Westfernsehen?« Sie griff nach seiner Hand.

Er lachte. »Noch nicht einmal Radio. Meine Eltern lehnten alles ab, was von dieser Welt war. Ich habe mich mit der Natur getröstet. Du musst dir den Peenestrom wie einen großen See vorstellen. Ich habe Tage am Ufer verbracht, gezeltet, Vögel beobachtet, den Wolken nachgeschaut. Und gelesen. Die Russen. Goethe und Schiller. Fontane, Storm. Hermann Hesse, natürlich. Alles, was die Schulbibliothek hergab.«

Das hatte sie von Anfang an verbunden: die Liebe zu Büchern. Doch ihre Jugend war anders verlaufen. Leo hatte nur, wenn es in der Schule gefragt war, in der Bibliothek nach den Klassikern gegriffen.

Im Bücherregal der Eltern hatte es außer Brehms Tierleben, einem zerfledderten Bändchen Nietzsche und einem großen Album mit den Bildergeschichten von Wilhelm Busch nichts aus dem bürgerlichen deutschen Bildungskanon gegeben. Was hätte sich Margo Seliger bei ihrer Flucht aus der Ostzone 1947 auch mit Büchern belasten sollen? Zu Weihnachten bekam sie von ihren Geschäftsfreunden die aktuellen Bestseller geschenkt, die Leonore meist als Erste las. Dank Mary McCarthys »Die Clique« lernte sie früh, wie man sich selbst Lust verschafft, das war hilfreich gewesen in Zeiten, in denen es keinen Mann in ihrem Leben gab.

Alexander streichelte mit dem Daumen die Innenseite ihrer Hand. »Ich war ziemlich einsam. Die meisten Schulkameraden gingen mir aus dem Weg, meine Eltern waren gefährliche religiöse Sektierer, und dafür ist mein Vater sogar im Knast gewesen. Das macht nicht gerade beliebt.«

Man kann auch ohne biografische Katastrophen einsam sein, dachte Leonore. »Dennoch«, sagte sie leise. »Manchmal beneide ich dich um deine Bildung.«

»Genutzt hat sie mir nichts!« Er lachte. »So jemand wie ich durfte nicht studieren. Und beim Stallausmisten in der

LPG hilft Dostojewski wenig. Lesen bekam mir allerdings besser, als sich den ganzen Tag mit den Kumpels zu besaufen, Schnaps gab es mehr als genug.«

Er lächelte, aber sie spürte, wie schmerzhaft die Erinnerung für ihn war.

»Wann hast du das erste Mal daran gedacht, abzuhauen?«

Alexander blickte zur Seite. »Als sie Michael erschossen haben«, sagte er endlich leise. »Das war 1961, nach dem Bau der Mauer. Er wollte von Ost- nach Westberlin schwimmen. Danach habe ich an nichts anderes mehr gedacht.«

Von Michael hatte er ihr noch nie erzählt. Sie verteilte den Rest Wein in ihre Gläser. Der Mond spiegelte sich im See, und ein kühler Wind strich über das Wasser.

»Die Chance kam schneller, als ich zu hoffen gewagt hatte. Ohne den eisig kalten Dezember 1962 säße ich nicht hier bei dir.«

Leonore zog sich die Jacke enger um die Schultern.

»Ich weiß wirklich nicht mehr, woher ich den Mut genommen habe. Ich wusste ja nicht, wie weit die Ostsee zugefroren war. Weihnachten wollte ich meine Eltern nicht alleinlassen, aber an Silvester habe ich das Fahrrad genommen und bin losgefahren. Irgendwo im Schneetreiben muss ich die Musiker vom Theater in Rostock überholt haben. Ich glaube, es sind damals so um die vierzig Leute übers Eis geflohen. In die Freiheit.«

Leo kannte die Geschichte, sie hatte sich oft vorzustellen versucht, wie verzweifelt man sein musste, um sein Leben zu riskieren, nur, um dem DDR-Sozialismus zu entfliehen.

Sie liebten sich in dieser Nacht mit einer Intensität, die Leonore lange nicht mehr gespürt hatte. Doch als sie am Sonntag zurückfuhren, war die Welt eine andere geworden.

VIII

Alexander hatte den Fernseher eingeschaltet, während sie Jana einen Gutenachtkuss gab, nach so vielen Tagen Abstinenz litt er offenkundig an einem Informationsdefizit. Als sie wieder ins Zimmer kam, war auf dem Bildschirm ein Herr mit einem sehr langen, sehr zottigen grauweißen Bart zu sehen. Eine Mode, die sie nicht mochte. Das Wort »Atomkatastrophe« ließ sie aufhorchen.

»Es ist passiert«, sagte Alexander, der ganz blass aussah. »Ein Atomreaktor ist hochgegangen. Der Super-GAU.«

»Wo? Wo, um Himmelswillen?« Leonore spürte, wie die Panik in ihr hochstieg. »Bei uns?«

»Nein. In der Sowjetunion.«

»Gott sei Dank.« Im Fernsehen wurde Innenminister Friedrich Zimmermann interviewt, der die Gefährdung der deutschen Bevölkerung »absolut« ausschloss.

»Er lügt. Die radioaktive Wolke dürfte längst bei uns angekommen sein«, sagte Alexander tonlos. »Es gibt kein Entrinnen.«

Jetzt packte sie die Angst mit aller Macht, und diesmal hatte Leonore allen Grund dazu.

Den ganzen Tag über ließ sie das Radio laufen. Die Stimmung wurde stündlich hysterischer. Ob man die Katze abduschen müsse, wenn sie draußen gewesen war. Was war mit der Wäsche auf der Wäscheleine? Mit dem Sand auf den Spielplätzen? Mit Milch, mit Salat und Gemüse? Durfte man noch bei geöffnetem Fenster schlafen? Sollte man nicht am besten alle Kinder außer Landes schicken, weit weg, nach Portugal vielleicht, wo die Strahlenwolke noch nicht angekommen war? Sollte man sich einen Geigerzähler zulegen, Jodtabletten einnehmen?

Jana war wie immer zur Schule gegangen, aber schon nach zwei Stunden zurückgekehrt, völlig aufgelöst. »Wir durften keinen Kakao trinken und nicht auf den Schulhof gehen. Wir sollen zu Hause sagen, dass wir nichts Frisches essen dürfen, nur Sachen, die wir vor dem 26. April gekauft haben!«

Leonore war bereits im Kaufhof gewesen, dort war schon gar nichts Frisches mehr zu haben, kein Salat, keine Radieschen, alles konnte verstrahlt sein. Die Regale mit den Konservendosen und der Trockenmilch wiesen bereits erhebliche Lücken auf. Als sie aus dem Kaufhaus herauskam, war sie von einem frischen Graffito begrüßt worden. Über einem Plakat, das mit glücklichen Kühen für Milch warb, hatte jemand geschrieben: »Gebt die Milchpulverbestände frei.«

»Weil ich krank und zu Hause war, habe ich keine Strahlung abbekommen, hat die Lehrerin gesagt. Aber ich war ja nicht zu Hause!« Janas Angst erschütterte Leonore zutiefst, denn sie hatte kein Argument dagegen. »Und wir dürfen jetzt erst mal nicht mehr in die Schule!«

Die Frauen von Alexanders Kollegen schienen mit ihren Kleinkindern eine Massenflucht angetreten zu haben, je weiter nach Westen, desto besser. Die Kanarischen Inseln waren besonders beliebt, dort musste man keine Strahlung befürchten und hatte auch noch gutes Wetter. Auf La Gomera, einst eine Hippie-Hochburg, deren Blütezeit eigentlich vorbei war, gab es bald keine Papierwindeln mehr, weshalb die Mütter mit der Fähre nach Teneriffa fahren mussten, um groß einzukaufen, und auf der Rückfahrt in Bergen von Pampers saßen.

Täglich überflog Leonore im Kiosk die Schlagzeilen, sie

wollte keine Zeitungen mit nach Hause bringen, um Jana nicht zu verunsichern. Überall war die Rede vom Super-GAU, man sah Bilder von Menschen in Strahlenschutzanzügen, die Autos abspritzten, Männer, die den Sand auf den Spielplätzen in Säcke schaufelten. Die Schwimmbäder blieben geschlossen, und man lernte ein neues Wort: »Becquerel«. Doch niemand der politisch Verantwortlichen sorgte für verlässliche Informationen. Es herrschte das reine Chaos.

»Müssen wir jetzt sterben?« Jana, mit ganz kleiner Stimme. Leonore kniete sich vor sie hin und nahm sie in die Arme. »Nein, natürlich nicht.« Aber wusste man es? Und was war mit Strahlenschäden, die sich erst nach Jahren bemerkbar machten? Die Angst war ins Allerprivateste eingedrungen, sie ließ sich nicht mehr an der Haustür abweisen. Sie war bis ins Kinderzimmer gelangt.

Leo und Jana aßen zu Mittag weiße Bohnen aus der Dose mit Frankfurter Würstchen aus dem Glas. Gesundes Essen kam heute aus der Konservendose oder aus der Tiefkühltruhe. Als Alexander aus der Uni nach Hause kam, lobte er sie für ihre umsichtige Nahrungsaufnahme. »Angst kann Leben retten«, sagte er. »Wir fahren nachher zum Großmarkt, Konserven sind im Moment das Sicherste. Cäsium hat eine Halbwertzeit von dreißig Jahren, wenn es sich in höherer Dosis auf Salat oder Spinat abgelagert hat, wird's gefährlich. Abwaschen hilft nicht, das ist bereits drin in der Pflanze. Ich denke, die ganze Ernte sollte auf den Sondermüll, das kann man nicht einfach so unterbuddeln.«

Der Parkplatz vor dem Großmarkt war voll, andere hatten dieselbe Idee gehabt, aber sie kamen gerade noch rechtzeitig. In den nächsten Tagen würden die Läden leer gekauft sein. An Spargel war in diesem Jahr nicht zu denken.

Das Jahr 1986 blieb ein Katastrophenjahr. Nach einem Großbrand in einem Industriegebiet in der Schweiz gerieten durch das Löschwasser giftige Chemikalien in den Rhein, an denen die Fische verendeten. Im französischen Atomkraftwerk Fessenheim, an der Grenze zu Deutschland, gab es irgendwelche Probleme, was Panik vor einem weiteren Tschernobyl auslöste. Man fand Salmonellen in Nudeln und Rundwurmlarven in Fischen. In Pilzen, Wildfleisch und Süßwasserfischen wurden erhöhte Strahlungswerte nachgewiesen. Und die RAF mordete wieder.

Auch Leonore war nun mit der German Angst infiziert.

IX

»Du hattest recht, damals«, sagte sie zu Verena. Sie saßen in Verenas Büro, in der Besucherecke, zwei Sessel, dazwischen ein niedriger Tisch, und waren zum Gespräch über eines der Manuskripte verabredet, das Leo lektoriert hatte. »In diese Welt sollte man keine Kinder setzen.«

Verena lächelte und schüttelte den Kopf. »Wenn wir uns nicht mehr fortpflanzen, haben wir uns aufgegeben.«

Die Tür öffnete sich, und Verenas Assistentin Paula schwebte herein, eine schmale Schönheit, die dunklen Haare zu einem strengen Zopf gebunden, ein Tablett mit Kaffeekanne, Tassen und einem Teller mit Keksen in der Hand, das sie auf den Tisch stellte.

»Danke, Liebes«, sagte Verena und wartete, bis Paula die Tür hinter sich zugezogen hatte. »Schau dir das Leben der Menschen vor zweihundert, dreihundert Jahren an, Leo, geh zurück ins Mittelalter, dann findest du die meisten unserer

Ängste übertrieben. Der Tod war den Menschen in der Vergangenheit viel näher als uns. Heutige Lebensmittelskandale sind harmlos im Vergleich zu dem, was weiland die Bäcker in ihr Brot getan haben. Und die Metzger in die Wurst. Denk an Seuchen. Oder Naturkatastrophen. An solche Dinge sind wir gar nicht mehr gewöhnt. Lies mal, wie es im London von Charles Dickens zuging. Ich glaube langsam, unsere Ängste sind dekadent.«

»Das sagst ausgerechnet du? Nach Tschernobyl?«

»Sicher ist das ungemütlich. Aber meinst du nicht, dass die bei uns so verbreitete Angst vor der atomaren Vernichtung ein Echo des Dreißigjährigen Krieges ist? Die Angst vor der totalen Zerstörung, die Vorstellung, ganz Deutschland wird wieder zum Schlachtfeld der anderen ...«

Leonore unterbrach sie. »Seit wann stehst du im Lager der Verharmloser?«

»Die Leute haben keine Lust mehr auf Angstbücher und auf all die Apokalyptiker, die wie Wanderprediger durchs Land ziehen. Ich betreibe keine Volkspädagogik. Ich verkaufe Bücher, und die müssen den Kunden gefallen, nicht mir oder dir.«

»Opportunistin!«

Verena lächelte mild. »Auf Opportunisten kann man sich jedenfalls verlassen. Leo, ich behaupte ja nicht, dass all unsere Ängste ein Wohlstandsphänomen sind. Aber einige schon. Wir haben ein Buch dazu gemacht. Titel: ›Angst macht unfrei‹. Lohnt sich, solltest du lesen.«

»Ich dachte, wir sollen Mut zur Angst haben? Und was sagt Alexander zu deinem Verrat an der Sache?« Das sollte ein Scherz sein, aber im Grunde meinte sie es ernst: Verena hatte die Seiten gewechselt. Leonore ebenso, wenn auch andersherum, man ändert seine Meinung, wenn es Gründe dafür gibt, fand sie.

Verena nahm sich ungerührt einen Keks. »Der muss sich was Neues einfallen lassen. Die Wahrheit ist doch: Trotz aller größeren und kleineren Katastrophen leben die Menschen heute besser und sicherer als jemals zuvor.«

»Ich wünschte, ich könnte das so abgeklärt sehen wie du.«

»Früher warst du nicht nur abgeklärt, sondern geradezu abgebrüht. Was ist los, Leo? Du hast mal gesagt, dass die großen Katastrophen für manche ein Vorwand sind, um über die kleinen, die privaten nicht nachdenken zu müssen. Also: Was sind deine privaten Katastrophen?«

»Ich weiß nicht. Alexander geht fremd, nehme ich an.«

Verena lehnte sich in ihrem Sessel zurück und schwieg. »Überrascht dich das?«, sagte sie nach einer Weile. »Er hat es auch bei mir versucht. Er ist eben ein Mann. Komm, das ist nicht deine Hauptsorge.«

»Die RAF mordet wieder.«

»Ich hatte gehofft, das wäre endlich vorbei«, sagte Verena leise. »Ich dachte, nach den letzten Festnahmen hätte sich dieser durchgeknallte Schützenverein erledigt. Man stelle sich vor: Ich fand Ulrike Meinhof und Gudrun Ensslin mal unglaublich mutig. Wie kann man nur so verrückt sein.«

»In meiner damaligen Wohngemeinschaft in Münster waren sie fast alle so verrückt.« Sollte sie Verena erzählen, wie sie unwissentlich zur Komplizin der Baader-Meinhof-Bande wurde? »Nur ich nicht. Und das hatte seinen Grund.«

Sie erzählte Verena die ganze unselige Geschichte mit Jost und den gestohlenen Papieren und war dankbar, dass sie sich alles schweigend anhörte. Beim Wort »Beischlafdiebstahl« lächelte sie.

Der Kaffee war kalt geworden, und die Kekse waren alle, Verena hatte sich, ohne hinzuschauen, einen nach dem anderen vom Teller genommen.

»Ich habe keine Sehnsucht nach einem neuerlichen Besuch der Kripo. Ich möchte Jana nicht belasten, verstehst du?«

Verena stand auf und wandte ihr den Rücken zu. Dann drehte sie sich wieder um. »Es ist so, wie ich vermutet habe. Du hast keine Angst vor der RAF oder vor der Kripo und noch nicht einmal vor dem Super-GAU. Deine private Katastrophe ist die Angst um Jana.«

»Du meinst, weil ich eine dieser hysterischen Muttis geworden bin?«

»Ja. Bist du.« Verena setzte sich wieder.

Leonore seufzte. Verena war dafür bekannt, unter allen Umständen ehrlich zu sein. Löblich, aber selten angenehm. »Vielleicht. Aber das ist es nicht – also nicht ausschließlich.«

»Was dann? Nun sag schon, sonst muss ich neue Kekse kommen lassen.«

Verena konnte sich Süßigkeiten aller Art kiloweise leisten, sie nahm kein Gramm davon zu. Leonore schon. Also lieber nicht.

»Ich bilde mir ein ... aber vielleicht sehe ich ja Gespenster.«

Verena nickte zustimmend.

Leonore hob die Augenrauen. »Mach dich bloß lustig über mich. Du weißt ja, dass Jana adoptiert ist.«

»Ja.«

»Ich habe ihre Mutter gesehen.«

»Hm. Und was ist daran jetzt beängstigend?«

»Sie wollte damals zurück in die DDR gehen. Was macht sie dann hier?«

Es klopfte wieder, Verenas Assistentin Paula stand in der Tür und zeigte auf ihre Armbanduhr.

»Sagst du bitte ab, Liebe? Wie sind hier noch nicht fertig. Ach – gibt es noch Kekse?«

Paula lächelte, verschwand und kam kurz darauf mit einem vollen Teller wieder.

»Wo hast du sie denn gesehen?«, fragte Verena. »Lauert sie dir auf?«

»Nein, das nicht. Sie stand vor Janas Schule.«

»Das ist doch kein Verbrechen!« Verena lachte. Leo nicht.

»Irgendetwas stimmt da nicht. Meine Mutter hat damals alles in Bewegung gesetzt, um sie aus dem Knast in der DDR zu holen, warum auch immer, ich habe das nie verstanden. Und zum Dank hatte sie nichts Eiligeres zu tun, als ihr Kind bei meinen Eltern abzustellen und zu verschwinden.«

»Hm.«

»Angeblich wollte sie zurück. In die DDR! Also wieder in den Knast? Das ergibt doch überhaupt keinen Sinn.«

»Wenigstens hat sie ihr Kind in Sicherheit gebracht«, sagte Verena leise.

»Wenigstens das. Jana sollte es einmal besser haben. So etwas sagen Egoisten ja gern.«

Leonore griff zu den Keksen. Widerstand war zwecklos. Sie brauchte etwas Tröstendes.

»Sie wird nicht zurück in die DDR gegangen sein, wenn ihr dort Gefängnis drohte.« Verena blieb geradezu provozierend nüchtern.

Leonore verzog den Mund. »Vielleicht drohte ihr gar nichts? Vielleicht war ihre ganze Geschichte gelogen? Sie hat eine verblüffende Ähnlichkeit mit einem Mädchen, dem ich in einem Jugendcamp in der DDR begegnet bin. Damals war ich fünfzehn, sie war ein paar Jahre älter. Sie hieß Clara. Clara Pinkus. Eine Jungfunktionärin, linientreu bis zum Anschlag.«

»Versteh ich nicht. Warum sollte so jemand bei deinen Eltern auftauchen?«

»Das ist es ja, das verstehe ich eben auch nicht. Manchmal denke ich ...« Sie biss sich auf die Unterlippe.

»Spuck's aus.«

»Wenn Jana nun das Kind einer SED-Funktionärin ist, womöglich einer Agentin?«

»Du meinst, so eine wie die Guillaumes? Eine Stasiagentin?«

Leonore hob die Schultern. »Keine Ahnung. Und ich weiß auch nicht, warum sie plötzlich hier in Frankfurt vor der Schule von Jana steht.«

»Vielleicht hat sie Sehnsucht nach ihrer Tochter?«

»Muttergefühle? Nach all den Jahren?«

»Leo, frag mich nicht. Ich kenne nun mal keine Muttergefühle.«

Nein, Verena war das fremd. Nach allem, was man sich so erzählte, hatte sie keinen Freund oder Liebhaber. Auch lesbisch schien sie nicht zu sein. Sie hatte womöglich einfach kein Interesse an all diesen Dingen, die das Leben schön und kompliziert zugleich machen.

Leonore seufzte und stand auf. »Verzeih bitte, dass ich dich vollgequasselt habe.«

»Jederzeit, Leo, das weißt du doch. Über das Manuskript reden wir ein andermal, es sind ja nur Kleinigkeiten, die der Autor moniert hat.«

»Dann ist er eine rühmliche Ausnahme.« Bevor Leo das Zimmer verließ, drehte sie sich noch einmal um. »Wahrscheinlich denkst du, ich leide an Verfolgungswahn, oder?«

Verena lächelte und sagte nichts. Das sagte alles.

Auf dem Weg nach Hause dachte Leonore über Verena

nach. Sie hatte keine Muttergefühle, aber konnte es sein, dass Verena sich auch für Sex nicht interessierte? Früher hätte sie allein den Gedanken absurd gefunden. Heute ging es ihr ähnlich. Sie empfand keine Lust mehr, Alexanders Annäherungen wich sie aus. Vielleicht sollte sie sich nicht darüber beklagen, dass er bei anderen suchte, was er bei ihr nicht fand.

X

Leonore verfluchte den Zauberer von Oz und seinen Schöpfer Lyman Frank Baum. Jana fieberte dem großen vorweihnachtlichen Ereignis natürlich entgegen, aber ihre Mutter wünschte sich sehnlichst, dass die Sache bald vorbei wäre: die Schulaufführung eines Theaterstücks, das auf der Geschichte von Dorothy, dem Blechmann, dem feigen Löwen, der Vogelscheuche und besagtem Zauberer basierte. Der Hund Toto fiel in dieser Aufführung weg, den wollte niemand spielen.

Die Sache hielt sie beide in Atem. Jana, weil es ihr erster öffentlicher Auftritt sein würde. Leonore, weil sie dauernd gebraucht wurde und zu nichts anderem mehr kam. Jana brauchte ein Kostüm. Jana wollte geschminkt werden. Jana bestand darauf, täglich abgehört zu werden, bis auch Leonore das ganze Stück auswendig konnte – jedenfalls die Stellen, an denen die gute Hexe des Nordens sprach: »Ich bin eine gute Hexe, und alle mögen mich gern.«

Jana behauptete zwar, sie hätte lieber die Rolle der Vogelscheuche übernommen, aber Leo glaubte ihr kein Wort. Jana, die sonst immer so ernst und so wenig eitel war, wollte plötzlich mit aller Macht Lolita sein. Leonore fand es schwer erträglich, ihre Tochter kostümiert und geschminkt zu sehen, das kleine Biest sah einfach hinreißend aus. »Aber sie ist doch gerade erst elf Jahre alt«, protestierte es in ihr. Doch ist das nicht das Alter, in dem alle Mädchen wie kleine Feen aussahen, so frisch und strahlend, wie sie nie wieder sein werden?

Das Kind spielte das Spiel in aller Unschuld, aber äußerst überzeugend: mit Kussmündchen und großem Augenaufschlag. Leonore fragte sich plötzlich, ob sie neidisch war. Neidisch auf die eigene Tochter? Warum nicht. Vielleicht war ihre Mutter ebenfalls neidisch gewesen, damals. Margo hatte sie wie ein Kind behandelt, als sie längst keins mehr war – wollte sie nicht wahrnehmen, dass da Konkurrenz heranwuchs?

Mit Schaudern dachte sie an die kalten klammen Hände der Miederwarenfachverkäuferin, die ihr in der Umkleidekabine den BH festzurrte, den sie noch gar nicht gebraucht hätte. Also hatte Margo sehr wohl gesehen, dass sie erwachsen wurde. Und Jana? Nein, die war noch nicht so weit, redete Leonore sich ein. Genießen wir die Gegenwart. Die Zeit der Abnabelung würde früh genug kommen.

Endlich war der große Tag da. Ein Samstagnachmittag, Mitte Dezember. Jana stand geschminkt in Kostüm und Mantel an der Tür und zappelte vor Ungeduld. »Können wir endlich gehen? Ich muss pünktlich sein!«

Vor der Schule stauten sich die Autos, viele Eltern kamen mit dem Wagen, doch die Seidenstickers hatten es nicht weit und waren zu Fuß gegangen. Jana verschwand in Windeseile im Gebäude, während Leo und Alexander noch eine Weile draußen standen, sie würden lange genug auf unbequemen Stühlen und in schlechter Luft sitzen müssen. Leo grüßte die

Eltern von Marco, einem von Janas Freunden, ein aufgeschossener Jungen mit viel zu großer Brille, der den Blechmann spielen würde.

Sie waren die Letzten, die sich in der Aula einfanden. Alle Stühle schienen besetzt zu sein, aber für die Eltern der kleinen Schauspieler waren Plätze in der ersten Reihe reserviert. Kaum hatten sie sich gesetzt, ging das Licht aus und wieder an und das Gemurmel um sie herum verstummte.

»Bitte setzen Sie sich, es geht gleich los«, flüsterte jemand am Eingang, andere kamen also noch später als sie. Dann wurde es im Zuschauerraum wieder dunkel und auf der Bühne hell.

Jana war eine prachtvolle kleine Hexe, sie spielte Dorothy, die Hauptfigur des Stücks, an die Wand. Leo merkte, wie die Rührung in ihr hochstieg wie Brause, und als Alex ihre Hand nahm und »Ist sie nicht großartig?« flüsterte, kamen ihr die Tränen.

Der Applaus der stolzen Eltern nach dem Ende des Stücks wollte nicht enden. Ganze fünf Mal traten die Schauspieler an die Rampe, fassten sich an den Händen und verneigten sich. »Komm, wir warten an der frischen Luft auf Jana«, flüsterte Alexander. Leo folgte ihm. Doch kurz vor dem Ausgang blieb sie stehen, störrisch wie ein Esel, obwohl Alexander ihre Hand fasste und sie mit sich zu ziehen versuchte.

»Was zum Teufel machst du hier?«, hörte Leonore sich sagen, die Stimme erhoben. »Was geht dich meine Tochter an?«

Die Frau, die auf einem Stuhl neben dem Ausgang gesessen hatte, war aufgestanden und blickte Leonore ruhig an. Graublaue Augen. Die Haare blondiert. Der Nasenrücken ein wenig zu breit. Das war die Frau, die sie vor Janas Schule gesehen hatte. Gisela. Janas Mutter. Die wahrscheinlich nicht Gisela hieß.

»Hör auf, uns hinterherzuspionieren!«

Noch immer sagte die Frau nichts. Sie drehte ihnen gleichmütig den Rücken zu und wandte sich zum Ausgang.

»Lass uns in Ruhe, Gisela oder Clara oder wie immer du heißt! Du hast sie wie ein Gepäckstück einfach zurückgelassen, sie geht dich nichts mehr an!«

Die Frau blieb stehen. Kurz. Dann ging sie weiter.

»Leo! Hör auf!«, zischte Alexander neben ihr. »Du machst dich lächerlich!«

Doch Leonore riss sich los und lief. Lief diesem Rücken hinterher, diesem geraden Rücken in dem schicken Kamelhaarmantel. Den konnte man sich nur leisten, wenn man die Sorge um sein Kind anderen überlassen hatte.

Sie wollte der Frau die blondierten Haare einzeln vom Kopf reißen. Ihr das Gesicht zerkratzen. Wollte sehen, wie sich der gerade Rücken krümmte.

Irgendjemand schrie. Menschen stellten sich ihr in den Weg. Gesichter neigten sich ihr zu, drohende, erschrockene, Münder offen, Augen aufgerissen. Jemand hielt sie fest. Dann fiel sie, tief, in grauen Nebel.

Jana

2012

I

Es war nicht ganz einfach, Alexander Seidensticker ausfindig zu machen.

Nach Leonores Tod hatte sich Jana geradezu hysterisch gegen jeden Kontakt mit ihm gewehrt, hatte seine Briefe ungelesen weggeworfen und am Telefon nicht mit ihm sprechen wollen. Ihr Urteil über ihn stand fest. Er hatte seine Frau betrogen, hatte einer anderen ein Kind gemacht, vielleicht hatte ihre Mutter wirklich seinetwegen Selbstmord begangen – das alles konnte sie ihm nicht verzeihen. Erst Jahre später ließ sie die Erinnerung wieder zu, dass sie einmal ein inniges Verhältnis zu ihrem Adoptivvater gehabt hatte – er hatte sie ins Bett gebracht, ihr Geschichten erzählt, manche schön, andere, die ihr Angst gemacht hatten. Doch sie hatte den Kontakt zu ihm nie wieder aufgenommen.

Das alles war nun zwanzig Jahre her, sie hatte keine Ahnung, wohin es ihn verschlagen hatte und ob er immer noch mit dieser Frau zusammen war, dem Grund für die Trennung von Leonore. Ihr fiel nur eine Person ein, die womöglich mehr wusste: Verena, Alexanders einstige Verlegerin und später Leonores beste Freundin. Als sie in Frankfurt wohnten, war Verena oft zu Besuch gewesen, aber seit dem Tod ihrer Mutter hatte Jana einen großen Bogen um die Stadt gemacht, außerdem war ihr Berlin nach Internat und Abitur aufregender vorgekommen.

»Jana, wie schön, deine Stimme zu hören!« Verena war noch immer über den Westwärts-Verlag zu erreichen, Jana wurde sofort zu ihr durchgestellt. »Ich habe so oft an dich gedacht, auch wenn du auf meinen Brief nie geantwortet hast. Mehr als verständlich, dass du den Kontakt zu mir damals abgebrochen hast, das braucht man, wenn man sich nicht mit Erinnerungen quälen will.«

Verena hatte ihr geschrieben? Daran erinnerte Jana sich nicht. Alles, was damals geschehen war, lag hinter einer Nebelwand.

»Ich muss mit dir sprechen«, sagte sie mit belegter Stimme.

»Aber sicher doch. Gern. Setz dich in den Zug oder ins Auto und komm her.«

Verena war noch immer schlank, oder eher schon dünn, man sah es an ihren Armen: Die Haut lag straff über den Knochen, ohne jegliches Polster. Die Haare trug sie so wie früher, offen und schulterlang, aber sie waren nun weiß statt blond. Das gebräunte Gesicht sah aus wie zersprungenes Glas, nichts als Falten, vor allem um den Mund. Die sah man besonders deutlich, wenn sie an der Zigarette zog. Doch der Blick aus ihren dunkel umrandeten blauen Augen war lebendig und warm, sodass Jana sich widerstandslos in die Arme nehmen ließ.

Die Tür ging auf, und eine junge Frau mit einem Tablett kam herein – Kaffee und Kekse. Wie früher, dachte Jana, wenn Leo sie mit in den Verlag genommen hatte.

»Übernimmst du dann das Telefon, Odina?« Eine Bitte, die keine war. Autoritär, auch das genau wie früher.

»So.« Verena goss Kaffee in die Tassen. »Und jetzt erzähl.

Wie ist es dir ergangen? Wo lebst du? Was machst du? Hast du einen Mann? Kinder?«

Jana musste wider Willen lachen. Ja, das waren die wirklich wichtigen Fragen des Lebens. Aber sie wollte Verenas Neugier nicht befriedigen, sie selbst hatte Fragen genug.

»Hast du noch Kontakt zu Alexander?«

Verena rührte in ihrem Kaffee. »Ach, Kind.«

»Ich muss mit ihm reden.«

Verena legte den Löffel auf die Untertasse und sah auf. »Es ist schrecklich, was Alexander Leo angetan hat. Sie wusste ja schon länger, dass er nicht der treueste aller Ehemänner war. Aber sich deshalb ...« Sie stockte.

»Ich glaube nicht, dass sie sich wegen Alexander umgebracht hat, Verena.«

»Aber weshalb sonst?«

»Ich weiß es nicht.« Noch nicht, dachte sie. »Weißt du, wie ich ihn erreichen kann?«

Verena zögerte.

»Es ist doch kein Geheimnis, oder?«

»Ich denke nicht. Die drei Kinder sind sicher bereits aus dem Haus, und warum sollte seine Frau etwas dagegen haben, wenn du ihn besuchst?«

Drei Kinder. Leibliche. Das entschädigt für den Verlust eines adoptierten Kindes, dachte Jana. Verstehe.

»Ich habe lange nichts mehr von ihm gehört, er ist ja damals wieder ins wissenschaftliche Fach gewechselt, das ist halt weniger riskant als die Zeitgeistpamphlete, die wir miteinander produziert haben.« Sie lachte, das alte Verenalachen, vielleicht ein wenig heiserer als früher. »Er ist seit Kurzem emeritiert und lebt in Mecklenburg-Vorpommern, es hat ihn wohl wieder zurück in die alte Heimat gezogen. Er hat mir vor einiger Zeit seine neue Adresse zugeschickt, ich schreibe sie dir auf.«

»Verena.« Jana zögerte. »Gibt es etwas, was ich über Leo wissen sollte?«

»Liebes, du kannst mich alles fragen.« Verena hustete. Sie raucht noch immer, dachte Jana. »Zu Anfang konnten wir einander nicht ausstehen, aber zuletzt waren wir dicke Freunde, sie hat mir viel erzählt, vor allem von dir.«

»War sie – fühlte sie sich verfolgt?«

Ein tiefer Seufzer antwortete ihr. »Ich hatte mir vorgenommen, dir das alles erst zu erzählen, wenn du so weit bist. Wenn du danach fragst.«

»Ich frage«, antwortete Jana.

»Wurde Zeit. Ja, ich glaube schon, dass sie sich verfolgt gefühlt hat. Erinnerst du dich an das Theaterstück, das ihr an eurer Schule aufgeführt habt? Der Zauberer von Oz? An deinen Auftritt als gute Hexe?«

»Und ob.« Jana lächelte in sich hinein. »Danach wollte ich Schauspielerin werden.«

»Wie alle kleinen Mädchen!«

»Ich hatte mir eingebildet, ich wäre anders als die anderen – aber ein Kostüm und Schminke und Applaus können einer Elfjährigen ganz schön den Kopf verdrehen.«

»Du erinnerst dich doch sicher auch daran, dass deine Mutter nach der Vorstellung ins Krankenhaus gebracht worden ist?«

Jana nickte. »Als ich umgezogen war und aus der Schule kam, stand nur Alexander draußen. Sie hatte einen Schwächeanfall erlitten, ich durfte sie eine ganze Woche lang nicht besuchen, das hat mich fürchterlich aufgeregt. Ich kannte das nicht, Leonore war nie krank.«

»Es war kein Schwächeanfall, Jana. Leo ist durchgedreht, vor aller Augen. Sie hat geglaubt, in einer Frau in der hintersten Reihe deine Mutter erkannt zu haben. Also deine biologische.« Verena beugte sich vor und griff nach Janas Hand. »Sie haben bei Leo eine paranoide Psychose festgestellt und sie mit Haldol behandelt. Sie war eine Zeitlang nicht sie selbst.«

Haldol. Damit stellte man quengelnde Alte ruhig. Oder Gefängnisinsassen. Jana holte tief Luft. Das also hatte man ihrer Mutter angetan! Sie erinnerte sich wieder: wie seltsam sie eine Zeitlang gewesen war, immer müde, meistens abwesend, sie hatte nervös mit dem Kopf geruckt und gesprochen, als ob sie eine heiße Kartoffel im Mund hätte.

»Das hat Alexander zugelassen?« Sie spürte, wie sich die Wut auf ihn wieder meldete. »Dass sie ihr das angetan haben?«

»Jana, ich war nicht dabei, aber ihr Auftritt muss ziemlich aufsehenerregend gewesen sein. Sie hat geschrien, um sich geschlagen, ist kaum zu bändigen gewesen. Gut, dass du das nicht miterlebt hast.«

Jana versuchte, ruhig zu atmen. Ganz ruhig. Bis sie endlich sicher war, nicht mehr schreien zu müssen.

»Und was, wenn sie recht hatte?«, flüsterte sie. »Wenn sie tatsächlich meine Mutter gesehen hat?«

Verena erwiderte ihren Blick. »Gott ja, alles ist möglich. Und vielleicht gibt es dafür eine ganz einfache Erklärung? Vielleicht wollte deine biologische Mutter wissen, ob es dir gut geht?«

Vielleicht, dachte Jana. Aber was hatte es mit der Meldung in Leos Stasiakte auf sich, sie habe »einen unserer Kundschafter« gesehen? War sie beobachtet worden? Von wem? Von »Gisela«? War es womöglich zu »Maßnahmen« gekommen, und wenn ja, zu welchen? Hatte das alles etwas mit ihrem Tod zu tun?

Andererseits: Jeder, der Leonore kannte, konnte der Stasispitzel gewesen sein. Verena? Oder Alexander?

»Ich habe Leos Akte eingesehen, bei der Stasi«, sagte Jana vorsichtig und ließ Verena nicht aus den Augen.

»Es gibt eine Akte über sie?« Verenas Überraschung wirkte echt.

»Ja. Jemand muss sehr nah an ihr dran gewesen sein. Und dieser Jemand hat über sie berichtet. Du?«

Verena blickte sie ruhig an und schüttelte dann den Kopf. »Nein. Leo ausspionieren und verraten? Das hätte ich meinem schlimmsten Feind nicht angetan.«

»Aber wer dann? Alexander?«

Verena wiegte den Kopf. »Ich weiß nicht.«

»Er kam ja aus der DDR, du kennst doch sicher die Geschichte: wie er über die zugefrorene Ostsee geradelt ist.«

»Eben. Er ist unter Lebensgefahr geflüchtet. Und so jemand verrät seine Frau an die Stasi? Niemals.«

»Vielleicht haben sie ihn gezwungen? Vielleicht hatten sie etwas gegen ihn in der Hand?«

Verena zögerte. »Seine Eltern sind drübengeblieben. Möglich, dass sie ihn damit erpresst haben.«

II

Die erste Februarhälfte war bitterkalt. Erst hatten sich die Zwillinge erkältet, dann lag Max mit Fieber im Bett. Sobald die Männer wieder gerade gehen konnten, erwischte es Jana. Als auch sie die Sache endlich hinter sich gebracht hatte, war es milder geworden. Ihre ersten Schritte führten sie in den Garten. Viele Pflanzen hatten den starken Frost nicht vertragen. Die Kamelien waren verdorrt. Mindestens vier der Edelrosen im Rosenbeet schienen tot zu sein, was sie weniger schlimm fand. Die Edelrosen sahen zwar hübsch aus, wenn sie in der Vase standen, aber nicht im Beet. Die Pflanzen hatten keine schöne Form. Nach dieser ersten Bilanz saß Jana wie einst Margo am Esstisch in der großen Halle und blätterte in den Gartenkatalogen. Doch keine der Gärtnereien, bei denen sie anrief, konnte liefern, bei allen hatte es Frostschäden gegeben.

Ach, Margo. Sie verdankte ihrer Großmutter so viel. Sogar an der Liebe zu Max war sie schuld. Jana hätte ihn verpasst, wenn sie damals nicht aus Berlin nach Osterholz gekommen wäre, um von Margo Abschied zu nehmen. Sie sah ihre Großmutter vor sich, wie sie im weißen Wolljäckchen im Bett lag, im abgedunkelten Zimmer, die Katze zu ihren Füßen. Trotz der Augusthitze draußen war es im Zimmer angenehm kühl gewesen. Zu ihrem Geburtstag hatten sich noch einmal alle versammelt an Margos Sterbebett: der Bürgermeister. Vertraute aus der Firma. Und der Juniorchef von Maxdatex, Max Bajohr. In ihren letzten Tagen hatte Jana stundenlang an Margos Bett gesessen. Max hatte sie abgelenkt, wenn ihr das alles zu viel wurde. Damals hatten sie sich ineinander verliebt.

Während die Familie Seliger-Bajohr kränkelte, hatte Jana keine Zeit gehabt, an Alexander und an Leonores Stasiakte zu denken. Doch als der März endlich frühlingshaft wurde, beschloss sie, wenn sie schon nichts im Garten tun konnte, einen Wochenendausflug nach Mecklenburg zu machen.

Max maulte, aber die Jungs waren in einem Alter, in dem

es ihnen völlig egal war, ob Muttern da war oder nicht, also setzte sie sich in ihren Golf Variant und fuhr los. Sicher wäre es fair gewesen, Alexander vorzuwarnen, aber sie fürchtete, dass er der Begegnung mit seiner Tochter von einst ausweichen würde. Überraschung war manchmal die beste Strategie.

Verena hatte ihr eine Adresse in Barnin genannt. Die Fahrt zog sich, obwohl sich seit 1989 so viel getan hatte. Sie erinnerte sich vage an den engen Grenzübergang bei Schlutup, dort hatte sie 1990, ein Jahr nach der friedlichen Revolution, mit den Eltern das erste Mal die ehemalige Grenze überquert. Auf dem Weg nach Rostock war man kilometerweit auf von schweren Lastern krumm und bucklig gefahrenen Landstraßen vor sich hin gezockelt. Mittlerweile gab es auch dort eine Autobahn.

Sie war früh losgefahren und traf schon gegen Mittag am Barniner See ein. Das Auto stellte sie neben der Kirche ab, einem zierlichen Bau aus warmem rotem Backstein. Alle Häuser schienen einen eigenen Zugang zum See zu haben, die älteren duckten sich unter tief herabgezogene Reetdächer, und beinahe alle waren schmuck hergerichtet. Niemand begegnete ihr auf dem Weg zu Alexanders Haus, die beiden Frauen, die gebückt in ihren Gärten standen und aufräumten, erwiderten ihren Gruß nicht. Jana kannte das aus Osterholz. Die Niedersachsen waren ähnlich stur.

Alexanders Haus lag hinter einem schlichten Staketenzaun. Durch das Holztor blickte man auf einen großen Fachwerkhof, gediegen restauriert, das Gebälk rot lasiert, die Gefache geweißt, im Erdgeschoss Sprossenfenster mit grün gestrichenen Fensterläden. Wahrlich kein Haus armer Leute.

Bevor Jana klingeln konnte, raste mit gut gelauntem Gebell ein großer Hund herbei, der wie eine Mischung aus Eisbär und Wolf aussah. Sie schob ihre Hand durch das Lattentor, an der er bedächtig roch, bevor er sie leckte.

»Wolly!« Eine Frauenstimme. Wolly spitzte die Ohren und trabte zurück. Die Frau, die sich dem Tor näherte, war groß, hatte die braunen Haare zu einem Zopf geflochten, trug Gummistiefel über den Jeans und einen Fleecepullover. Ganz und gar Landfrau, dachte Jana, aber mit Stil.

»Kann ich Ihnen helfen?« Die Stimme war dunkel, mit Schweizer Klangfärbung. Jung war die Frau nicht mehr, um die fünfzig, schätzte Jana. Ihre Augen waren wach, der volle Mund zu einem höflichen Lächeln verzogen.

Jana lächelte ebenso höflich zurück. »Ich suche Alexander Seidensticker«, sagte sie. »Ich bin Jana Seliger.«

Die Frau blieb stehen. Taxierte sie. Sagte »Jana«, als ob sie sich an eine ferne Verwandte erinnerte. Dann nickte sie und öffnete das Tor, hinter ihr Wolly, der schweifwedelnd auf Jana zusprang. »Das ist – eine Überraschung.« Sie streckte ihr die Hand entgegen. »Freut mich. Ich bin Alessa, Alexanders Frau. Ich habe – wir haben nicht mit Ihrem Besuch gerechnet. Es tut mir so leid ...« Sie brach ab.

Was tut dir leid?, dachte Jana. Dass du Alexanders Komplizin beim Ehebruch warst? Oder dass ich eure Idylle nach all den Jahren plötzlich störe?

»Kommen Sie rein. Alexander sitzt am Schreibtisch, er wird sich freuen.« Das leichte Zögern in der Stimme der Frau war nicht zu überhören, ihr Gesicht hatte sich verändert, die Augen waren dunkler geworden.

»Sind Sie sicher?« Die Frage war ihr rausgerutscht, bevor Jana sie sich verbieten konnte.

»Ja, natürlich! Er hat oft von Ihnen gesprochen.«

»Ach?« Jana merkte, dass sie so klang, wie sie sich fühlte: ungläubig.

Alessa seufzte. »Kommen Sie. Wir überraschen ihn.«

Die doppelflügelige Tür aus grün lackiertem Holz öffnete sich auf eine große Halle, weit größer als die Tenne in der Moosbeeke. Über einem mächtigen Kamin hingen ein Pferdekummet und ein Hirschgeweih, der übliche Kitsch, den Städter für rustikal hielten. Dabei sah Alexanders Frau eigentlich aus, als ob sie Geschmack hätte.

Sie durchquerten die Halle. Durch die bodentiefen Sprossenfenster sah man über eine Wiese bis hinunter zum See. Alessa öffnete eine Tür, die links von der Halle abging. Man sah gleich, dass hier Alexanders Zimmer sein musste: An allen Wänden standen Bücherregale, vom Boden bis zur Decke. Vor dem Fenster mit Blick zum Garten saß der Hausherr hinter einem aufgeräumten Schreibtisch. Er schien zu schlafen, sein Kopf war nach hinten gesunken, gegen die Kopfstütze des Stuhls, die Augen hatte er geschlossen. Jana musterte ihn. Er trug einen roten Pullover, sein Haar war noch immer voll und dunkel, das Gesicht hatte ein paar Falten mehr, aber er war ihr auch nach über zwanzig Jahren noch vertraut. Sie wehrte sich gegen das Gefühl von Rührung, das sich plötzlich anschlich, aber war das nicht verzeihlich? Er war der einzige Vater, den sie jemals gekannt hatte.

Alessa ging zu ihm und legte ihm die Hand auf die Schulter. Er schlug die Augen auf und lächelte seine Frau an. Wie ein erstauntes Kind, dachte Jana.

»Du hast Besuch, Alex.« Alessa küsste ihn auf die Stirn. Er lächelte noch immer, ohne ihr zu antworten. »Sieh doch. Jana ist da.« Sie nahm seinen Kopf in beide Hände, drehte ihn in Janas Richtung, zeigte mit dem Finger auf sie. Sein Lächeln erstarb, er sah verwirrt aus. Alessa streichelte seine Wangen und seufzte.

»Ich hatte gehofft, dass Ihr Anblick etwas in ihm auslösen würde, aber ... Seit dem zweiten Schlaganfall nimmt er nicht mehr viel wahr. Es tut mir leid.«

Jana stand da wie angewurzelt und sah ihn an, den Mann, der einmal ihr Vater gewesen war. Sah in sein leeres Gesicht. Konnte sich nicht zwischen Mitleid und Wut entscheiden. Mit vielem hatte sie gerechnet, nur nicht damit. Nicht damit, dass Alexander sich ihr ausgerechnet auf diese Weise entziehen könnte. Er war abgehauen. Wie damals.

»Wären Sie doch früher gekommen. Er hat schon vor einiger Zeit mit Ihrem Besuch gerechnet.« Der Hund hatte sich unter den Schreibtisch zu Alexanders Füßen gelegt und gähnte zufrieden.

»Davon wusste ich nichts«, sagte Jana steif. Er hätte doch schreiben können, oder?

»Alexander.« Sie räusperte sich. »Ich bin's, Jana!«

Er fixierte sie aus zusammengekniffenen Augen.

»Ihr habt mich adoptiert, damals, du und Leonore ...«

»Leonore. Ja. Das war unnötig«, sagte er plötzlich, wie aus tiefem Schlaf erwacht.

»Was war unnötig?« Alessa beugte sich zu ihm hinunter und suchte seinen Blick.

Alexander legte den Kopf wieder in den Nacken und lächelte.

Alexanders Frau drückte die Hand ihres Mannes, legte sie sanft auf die Schreibtischplatte, richtete sich auf und ging hinüber zu einem Rolladenschrank, einem alten Stück aus glänzendem dunklen Holz.

»Er wollte Ihnen etwas geben«, sagte sie und durchsuchte

einen Stapel dicker brauner DIN-A4-Umschläge. »Ah, da ist es.« Sie drückte Jana einen der Umschläge in die Hand.

Als sie das Zimmer verließen, hatte Alexander die Augen wieder geschlossen. Die Einladung zum Kaffee lehnte Jana ab.

Alessa brachte sie zur Haustür. »Ich hoffe, Sie finden, was Sie suchen«, sagte sie leise und wich Janas Blick aus.

Sie weiß etwas, dachte Jana. Aber was?

Wind of Change

I

Frankfurt am Main, 1989

Leonore hatte sich entschieden zur Wehr gesetzt gegen das Ansinnen, sich auf die Couch zu legen, eine senfbraune Liege, die irgendwie unappetitlich wirkte. Frau Haupt hatte zwar fürsorglich ein Papiertüchlein über das Kopfkissen gelegt, aber Leonore wurde allein beim Gedanken an all die angstschwitzenden Menschen übel, die vorher hier gelegen haben mochten. Außerdem wäre sie sich wie ein Kind vorgekommen, das man ins Bett steckte, weil es böse gewesen war. Auch, dass die Frau hinter ihr sitzen würde, mit Block und Stift in der Hand, und sicher mitschrieb, was ihre Patientin von sich gab, war ihr unangenehm.

Also blieb sie sitzen. Doch schon nach der dritten Sitzung gab sie auf und legte sich auf die Couch, das ersparte ihr den Anblick des ausdruckslosen Gesichts von Frau Haupt. Sie schwiegen einander ganze fünf Sitzungen lang an. Dann streckte sie die Waffen. »Was soll ich hier?«, fragte sie.

»Das frage ich Sie«, antwortete Frau Haupt, mit einem triumphierenden Schnurren in der Stimme.

Sie hat die besseren Nerven, dachte Leonore. »Ich bin nicht freiwillig hier.«

»Das sind die Wenigsten. Aber die meisten haben einen Grund, Frau Seidensticker.«

Leonore drehte sich auf die Seite. Sie war es müde, auf die Zimmerdecke zu starren. Sie hatte schon beim ersten Mal auf der Couch registriert, dass der weiße Plastikbaldachin über dem Anschluss der Deckenlampe schief hing, eine Kleinigkeit angesichts der abgrundtiefen Hässlichkeit dieser Lampe, deren pissgelber Schirm von einem roten gehäkelten Vorhang nur mäßig verhüllt wurde. Und wer häkelt eigentlich heute noch Lampenvorhänge?

Frau Haupt schien sparsam zu sein. Dabei nahm sie pro Stunde satte hundert Mark, da musste das Geld doch reichen für eine geschmackvolle Deckenlampe, oder?

Wenn sie auf der Seite lag, fiel ihr Blick auf die metallenen Füße des Schreibtischs mit der weißlackierten Platte. Wenn sie die Augen senkte, konnte sie den Läufer betrachten, der vor der Patientencouch lag. Die schlechte Imitation eines Perserteppichs. Warum legte Frau Haupt eine derartige Abscheulichkeit auf das angegraute Parkett? Zur Beruhigung ihrer Patienten? Dann hielt sie nichts von den Leuten, die bei ihr auf der Couch landeten. Leonore lachte in sich hinein.

»Ja?«, fragte Frau Haupt mit einer Stimme voller Sanftmut und Offenheit. Also auffordernd.

»Der Läufer ist – sehr hübsch«, log Leonore.

»Wenn Sie meinen, Frau Seidensticker?«

Leonore seufzte. Frau Haupt war die personifizierte Gummiwand, man konnte immer wieder im vollen Lauf gegen sie anrennen, ohne dass etwas Wesentliches geschah. Als Leonore einmal während einer Sitzung eingeschlafen war, interpretierte Frau Haupt das als ein Zeichen dafür, dass die Patientin Vertrauen zu ihrer Analytikerin gefasst habe. Ja, so konnte man selbst Langeweile noch positiv deuten.

Nach mehreren Wochen schien Frau Haupt es für angezeigt zu halten, die eine oder andere Frage zu stellen. Sie kreisten, was Wunder, um die ominösen Vorfälle nach Janas Schulaufführung.

»Ich erinnere mich an nichts«, sagte Leonore wahrheitsgetreu. »Irgendwann bin ich im Krankenhaus zu mir gekommen, aber auch da war alles wie im Nebel. Das kam von den Medikamenten, nehme ich an.«

»Und Sie erinnern sich auch nicht an das, was Ihren – Zustand ausgelöst haben könnte?«

»Doch. Ich habe geglaubt, jemanden wiederzuerkennen.«

»Und wen?«

»Janas Mutter.«

»Hm.«

Frau Haupts »Hm« war stets ein kleines Ereignis. Danach kam immer etwas Tiefschürfendes. »Sie meinen: Janas biologische Mutter. Ihre wahre Mutter sind ja Sie.«

Leonore beschloss, den psychoanalytischen Frieden zu stören. »Ich meine die egoistische Person, die ihr Kind im Alter von eineinhalb Jahren bei meinen Eltern abgestellt hat und sich nie wieder hat blicken lassen.«

»Und deshalb waren Sie zornig auf sie.«

»Wären Sie das etwa nicht?«

Frau Haupt sog die Luft ein, ganz sanft, aber Leonore wusste mittlerweile, was das bedeutete. Selbst Frau Haupt war manchmal entnervt, man konnte ihr das noch nicht einmal verübeln.

»Was macht Janas Mutter denn so bedrohlich für Sie?«

Leonore schwieg.

»Dass sie ihr Kind vernachlässigt hat?«

Leonore schwieg noch immer.

»Wurden Sie vielleicht auch vernachlässigt als Kind?«

Guter Versuch, dachte Leonore. »Sie glauben also, ich hätte auf eine völlig fremde Person projiziert? Die sogenannte Gisela hätte gar nicht seelenruhig hinten in der Aula gesessen, um ihrer Tochter beim Theaterspielen zuzusehen? Alles nur Einbildung?«

»Das habe ich nicht gesagt. Ich wüsste nur gern, warum diese Frau Sie so beschäftigt.«

Weil sie Janas Mutter ist. Weil sie uns beobachtet. Weil sie mir unheimlich ist. Leonore schwieg.

»Wie war das bei Ihnen zu Hause?«

Die Haupt konnte entsetzlich beharrlich sein. Und gänzlich gegen ihren Willen sprudelte es aus Leonore heraus. »Meine Mutter war beruflich sehr eingespannt. Mein Vater war schon mittags angeschickert. Meine Freunde sind von der Wippe abgesprungen, während ich noch auf ihr saß. Beinbruch. Meine Mutter hat mich nicht ein einziges Mal im Krankenhaus besucht. Später ist sie mit dem Jugendpfarrer ins Bett gegangen, in den ich verknallt war.« Sie machte eine Pause und holte tief Atem. »Ist es das, was Sie hören wollen?«

»Ja.« Frau Haupt hatte den Anstand, nicht allzu befriedigt zu klingen.

Viele von Alexanders Kollegen, die noch vor zehn, zwanzig Jahren bei Marx, Stalin oder Mao ihr Glück gesucht und nicht gefunden hatten, waren mittlerweile von ihrem Innenleben besessen, von den Schäden, die sie während ihrer frühkindlichen Sozialisation glaubten erlitten zu haben, weshalb sie der festen Überzeugung waren, erst nach einer gründlichen psychoanalytischen Durchleuchtung zu einem normalen Leben fähig zu sein. Leonore hatte es immer abgelehnt, diese Mode mitzumachen. Da drinnen ist nichts, was entdeckt werden muss, pflegte sie zu sagen. Doch Frau Haupt verstand es, sie in die dunklen Kellerräume ihrer Seele zu locken. Gemütlich war das nicht.

Bei einer ihrer Sitzungen fragte die Analytikerin ganz nebenbei, wie es sich anfühlte, wenn sie jetzt ihre Hand auf Leonores Bein legen würde, auf den Knöchel, der beim Unfall mit der Wippe zersplittert war. Allein die Vorstellung genügte. Zum ersten Mal weinte Leonore während der Psychoanalyse.

War das die Übertragung, von der alle sprachen? Sie hatte ihre Zweifel. Doch sie lernte, Frau Haupt als Punchingball zu benutzen, an dem sie all ihre Frustrationen abreagieren konnte. Frau Haupt schimpfte nicht. Sie strafte sie nicht mit Missachtung, schickte sie nicht weg. Sie musste nicht in die Abstellkammer oder aufs Internat. Ihr wurde verziehen.

Doch was wäre, wenn sie einmal so brüllte, wie sie als Kind gebrüllt hatte? Markerschütterndes heiseres Schreien in abgrundtiefer Todesangst? Vielleicht würde Frau Haupt dann auch, ganz so wie damals ihre Eltern, zum letzten Mittel greifen und sie einsperren.

»Man überlebt das. Sie haben es überlebt. Es kann Ihnen nichts mehr antun«, sagte die Analytikerin irgendwann leise. Vielleicht hatte sie ja recht.

Drei Mal in der Woche fuhr Leonore zu Frau Haupt nach Oberursel, morgens, bei Wind und Wetter, viel zu früh für ihren Geschmack. Danach war sie erschöpft und musste sich zu Hause erst einmal hinlegen. Die Arbeit ging ihr nur langsam von der Hand, aber Verena stand wie ein Fels hinter ihr und beruhigte sie, wenn sie einen Termin nicht einhalten konnte. »Ich gebe dir nur Aufträge, mit denen es keine Eile hat«, sagte sie. »Wir merken ja beide, wenn du wieder richtig belastbar bist.«

Die morgendlichen Termine in Oberursel hatten immerhin einen Vorteil: Sie lagen so, dass sie Jana vorher mit dem Auto zur Schule bringen konnte. Nur abholen durfte sie das Kind nicht, Frau Haupt hatte es untersagt. Die Analytikerin glaubte, das könne eine Art Flashback und damit einen psychotischen Schub auslösen. Zu ihrer eigenen Überraschung fügte sich Leonore. Sie fürchtete sich vor einem Rückfall in den willenlosen Zustand, in den die Medikamente sie versetzt hatten, mit denen man sie nach ihrem Zusammenbruch traktiert hatte. Alexander und Jana waren in dieser Zeit Fremde für sie gewesen.

Auch jetzt noch gingen die beiden in ihrer Gegenwart wie auf rohen Eiern. Da fiel kein lautes Wort, Jana traute sich kaum, zu lachen, beide waren voller Rücksicht. Irgendwann beim Abendessen platzte Leonore der Kragen. »Könnt ihr mich vielleicht endlich wieder wie einen normalen Menschen behandeln?« Sie war aufgestanden, der Stuhl fiel um, sie musste laut geworden sein, denn Jana zog den Kopf ein, und Alexander musterte sie alarmiert.

»Glaubt ihr, man wird schneller gesund, wenn man wie eine tickende Zeitbombe behandelt wird?« Sie brach in Tränen aus. Jana stand auf und nahm sie in den Arm. Das Kind verstand mehr von Gefühlen als der Mann.

Zu Leonores vierzigstem Geburtstag lud Alexander »seine beiden Weiber« zu einer Vorstellung mit nachfolgendem Festessen in den Tigerpalast ein, eine taufrische Gründung aus dem Frankfurter Spontimilieu. Der Tigerpalast bot Varieté der alten Schule, etwas, das jahrzehntelang völlig aus der Mode gewesen war, sowie Highlights vom internationalen Zirkusfestival in Monaco. Tatsächlich sah der Saal, ein ehemaliger Versammlungsraum der Heilsarmee, wie eine Reminiszenz an die Zwanzigerjahre aus. Die Frankfurter Schwulenszene hatte schon vor Jahren das Tuntenkabarett und die Burleske für sich entdeckt, das Varieté war jetzt die Nummer für die ganze Familie.

Es roch nach Champagner, Zigarettenrauch, Sägespänen, Parfüm und Raubtier. Jana bewunderte mit offenem Mund die Akrobaten in der Luft und auf der Erde, den Zauberkünstler, die Frau im Glitzerkostüm am Trapez. Nachdem sie den schwarzen Panther hatte streicheln dürfen, beschloss sie auf der Stelle, statt Schauspieler Dompteur zu werden. Nicht nur von kleinen Miezen, sondern von Löwen und Elefanten, wennschon, dennschon.

Das Essen danach war eher was für die Erwachsenen. Alexander spendierte eine Flasche Champagner, und Leonore beobachtete verstohlen die städtische Prominenz an den Nebentischen. Es war ein schöner Abend, obwohl sie sich noch immer fürsorglich bewacht fühlte. Sobald sie eine allzu abrupte Bewegung machte, fuhr Alexanders Hand aus und legte sich um ihr Handgelenk.

»Was wäre dir lieber? Soll ich mit Tellern schmeißen? Oder den Damen Champagner in den Ausschnitt schütten?«, flüsterte sie beim Nachtisch, nachdem er sie schon wieder in den Griff genommen hatte. Er zuckte zurück, anständigerweise verlegen.

Noch wochenlang ließ er sie nicht allein aus dem Haus gehen, sogar das Einkaufen nahm er ihr ab. Als sie beschloss, ihre Eltern zu besuchen, bestand er darauf, sie zu chauffieren.

»Dann übernachte ich bei Caroline«, sagte Jana.

Leonore hatte damit gerechnet, dass Alexander Janas wegen zu Hause bleiben würde, denn bei dem, was sie vorhatte, störte er nur. Aber damit war die Sache entschieden. Er war nicht abzuschütteln.

II

Osterholz

In der Moosbeeke 9 in Osterholz ging alles seinen gewohnten Gang. Henri kam vom Einkaufen, als sie eintrafen, und eilte gleich nach der Begrüßung in die Küche, um die Lebensmittel zu verstauen. Im Beet vor dem Küchenfenster blühte goldgelb der Hamamelis, Leonore sog den zarten, schon ein wenig welken Duft ein. Auf der unteren Wiese standen Tulpen und Narzissen in allen Formen und Farben, am Hang leuchteten die Forsythien, und der Flieder neben der Garage war kurz vorm Aufplatzen.

»Ihr seid ja schon da!« Margo eilte ihnen über den Rasen entgegen. Sie sieht gut aus, das muss man neidlos anerkennen, dachte Leonore, die ihre Mutter seit ihrem Abschied von Maxdatex nicht mehr gesehen hatte. Damals wirkte sie wehmütig, heute entspannt und zufrieden. »In einer halben Stunde gibt es Kaffee!«

Ja, es war alles so wie immer. Aber so würde es nicht bleiben, fürchtete Leonore, dafür würde sie schon sorgen.

»Waren wir eine glückliche Familie?«, fragte sie, als Henri den Tisch abgeräumt hatte und in der Küche verschwunden war.

Margo lachte. »Nicht unglücklicher als andere, vermute ich.«

»War ich ein glückliches Kind?«

Jetzt lachte ihre Mutter nicht mehr. »Zu Anfang ja. Jedenfalls solange wir in Dissen beim Ehepaar Schwacke wohnten. Der Alte hatte einen Puppenwagen auf dem Speicher gefunden, mit dem ich dich durchs Dorf kutschieren konnte. Deine Oma in der Ostzone hat dir Jäckchen und Röckchen gestrickt, in Weiß und Rosa, du hast einfach zauberhaft ausgesehen. Und immer hast du gelächelt, mit strahlenden Augen.«

»Hast du nicht erzählt, dass Vater zu spät ins Krankenhaus gekommen ist und die Blumen vergessen hat?«

Ihre Mutter lachte wieder. »Du kennst ihn doch!«

»Vielleicht hatte er wieder einen über den Durst getrunken?«

»Leonore …«

»Er war eigentlich immer betrunken, oder?«

»Er gönnt sich gern mal einen, das stimmt schon.«

»Gönnen nennst du das? Er hing schon mittags an der Schnapsflasche.«

Alexander wurde unruhig. »Leo, glaubst du, dass das jetzt das passende Thema ist?«

»Mein Vater ist Alkoholiker. Das *ist* ein Thema.«

»Er ist kein Alkoholiker!« Jetzt wurde Margo laut. »Er kann jederzeit aufhören! Das hat er mehr als einmal bewiesen!«

Leonore musste lachen. Was für eine Logik! »Das heißt doch gar nichts. Auch ein trockener Alkoholiker ist und bleibt ein Alkoholiker, Mutti. Aber du wolltest das ja nie wahrhaben! Du hast weggesehen. Du hast die Auseinandersetzung mit ihm immer gescheut.«

»Wieso ist das jetzt wichtig, Leonore? Bist du zu Besuch gekommen, um über Henris Trinkgewohnheiten zu sprechen? Meinst du nicht, dass das allein seine und meine Angelegenheit ist? Außerdem trinkt er nur noch abends seinen Wein. Das wird man einem alten Mann ja wohl noch zubilligen, oder nicht?«

»Kinder von Alkoholikern sind selten glücklich.«

Margos Gesicht veränderte sich. Erst war sie wütend gewesen. Jetzt sah sie verloren aus. »Was redest du da?«

»Ich wusste nie, in welcher Stimmung er gerade war. Womit man rechnen durfte, worauf man sich verlassen konnte.«

Alexander mischte sich ein. »Leo hatte einen Schwächeanfall und ist jetzt mitten in der Psychoanalyse, da geht man oft in die Kindheit zurück und versucht, nach Mustern zu schauen, die ...«

»Leo ist vor ein paar Wochen vierzig Jahre alt geworden, da hat man seine kindlichen Ängste ja wohl hoffentlich überwunden! Was sollen wir denn da sagen? Soll ich heute noch Tränen über die Flucht vergießen? Über die Vergewaltigungen? Als sie mich fast totgeschlagen haben? Soll Henri aus der Gefangenschaft erzählen und davon, dass er fast verhungert ist?« Margo wischte mit der Hand über das Tischtuch, zog es gerade, zerknüllte die liegengebliebene Serviette.

»Ja«, sagte Leonore mit fester Stimme. »Dann hätte ich euch vielleicht besser verstanden. Wenn ich gewusst hätte, wie sehr du gehungert und gefroren hast, hätte ich vielleicht begriffen, warum du immer meintest, ich würde frieren. ›Zieh dir was an die Füße‹, du weißt schon. Warum gegessen werden musste, was auf den Tisch kam, auch wenn es mich geekelt hat. Und vielleicht auch, warum mein Vater seinen Schnaps brauchte.«

»Dein Vater war im Krieg.«

»Und das erklärt alles? Was hat er denn gemacht, im Krieg? Er hat ja gerade mal in den ersten drei Tagen was riskiert!«

Das war die einzige Geschichte aus dem Krieg, die Henri oft erzählt hatte, wohl, weil er sie komisch fand, dabei wäre er fast dabei draufgegangen. Er stand an der Flak, als das uralte Schlachtschiff Schleswig-Holstein, Codename »Sophie X«, in der Nacht auf den 1. September 1939 das Feuer auf die von den Polen besetzte Westerplatte vor Danzig eröffnete. Als der Beschuss nicht half, wurde er mit einer Kompanie Marineinfanteristen auf die Insel geschickt. Das überlebte er nur knapp. Erst ein Angriff aus der Luft ließ die Polen schließlich kapitulieren. »So viel zu den militärischen Künsten des Gröfaz«, pflegte Henri zu enden.

»Er hat den Rest des Krieges in der Bretagne verbracht und das Elend überlebt, zu seinem und meinem Glück!« Margo versuchte es mit Würde, aber ihre Augen glänzten verräterisch.

»Ich weiß. Er hat Nietzsche gelesen, seiner Frau erotische Briefe geschrieben und Schnaps getrunken. Ein Glas Cognac für fünf Pfennige. Dienst war wenig, Schnaps floss reichlich.« Den Spruch brachte Henri gern.

Aus der Küche hörte sie ihn lachen. Jetzt erst fiel Leonore auf, dass Alexander das Weite gesucht hatte. Aus männlicher Solidarität mit Henri? Aber auf den war sie doch gar nicht wütend. Sie war wütend auf ihre Mutter.

»Weißt du, wie Kinder reagieren, wenn sich ihre Eltern unklar verhalten? Wenn sie fürchten müssen, dass die Stimmung von einer Sekunde auf die nächste umschlägt? Eben noch gelacht, im nächsten Moment ein Zornesausbruch? Sie beobachten, sie versuchen, jedes Zeichen zu deuten, um die Gefahr rechtzeitig zu erkennen. Meistens gelingt das nicht. Also passen sie sich an, vielleicht. Ziehen den Kopf ein, vorausschauend. Oder sie lenken alle Aufmerksamkeit auf sich, spielen den Clown oder das Biest, nur, damit sich die Spannung entlädt.«

»Darin warst du perfekt«, sagte Margo trocken.

Leonore starrte sie an. »Eine verdammt späte Anerkennung«, murmelte sie.

Margo lehnte sich zurück und seufzte. »Ich dachte immer, ich muss Henri seine kleinen Sünden lassen, nach allem, was er mitgemacht hat. Vielleicht habe ich ihn deshalb nicht stärker unter Druck gesetzt.«

»Du hattest anderes zu tun«, sagte Leonore spitz. »Du musstest stundenlang in Jon Bajohrs Auto vor unserer Haustür sitzen und reden, während Henri mit dem Abendbrot wartete. Du musstest mit dem Pfarrer ins Bett gehen, weißt du noch?«

»Ich bin nicht stolz darauf, Leo, wirklich nicht.«

Margo sah plötzlich klein aus, verletzlich. Alt geworden und müde. Sie kapituliert, dachte Leonore. Du kannst die Kampfhandlungen einstellen. Doch da war noch eine letzte Frage.

»Gisela. Die Mutter von Jana. Wieso habt ihr sie bei euch aufgenommen?«

»Frag nicht. Ich kann es dir nicht sagen.«

Zwei Sätze, tonlos. Ihre Mutter weinte. Leonore fühlte sich entwaffnet. Sie stand auf und umarmte sie.

Später ging der Streit weiter, diesmal mit Alexander.

»Warum arbeitest du dich ausgerechnet jetzt an deinen Eltern ab? Dein Vater liebt dich.«

»Sicher. Auf seine Art bestimmt.« Doch, sie wusste das. Er stand hinter ihr, das war schon damals so gewesen, als Jost ihr die Papiere gestohlen hatte.

»Auf seine Art? Du meinst doch wohl nicht etwa …« Er sah sie aus großen schreckgeweiteten Augen an.

Sie verstand erst nicht. Dann lachte sie. »Missbrauch? Das hat mich Frau Haupt auch gefragt. Das ist die neue Mode, verstehst du. Alles weibliche Elend resultiert aus frühkindlichem Missbrauch. Und schon sind wir die Verantwortung dafür los. Aber Männer sind nicht an allem schuld, und Frauen sind keine Opfer.«

»Aber manche sind es, Leo, spiel doch nicht immer die Abgebrühte.«

»Ich bin kein Opfer. Obwohl Kinder von saufenden Vätern ein Problem haben. Du kannst natürlich auch das Missbrauch nennen, wenn das in dein feministisches Männerbild passt.«

»Hast du dir mal überlegt ...«

»Ich überlege seit Wochen und Monaten. Seit Jahren.«

Alexander machte das ernsteste aller ernsten Gesichter. »Hast du mal darüber nachgedacht, ob dein LSD-Konsum damals in London Spätfolgen gehabt haben könnte?«

Leonore starrte ihn an. Eben noch Missbrauchsopfer, jetzt selbst dran schuld. Alexander hatte sich verdammt schnell gefangen. Das Imperium schlug zurück.

»Ich meine: Halluzinationen, die sich verselbständigt haben.« Jetzt lächelte er auch noch verständnisvoll.

»Ich habe keine Halluzinationen.« Leonore versuchte, ganz langsam und ruhig zu sprechen. »Ich habe Janas Mutter gesehen, mehr als einmal, warum halten das eigentlich alle für so unwahrscheinlich?«

»Gut. Gehen wir davon aus, dass du sie tatsächlich gesehen hast. Warum regt dich das so auf? Woher dieser unbändige Zorn? Kann es sein, dass du auf sie wütend bist, weil sie ihr Kind weggegeben hat, ganz so wie du? Projizierst du deine Schuldgefühle auf sie?«

Ich habe mein Kind nicht weggegeben, dachte Leonore verzweifelt. Sie wich Alexanders Blick aus, aber er ließ sie nicht los, redete weiter auf sie ein, mit dieser sanften Stimme, die er einsetzte, wenn er etwas »analysierte«.

Nein, sie hatte ihr Kind nicht weggegeben. Sie hatte es nur umgebracht.

III

Frankfurt am Main

Leonore hatte tagelang kein Wort mehr mit Alexander gewechselt. Nur Janas Protest ließ sie einlenken. Doch auch Monate später besprachen sie gerade mal das Nötigste, es herrschte Krieg, dagegen richteten selbst Janas Versöhnungsversuche nichts aus. Leonore fiel noch immer keine Erklärung ein, die sie ihrem Kind hätte zumuten können, und kein Kind ließ sich darauf ein, zu warten, bis Gras über etwas gewachsen war, was es gar nicht verstand.

Selbst Frau Haupt erzählte sie erst viel später von Alexanders »Analyse«.

»Das ist ein einfach nur bösartiger Versuch, von der Tatsache abzulenken, dass er mich betrügt.«

»Hm«, sagte Frau Haupt, wie immer, wenn sie intervenierte. »Ich verstehe Ihren Zorn.«

»Wie schön von Ihnen«, murmelte Leonore.

Frau Haupt machte eine lange Pause, bevor sie weitersprach. Man merkte ihrer Stimme an, dass sie sich auf unsicherem Grund wähnte. »Könnte es nicht sein, dass Sie auch deshalb so zornig auf Ihren Mann sind, weil er ein Stück weit recht hat mit seiner Analyse?«

»Ein Stück weit« – wie sie diese Phrase hasste! Und dann die Unterstellung, dass Alexander recht haben könnte ... Leonore bemühte sich um Haltung. Denn eines hatte sie mittlerweile gelernt – wenn sie lautstark gegen derlei Zumutungen protestierte, fühlte sich Frau Haupt bestärkt: So zornig ist man nur, wenn die verwundbare Stelle getroffen wurde.

»Vielleicht«, sagte sie vorsichtig. »Aber ich habe kein Kind weggegeben. Ich habe abgetrieben, bevor es ein Kind werden konnte.«

»Man kann das so sehen, sicher. Aber Sie haben ja durch die Abtreibung nicht nur das eine Kind verloren, sondern auch die Möglichkeit, überhaupt jemals Kinder zu bekommen. Sie haben Ihre Fruchtbarkeit zerstört. Das ist doch ein Grund, um zornig zu sein, oder?«

»Es war die richtige Entscheidung, damals«, flüsterte Leonore, die jetzt den Tränen nahe war. »Mit diesen Folgen konnte ich nicht rechnen.«

»Sicher nicht.« Frau Haupt legte Trost in ihre Stimme. Doch Alexanders Stachel saß tief und fest. Projizierte sie etwa tatsächlich die eigenen Schuldgefühle auf Janas Mutter? Sie wollte der Frage ausweichen, aber es gelang ihr nicht.

Leonore hatte den ganzen Sommer über keine ihrer »Erscheinungen«. Gisela ließ sich nicht blicken. Manchmal war sie beinahe selbst davon überzeugt, sich alles nur eingebildet zu haben.

Der Juli 1989 wurde unfreundlich, regnerisch und kühl. Leonore bekam davon wenig mit, sie hatte ein dickes Manuskript zu redigieren. Alexander war zu einem Symposion in die Schweiz gefahren, das behauptete er jedenfalls, vielleicht war er auch einfach nur auf der Flucht. Jana hatte mit der gesammelten moralischen Empörung einer Elfjährigen kurz vor Beginn der Sommerferien erklärt, dass sie die dicke Luft zu Hause »zum Kotzen« finde und mit ihrer besten Freundin Caroline und deren Eltern nach Italien fahren wolle, »die reden wenigstens noch miteinander«.

Dagegen konnte man beim besten Willen nichts einwenden.

Leonore vermisste ihre Tochter, aber sie war nicht ungern allein. Zu ihrem Leidwesen kam Alexander früher als gedacht zurück, er machte auf beste Laune und tat, als ob nichts wäre. Dafür konnte es nur eine Erklärung geben: Er hatte sich bei seiner Geliebten prächtig erholt. Allein seine Gegenwart in der Wohnung machte sie wahnsinnig. Sie konnte nur arbeiten, wenn er in der Universität war. Zum Glück gab es einen Fels in der Brandung: Wenn gar nichts mehr ging, rief sie Verena an.

»Leo, Liebes! Wenn du dich ausheulen willst – nur zu!«

»Ich versuche gerade, nicht zu heulen, aber danke fürs Angebot! Um vierzehn Uhr im Café Laumer?« Dort trafen sie sich immer, wenn es um private Dinge ging, hier hatte Adorno einst Hof gehalten, deshalb hielt Verena das Café für einen ihr angemessenen Ort.

Sie saß schon da, wo sie immer saß, an einem der Tischchen am Fenster, vor sich ein Glas Sekt.

Leonore setzte sich mit einem tiefen Seufzer. Verena musterte sie über den Rand ihrer Brille. »Er ist also wieder da, der Gatte?«

»Ja. Ich würde ihn am liebsten auf die Straße setzen.«

Die Serviererin, die ihr die Karte brachte, trug ein weißes Schürzchen über ihrem engen schwarzen Rock. Sehr altmodisch, aber irgendwie süß.

»Bist du ganz sicher, dass er fremdgeht?« Verena verstand

die Obsession vieler Männer und mancher Frauen mit dem anderen Geschlecht nicht, sie hielt das für »Liebeswahn«, für einen körperlichen Ausnahmezustand, in dem ein Mensch nicht zurechnungsfähig ist.

»Ich lese die Zeichen. Er hat geradezu penetrant gute Laune. Trägt Blümchen am Revers und duftet, und zwar nicht nach seiner Seife oder meinem Parfüm.«

»Und das hältst du für konkludent?« Verena hatte die Brille abgesetzt und die fein gestrichelten Augenbrauen hochgezogen. Ganz die kühle Intellektuelle, der menschliche Abgründe fremd sind.

»Er geht abends oft aus, trifft sich mit alten Freunden, und kommt von diesen Herrenabenden auffallend spät zurück. Er führt in seinem Arbeitszimmer lange Telefongespräche, bei denen er entweder flüstert oder lacht. Reicht das?«

Verena wiegte das Haupt. Das Mädchen mit der weißen Schürze brachte Leo einen Cappuccino und Verena ein Stück Käsemohnkuchen.

»Es ist mir mittlerweile egal, ob er lügt oder die Wahrheit sagt. Ich glaube nicht mehr an diese Ehe.«

»Warum seid ihr dann noch zusammen?«

Gute Frage. »Wegen Jana.« Man bleibt des Kindes wegen zusammen. War nicht auch ihre Mutter deshalb bei Henri geblieben?

»Das ist doch alles Zeitverschwendung.« Verena rührte Zucker in ihren Kaffee. »Erst ist man verliebt und denkt den ganzen Tag an nichts anderes. Und dann hat man sich entliebt und denkt immer noch an nichts anderes.«

Leonore musste lachen. Verena hatte wie immer recht.

»Es gibt doch so viele schönere Dinge im Leben, Leo. Und so viel wichtigere.«

Leonore sah Verena beim Kuchenessen zu. Sie hielt sich besser zurück, sie musste mindestens zwei Kilo abnehmen, damit die Jeans wieder saßen. »Was könnte wichtiger sein als Ehe und Familie? Du weißt ja: die Keimzelle der Gesellschaft und so.«

Verena spießte das letzte Stück Kuchen auf die Gabel. »Die Welt verändert sich vor unseren Augen, und du fragst dich, wonach dein Mann riecht.«

»Nach wem«, korrigierte Leonore. »Aber es ist mir wirklich völlig egal.«

Verena schob sich den Bissen in den Mund, kaute, schluckte. »Ich sage dir: Noch im Laufe dieses Jahres wird sich die Welt grundstürzend verändert haben.«

»Hat sie ja schon. Steffi Graf und Boris Becker gewinnen in Wimbledon. Das ist Revolution.«

»Im Ernst jetzt, Leo. Gorbatschow weiß nicht, was er anrichtet.«

»Er will die Sowjetunion reformieren, was soll daran schlecht sein? Ich finde ihn gut.«

»Der Mann hat keine Ahnung. Willst du ein Beispiel? Um die Produktivität der Arbeiter zu erhöhen, möchte er Alkohol verbieten. Das lässt sich der Untertan nicht gefallen, es wird schwarz gebrannt, was zu Hamsterkäufen von Zucker führt. Dann wird die Zahnpasta knapp, damit soll die Alkoholfahne getarnt werden. Vor allem aber führt die Einschränkung des Alkoholhandels zu einem gigantischen Rückgang der Steuereinnahmen. Und hat sich wenigstens die Produktivität erhöht? Njet.«

»Also sollen die Russen weiter saufen?« Leonore verstand Verenas Logik nicht. »Wer sagt denn, dass es leicht ist, ein solches System zu reformieren?«

»Es ist nicht nur nicht leicht. Es wird Konsequenzen nach sich ziehen, die wir noch gar nicht ermessen können.«

»Und die wären?« Offenbar hatte Verena gerade ein Buch zum Thema am Wickel. Sie ließ sich von manchen ihrer Autoren derart beeindrucken, dass man oft wochenlang nichts anders von ihr hörte als die Thesen des gerade aktuellen Werks.

»Liest du keine Zeitung? Gorbatschow hat erklärt, dass die Sowjetunion der DDR im Falle einer tiefgehenden Krise nicht helfen könne. Die Krise ist da, sowohl in der Sowjetunion als auch in der DDR.«

»Du meinst die paar Leutchen, die über Ungarn zu uns wollen? Ich weiß nicht, noch ist die DDR nicht menschenleer.«

»Was glaubst du, was die DDR-Bürger empfunden haben, als ihre verkommenen Führer das Massaker in Peking begrüßt haben? Da weiß doch jeder, was ihnen blüht, falls sie nicht spuren! Die Klugen setzen sich ab.«

Die chinesische Führung hatte im Juni Tausende von Demonstranten massakriert. War so etwas auch den alten Männern der DDR zuzutrauen? Leonore wollte das nicht glauben.

»Gorbatschow destabilisiert die Sowjetunion. Wenn der Ostblock fällt, ist die DDR am Ende. Glaub mir.«

Leonore lächelte und schüttelte den Kopf. »Die Mauer wird auch in fünfzig oder hundert Jahren noch stehen, hat Honecker gesagt.«

»Das ist Pfeifen im Keller.«

»Wenn du meinst. Doch solange die Mauer noch steht, darf ich an meinen eigenen, wenn auch entschieden kleineren Problemen leiden, oder?«

Verena streckte die Hand nach ihr aus, diese schlanke Hand mit den langen Fingern und dem Perlmuttlack auf den Nägeln. »Nein. Leiden darfst du nicht! Aber du solltest deinen Verstand benutzen. Denk an den chinesischen Fluch: Mögest du in interessanten Zeiten leben. Wir sind mittendrin.«

Jana kehrte braungebrannt aus Italien zurück und bestand darauf, den Kellner in der Pizzeria mit »signore« anzureden und ihre Pizza mit »prego« und »scusi« zu bestellen. Alexander wiederum war seit einiger Zeit nicht mehr ganz so guter Laune. Leonore sah ungerührt zu, wie er morgens über der Zeitung hing und abends über einem Buch grübelte. Vielleicht hatte seine Geliebte ihn verlassen? Weil sie ihn ganz wollte und nicht halb? Fast hätte sie ihm die Scheidung angeboten, nur, um sein frustriertes Gesicht nicht mehr zu sehen.

Das Gespräch mit Verena hallte in ihr nach. Die Proteste in der DDR rissen nicht ab, und immer mehr DDR-Bürger strömten über Ungarn in die Bundesrepublik. Im Juli waren sie noch durch Lücken im Stacheldraht gekrochen und über die Wiesen und durch den Wald nach Österreich gerannt. Am 11. September aber öffnete Ungarn die Grenze zu Österreich ganz offiziell. Nun wurden die Menschen mit Bussen von Budapest zur Grenze gekarrt, und in Österreich ging es dann weiter im Konvoi in die Bundesrepublik.

»Es dauert nicht mehr lange«, behauptete Verena.

»Das kann nicht gut gehen«, murmelte Alexander, wenn er abends aus seinem Zimmer kam. Die wachsende Spannung führte Leo und Alexander wieder zusammen, sie hockten jeden Abend gemeinsam vor dem Fernseher, während Jana in ihrem Zimmer las, wieder einen dicken Schinken, »Der Medicus« von Noah Gordon. Hoffentlich wollte das Kind jetzt nicht Heilerin werden.

Den historischen Moment hätten sie beinahe verpasst.

Sie saßen im Gargantua in der Liebigstraße, die Einladung zum Essen war Alexanders Geste der Versöhnung, und der Abend war tatsächlich friedlich. Als sie zurückgekehrt waren, schaltete Alexander wie immer den Fernseher ein, die Tagesthemen waren Pflicht. Hajo Friedrichs moderierte mit verblüffender Ruhe, was einer Revolution gleichkam: Die Grenze war offen, die Mauer gestürmt. Der antifaschistische Schutzwall war Geschichte. Leonore brauchte einige Minuten, bis sie das Unfassbare zu glauben begann. Und dann kamen die Tränen.

Mit zitternden Fingern wählte sie die Nummer der Eltern in Osterholz. Margo war am Apparat und glaubte ihr kein Wort. Erst lachte sie. Dann wurde sie ärgerlich, sagte: »Das ist jetzt nicht mehr lustig«, und legte auf.

Mittlerweile war Jana aufgewacht, stand im Wohnzimmer und fragte Leonore, warum sie weinte. Wie sollte sie dem Mädchen erklären, dass etwas geschehen war, was niemand mehr für möglich gehalten hatte? Jana kannte doch nichts anderes als das Westdeutschland, in dem sie aufgewachsen war. Die DDR bedeutete ihr nichts.

Alexander war keine große Hilfe. Er saß mit weißem Gesicht auf dem Sofa und murmelte: »Das glaub ich nicht. Das kann nicht gut gehen.«

Die nächsten Tage und Wochen waren das, was alle in die ihnen entgegengehaltenen Mikrofone und Kameras stammelten: »Wahnsinn.« Die aus dem Westen fluteten in den Osten, der Osten kam mit dem Trabi in den Westen, kassierte das Begrüßungsgeld und kaufte damit die Supermärkte leer. Doch bald schlug die Stimmung um. Im Westen mokierte man sich darüber, dass in der DDR nicht mehr »Wir sind das Volk«, sondern »Wir sind ein Volk!« gerufen wurde. »Nationalistischer Mob«, tönte es, und Buttons kursierten: »Kein Viertes Reich« oder »Wider Vereinigung«. Die Intellektuellen im Westen waren sich erstaunlich einig mit einigen Großschriftstellern aus der DDR, wie etwa Stefan Heym, der dem Volk in einem Essay im Spiegel bescheinigte, »eine Horde von Wütigen zu sein«, auf der Jagd nach glitzerndem Tinnef.

Verrat am Sozialismus, witterten sie, Ost wie West. Niemand mochte so recht den Sieg des Westens oder gar des Kapitalismus feiern. »Wahnsinn« war innerhalb von Wochen kein Glückszustand mehr, sondern Verhängnis geworden.

»Warum können wir uns nicht einfach nur freuen?«, fragte Leonore, der Alexanders Skepsis nicht verborgen blieb.

»Darum. Weil niemand weiß, wann sie wieder dichtmachen.«

»Unwahrscheinlich. Der Korken ist aus der Flasche. Die DDR ist allein nicht lebensfähig. Wir sollten deine Eltern besuchen.«

»Und wenn sie mich dort einkassieren? Als Republikflüchtling?«

»Das ist vorbei. Hast du das immer noch nicht begriffen?«

IV

Sie fuhren erst im März. Jetzt, endlich, glaubte auch Alexander, dass das Unvorstellbare Wirklichkeit geworden war.

Jenseits der jetzt durchlässigen Grenze lag ein Land, das wie aus der Zeit gefallen wirkte. Was man im Westen im Namen der Zukunft zerstört hatte, war hier konserviert, wenn auch im Zustand der Auflösung. Baumbestandene Alleen, die man mit äußerster Vorsicht befahren musste, wegen all der Schlaglöcher und Spurrinnen. Brachliegende Felder bis an den Horizont. Graue Dörfer, verfallene Herrenhäuser mit bröckelnden Fassaden, deren einstige Schönheit man noch immer erahnen konnte. Notdürftig geflicktes Kopfsteinpflaster. Innenstädte ohne schreiend bunte Werbeplakate, Geschäfte ohne angestrahlte Auslagen. Putzige, aber blitzblank gewienerte Autos am Straßenrand. Keine Parkplatznot.

Leonore konnte sich nicht entscheiden zwischen dem, was sie sah und was sie sehen wollte: Schätze der Vergangenheit, die man im Westen weggeworfen hatte und die man hier behutsam heben konnte? Oder Spuren von Jahren vergeudeten Lebens, in denen kein Schritt nach vorne gemacht worden war?

Beim Gang durch Schwerin kamen sie in ein Stadtviertel am Pfaffenteich, das sie mit seiner Schönheit und seiner Kaputtheit zu Tränen rührte. Ganze Straßenzüge mit Fachwerkhäusern, verfallen, aber unzerstört, einige bewohnt, andere zugemauert. Überquellende Mülleimer auf den Bürgersteigen. In den Innenhöfen Schuppen und Ascheimer neben Kohlehaufen, es gab nur Ofenheizung, und das roch man. Die Fensterscheiben kaputt und notdürftig geflickt. »Ein Plumpsklo«, flüsterte Alexander, »dort hinten in der Ecke.«

Die Frauen trugen Strickmützen und prall gefüllte Beutel, Jugendliche legten Münzen auf die Gleise und ließen sie von der Straßenbahn platt fahren. Ein mürrisches Weib verkaufte alte Stadtansichten auf verblassten Postkarten. »Was für eine schöne Stadt«, sagte Alexander jovial. »Nur für die, die hier nicht leben müssen«, antwortete die Alte.

Leonore schämte sich und wusste nicht genau, wofür.

Als sie die ersten Häuser von Lassan erblickte, verstand Leonore, warum Alexander hatte weggehen wollen. Es war ein trostloses Kaff. Doch das war nicht das Schlimmste. Das Schlimmste waren Alexanders Eltern.

Das Haus duckte sich unter ein Dach aus Teerpappe. Draußen roch es, wie es im ganzen Land roch, nach einer Cuvée aus Braunkohlerauch und Zweitakter. Drinnen war es dunkel und kalt und roch nach nassen Wänden. Der Empfang durch die beiden Alten war frostig. Leonore wurde zur Kenntnis genommen. Keiner der beiden schien sich zu freuen, den einzigen Sohn wiederzusehen. Alexanders Bemerkung über das Wunder der friedlichen Revolution, das ihm den Besuch bei ihnen ermöglicht hatte, traf auf regungslose Gesichter. Hier gab es keine Freude über die neue Freiheit.

»Wer in der Wahrheit ist, braucht das alles nicht. Die Weltmenschen sind dem Untergang geweiht«, sagte Alexanders Mutter mit feinem Lächeln.

Ob er zur Wahrheit zurückgekehrt sei, fragte ihn sein Vater. Alexander schüttelte stumm den Kopf. Auf dem Küchentisch mit der Wachstuchdecke lag ein Heft mit dem Titel »Erwachet!«. Alexanders Mutter legte eine knochige Hand auf das Heft und schob es zu Alexander hinüber. Der schob es zurück.

Der Abschied war so kühl wie die Begrüßung. Draußen atmete Alexander tief ein und wieder aus, mit gekrümmtem Rücken, die Hände vor dem Gesicht. Leonore wagte nicht, ihn in den Arm zu nehmen, wartete, bis er sich wieder aufrichtete.

»Komm«, sagte er endlich.

Sie fuhren aus dem Dorf heraus. Er parkte das Auto hinter einem Wäldchen. Nach all den Jahren schien ihm die Gegend noch immer vertraut zu sein, er führte sie zielstrebig einen schmalen Weg entlang zum Wasser.

Als sie auf dem Bootssteg am Peenestrom standen, war der Himmel nicht mehr grau, die Sonne setzte sich langsam durch und blitzte das Wasser an. »Nichts hat sich verändert seit damals. In siebenundzwanzig Jahren. Nichts.« Alexander kickte mit der Schuhspitze einen Stein ins Wasser. »Auch meine Eltern nicht. Und das, obwohl Harmagedon nun so lange schon ausbleibt.«

Sie gingen Arm in Arm weiter. »Als Zeuge Jehovas hätte ich keine Chance gehabt, jemals einen anständigen Beruf auszuüben. Aber für meine Eltern war meine Flucht Verrat, in mehrfacher Hinsicht.«

»Deine Päckchen nach drüben haben sie doch sicher dankend entgegengenommen?« Leonore konnte sich diese Bemerkung nicht verkneifen.

»Nein. Die Pakete wurden stets zurückgeschickt. Empfänger verweigert Annahme. Ich habe es irgendwann aufgegeben.«

Sie fuhren schweigend zurück, raus aus der DDR, die schon nicht mehr richtig existierte, das Alte zerfiel, etwas Neues war noch nicht in Sicht. Endlich kamen sie in Lübeck an. Die Stadt leuchtete. Die Menschen hatten offene Gesichter, alles roch anders. Besser. Wie ungerecht das ist, dachte Leonore. Wir im Westen sind mit dem Arsch in der Sahne gelandet, während die im Osten die Scheiße auslöffeln mussten. Dennoch war sie froh über das prächtige Lübeck und das einladende Wirtshaus.

Nach dem vierten Bier bestellte Alexander Linie Aquavit. Nach dem zweiten Schnaps noch ein Bier. Leonore spürte, wie es in ihm arbeitete. »Spuck's aus«, sagte sie schließlich.

Er nahm die Brille ab. Sein Blick rührte sie, beinahe so wie früher. Er sah aus, wie er sich fühlen musste, hilflos und verwirrt.

»Ich hatte ein furchtbar schlechtes Gewissen, jahrelang.« Er schob das Bierglas zur Seite und wieder zurück. »Meine Flucht machte das Leben meiner Eltern nicht gerade einfacher.«

»Ich verstehe«, murmelte Leonore.

»Man muss sich das mal vorstellen: Da die Zeugen Jehovas von den Nazis verfolgt wurden, galten sie zunächst als Opfer des Faschismus. 1950 jedoch wurden sie als ›antikommunistischer Stoßtrupp des amerikanischen Imperialismus‹ wieder verboten. Es gab Schauprozesse. Mein Vater wanderte für sechs Jahre in den Bau. Du musstest schon sehr verbohrt im Glauben sein, um das alles stoisch zu ertragen.«

»Und warum freuen sie sich nicht über das Ende der DDR?«

Alexander setzte die Brille wieder auf, leerte das Glas, winkte nach der Kellnerin. Leonore wurde unruhig. Er hatte genug getrunken. Nein: zu viel.

»Das passt doch prima zusammen, Leo, der religiöse Fanatismus und der Mangelsozialismus! Für die Zeugen Jehovas ist der glitzernde Konsumwesten des Teufels. Dann lieber Armut im grauen Osten.«

Leonore stellte zum wiederholten Mal fest, dass sie das alles nicht verstand, den religiösen Messianismus ebenso wenig wie den weltlichen. Alexander musste eine miserable Kindheit gehabt haben. Vielleicht sollte sie ihm endlich verzeihen. Vielleicht hatte er sie nicht kränken wollen, vielleicht wurde man so, wenn man in tiefster Gefühlskälte aufgewachsen war.

»Ich habe versucht, den beiden ein bisschen Erleichterung zu verschaffen«, sagte Alexander, den die Kellnerin standhaft ignorierte. »Ich habe ab und an Stimmungsberichte nach Ostberlin geschickt, damit sie meine Eltern in Ruhe lassen.«

Leonore verstand nicht. »Stimmungsberichte?«

»Alles harmlose Sachen. Sie meinten, ich würde niemandem schaden und meinen Eltern einen Gefallen tun.«

Leonore wusste nicht, was sie sagen sollte. Stimmungsberichte. Nach Ostberlin. »Du meinst, du hast für die Stasi gearbeitet?«, fragte sie, unsicher, ob sie sich nicht vielleicht verhört hatte.

»Naja, so Impressionen von der Lage an der Universität etwa. Oder etwas über die Aktivitäten in der Friedensbewegung. Das tat niemandem weh.«

Impressionen. Die niemandem wehtun. Leonore stand hastig auf, sagte »ich muss mal« und lief zur Toilette. In der Kabine setzte sie sich auf den Klodeckel, stützte den Kopf in die Hände und versuchte, die Übelkeit zu unterdrücken, die in ihr aufstieg.

War das wirklich alles? Alles harmlos? Oder hatte er auch über sie berichtet? Über Jana?

Als sie zurückkam, merkte sie Alexander an, dass er begriffen hatte, dass das letzte Bier eines zu viel gewesen war.

V

Der Herr, der vormittags um halb elf im braven schokobraunen Anzug vor ihrer Wohnungstür stand, mit blonder Scheitelfrisur und getönter Brille, erinnerte kaum noch an den Mann, mit dem Leonore vor zwanzig Jahren in ihrem winzigen Zimmerchen in Münster das Bett verwüstet hatte. Aber sie wusste sofort, wen sie vor sich hatte.

»Was willst du hier?« Sie konnte kaum sprechen vor Zorn.

»Auch dir ein herzliches Grüß Gott«, antwortete der Mann mit schiefem Lächeln. »Wie schön, dich wiederzusehen.«

Jahrelang hatte sie sich vor diesem Wiedersehen gefürchtet, und nun stand er da: Jost, der Beischlafdieb. Der Mann mit der Knarre in der Jacke. Der ihre Papiere mitgehen ließ und an die RAF weitergab, weswegen sie sich bei jedem neuen Terroranschlag von der Polizei verhören lassen musste. Ein Wunder, dass man sie nicht erschossen hatte, als mutmaßliche Terroristin.

»Was soll das?« Sie machte einen Schritt auf ihn zu, hätte ihn am liebsten am Kragen gepackt und die Treppe hinuntergeworfen. »Und woher weißt du ...«

»Tut nichts zur Sache. Ich wollte nur schauen, wie es dir so geht.«

»Ach? Mit einem Mal interessiert dich das?« Damals war es ihm doch völlig egal gewesen, was er ihr angetan hatte. Nicht zuletzt hatte er ihr die Reise in die USA vermasselt.

»Ich erinnere mich eben gern an unsere – Begegnungen.« Süffisantes Grinsen. Sie versuchte, ihn mit ausgestreckten Armen wegzuschieben, aber er rührte sich nicht von der Stelle. Und er roch, als ob er seit Tagen nicht aus den Klamotten gekommen wäre.

»Hau ab. Hau bloß ab!« Fast hätte sie geweint vor Wut.

Er hob die Hände. »Reg dich ab. Immerhin hast du der Sache gedient.«

»Der Sache? Welcher Sache? Meinst du so edle Aktivitäten wie Banküberfälle und Mordanschläge?«

Sein Lächeln erlosch. »Möchtest du mich nun hereinbitten oder soll das ganze Haus mithören?«, sagte er leise.

Leonore hatte es auch bemerkt: Auf der Etage unter ihnen war eine Wohnungstür geöffnet worden. Frau Professor Dunsing war stets interessiert am Geschehen im Haus.

Er nutzte ihr Zögern und drängte sich an ihr vorbei in die Wohnung. Gedemütigt schloss sie hinter ihm die Tür. Sie fühlte sich beschmutzt.

Wenigstens war sie allein. Alexander war unterwegs, und Jana war im Schwimmbad. Leonore ging voraus zur Küche. Er folgte ihr auf dem Fuße, ungemütlich nah. Auf dem Tisch stand noch das Frühstücksgeschirr, sie war nicht zum Aufräumen gekommen, sie dokterte seit Tagen an einer mittelprächtigen Übersetzung herum und hatte eine Eingebung gehabt, wie sie eine besonders umständliche Textpassage verständlich machen konnte. In diesem Moment hatte Jost geklingelt.

»Setz dich.« Mehr Gastfreundschaft konnte er beim besten Willen nicht erwarten.

Er setzte sich, faltete die Hände unter dem Kinn und musterte sie. »Hast dich gut gehalten«, erklärte er schließlich. »Glück gehabt. Große Wohnung. Angenehmer Beruf. Solide Ehe. Oder?«

Sie blickte zurück, ohne die Miene zu verziehen. »Und du besuchst mich, um das Offensichtliche festzustellen?«

Er lehnte sich in den Stuhl zurück, auf dem sonst Jana saß, und grinste. »Ich dachte, ich schau mal vorbei.«

»So ganz aus Zufall?«

»Natürlich nicht, wofür hältst du mich. Ich reise ein wenig in die Vergangenheit, schließlich war ich schon lange nicht mehr in der BRD.«

»Du meinst: Im Knast bekommt man von der Welt nicht sonderlich viel mit?«

Jetzt lachte er lauthals. »Ja, die DDR hatte etwas von einer Besserungsanstalt.«

Ihr verblüfftes Gesicht schien ihm Spaß zu machen.

»Ich bin Ende 1981 hier raus, das Pflaster wurde zu heiß in der BRD, nachdem wir ein bisschen aufgeräumt hatten bei den Amis. Ramstein Air Base und General Kroesen, der die Panzerfaust leider überlebt hat, vielleicht erinnerst du dich. Während ihr alle auf die Straße gegangen und gegen den NATO-Doppelbeschluss demonstriert habt, haben wir die praktische Arbeit geleistet.«

Er räkelte sich auf dem Stuhl, ein blasiertes Grinsen im Gesicht. Der Mann war stolz auf die Blutspur, die er und seine Genossen hinterlassen hatten. Leonore spürte, wie ihr die Magensäure in die Kehle stieg. Mit diesem Kerl hatte sie Darts gespielt und getrunken und gevögelt und nicht gemerkt, wie durchgeknallt er war.

»Objekt 74 war unsere erste Anlaufstation, ein abgeranztes Forsthaus in Briesen, in the middle of nowhere. Schlimmer als jede Jugendherberge. Verwanzt. In jeder Hinsicht. Besonders die Weiber fanden das alles ganz fürchterlich. Ich nicht. Wenn man das Gedröhne der Politfuzzis hinter sich hatte, die einen auf Linie bringen wollten, ging es zu Schießübungen ins Freie.«

Er hob beide Hände, drehte sie und spreizte die Finger, als ob er ihre Geschmeidigkeit vorführen wollte.

»Ich dachte, schießen konntet ihr schon? ›Die Knarre löst die Starre‹, hat das nicht der heilige Andreas Baader gesagt?«

Er schüttelte verächtlich den Kopf. »Wir konnten ballern. Ein Scharfschütze muss besser sein. Bei der Stasi lernte man mehr als bei den Palästinensern, sag ich dir.«

»Ihr wurdet von der Stasi ausgebildet?«

Er lachte. »Ja, man glaubt es kaum. Obwohl wir denen viel zu radikal waren. Wir haben alle eine neue Legende und die entsprechenden Papiere bekommen. Leider sind zehn der Genossen vor einem Jahr aufgeflogen. Aber mich brauchen sie noch.«

Warum erzählte er ihr das alles? Und dann dieses selbstgefällige Grinsen. Der Impuls, ihn zu ohrfeigen, wurde immer mächtiger. »Du wirst gebraucht? Von wem? Falls du es noch nicht gemerkt hast – mit eurem Rückzugsgebiet in der DDR ist es seit letztem Jahr vorbei.«

Er legte die Hände auf den Tisch und beugte sich vor. »Ja. Die DDR ist eine Kolonie der BRD geworden. Kalte Annexion. Darauf hätte ich jetzt gern einen Kaffee.«

Und wenn ich dir keinen koche? Erschießt du mich dann? Sie hielt seinem Blick eine Weile stand, doch in seinen grauen Augen war nichts zu lesen, was ihr die Angst nehmen konnte. Jana würde bald zurück sein, was dann?

Sie stand auf, füllte Wasser in die Kaffeemaschine und Kaffeepulver in den Filter und schaltete die Maschine ein, wartete, bis das Wasser zu blubbern und zu zischen begann und durch den Filter in die Glaskanne tropfte. Dann drehte sie sich um.

Er war aufgestanden, stand vor dem Kühlschrank und hatte ein Foto in der Hand – ein Foto von Jana, das Alexander mit einem Magneten an der Kühlschranktür befestigt hatte, weil er es besonders liebte: Jana im Kostüm der guten Hexe.

»Deine?«

»Ja.«

»Ich dachte, du kannst keine Kinder kriegen?«

Woher wusste er das? Sie wandte sich ab, nahm mit zitternden Händen zwei Kaffeetassen aus dem Schrank. Der

Kerl sollte nicht sehen, wie erschüttert sie war. Er konnte das doch gar nicht wissen! Zur Zeit ihrer Affäre hatte sie das noch nicht einmal geahnt, und natürlich hatte sie verhütet. Erst, als sie mit Alexander zusammen war und nicht schwanger wurde, hatte sie sich untersuchen lassen. Ob der Befund zu den »harmlosen Sachen« gehörte, die Alexander in seine »Stimmungsberichte« an die Stasi geschrieben hatte? Nein. Das nicht. So nicht. Das konnte er ihr nicht angetan haben.

Sie stellte Tassen und Kaffeekanne auf den Tisch, Milch und Zucker standen noch vom Frühstück da, setzte sich, wartete, bis Jost das Foto wieder an der Kühlschranktür befestigt hatte. Endlich saß auch er wieder.

»Wer braucht dich noch und wofür?«, sagte sie, als sie glaubte, ihre Stimme wieder im Griff zu haben.

»Es ist noch nicht vorbei, weißt du«, antwortete er und rührte zwei Löffel Zucker in seinen Kaffee. »Das glauben nur die Plattmacher aus dem Westen. Wir werden ihnen ihren Triumph vergällen.«

»Wieso Triumph? Es waren die DDR-Bürger, die ihren kaputten Staat nicht mehr wollten. Und die keine Lust mehr hatten, sich weiter schikanieren und bespitzeln zu lassen. Dieser Scheißstaat hat sich selbst erledigt, und das finde ich ganz wunderbar.«

»Ach, das sehe ich anders. Der Kapitalismus siegt sich zu Tode, er weiß es nur noch nicht.« Wieder dieses selbstgerechte Grinsen. »Die Charaktermasken fallen, und wenn sie das nicht schnell genug tun, werden wir nachhelfen.«

Es lebte also noch immer, das abgestandene revolutionäre Geschwätz, als ob es in der DDR konserviert worden wäre. Sie hatte genug. »Trink deinen Kaffee und mach, dass du fortkommst.«

Er neigte den Kopf, lächelte, nahm einen Schluck, stellte die Tasse ab. »Sehr wohl, liebe Leonore. Danke für deine Gastfreundschaft. Und ja, ich muss heute noch nach Bonn, verzeih mir also, wenn ich mich schon verabschiede.«

Sie war drauf und dran, ihm ihren Kaffee ins Gesicht zu schütten, als sie hörte, wie sich die Wohnungstür öffnete und jemand den Schlüsselbund auf die Anrichte warf. Leonore erkannte sofort, wer das war, jeder Schlüsselbund machte sein ganz eigenes Geräusch.

Jost richtete sich angespannt auf. »Wer ist das?«, flüsterte er.

»Mutti?« Jana, in der Küchentür.

»Hallo, da ist sie ja, die hübsche Tochter!« Jost hatte sich in Sekundenschnelle gefangen. »Wie schade, dass ich schon gehen muss!« Er verbeugte sich, machte kehrt, marschierte hinaus. Leonore hätte beinahe vor Erleichterung geweint, als die Wohnungstür hinter ihm zufiel.

»Was ist los, Mutti? Wer war das?«, flüsterte Jana, als ob er noch immer im Raum stünde, der fremde Gast.

Leonore zog ihre Tochter an sich. »Ein alter Bekannter.« Der sich hoffentlich nie wieder blicken ließ.

Jost. Das musste Jost gewesen sein. Sie war sich zu hundert Prozent sicher.

Leonore saß an ihrem Schreibtisch, das Radio lief, aber sie hörte längst nicht mehr hin. Der Treuhandchef war ermordet worden, erschossen, in seinem Haus in Bonn. Am Ostersonntag, kurz vor Mitternacht. Von einem offenbar geübten Schützen, der sein Opfer mit einem einzigen Schuss erledigt hatte. Aus sechzig Metern Entfernung, durch eines der Fenster im ersten Stock, die nicht, wie im Erdgeschoss, mit Panzerglas gesichert waren. Man hatte ein Bekennerschreiben gefunden, gezeichnet von einem »Kommando Ulrich Wessel«, mit den üblichen Phrasen: Die DDR sei annektiert und plattgemacht worden, eine Kolonie der BRD, der Haupttäter die Treuhandanstalt. Also ihr Chef.

Ein Schuss. Volltreffer.

Sie spürte, wie die Muskelfasern in ihren Oberschenkeln zu zittern begannen. Warum war Jost bei ihr gewesen? Wann würde die Kripo wieder vor der Wohnungstür stehen, um sie zu befragen? Sie hockte sich aufs Sofa, wickelte sich in die weiche Decke und fror trotzdem. Aus Janas Zimmer drang leise Musik, das beruhigte sie ein wenig. Das Mädchen sollte nicht mitkriegen, wie aufgelöst sie war.

Als Alexander zurückkam, hätte sie sich am liebsten in seine Arme geworfen. Sie brauchte Trost. Aber war ihr Mann der Richtige dafür? Wer war er? Einer, der seine Eltern schützen wollte – oder einer, der alles und alle verriet, auch Frau und Kind?

»Was ist los?« Er setzte sich zu ihr aufs Sofa.

Wie gerne hätte sie sich an ihn gelehnt!

»Jetzt sag schon!«

Leonore atmete tief ein und wieder aus. Sie musste es ihm erzählen. Sie musste es irgendjemandem erzählen. »Erinnerst du dich, dass mir damals beim Studium in Münster die Papiere geklaut wurden?«

Alexander nahm ihre Hände. »Ganz ruhig. Natürlich erinnere ich mich, du hast mir oft genug von diesem Schuft erzählt.«

»Er war hier, am Freitag.«

Alexander rückte ein wenig zur Seite. »Was? Wieso? Was wollte er von dir?«

»Das weiß ich eben nicht.« Sie versuchte, das Gespräch mit Jost zusammenzufassen. »Jedenfalls wollte er nach Bonn fahren. Und jetzt ist der Treuhandchef tot.«

»Ermordet? Die RAF?«

»Ja. Sie haben ihn hingerichtet, mit einem einzigen Schuss. Es gibt ein Bekennerschreiben, der übliche linksradikale Sermon.«

»Und du glaubst, dass dieser Jost dahintersteckt?«

Leonore hörte ihm an, dass er daran zweifelte, und wünschte, sie könnte seine Zweifel teilen. »Er hat ähnliche Formulierungen benutzt wie in diesem Bekennerschreiben. Und er hat damit angegeben, dass die Stasi ihn als Scharfschützen ausgebildet hat.«

Alexander schüttelte den Kopf. »Die RAF-Leute, die sich in der DDR verkrochen hatten, sind schon vor einem Jahr aufgeflogen. Verhaftet von der DDR-Polizei. Ich glaube kaum, dass sie ausgerechnet deinen Jost verschont haben.«

»Er ist nicht mein Jost!«

»Natürlich nicht, reg dich ab! Ich meine nur: Die DDR gibt es nicht mehr und die Stasi auch nicht. Wer soll denn ein Interesse an diesem Mord haben?«

Leonore verstummte.

»Ich mache mir Sorgen um dich, Liebes.« Alexander stand auf, ging zu ihrem Schreibtisch, nahm ein Blatt des Manuskripts auf, an dem sie arbeitete, legte es wieder hin. Seufzte. »Du weißt: Beim ersten Anzeichen von Verfolgungswahn ...«

»... steckst du mich in die Klapsmühle. Schon klar.« Sie zwang sich, ruhig zu atmen, ruhig zu bleiben, nicht zu schreien.

Das war es, was er seit ihrem Zusammenbruch immer und ewig gegen sie in der Hand haben würde: die Drohung mit der Psychiatrie. Aber sie wollte nicht nachgeben, diesmal nicht. Sie musste endlich wissen, ob sie beide noch eine gemeinsame Zukunft hatten.

»Jost wusste, dass ich keine Kinder bekommen kann. Woher wusste er das, Alexander? Woher?« Sie flüsterte fast.

»Von dir, nehme ich an.« Er drehte ihr den Rücken zu.

»Alexander! Ich habe das doch erst erfahren, als wir beide längst zusammen waren.«

»Bist du sicher, Leo? Manchmal bringst du die Dinge durcheinander, das kennen wir doch.«

Nein, sie hatte nichts durcheinandergebracht. Und Alexander wusste das. Er versuchte, von sich abzulenken.

»Kann es sein, dass du diese Information in einem deiner harmlosen Stimmungsberichte verwurstet hast?« Sie wollte sarkastisch klingen, aber ihre Stimme zitterte.

Er drehte sich um. »Willst du mir jetzt dauernd mit etwas kommen, das ich dir in einer Bierlaune anvertraut habe? Es war alles harmlos, ich wollte meinen Eltern helfen, und wenn du mir einen Strick daraus drehen willst, dann ...«

»Dann?«

Alexander schüttelte den Kopf, machte eine wegwerfende Handbewegung und verließ das Zimmer. Ein paar Minuten später hörte Leo, wie die Wohnungstür hinter ihm zufiel.

Jana

Max empfing seine Frau im Flur.

»Ich hätte dich chauffieren sollen«, sagte er und nahm ihr den Mantel ab.

Jana gab ihm einen Kuss. »Du bist ein Schatz. Aber es war eine ruhige Fahrt. Wenig Verkehr. Haben die Zwillinge sich benommen?«

»Keine Ahnung. Sie haben sich angenehmerweise den ganzen Tag nicht blicken lassen, hatten abends Hunger wie die Wölfe und sind längst in ihrer Höhle.«

Jana ließ sich im Wohnzimmer in ihren Sessel fallen, streckte die Beine von sich und erlaubte Max, ihr die Schuhe auszuziehen.

»Magst du erzählen?«, fragte er nach einer Weile.

»Was willst du wissen? Das Dorf ist hübsch, sein Haus ist perfekt renoviert, es liegt am Wasser und hat einen eigenen Bootssteg.«

Max lächelte, nahm ihren linken Fuß in seine Hände und massierte ihn. »Wenn du mir jetzt noch die Inneneinrichtung schildern würdest ...«

»Sie haben einen Hund. Seine Frau ist angenehm. Sie sieht auch noch gut aus.«

»Na, das ist ja schon viel konkreter.«

Er nahm sich ihren rechten Fuß vor. Sie schaute ihm zu. Ja, sie hatte Glück mit ihm. Max war groß und schlank und blond, hatte die treuesten braunen Augen und einen klaren

Verstand. Möglich, dass es auch andere Frauen gab, aber das spielte keine Rolle. Sie beide teilten mehr als das Bett.

»Danke für die heilenden Hände«, murmelte sie. »Das tut verdammt gut.«

Er beugte sich vor und küsste sie sanft auf die Lippen. »Stets zu Diensten.«

»Ehrlich gesagt: Die Fahrt war ein Reinfall. Alexander hat zwei Schlaganfälle hinter sich und war nicht ansprechbar.«

»Das tut mir leid«, sagte Max, »er war doch immerhin dein Vater, ich kann mir vorstellen, dass du …« Er brach ab.

»Schon gut, ich weiß ja, dass du nichts davon hältst, vom Wühlen im Staub der Geschichte.« Er sah so schuldbewusst aus, dass sie lächeln musste. »Und wahrscheinlich hätte er mir die meisten Fragen sowieso nicht beantworten können.«

Ihr Stolz verbot ihr, ihm zu gestehen, wie enttäuschend die Fahrt wirklich gewesen war.

Hinter Bremen war sie von der Autobahn abgefahren und hatte in einem Autohof eine Bockwurst mit Kartoffelsalat gegessen. Danach hatte sie den Briefumschlag geöffnet, den Alexanders Frau ihr in die Hand gedrückt hatte. Was war ihm so wichtig gewesen, dass er es ihr hatte geben wollen?

Sie hatte den Packen Papier herausgezogen. Auf dem Deckblatt stand: »Leonore Seidensticker: Die Geschichte meines Großvaters Hugo Hegewald, geboren am 5. März 1900 in Stendal.«

Teil 2

Geschichte wird gemacht,
es geht voran!

Clara

I

2. Juni 1991

»Lieber Holger,

ich hoffe, dass Du Dich nicht allzu ungern an mich erinnerst. Ich weiß, es war unverzeihlich, dass ich einfach so verschwunden bin, damals. Es gab Gründe. Aber die tun im Moment nichts zur Sache.

Unsere Begegnung war das reine Glück für mich. Sie blieb nicht ohne Folgen. Holger, Du hast eine Tochter, und es kann sein, dass sie Dich braucht. Sie hat den einzigen Menschen verloren, der ihr etwas bedeutete. Bitte kümmere Dich um sie. Tu es nicht für mich, tu es für Dich. Und für sie. Für Jana.«

II

Berlin, 1976

Holger war in den Plänen des Ministeriums für Staatssicherheit nicht vorgesehen gewesen. Und in Claras Leben auch nicht. Nie hätte sie sich eine solche Pflichtvergessenheit zugetraut. Man stellte seine Gefühle nicht vor die Sache. Die Partei und ihr Schwert und Schild kamen zuerst, immer. Und dann kam ganz lange gar nichts. Dieser feste Glaube hatte achtzehn Jahre lang ihr Leben bestimmt.

Clara war als stolzer Bürger der Hauptstadt der DDR aufgewachsen und eben dreizehn geworden, als sie ihre Verpflichtungserklärung verfasste, mit dem Schulfüllfederhalter, ein treu ergebener Thälmannpionier mit Pferdeschwanz und Brille. »Ich, Clara Pinkus, verpflichte mich aus freiem Willen, das MfS bei seinen Aufgaben zum Schutz unserer sozialistischen Errungenschaften zu unterstützen. Wegen meiner festen politischen Überzeugung und weil man unsere Feinde bekämpfen und unschädlich machen muss. Berlin, 1. Mai 1958.« Sie hatte am Küchentisch in der Wohnung von Irmgard gesessen, bei der sie abgestellt wurde, wenn ihre Mutter in irgendwelchen geheimnisvollen Angelegenheiten unterwegs war. In der Ecke am Buffet lehnte ein Mann, den Irmgard geradezu anhimmelte. Er war ein hohes Tier bei der Hauptverwaltung A des MfS und hieß Hans Stahl.

Es war Irmgard gewesen, die ihr die Idee nahebrachte, als sie einmal in aller Naivität gefragt hatte, was sie denn tun könne für den Sozialismus: »Du kannst die Genossen des MfS in ihrem Kampf gegen den Imperialismus unterstützen.« Das klang so großartig, dass sie erst gar nicht glauben konnte, dass auch sie für diese enorme Aufgabe infrage kam.

Irmgard war in die SED-Kreisleitung gewählt worden, sie war eine besonders zuverlässige Genossin, linientreu bis in die Haarspitzen. Ganz anders als Claras Mutter Helene.

Clara war gründlich und organisiert, überzeugt und diszipliniert. Ihrer Mutter, fand sie, fehlte die Ernsthaftigkeit, die Begeisterung für die große Sache. Sie war verträumt. Sie lachte über das, was in der Zeitung stand. Sie war – unzuverlässig.

Eines Tages war sie mit einer Westfrisur zu Hause aufgekreuzt, die wie ein riesiger gelackter Helm aussah, »Bienenkorb« nannte sich das. Und sie roch – nach Zigarettenrauch und Haarspray. Sie war geschminkt. Helene sah wie auf einem Foto in der »Constanze« aus, eine bunte Illustrierte, die bei Irmgard herumgelegen hatte. Clara hatte mit einer Mischung aus Neugier und Abscheu in dem Heft geblättert, bis Irmgard es ihr aus der Hand nahm, als ob es aus dem Giftschrank käme. Kam es ja auch – nämlich aus dem Westen. »Das ist nichts für dich«, hatte Irmgard gesagt, »das gehört zu meiner Arbeit.« Westdeutsche Frauenzeitschriften waren Arbeit? Damals wunderte sie sich über diese Antwort nicht.

Als Irmgard sie eines Tages lobte und meinte, sie sei so ganz anders als ihre Mutter, nahm Clara das als Kompliment, ja, sie begeisterte sich eine Zeitlang sogar für die Idee, dass Helene gar nicht ihre richtige Mutter sei, und phantasierte sich eine Heldin der Sowjetunion herbei und einen stolzen Rotarmisten als Vater.

Ihr Anker wurde Hans Stahl, ihr Führungsoffizier, der sie ausbildete, ihr Panzerkreuzer war das MfS. Sie hatte sich ihrer Mutter überlegen gefühlt, war sich stärker und mächtiger vorgekommen. Sie hatte sogar über sie berichtet. Und nun, achtzehn Jahre später, war sie nicht viel besser als Helene Pinkus.

Es war Hans Stahl, der sie drängte, sich etwas »normaler« zu geben, als sie aus Moskau zurückgekommen war. »Ich weiß, dass du eine gute Marxistin-Leninistin und eine prinzipientreue Genossin bist, Clara«, hatte er gesagt. »Mir musst du nichts mehr beweisen. Aber du darfst den Kontakt zu den Menschen nicht verlieren.«

Die Menschen, an deren Ungenügen sie sich täglich aufrieb! Er hatte ihr dabei geholfen, eine Stelle beim Akademie-Verlag zu finden, wo sie Bücher aus dem Russischen übersetzte. Sie mochte die Arbeit. Was ihr weniger gefiel, waren die geschwätzigen Kolleginnen.

»Hör auf, die gestrenge Parteisoldatin zu geben, Clara«, antwortete Stahl, als sie sich darüber beklagte. »Du darfst nicht anders sein wollen als sie, du musst dich in der Masse wie ein Fisch im Wasser bewegen.«

Er musterte sie, das blaue Kostüm, das streng hochgesteckte Haar. »Zieh mal etwas anderes an. Einen Nicki, eine Hose. Mach was mit deinen Haaren. Schmink dich. Sei wie sie.«

Sie widersprach. »Ich bin jetzt dreißig Jahre alt und habe mein ganzes Leben damit zugebracht, nicht zu sein wie sie«, antwortete sie.

Er nahm sie in die Arme, ganz so, als ob sie noch ein kleines Mädchen wäre. »Das ist dir ja auch gelungen«, sagte er sanft. »Doch wer verdeckt arbeiten will, muss lernen, sich seiner Umgebung anzupassen. Misch dich unter sie. Hör ihnen zu. Schreib auf, was sie sagen. Achte auf potenzielle Republikflüchtlinge.«

Es handelte sich also um eine politisch relevante Aufgabe. Das beschwichtigte sie.

Sie begann, sich zu verkleiden – so jedenfalls empfand sie das zu Anfang. Sie ging mit den geschwätzigen Frauen aus ihrer und den anderen Abteilungen mittags zum Essen. Mittlerweile wurde sie sogar eingeladen, auf ein Geburtstagsfest oder zu einer Gartenparty. Wie in diesem glutheißen Sommer 1976.

Die Feier fand in einer Datsche mit großem Garten in Ferch am Schwielowsee statt. Vor dem Gelände standen blitzblank polierte Wartburgs und Trabis. Die Gäste, die sich auf dem Rasen versammelt hatten, waren schick angezogen, es gab viele hellbraune Kordhosen und blumige Sommerkleider, die Frauen trugen dezentes Make-up und gepflegte Frisuren, die Männer Sonnenbrillen und Haare bis zum Hemdkragen.

Clara, die mit der Bahn gekommen war, sah die zur Schau gestellte Wohlhabenheit mit einem lachenden und einem weinenden Auge. Ja, die werktätige Bevölkerung der DDR hatte wirklich keinen Grund zum Klagen, der Sozialismus hatte Wohlstand geschaffen. Doch ihr gefiel die spürbare Selbstgefälligkeit nicht. Es war noch viel zu tun, bis der Sozialismus umfassend siegen konnte. Man durfte nicht nachlassen im Kampf um die Sache.

Sie versuchte, sich möglichst unauffällig hineinzuschmuggeln, um der Gastgeberin ihr Päckchen zu übergeben. Sie hatte für Monika, eine Kollegin aus dem Lektorat, die ihren vierundreißigsten Geburtstag feierte, Goethes »Reineke Fuchs« eingepackt. Wahrscheinlich war das spießig, die anderen hatten sicher lustigere Einfälle gehabt.

»Clara!« Da war Monika schon, in einem weißen Leinenkleid mit altmodischer Spitze am Saum. Selbstgenäht. »Wie schön! Komm zu uns.« Ein lächelnder blond gelockter Knabe näherte sich mit einem Tablett, auf dem gefüllte Gläser standen. »Das ist Maik, unser Ältester«, sagte Monika und fuhr dem Jungen durchs Haar. Clara sagte »Guten Tag, Maik« und nahm ein Glas vom Tablett. Bevor sie trank, steckte sie die Nase ins Glas, das hatte Hans Stahl ihr beigebracht. Eigentlich mochte sie überhaupt keinen Alkohol, seit ihrem Studium in Moskau, wo der Wodka in Strömen geflossen war. Aber auch das hatte sie lernen müssen. »Wein ist kein Alkohol, sondern ein Kulturgut«, hatte Stahl streng erklärt und ihr etwas über die unterschiedlichen Rebsorten und Anbaugebiete erzählt. Sie prostete Monika zu, die sie beim Ellenbogen nahm und weiterzog.

»Das ist Clara, Martin«, sagte Monika zu einem schmalen Mann mit dünnem mausbraunem Haar. »Martin ist Ingenieur für Bauwesen. Sie untersuchen an der Ingenieurhochschule Cottbus, wie man Flugaschen als Ersatz für Zement einsetzen kann.«

»Oh, das ist großartig«, sagte Clara und sah am erstaunten Gesichtsausdruck des Mannes, dass er derlei wohl selten zu hören bekam. Dabei war ihre Anerkennung ganz und gar ehrlich gemeint, es konnte doch kaum etwas wichtiger sein für die Bauindustrie in der DDR, die unter ständigem Mangel an Baustoffen litt.

Monika zog sie weiter zu einer Frau im roten ärmellosen Kleid, das ein bisschen zu kurz für ihre Figur war. »Das ist Karin, EDV-Spezialist im Krankenhaus.« Und so ging das weiter. Hier war die Elite der DDR versammelt. Nur einer sah ein wenig anders aus als die Martins und Karins. »Das ist Holger, Möbeltischler, er hat mir einen Schrank gebaut, der genau in eine Nische in meinem Schlafzimmer passt, also maßgeschneidert.«

»PGH Möbelbauer Ahrensfelde, gnädige Frau«, sagte der Mann, der Jeans und ein kariertes Hemd trug und sich schelmisch verneigte. »Ich baue jeder Frau den Schrank oder das Bett ihrer Träume.« Clara fand das albern und musste dennoch lachen. Er drückte ihre Hand, fest, viel fester als die anderen, voller Wärme. Wie ein Versprechen.

Clara machte ihre Runde durch den Garten, nickte hierhin und dorthin, lächelte, sagte: »Wie schön, dass das Wetter mitspielt«, und hörte den Stimmen um sie herum nur mit halbem Ohr zu. Alle anderen Sinne waren auf den Mann gerichtet, der ihr nicht von der Seite wich. Holger hatte gar nichts von den bleichen Kollegen im Verlag, nichts von dem humorlosen Ernst, der im MfS vorherrschte. Er bewegte sich irgendwie schwerelos, dabei war er nicht dünn, eher kompakt, kraftvoll, muskulös. Und er war endlich mal einer, der so groß war wie sie.

Sie landeten irgendwann auf einer Bank in der hintersten Ecke des Gartens, dort, wo die Himbeerbüsche standen, und redeten. Worüber? Sie erinnerte sich später nicht mehr daran, nur an seine Hände und seinen Mund und das Gefühl, sich im Wärmestrom seines Körpers zu verlieren.

Am Montag vor der Konferenz begrüßte Monika sie neckisch lächelnd. »Der hat dir wohl gefallen, unser Tischler? Ihr wart ja unzertrennlich!«

»Er wird mir zwei Bücherregale bauen, darauf freue ich mich schon!«, antwortete Clara und tat unbefangen. »Außerdem ist er ein netter Kerl.«

»Stimmt. Aber ich hätte nie gedacht, dass ...« Sie beendete den Satz nicht, weil der Abteilungsleiter hereingekommen war. Aber Clara ahnte, was sie hatte sagen wollen: dass sie, die im Verlag als prüde und eigenbrötlerisch galt, sich für einen Mann begeistern könnte, der sich für die korrekte Auslegung des Marxismus-Leninismus bestimmt nicht die Bohne interessierte.

Sie trafen sich noch am selben Abend in seiner Werkstatt. Er zeigte ihr eine Kommode, an der er arbeitete, er streichelte das Holz, strich über seine Maserung, liebkoste es. Und so hielt er es auch mit ihr, danach, in einem Hinterzimmer der Werkstatt, in dem es nach Holz roch und nach Leinöl. »Du bist wie kostbares Rosenholz«, murmelte er, als seine großen warmen Hände sie erforschten.

Stets war Clara Pinkus eine aufrechte Genossin gewesen, streng zu sich und zu anderen. Kostbar hatte sie noch nie jemand genannt.

Holger schien sich nicht darüber zu wundern, dass sie sich nur heimlich mit ihm treffen wollte. »Ich mag es nicht, wenn Monika über mich klatscht. Sie halten mich beim Verlag für eine eiserne Jungfrau«, war ihre Erklärung. Es schmeichelte ihr, dass er darüber lachte. Doch vor allem wollte sie nicht, dass Hans Stahl von einem Möbelbauer namens Holger Hanusch erfuhr. Er war imstande, ihm zu schaden.

Die Geheimniskrämerei verstärkte die Sehnsucht und steigerte ihre Lust. Einmal gingen sie beide ins Theater, in die Volksbühne, zu »Wie es euch gefällt«. Sie gingen nicht zusammen, und sie saßen auch nicht nebeneinander, sie taten, als ob sie einander nie begegnet wären. Es machte Clara halb wahnsinnig, in der Pause an ihm vorbeizugehen, ihn zu streifen, mit dem Arm, mit der Hüfte, ohne ihn anzusehen, seine Wärme zu spüren und seinen Duft zu riechen. Nach der Vorstellung trafen sie sich im Hinterhof eines abbruchreifen Hauses und fielen übereinander her, gierig und kunstlos.

Ein anderes Mal fuhr Clara direkt nach der Arbeit zu ihm. Sie hatte keine Zeit mehr gehabt, nach Hause zu gehen und sich umzuziehen. Doch das strenge Kostüm und die Hochsteckfrisur schienen ihn erst recht zu reizen. Sie musste sich vor ihn hinstellen, aus den Schuhen und den Strümpfen und der Unterhose schlüpfen und ihren Rock hochziehen. Er achtete sorgfältig darauf, dass ihre Frisur unberührt und ihr Jackett zugeknöpft blieb. Auf alles andere nahm er nicht die geringste Rücksicht.

Woher wusste er nur, dass sie ihre Fassade aufrechterhalten musste?

Dass ihr Verstand eines Mannes wegen aussetzte, hätte sie nie für möglich gehalten. Natürlich hatte es Männerbekanntschaften gegeben in ihrem Leben, sie war mit dem einen oder anderen ins Bett gegangen, man war ja nicht verklemmt. Doch mit keinem war es so gewesen wie mit Holger.

Sie trafen sich hier und dort, viel zu selten, viel zu oft, lachten, liebten sich, betranken sich aneinander und mit Wein. Sie lagen auf einer Lichtung, und er sprach über die Bäume um sie herum, als ob es gute Bekannte wären. Er las ihr Rilke vor, sie las ihm seine Zukunft aus der Hand. Mit ihm war sie das, was sie bis dato nie hatte sein können: unschuldig. Unwissend. Die Welt anschauend ohne Weltanschauung. Subjektivistisch. Hedonistisch. All das, was eine sozialistische Persönlichkeit nicht sein und nicht tun durfte.

Nur einmal wurde es in diesem unfassbar heißen Sommer plötzlich kühl. An einem Sonntag. Am 22. August.

»Pfarrer Brüsewitz ist tot.« Sie waren an den Haussee bei Werneuchen gefahren, Holger hatte sie ungewohnt ernst begrüßt und während der Fahrt geschwiegen. So kannte sie ihn gar nicht. Sie breiteten ihre Handtücher aus und setzten sich, doch Clara wusste nicht, was sie sagen sollte. Oskar Brüsewitz hatte vor vier Tagen in Zeitz auf dem Dach seines Autos zwei Plakate befestigt, sich vor die Michaeliskirche gestellt, mit Benzin übergossen und angezündet. Auf den Plakaten stand so etwas wie »Ich klage den Kommunismus an«, sie erinnerte sich nicht genau.

»Funkspruch an alle«, sagte Holger tonlos.

Genau. Damit hatte der Pfarrer seine Anklage eingeleitet. Nachdem das Westfernsehen berichtet hatte, machte die Geschichte auch in der DDR die Runde. Der Mann war geistig gestört, dachte Clara, ein Querulant, das war ein klarer Fall.

»Hoffentlich haben ihn viele gehört.«

Clara wusste: Was immer sie jetzt sagte, würde den Graben

zwischen ihnen tief aufreißen. Wenn sie ihm widerspräche. Und auch wenn sie etwas sagte, mit dem sie sich selbst widerspräche.

Nach einer Weile legte sie ihre Arme um ihn und drückte ihre Stirn an seine Schulter. Er weinte.

III

Ob Hans Stahl etwas von ihrer Affäre gewusst hatte? Als er sie einmal fragte, was sie in ihrer freien Zeit so treibe, antwortete sie mit strahlendem Lächeln: »Ich bin wie der Fisch im Wasser.« Er kommentierte das nicht. Doch er beendete die Beziehung zu Holger auf seine ganz spezielle Weise – an einem Nachmittag im Februar 1977.

Hans Stahl hatte sie in den einstöckigen Backsteinbungalow in die Oberseestraße beordert, sie kannte den Ort, jedes Mal, wenn sie sich dort trafen, erzählte Hans Stahl, wie stolz er darauf sei, dass der schmucklose Bau von Mies van der Rohe stammte. Sie fand das wenig beeindruckend.

»Wir brauchen Menschen, die in jeder Lebenslage treu und standfest sind.« Ernst und mit tiefer Stimme eröffnete er das Gespräch. Sein Pathos fuhr ihr in den Magen. Hielt er sie etwa nicht für standfest?

»Ich möchte, dass du in den Westen gehst. Du bist zuverlässig. Du lässt dich nicht korrumpieren. Oder?«

War das eine Frage? Seine Augen blitzten spöttisch. Fast hätte sie erbost reagiert, aber er hatte recht: Sie zweifelte ja selbst an sich.

»Es gibt keinen besonderen Auftrag. Nur den einen: Halt die Augen offen.«

Sie wusste nicht, was das bedeutete. In den Westen. Ohne Auftrag. Warum?

»Du wirst alle Brücken hinter dir abbrechen. Es gibt keinen Kontakt mehr, nicht zu mir und vor allem nicht zu deiner Mutter. Kannst du dir das vorstellen?«

Das würde ihr nicht schwerfallen. Aber was war mit Holger?

Stahl musterte sie, er schien ihr Zögern zu spüren, ihre Unsicherheit. »Unterschätze die Mission nicht. Sie wird dir viel Geduld abverlangen.«

Von allen Gedanken, die ihr durch den Kopf schossen, war einer der allerdrängendste: Sie würde Holger verlieren.

»Wie lange ... wie lange muss ich im Westen bleiben?«

Hans Stahl schüttelte den Kopf. »Das ist die falsche Frage, Clara. Die Lage ist die folgende: Wie Genosse Walter Ulbricht schon vor Jahren eingeschätzt hat, wird es zu einer wachsenden Kooperation der DDR mit der BRD kommen, ja vielleicht sogar zu einer Konföderation.«

Konföderation mit dem Klassenfeind? Unmöglich.

»Es ist nicht ausgeschlossen, dass es irgendwann zu einer Vereinigung beider deutscher Staaten kommt.«

Er sprach von einem Ende der BRD. Nicht von einem Ende der DDR, oder?

»Kurz: Wir brauchen ein paar besonders zuverlässige Genossen, die im Falle einer Vereinigung an der richtigen Stelle sind und die Dinge in unserem Sinn beeinflussen können.«

Welche Dinge sollte sie wie und in welchem Sinn beeinflussen? Wo könnte die richtige Stelle dafür sein?

»Wann?«, fragte sie schließlich. Sie wusste, dass sie diese Aufgabe annehmen sollte wie einen Orden. Doch sie war das erste Mal in ihrem Leben nicht mehr allzeit bereit.

Obwohl sie ihre Legende wasserdicht machen und sich in all das Material einarbeiten musste, das sie für Stahls Plan vorbereiten sollte, traf sich Clara so oft wie möglich mit Holger. Er musste etwas gespürt haben, denn eines Tages lag ein Brief von ihm auf ihrem Schreibtisch im Büro. »Es spiegeln die verblichenen Tapeten das ungewisse Licht von Nachmittagen, in denen man sich fürchtete als Kind. Rainer Maria Rilke.« Die Worte und seine Schrift ließen sie frösteln.

Er ist ein süßes Gift, von dem du dich entwöhnen musst, redete sie sich ein. Aber nicht jetzt. Nicht sofort. Später.

Und eines Tages war es später.

IV

Hoheneck

Ihre Legende hatte lückenlos zu sein. Sie musste ins Gefängnis gehen, damit die Bundesrepublik sie freikaufen konnte. Am 2. April 1977 lieferte man Clara unter dem Namen Gisela Hegewald ins Frauengefängnis Hoheneck ein.

Sie hatte immer klare Vorstellungen von Gefängnissen gehabt. Funktionierende Gesellschaften brauchten Mittel und Wege, um sich vor zerstörerischen Elementen zu schützen. Gefängnisse waren unumgänglich, solange der neue Mensch in der Minderheit war. So hatte sie das immer schon gesehen, da war sie nüchtern bis auf die Knochen. Zumal in der sozialistischen Gesellschaft die menschenwürdige Behandlung von inhaftierten Personen selbstverständlich war. So hatte sie das gelernt.

Deshalb fürchtete sie sich nicht vor dem Frauengefängnis Hoheneck. Sie merkte bald, dass das falsch war. Doch nicht das Leben in einer überfüllten Zelle ließ sie nachts nicht schlafen. Es war die Sehnsucht nach Holger, die ihr körperliche Schmerzen bereitete. Sie redete sich ein, dass es sich lediglich um einen chemischen Vorgang handelte, um Entzugserscheinungen nach einer Überdosis. Erst nach Wochen tat es weniger weh, sie begann, ihre Umgebung wieder wahrzunehmen – und die Frauen, mit denen sie vierundzwanzig Stunden am Tag verbrachte.

Sich wie eine der Politischen zu verhalten, würde schwierig werden, hatte sie gedacht. An staatsfeindlicher Hetze konnte sie sich schlecht beteiligen, sie würde sich zu schnell verraten. Also versuchte sie, sich an die anderen Frauen zu halten: an die »Krimis«, die »Langstrafer«. Etwa an Hanne. Die sah aus wie eine liebe Oma, die ein bisschen schusselig war, sie drückte jede an ihren Busen, die Trost brauchte. Nur diskutieren durfte man mit ihr nicht. Vor allem verstand sie nicht, warum die Politischen das Risiko eingegangen waren, hier zu landen. »Im Kapitalismus geht's euch auch nicht besser!« Sie saß lebenslänglich, nach dem Grund dafür durfte man sie nicht fragen. Doch eine Zellengenossin hatte Clara schon in den ersten Tagen gesteckt, dass Hanne wegen Mordes verurteilt war. Sie hatte ihren kleinen Sohn aus dem Fenster fallen lassen, »im Suff«, raunte sie, »das muss man sich mal vorstellen.«

Hanne war die Verwahrraumälteste und hatte darauf zu achten, dass die anderen sich an die Regeln hielten. Im Schrank mussten Wäsche und Hemden und Pullover präzise gefaltet und straff auf Kante liegen. Beim Bettenbau waren keine Falten erlaubt. Außerdem verteilte Hanne die Arbeit, und unter Garantie schrieb sie auch Berichte. Die penible Einhaltung von Ordnung und Sauberkeit schien ihrem Leben einen Sinn zu geben, aber da sie niemanden terrorisierte, taten alle ihr den Gefallen, einige sicher aus Angst, andere, damit sie ihre Ruhe hatten.

Karly hatte Clara zuerst weit unangenehmer gefunden. Eine Asoziale. Lesbisch. Die kleine schmale Frau mit den kurzen blonden Haaren war Veteranin, sie hatte bereits siebzehn Jahre hier verbracht, ein halbes Leben. Wenn man sie nicht provozierte, war sie umgänglich. Auf jeden Fall wirkte sie überlebensfähiger als Edith, einst »Prosti«, wie man im Knast sagte, also Prostituierte, eine blasse, stets zusammengekrümmte Frau, Mutter von fünf Kindern. Die waren ihr weggenommen und zur Adoption freigegeben worden, der Schmerz darüber hatte sie beinahe zum Verschwinden gebracht.

Der Kontakt zu den Politischen ließ sich auf Dauer nicht verhindern. Die Zelle war überbelegt, vier doppelstöckige Betten standen in dem dunklen, feuchten Raum, manchmal schlief noch jemand in dem schmalen Gang zwischen den Betten, auf dem Boden. Der Waschraum lag zwischen zwei Zellen, man musste ihn sich mit den Frauen in der Nachbarzelle teilen. Dort standen zwei lange Waschtröge aus Beton, darüber eine Wasserleitung mit mehreren Hähnen, warmes Wasser gab es nur ab und an. Dazu zwei Klos für oft mehr als sechzehn Personen. Noch nicht mal beim Scheißen war man allein.

Die Zelle roch muffig, nach ranzigem Bohnerwachs oder Ähnlichem, es gab nur zwei kleine vergitterte Fenster, durch die man nichts sah. Und immer klapperte irgendwo etwas, wenn der Wind durch das alte Gemäuer pfiff. Clara träumte schlecht, von gespenstischen weißen Frauen, die stöhnend durch dunkle Gänge liefen.

In einer Freistunde nach dem Essen ließ sie sich auf ein Gespräch mit Sigrid und Petra ein. Politische. Beide »RF« – Republikflüchtige. Sie lachten, als Clara ihnen erzählte, warum sie hier war: »Wegen so einer Kleinigkeit?« Das war eigentlich beleidigend. Dabei hatten die beiden recht: Asoziales Rowdytum und staatsfeindliche Hetze waren unbedeutend im Vergleich zu Kindesmord – oder zu einem derart riskanten Unterfangen wie versuchter Republikflucht. Eigentlich gehörten die beiden mit ihrer Intelligenz und ihrem Wagemut zu genau jenen Menschen, die man brauchte im Sozialismus. Warum hatte es niemand verstanden, sie für die große Sache zu gewinnen? Als Clara merkte, dass sie die beiden ein wenig bewunderte, zog sie sich zurück. Das wäre der erste Schritt in die falsche Richtung.

Sie versuchte, sich unauffällig in den Gefängnisalltag einzufügen. Es gab viel zu tun. Sie musste Strumpfhosen nähen, was erheblich einfacher war, als bei ELMO zu arbeiten: Im Betriebsteil des VEB Elektromotoren Grünhain wurden Rohteile für Elektromotoren weiterverarbeitet. Karly hatte sich freiwillig für ELMO gemeldet. Sie bekam mehr Geld und erheblich bessere Verpflegung, und vor allem durfte sie jeden Abend duschen.

Das Essen war ein Witz. Am schlimmsten war »Tote Oma«, gern auch »Unfall« genannt: eine Pampe aus Blutwurst. Der Speisesaal war gekachelt wie eine Schlachterei, man saß auf Holzbänken vor langen Tischen. Anstellen, essen, Geschirr abwaschen: Das alles hatte in fünfzehn Minuten stattzufinden. Clara aß nur, wenn der Hunger sie dazu zwang.

Dennoch nahm sie zu. Es war Edith, die das als Erste kommentierte.

»Du bist schwanger.«

»Ach was.« Clara wusste ja, dass Edith nur ein Thema kannte: ihre Kinder, die sie nie wiedersehen würde.

»Sie werden dir das Kind wegnehmen«, sagte die blasse Frau, man hörte ihr an, dass sie gleich weinen würde. »Sie werden es dir noch nicht einmal zeigen, nachdem sie es dir aus dem Leib gezogen haben. Sie stecken es ins Heim. Und dann kommen zwei verdiente Genossen und adoptieren es.«

Das würde Clara nie zulassen. Wenn es denn so wäre. Wenn sie tatsächlich schwanger war von Holger.

Irgendwann war es nicht mehr zu übersehen. Irgendwann wussten es alle. Clara schlief schlecht, wachte immer wieder auf, geplagt von Albträumen. Was würde man mit ihr machen?

Als sie eines Morgens von der Wachtel aus der Zelle geholt wurde, fürchtete sie das Schlimmste. Doch in dem kahlen Raum, in den man sie führte, leer bis auf einen Tisch und zwei Stühle, wartete ein Besucher: Hans Stahl, entgegen allen konspirativen Regeln.

»Clara, wie konntest du bloß so leichtsinnig sein? Es ist egal, mit wem du ins Bett gehst, aber du hättest nicht schwanger werden dürfen.« Sie hatte Stahl noch nie so zornig erlebt. »Ich dachte, du hättest mehr Hirn als andere.«

Sie senkte den Kopf.

»Wir haben Zeit und Geld in die Vorbereitung gesteckt, deine Ausbildung war ungemein aufwendig, dafür bist du uns etwas schuldig.«

Sie hob den Kopf. »Ich weiß, was ich meinem Land schuldig bin.«

»Das will ich hoffen. Für eine Abtreibung ist es zu spät. Du musst das Kind zur Adoption freigeben.«

»Nein.« Sie sah ihm in die Augen, in diese unergründlichen braunen Augen, die so sanft dreinblicken konnten und jetzt so hart wirkten.

»Clara, deine Mission ist riskant. Ein Kind ist eine Belastung. Und im Falle des Falles bist du eine Belastung für das Kind.«

»Nein.« Das war alles, was er von ihr hören würde. Kein Bitten, kein Betteln.

»Wer ist überhaupt der Vater? Hätte der Kerl nicht aufpassen können?«

Sie schwieg.

»Du enttäuschst mich.« Er senkte die Stimme, eine subtile Drohung, das konnte er gut, sie kannte seine Tricks nach all den Jahren.

Sie gab nicht nach. »Ohne das Kind mache ich nicht mit.«

Hans Stahl besuchte sie nie wieder. Doch sie glaubte fest daran, dass sie sich durchgesetzt hatte.

Jana kam am 22. Oktober zur Welt, in einem Krankenhaus in Stollberg. Die Tage, die Clara dort mit dem Kind verbrachte, waren die glücklichsten ihres Lebens – gleich nach der Zeit mit Holger. Die Trennung von der Kleinen tat entsetzlich weh. Jana würde ins Kinderheim müssen, so lange, bis Claras Knastaufenthalt beendet war. Doch sie würde das Kind alle vier Wochen sehen können. Das brachte einen völlig neuen Rhythmus in ihr Leben: Sie fieberte jedem ersten Mittwoch des Monats entgegen.

V

Der Winter 78/79 ließ sich ruhig an, der Dezember war eher nass als kalt gewesen, noch zwischen den Jahren gab es Plusgrade. Erst am Abend vor Silvester fing es an zu schneien. Das war nicht weiter schlimm, die Heizung funktionierte, und das Essen war nicht schlechter als sonst. Aber es machten Gerüchte die Runde: Die Insel Rügen sei vom Festland abgeschnitten, ganze Dörfer seien im Schnee versunken, das Vieh könne nicht mehr versorgt werden, der Braunkohletagebau sei fast zum Erliegen gekommen, die Stromversorgung sei gefährdet. »Der Winter ist der größte Feind des Sozialismus«, witzelte Sigrid.

»Vergiss Frühling, Sommer und Herbst nicht«, ergänzte Petra.

Im Frühling wurde Clara entlassen.

Sie machten sich gerade einen lustigen Abend, als eine Wachtel die Tür der Zelle aufriss und »Gisela Hegewald« schnarrte.

»Hier!«, rief Clara zackig.

»Sachen packen!«

Sie wagte »Warum?« zu fragen und bekam sogar eine Antwort.

»Sie werden verlegt! Beeilung!«

»Siehste. Hab ich doch gesagt: Im Stasihaus brannte gestern Licht«, zischte Karly.

Sie meinte das Personalgebäude, in dem auch die Räume der Staatssicherheit untergebracht waren. Zwei der Fenster, die zu diesen Räumen gehörten, konnte man vom Zellenhof aus sehen, in dem die Frauen ihre Freistunde verbrachten.

Dort oben wurden die Akten der Häftlinge bearbeitet, die »auf Transport« gehen sollten. Das Gerücht hielt sich hartnäckig, abendliches Licht im Stasihaus bedeute, dass besonders viele Akten fertiggemacht wurden. »Licht im Stasihaus« versetzte alle in einen Zustand der Erregung.

Diesmal hatte es Clara getroffen. Sie durfte raus. Sie durfte endlich zu ihrem Kind.

Die Frauen aus ihrer Zelle umarmten sie, einige weinten. Clara weinte nicht, sie folgte der Wachtel durch lange Gänge hinaus aus Hoheneck. Draußen stand schon ein fensterloser Bus, und mit der humorvollen Bemerkung »Sie werden nach Stück verkauft« verabschiedete sich das Wachpersonal. Es ging nach Karl-Marx-Stadt, ins Stasigefängnis auf dem Kaßberg. Das war die Zwischenstation, bevor es in den Westen ging. Clara hatte sich mit dem Procedere vorher vertraut gemacht, doch im wirklichen Leben sah alles ein wenig anders aus als auf dem Papier.

Der Kaßberg war im Vergleich zu Hoheneck die reine Erholung. Hier gab es nur vier Personen pro Zelle, und auf ihrem Flur, einer Galerie rund um einen Innenhof, waren auch Männer untergebracht – das erste Mal seit beinahe zwei Jahren hörte Clara wieder Männerstimmen.

Die Stimmung war zugleich gespannt und gelöst. Der Kaßberg war ein Gefängnis, ganz offenkundig, und zugleich das Tor zu einer Zukunft in Freiheit. Man konnte allerdings durchaus wieder zurückgeschickt werden in den regulären Knast, ein Moment der Unsicherheit blieb. Doch daran dachte niemand, alle warteten voller Euphorie auf die Weiterreise in den Westen.

Die Rückkehr ins Zivilleben begann in der Effektenkammer. Hier bekam Clara all ihre persönlichen Kleidungsstücke und Wertsachen wieder, die sie bei der Einlieferung in Hoheneck hatte abgeben müssen. Sie hatte nur Rock und Pullover angehabt, keinen Mantel, also schickte man sie einen Stock höher zu einem Verkaufsladen, in dem es alles gab, was man sich vorstellen konnte. Sie bediente sich ohne schlechtes Gewissen, sie musste ja das Buchgeld loswerden, das sie für ihre Arbeit in Hoheneck erhalten hatte.

Wer vor der Reise zum Kaßberg noch Westpakete bekommen hatte, teilte ihren Inhalt großzügig. Viele putzten sich hier das erste Mal in ihrem Leben die Zähne mit Colgate und wuschen sich die Hände mit Fa. Lesen, quatschen, Karten spielen – das war der neue Alltag, drei ganze Wochen lang. »Sie päppeln uns auf, damit wir nicht völlig abgerissen im Westen ankommen«, meinte Frieda, eine Politische.

Lästig waren lediglich die Formulare, die Clara im Büro eines mürrischen Beamten auszufüllen hatte. Dort überraschte sie Hans Stahl. Sie war so froh, ihn zu sehen, dass sie ihn beinahe umarmt hätte.

»Behandeln sie dich gut, liebe Clara?«, fragte er.

Sie hätte beinahe laut gelacht. Sicher, was Gefängnisse betraf, konnte man es schlechter treffen als auf dem Kaßberg. Aber sie wollte raus, wollte endlich Jana wiedersehen.

»Du wirst im Westen alle Chancen haben, denk dran. Und wenn der Zeitpunkt gekommen ist …«

»Woher weiß ich, was der richtige Zeitpunkt ist?«

Er lächelte. »Du wirst schon merken, wann es so weit ist.«

»Und dann?«

»Du wirst wissen, was zu tun ist.«

Nach drei Wochen hielt Clara den Entlassungsschein aus dem Gefängnis und die Entlassungsurkunde aus der DDR in der

Hand. Durch ein Labyrinth von Gängen ging es in einen Hof, wo ein geradezu luxuriöser Bus wartete. Auf der Fahrt weinte selbst sie, als die frisch Entlassenen »Und sitzen wir im Bus nach Gießen, dann ist die Grenze nicht mehr weit« anstimmten, nach der Melodie von »High Noon«.

In der Schlange vor dem Notaufnahmelager Gießen wurde Clara immer unruhiger. Wie würde Jana reagieren? Das Kind hatte seine Mutter ja kaum kennengelernt, wer konnte schon wissen, ob die monatlichen Besuche im Knast irgendeinen tieferen Eindruck hinterlassen hatten? Vielleicht hatte sie zu oft im Gesicht der Kleinen nach Ähnlichkeiten mit Holger gesucht. Vielleicht war sie nicht mütterlich genug gewesen? Dass sie die Kleine überhaupt hatte sehen dürfen, war ein Privileg, über das sie schweigen musste, denn die Kinder der anderen Frauen wurden bald nach der Geburt erst in ein Heim gesteckt und dann zur Adoption freigegeben. Jana war, soweit sie wusste, zuletzt bei Pflegeeltern untergebracht worden. Hatte Stahl sein Versprechen gehalten? Oder würde er sie jetzt, nach der Ausreise, um ihr Kind betrügen?

Je näher sie der Aufnahme kam, desto größer wurden ihre Zweifel. Die Brust wurde ihr eng bei der Vorstellung, Jana nie wiedersehen zu dürfen. Endlich war sie dran. Die Frau am Schalter sah kurz hoch, nachdem sie ihren Entlassungsschein und die Urkunde überprüft hatte. »Wenn Sie bitte kurz zur Seite treten, es holt Sie gleich jemand ab.«

Es kam eine ältere Person, die freundlich lächelte, aber kein Wort sagte. Clara folgte ihr durch einen langen Flur, endlich machten sie vor einer Tür halt. Die Frau öffnete die Tür.

Die Kleine saß auf einem Stühlchen und weinte. Man hatte sie alleingelassen, ein gerade mal eineinhalb Jahre altes Kind! Clara stürzte zu ihr, nahm sie auf den Arm, wiegte sie, flüsterte irgendwelchen Unsinn und fing ebenfalls an zu weinen. Das beruhigte die Kleine seltsamerweise, sie lehnte sich in den Armen ihrer Mutter zurück und patschte ihr mit den Händchen ins Gesicht, bis Clara lachte. »Du bist da«, murmelte sie, »und ich bin da.« Beinahe hätte sie gleich wieder geweint vor lauter Glück.

Was dann folgte, war ernüchternd: Erst mussten beide zum Arzt, zur Routineuntersuchung, doch dann wurden sie auf die Quarantänestation des Notaufnahmelagers verlegt, weil Jana sich die Krätze geholt hatte. Krätze! Man hatte das Kind verwahrlosen lassen. Clara konnte nur mit Mühe ihren Zorn unterdrücken.

Nach Wochen kam Bewegung in ihre Angelegenheit, und die Prozedur begann: erst die Überprüfung durch die Polizei und diverse Geheimdienste, dann die polizeiliche Anmeldung und der Antrag auf Erteilung einer Aufenthaltserlaubnis in der Bundesrepublik. Dass sie bei den Seligers in einer ordentlichen, bürgerlichen Familie unterkommen würde, half gewiss. Die Seligers seien ein Glücksgriff, hatte Hans Stahl behauptet. Margo Seliger habe jahrelang technische Unterlagen und andere wichtige Informationen an das MfS geliefert, weil ihr an Frieden und Völkerverständigung läge. Dort wäre sie gut aufgehoben.

Endlich kam sie mit Jana in Osterholz an. Margo Seliger brachte sich halb um vor lauter Fürsorge, und Henri Seliger ließ sich von der kleinen Jana um den Finger wickeln. Die beiden würden Clara adoptieren, und damit hätte sie in der BRD den perfekten legalen Status. Alles war gut.

Bis eines Tages die Tochter der Seligers auftauchte.

Erst in diesem Moment begriff Clara, warum der Name Seliger ihr vertraut gewesen war. Sie hatte vor unfassbar langer Zeit eine Art Brieffreundschaft mit einem Mädchen namens Leonore Seliger begonnen und bald wieder beendet, Mitte der Sechzigerjahre musste das gewesen sein, vor beinahe fünfzehn Jahren. Sie hatte das Mädchen bei einem Sommercamp in der Pionierrepublik am Werbellinsee kennengelernt und nicht richtig ernstgenommen, Leonore schien sich im Gammlermilieu wohlzufühlen, damit war sie für die Sache verloren.

Das war ein Fehler. Leonore hatte offenbar ein gutes Personengedächtnis. Dabei sah Clara längst nicht mehr so brav aus wie damals, als sie noch Kostüm getragen und die langen Haare hochgesteckt hatte. Sie war dünn geworden, und mit den kurzen Haaren sah sie wie ein Junge aus. Sie erkannte sich selbst kaum wieder.

Sie hatte Leonores Frage nach dem Sommercamp natürlich sofort pariert und mit Geschichten aus Hoheneck vom Thema abgelenkt, das funktionierte immer, es appellierte ans Mitgefühl der Menschen. Die beiden Alten hatten Leonores Bemerkung gar nicht richtig wahrgenommen. Aber konnte man da sicher sein? Nein: Sie durfte kein Risiko eingehen.

Sie verbrachte eine unruhige Nacht. Wusste Hans Stahl von dieser Verbindung zu den Seligers oder hatte er da etwas übersehen? Das wäre ungewöhnlich für einen Mann wie ihn, denn natürlich hatte sie über all ihre Westkontakte stets berichtet, auch der Kontakt mit Leonore Seliger war aktenkundig, und man konnte damit rechnen, dass die Tochter ihre Eltern irgendwann besuchen würde. Oder hatte er Clara extra zu den Seligers geschickt, um sie zu prüfen? Um herauszufinden, ob sie selbst unter Druck das Richtige tat? Und ob man ihr im Dienst an ihrem Land auch das äußerste Opfer abverlangen konnte? Und das war – Jana zu verlieren.

Denn was wäre mit dem Kind, wenn ihre Legende aufflöge?

Aber Stahl ist das Kind doch egal gewesen, er hat sogar von Abtreibung gesprochen!

Eben. Er will, dass ich mich von Jana trenne, dachte sie. Er will, dass ich streng gegen mich selbst bin. Dass ich die Sache vor meine Gefühle stelle. Und damit hat er recht.

Lange betrachtete sie Jana, die in ihrem Bettchen lag und schlief. Ja, sie musste das größte Opfer bringen. Und sie musste dafür sorgen, dass ihr Kind nicht in Gefahr geriet. Bei den Seligers war Jana gut aufgehoben. In den frühen Morgenstunden küsste sie ihre schlafende Tochter auf die Stirn und verließ das Haus.

VI

Frankfurt am Main

»Ich heiße Gila.« Das war der erstbeste Name, der ihr eingefallen war, jedenfalls kam er ihr weit passender und weniger bieder vor als Gisela. Nach ihrer Flucht aus Osterholz hatte sie in einem besetzten Haus in Frankfurt am Main Zuflucht gefunden, in einer Wohnung im dritten Stock, in der Lilly, Ringo und Ralle mit wechselnden Gästen hausten. Clara hatte an einer Tankstelle gestanden und den Daumen in die Luft gehalten, als Lilly in einem lila lackierten VW-Käfer vorgefahren war und sie eingeladen hatte. »Du kannst bei uns schlafen«, sagte sie, als »Gila« ihre Schauergeschichte erzählt hatte, von der Flucht aus der DDR in den Westen zu einem prügelnden Onkel und Stubenarrest. »Ein paar Tage jedenfalls, die Jungs werden nichts dagegen haben.«

Sie hatten nichts dagegen. Es reichte völlig, dass sie aus der DDR kam und es bei den Westverwandten nicht ausgehalten hatte. »Familie ist das größte Verbrechen der Menschheit«, verkündete Ralle. »Auf die Päckchen-nach-drüben-Mischpoke hätte ich auch verzichtet«, assistierte Ringo.

Es gab keine bessere Art und Weise, sich unsichtbar zu machen, als in einem besetzten Haus zu leben, niemand stellte unbequeme Fragen, niemand wollte wissen, wer sie war. Die drei kannten ja nicht mal mehr sich selbst nach all den Joints, dem Bier und dem Rotwein.

Man überließ ihr ein Zimmer und eine unappetitlich aussehende Matratze und teilte die letzten Flaschen Bier mit ihr. Noch hatte sie Geld, Margo hatte ihr ein paar Scheine zugesteckt, sie würde sich also revanchieren können. Hauptsache, es gab eine Atempause, Zeit, sich die nächsten Schritte zu überlegen, denn hier war sie Lichtjahre von ihrem Auftrag entfernt.

Die Firma Maxdatex hatte eigentlich ihr Sprungbrett in den Kapitalismus sein, mithilfe von Margo Seliger hatte sie in den Betrieb einsteigen, schnell aufsteigen, in verantwortliche Positionen gelangen sollen. Die Wirtschaft war der Schlüssel für eine erfolgreiche Zukunft des Sozialismus. Clara hatte sich gut vorbereitet, sich bemüht, die neuen technischen Entwicklungen in der Datenverarbeitung nachzuvollziehen, man war in der BRD weiter als in der DDR.

Vergebens. Das half ihr jetzt nichts mehr. Von einem abrissreifen und vollgemüllten besetzten Haus aus würde sie wohl kaum auftragsgemäß agieren können: Im Fall der Wiedervereinigung »unsere Sache vertreten und die Dinge in unserem Sinne beeinflussen«.

Mit Ralle, Ringo und Lilly brauchte sie gar nicht erst

anzufangen. Die drei selbsternannten Anarchisten waren selbstredend für die Revolution und den Sozialismus, aber nicht für das, was »die Spießer in deiner DDR« verkörperten. Lilly kam aus einer eher bourgeoisen Familie, der Vater Rechtsanwalt, die Mutter Hausfrau. Das Abitur hatte sie noch bestanden, dann war sie »ausgestiegen«, wie sie es nannte. Um frei und unabhängig zu sein. Clara hatte sie beobachtet, wie sie schon vor dem Frühstück in der Küche saß und sich einen Joint drehte, mit zitternden Fingern. Frei und unabhängig? Lilly war erst zwanzig Jahre alt und schon kaputt.

Ringos Vater arbeitete »beim Opel«, wie man hier sagte. Der Junge war achtzehn, hatte den Realschulabschluss geschafft und keinen Bock, wie sein Vater zu enden. Keine Spur vom »Stolz der Arbeiterklasse«. Wenn er Geld brauchte, half er beim Messebau aus oder ging, im Winter, zum Schneeräumen. Nach dem fünften oder sechsten Bier wurde er redselig und anhänglich. Er war einsam.

Aber nicht so einsam wie ich, dachte sie oft.

Ralle war der Undurchsichtigste von allen. Er redete nicht viel, und wenn, dann vom Kampf und der Weltrevolution. In seinem Zimmer hing ein Plakat von Che Guevara. Man sah ihn oft tagelang nicht. Er hatte Geld. Woher? Unklar. Die Bücher, die sich in seinem Zimmer stapelten, »Das Kapital« von Karl Marx oder »Das Finanzkapital« von Rudolf Hilferding, waren unberührt, er hatte die dicken Bände nicht gelesen, nur geklaut, darauf war er stolz, das war die Praxis, mit der man die Theorie veredeln musste.

Not litt keiner von ihnen. In der DDR hätte man die drei als asoziale Schmarotzer eingestuft. Aber Stahl hatte Clara gelehrt: »Beobachten, nicht urteilen!« In der BRD wurde offenbar geduldet, was in der DDR verpönt war. Sie musste lernen, das zu begreifen.

Die Wohnung lag in einer alten Bürgervilla, die Zimmer waren groß, mit hohen, stuckverzierten Decken, alles ziemlich heruntergekommen. Das Parkett wellte sich, und die klobigen Heizungen rosteten. Sie kannte das aus der DDR, da wollten alle raus aus den bourgeoisen Ruinen, rein in eine moderne Neubauwohnung mit Fernheizung, aber hier hingen die Jüngeren mit alberner Romantik an diesen Fossilien. Vielleicht ja auch nur, weil sie billig bis kostenlos darin wohnen konnten, bevor die Abrissbirne zuschlug.

Lilly kam eines Tages in ihr Zimmer und bekam einen Lachanfall, ließ sich aufs Bett fallen, zerwühlte die Decke, konnte sich kaum einkriegen vor Lachen. »Du bist ja voll analfixiert!« Clara wusste mit dem Wort nichts anzufangen, und es dauerte eine Weile, bis sie begriff, was Lilly meinte: »Gila« hatte das Laken über der Matratze und die Bettdecke faltenlos glattgezogen und ihre Hemden und Pullover im Regal aus Apfelsinenkisten auf Kante gelegt.

»Lach du nur. Im Knast gab's Ärger, wenn wir uns nicht penibel an die Regeln hielten.« Sie ging zum Regal, nahm ein T-Shirt nach dem anderen heraus und knüllte es wieder ins Fach.

»Du warst im Knast? Wow!« Ralle stand in der Tür. »Was hast du verbrochen?«

»Nichts. Ich saß wegen asozialem Rowdytum und staatsfeindlicher Hetze.«

»Dafür geht man da drüben in den Bau?« Lilly.

»Mit staatsfeindlicher Hetze kennen wir uns aus!«, tönte Ralle. »Darauf sind wir spezialisiert!«

»Bei asozial kann ich prima mithalten«, murmelte Lilly.

Ab jetzt trug Clara eine Art unsichtbaren Orden. Das Ehrenabzeichen Frankfurter Haschrebellen.

VII

Gescheitert, dachte sie mit wachsender Verzweiflung. Du bist gescheitert. Wie kam sie aus dieser Lage wieder raus? Sie wusste nicht, ob die Seligers nach ihr suchen ließen und ob sie ihre Papiere noch gefahrlos benutzen konnte. Ihr Geld würde nicht mehr lange reichen, sie musste Arbeit finden. Aber wie und wo?

Lilly half, ausgerechnet Lilly. Sie wusste, dass »Gila« sich vor ihrem Onkel fürchtete und deshalb untertauchen musste. Lilly kannte sich in der Szene aus, oder in der »Scene«, wie man hier sagte. Sie war mit Matthes liiert, einem Studenten, der Karikaturen für das »Indigo« zeichnete, ein Stadtmagazin aus Bockenheim. Dort wurde jemand gesucht, der sich mit Rechtschreibung und Grammatik auskannte und Korrektur lesen konnte. Lilly hatte »Gila« vorgeschlagen, bei ihr galt sie als intellektuell, weil sie die Bücher las, die ihre Wohngenossen nur klauten.

Redaktion und Produktion des »Indigo« fanden in einer heruntergekommenen Fabriketage statt, in der Chaos herrschte, obwohl es genug Platz gab. Vielleicht deshalb? Es roch nach Selbstgedrehten, Haschisch und angebranntem Kaffee. Clara stand eine Weile unschlüssig im Raum, sie wusste nicht, an wen sie sich wenden sollte. Auf ihr schüchternes »Guten Tag!« reagierte nur eine der Frauen, die ihre Rundungen mit einem hennaroten Haarschopf krönte. »Tag, ich bin die Geri.« Die anderen taten so, als ob sie zu tun hätten, und bemühten sich, sie zu übersehen.

Der »Indigo«-Trupp war eine verschworene Gemeinschaft. Clara sah nicht aus wie sie, sprach nicht ihre Sprache, gehörte nicht dazu. Sie bemühte sich, die abweisende Stimmung zu ignorieren, und machte sich an die Arbeit. Disziplin war ihre zweite Natur. Außerdem gab es viel zu tun: Die Spontis hatten es nicht so mit der deutschen Sprache. Rechtschreibung, Grammatik, Zeichensetzung: alles Krampf im revolutionären Kampf.

Deshalb weigerten sich die Genossen »Säzzer« auch bald, die Korrekturen auszuführen, die sie vorschlug. Geri erbarmte sich schließlich und zeigte ihr eines Abends, wie man die Maschinen bediente, die Composer hießen. Ab jetzt tippte Clara die Korrekturen selbst, druckte aus, klebte die Änderungen in die Druckvorlagen, manchmal bis in die frühen Morgenstunden.

»Kannst du das übernehmen?« Willi stand vor ihrem Tisch, einer aus der Redaktion, der schon seit Tagen darüber klagte, dass er das Heft mal wieder alleine zusammenschreiben müsse. Es gab eigentlich jeden Tag Fehlzeiten, selten, weil jemand krank geworden war, eher, weil einer keine Lust oder am Abend zuvor zu viel getrunken hatte, verliebt war oder Geld verdienen musste.

Clara schrieb ihren ersten Kommentar über Petra Kelly und den Bundesparteitag der Grünen in Karlsruhe im Januar 1980. Sie sparte nicht mit Spott über die Forderung nach Abschaffung der Schulpflicht und das Chaos im Versammlungsraum, das sie zwar selbst nicht erlebt hatte, das in den bürgerlichen Zeitungen aber anschaulich beschrieben worden war. Schon kurz darauf verfasste sie den nächsten Artikel. Sie verteidigte die Verhaftung des sowjetischen Regimekritikers Andrej Sacharow, worüber die bürgerlichen Medien Krokodilstränen vergossen. »Sacharow betreibt das Geschäft des

Klassenfeindes«, schrieb sie, das konnte man schlechterdings nicht anders sehen.

Der Text lag schon eine Weile bei den Säzzern, als er einem von ihnen in die Hände fiel: Lutze. Der hagere Blonde, vorne kaum noch Haare, hinten Pferdeschwanz, die Augen tief in den Höhlen, baute sich vor ihr auf. »Diesen Dreck setze ich nicht«, sagte er leise und legte ihr das Blatt Papier behutsam auf den Schreibtisch.

»Aber ...« Sie fühlte sich überrumpelt.

»Wie kann man so etwas schreiben, wenn man selbst im Knast gesessen hat? Weshalb haben sie dich noch mal weggesperrt?«

»Rowdytum«, antwortete sie leise.

»Und?« Lutze grinste. »Das war doch noch nicht alles?«

»Staatsfeindliche Hetze.«

»Ja, genau so was hatte ich in Erinnerung. Und eine wie du findet es richtig, wenn ein Regimekritiker wie Sacharow eingebuchtet wird? Wegen staatsfeindlicher Hetze, sozusagen?« Sein schmales Gesicht zeigte nichts als Misstrauen. »Oder hast du deine Knastgeschichte erfunden, um dich bei uns einzuschleimen?«

»Ruhig, ihr beiden.« Willi mischte sich ein. »Worum geht's?«

»Das ist stalinistischer Scheiß, der gehört nicht in unser Blatt. Ich dulde keine Verteidigung dieses Verbrecherregimes!« Lutze sprach jetzt laut, damit alle es hörten.

»Was denn?« Geri nahm Willi den Text aus der Hand. »›Sacharow ist ein offener Gegner der Regierung. Das darf sich Breschnew nicht gefallen lassen‹«, las sie laut vor. »Was ist daran falsch? Bei uns kommt man doch auch in den Knast, wenn man das System kritisiert.«

»Was für ein Blödsinn«, fauchte Lutze. »Das ist doch kein Vergleich. Wir haben Meinungsfreiheit.«

»Meinungsfreiheit?« Geri lachte. »Hier kriegt jeder, der nicht pariert, Berufsverbot.«

»Aber man geht nicht in den Knast!«

»Nicht? Denk an die Genossen von der RAF! Außerdem« – sie räusperte sich. »Hier steht, der hat die russische Atombombe gebaut. Und das will ein Menschenrechtler sein.«

»Der Mann hat den Friedensnobelpreis bekommen«, wandte Willi ein, der das Blatt überflogen und wieder auf den Tisch gelegt hatte. »Ich finde auch, dass Gila es mit ihrer Kritik an Sacharow übertreibt.«

»Also weg damit«, sagte Lutze, nahm das Blatt und wollte es schon zerreißen, als Willi es ihm wieder aus der Hand nahm.

»Nein. Im ›Indigo‹ finden alle Meinungen ihren Platz. Wir zensieren nicht.«

»Und wenn unsere Zonenbraut demnächst die Todesstrafe einführen will?«, rief Eva hinter ihrem Composer, die sich bislang nicht eingemischt hatte.

»Auch dann«, antwortete Willi nach kurzem Zögern. »Wenn sie es gut begründen kann.«

»Ins Hirn geschissen«, murmelte Lutze und drehte ihnen den Rücken zu.

Den Text musste sie selbst setzen, die Setzer weigerten sich, den »reaktionären Scheiß« einzutippen. Reaktionärer Scheiß! Nur Geri klopfte ihr tröstend auf die Schulter, als sie Feierabend machte, während Clara noch am Composer saß.

Doch sie hatte längst begriffen, dass der Text ein Fehler gewesen war. Jemand, der in der DDR im Knast gesessen hatte und herausgekauft werden musste, schrieb nichts, was auf der

Parteilinie der SED oder der KPdSU lag. Sie musste aufpassen, zumal bei den Anarcholinken. Die hielten nichts vom Vaterland des Sozialismus und waren nicht nur gegen die Bombe, sondern auch gegen die friedliche Nutzung der Atomkraft, was Clara beim besten Willen nicht verstand. Die Industrie brauchte preiswerte Energie. Und die Arbeiterschaft ebenso.

Als im Mai Tausende von Atomkraftgegnern bei Gorleben die »Freie Republik Wendland« gründeten, waren Eva und Lutze dabei. Das bedeutete, dass Clara nun auch die Texte der anderen setzen musste.

Willi fragte sie nicht mehr nach Beiträgen. Immerhin durfte sie weiter Korrektur lesen, und von dem schmalen Honorar konnte sie halbwegs leben, schließlich musste sie keine Miete bezahlen. Das Finanzierungsmodell des »Indigo« war verblüffend: Ausgerechnet die staatsfeindlichen Anarchos finanzierten sich mit »Staatsknete«, nämlich Arbeitslosengeld, was natürlich bedeutete, dass immer mal einer von ihnen geregelten Tätigkeiten nachgehen musste. Die Setzer nahmen Außenaufträge an, und Menschen wie Matthes, die es sich leisten konnten, arbeiteten kostenlos. Dieser wilde, völlig unberechenbare Haufen schaffte es immerhin, alle zwei Wochen ein Blatt zusammenzuschustern. Ob das alles gelesen wurde, war mehr als fraglich, aber irgendwie auch egal, wie Lutze meinte. Die Spezialität des »Indigo« waren der Veranstaltungskalender und die Kleinanzeigen. Wer wissen wollte, was in der »Scene« los war oder nur eine gebrauchte Waschmaschine suchte, kaufte das »Indigo«. Viele der Kleinanzeigen waren Sternstunden der Poesie, ob jemand seine Bierflaschensammlung verkaufte, eine Reisebegleitung nach Indien oder ein Zimmer in einer WG suchte. Knackis suchten Brieffreundschaften, Bhagwan-Jünger waren ganz entspannt im Hier und Jetzt, Studis brauchten ein altes Fahrrad, Frauen propagierten die befreite Frau. Die witzigsten Kleinanzeigen stammten von den Säzzern selbst, Sprachwitz dank phantasievoller Orthographie, so hatten sie den Kult um die rot gewandeten Sannyasins »Backwahn« getauft, was Clara zunächst überhaupt nicht verstanden hatte.

Als Lutze und Eva von ihrem Abenteuerurlaub in der Freien Republik Wendland zurückkamen, entspannte sich die Stimmung. Willi erklärte, »Gila« habe in ihrer Abwesenheit »die ganze Chose geschmissen«, und Geri meinte spitz, es sei nicht sonderlich solidarisch, auf Revolution zu machen und die konkrete Arbeit an der Zeitung anderen zu überlassen. Gila ging nun abends mit, wenn Schluss gemacht wurde – und das war selten vor 23 Uhr.

In der Kneipe, der alternativen »Weinstub«, gingen die Debatten weiter. Clara begann, das alles zu genießen. Selten hatte sie intensiver gelebt. Sie musste sich zwar verstellen, durfte in den endlosen Diskussionen bloß nicht die richtige Linie vertreten, doch selbst dieses Theater machte ihr mehr und mehr Spaß. Es hatte was, Dinge zu sagen, die in der DDR mindestens als staatsfeindliche Hetze galten. Auch ihr Äußeres hatte sich verändert: Sie war nicht mehr so dünn, ihre Haare waren wieder gewachsen, und sie trug Pluderhosen aus dem Dritteweltladen.

Irgendwann merkte sie, dass der Spaß überwog. Sie musste aufpassen. »Beweg dich in der Masse wie ein Fisch im Wasser, aber bleib in Bewegung.« Sie hatte gegen den obersten Grundsatz verstoßen und sich ihrer Umgebung unkritisch angepasst. Sie saß in der Falle.

Doch je mehr sie sich wieder zurückzog, desto stärker litt

sie unter ihrer Einsamkeit. Sie träumte nachts von Jana. Und von Holger. Unruhige Träume, in denen dunkle Gefahren lauerten. Sie wachte oft auf, mit rasendem Pulsschlag, und versuchte, sich gut zuzureden. Du hast doch gewusst, dass das harte Zeiten sein würden. Man hat sich auf dich verlassen, auf deinen gefestigten Klassenstandpunkt, auf deine Geduld, auf deine Härte gegen dich selbst! Enttäusche das Vertrauen nicht, das man in dich gesetzt hat!

Doch das alles half nicht mehr. Sie war allein auf unbekanntem Gebiet mit einem Auftrag, den sie nicht verstand und der von ihr verlangte, auf etwas zu warten, von dem sie nicht wusste, wann es eintreten und was genau es sein würde.

VIII

Sie hatte einen neuen Freund, einen, der ihre Nähe suchte, sie tröstete und wärmte. Der Freund hatte seidiges rotes Fell und bernsteingelbe Augen. Es war Lillys Kater, den sie »Tigger« nannte, »wie in ›Winnie the Pooh‹, weißt du?« Nein, Clara hatte keine Ahnung, sie kannte das Buch nicht. Aber sie merkte bald, dass der kleine Kater unter Lillys flatterhafter Zuneigung litt. Lilly vergaß immer wieder, ihn zu füttern, versäumte es, das Katzenklo zu reinigen, und ließ Tigger vor der Wohnungstür sitzen und klagen, weil sie zu bekifft war, um ihn zu hören und reinzuholen. Und das in diesem unfreundlichen, nassen und kalten Winter.

Clara begann, ihn zu füttern, mit Resten von gekochtem Schinken, der schon so lange im Kühlschrank gelegen hatte, dass er sich rollte. Sie ließ ihn die Knochen von einem Grillhähnchen abnagen oder warf Käsestückchen in die Luft, nach denen er sprang. Er war ein Artist, der noch den kleinsten Bissen fing. Bald zog er bei ihr ein, rollte sich auf dem Sessel vom Sperrmüll zusammen und kam abends in ihr Bett, ein warmes, freundliches Lebewesen, das sich unter der Bettdecke an sie schmiegte.

Sie hatte seit Holger das Bett mit keinem Mann mehr geteilt. Das war der Preis, den man bezahlte, als guter Parteisoldat und für die richtige und gerechte Sache. Auch wenn der Auftrag momentan nicht sonderlich konkret war.

Mit dem Kater konnte sie sprechen über das, was sie bewegte. In seinen Augen konnte sie lesen, zumindest, ob er Hunger hatte, gekrault werden wollte oder zufrieden war. Tigger war ihr Vertrauter.

Eigentlich hatte sie geglaubt, keine Illusionen zu haben, was ihre Aufgabe betraf: Sie hatte äußerste Verschwiegenheit geschworen, es gab keinen Kontakt mehr in die DDR, weder privat noch politisch, und das Einzige, was sie hatte mitnehmen dürfen, ihr Kind, war für sie verloren. Doch die Wunde blieb offen, und »wenn die Wunde nicht mehr schmerzt, schmerzt die Narbe.« Bert Brecht.

Als sie eines Abends spät nach Hause kam, sie hatten in der »Weinstub« wieder die Weltrevolution geplant, stand Lilly in ihrem Zimmer, in Nachthemd und Bademantel. »Hast du Tigger gesehen? Er hat sich den ganzen Abend nicht blicken lassen. Und draußen schneit es.«

Es schneite schon seit Tagen, aber erst jetzt schien Lilly sich Sorgen zu machen.

»Heute Morgen war er noch da.« Clara ließ ihre Tasche auf den Sessel fallen.

»Ich dachte, weil er doch neuerdings immer bei dir ist.«

Lilly schien sich nicht entscheiden zu können, ob sie Clara daraus einen Vorwurf machen sollte.

»Hast du mal vor dem Haus nach ihm geschaut?«

Lilly hob die mageren Schultern und kroch tiefer in den Bademantel. »Bei diesem Wetter?«

Clara lächelte und nickte und sagte: »Verstehe«, was natürlich gelogen war, ging in den Flur, zog sich den Mantel wieder an, lief die Treppen hinunter und aus dem Haus.

Das Licht der Straßenlampen senkte sich auf weiße Schneeberge, die den Widerschein nach oben zum Himmel schickten. Das milchige Zwielicht und der jeden Laut dämpfende Schnee brachten die Großstadt zum Verschwinden. Die Nebenstraße, in der ihr Haus lag, war nicht geräumt, den Schnee hatten die Autos platt gefahren, und auf den Bürgersteigen lagen Asche und Splitt. Das Frankfurter Westend wirkte tot wie eine Filmkulisse, zumal viele der alten Bürgervillen leer standen. Eine Bürgerinitiative kämpfte gegen ihren Abriss, was Clara nicht verstand. Wer wollte schon in den fauligen Requisiten einer vergangenen Ära hausen? Nur Chaoten wie Lilly und Ralle und Ringo.

Die leerstehenden Häuser waren ein Katzenparadies, Hunderte von ihnen hausten in den Kellern, dezimierten Ratten und Mäuse und vermehrten sich. Vielleicht hatte sich der Kater einer der Katzenbanden angeschlossen, deren Anführer sich konzertant um jede rollige Kätzin zu prügeln pflegten.

»Tigger!« Clara rief seinen Namen in die Stille, manchmal hörte der Kater darauf.

Vor ihr sprang ein Schatten über den Bürgersteig und hinein ins Gebüsch vor einem Gründerzeithaus. Hinter sich glaubte sie das Trappeln weicher Pfoten zu hören. Irgendetwas klapperte, ein Kellerfenster? Sie bog um die Ecke in eine andere enge Straße, hier lag, matt erleuchtet, der Hinterhof der Berenberg-Bank. Sie blieb stehen. Dort wisperte und flüsterte etwas. Sie ging näher. Eine Frau stand mitten auf dem Hof, in einem langen Rock unter einem dicken Pullover, sie hielt etwas in der Hand und schien mit jemandem zu sprechen.

Nicht mit einem Menschen. Vor einem Garagentor scharte sich eine Meute von Katzen vor dampfenden Töpfen, je näher Clara kam, desto lauter hörte sie es schmatzen.

»Gehen Sie langsam, sie laufen sonst davon«, rief die Frau, nicht unfreundlich, aber in einem Ton, der keinen Widerspruch duldete. Befehlsgewohnt. Clara kannte den Ton. Die Frau gehörte zu denen, die ihre Stimme nicht erheben mussten, um gehört zu werden.

»Kommen Sie hierher, zu mir, da stören Sie am wenigsten!«

Folgsam stellte sich Clara neben die Frau, die »man kann sie ja nicht verhungern lassen« murmelte.

»Nein«, sagte Clara zustimmend, obwohl sie sich fragte, ob diese Speisegaststätte im Hinterhof nicht auch Tiere anlockte, die ein Zuhause hatten. Wie Tigger.

»Ich suche unseren roten Kater«, sagte sie.

»Ach, der ist Ihnen! Vorhin war er noch da. Er gehört eigentlich nicht zu meinen Stammkunden, ich habe mich schon gewundert.«

In diesem Moment öffnete sich irgendwo eine Tür, Licht flammte auf und erhellte den Hof. Ein Mann mit einem Schäferhund an kurzer Leine in der einen und einer Pistole in der anderen Hand trat aus dem Haus. Sofort stob die Katzenmeute auseinander und davon.

Clara trat ein paar Schritte zurück, ihre antrainierten Reflexe setzten ein. War sie aufgeflogen?

»Fehlalarm in der Bank«, murmelte die Frau und grüßte den Mann in der Uniform eines Wachmannes. »Ich kenne das schon, das passiert beinahe jeden Abend.« Sie blickte Clara spöttisch an, die noch immer stocksteif dastand. »Haben Sie etwa Angst? Vor einer Pistole? Ach, ihr Kinder. Ihr seid ja nichts mehr gewohnt.«

Clara musterte sie. Die Frau war vielleicht fünfzig, höchstens fünfundfünfzig Jahre alt. Was mochte sie erlebt haben, unter Hitler und später unter amerikanischer Besatzung?

»Ich bin Frau Gutzeit«, sagte die Frau und hielt Clara die Hand hin. »Gutzeit wie Brotzeit. Wenn Sie Ihren Kater finden wollen, kommen Sie morgen Abend wieder, am besten eine Stunde früher.«

Am nächsten Tag ging Clara nicht mit in die Kneipe und kam pünktlich bei Frau Gutzeit an. Aus zwei Wasserschüsseln dampfte es, »ich habe das Wasser heiß gemacht, das friert sonst sofort.« Sie hielt eine Dose mit Katzenfutter, eine Gabel und einen Dosenöffner in der Hand, drei große Blumenuntersetzer standen bereit. »Sobald die Viecher hören, wie ich die Dose öffne, sind sie da.«

Katzenpfoten trappelten, gesträubtes Fell knisterte, als Frau Gutzeit mit der Gabel in die geöffnete Dose fuhr. Und mitten in der Meute entdeckte Clara Tigger.

Sie hatte den kleinen roten Kerl noch nie so erlebt. Er stolzierte mit gesträubtem Schweif und aufgeplustertem Fell herbei, im Gefolge zwei brave schwarz-weiße Untertanen. Selbstredend beanspruchte Tigger die beste Stelle am Buffet. Clara hätte beinahe laut gelacht. Sozialismus unter Tieren gab es nicht. Laut Friedrich Engels trat der Mensch erst mit der großartigen Menschheitsidee des Sozialismus heraus aus dem Tierreich.

Sie wartete eine Weile, bevor sie ein paar Schritte auf die Futterstelle zuging. Alle Katzen reagierten alarmiert, nur Tigger nicht. »Tigger?« Er sah auf, seine gelben Augen blitzten sie an, dann senkte er den Kopf wieder über das Futter.

»Komm, Tigger.« Sie ging einen weiteren Schritt auf ihn zu.

»Na, mit dem wünsche ich Ihnen viel Glück«, meinte Frau Gutzeit, nicht gerade aufmunternd.

»Tigger!« Clara streckte die Hand aus. Der Kater ließ sich nicht ablenken. »Komm zu mir!« Er fauchte.

»Na, ob er wirklich zu Ihnen gehört? Er scheint Sie ja gar nicht zu kennen?« Frau Gutzeits Spott entschied die Angelegenheit. Clara zog den Untersetzer mit dem restlichen Futter zu sich heran und packte den Kater von hinten im Nackenfell. Strampeln. Fauchen. Krallen. Endlich hielt sie ihn auf dem Arm und verabschiedete sich hastig von der Katzenfrau.

Tigger machte sich steif vor Abwehr, während Clara ihn nach Hause trug. Doch sobald sie in der Wohnung waren, lief er in ihr Zimmer und rollte sich auf dem Sessel zusammen, als ob er nie Rottenführer der gesetzlosen Katzen des Westends gewesen wäre. Lilly bekam von alledem nichts mit. Sie hatte das Tier längst wieder vergessen.

Der Auszug aus der Wohngemeinschaft fiel Clara nicht schwer. Der Abschied von Tigger schon.

IX

Bernd war der Grund für ihren Abschied von der WG und vom »Indigo«.

Sie lernte ihn auf einer Fete kennen, zu der Lilly und Matthes sie mitgenommen hatten. Hier feierte die gehobene

Linke: Rechtsanwälte, die Mitglieder der RAF verteidigt hatten, Lehrer, die mit der DKP sympathisierten, eine Staatsanwältin, ein Banker von der Kreditanstalt für Wiederaufbau. Eine Literaturkritikerin des Hessischen Rundfunks. Und Bernd, Redakteur im Ressort Innenpolitik beim »Frankfurter Rundblick«.

Sie spotteten gemeinsam über die neue Partei, die sich »Die Grünen« nannte, diese seltsame Truppe, eine Mischung aus Friedensaktivisten, Maoisten, Ökobauern und Feministinnen. Er fand es witzig, dass sie die Ökos als »Sumpfblüten des Kapitalismus« bezeichnete. Nach dem dritten Glas Wein klagte sie ihm ihr Leid, er versprach, sich um eine Stelle zu kümmern, darauf stießen sie an. Nach diesem Abend warb er so ausdauernd um sie, dass sie endlich nachgab. Sie war lange genug allein gewesen.

Er hielt sein Versprechen. Man bot ihr ein Volontariat beim »Rundblick« an. Dass sie als »Gila Heger« schreiben wollte, also unter einem anderen Namen als dem, der in ihrem Pass stand, verstand man: Sie fürchtete Repressalien gegen ihre Familie in der DDR. Der Job war nicht viel besser bezahlt als ihre Arbeit beim »Indigo«, aber sie musste nicht mehr bis in die Nachtstunden schuften und hatte Zeit für die Affäre mit Bernd. Außerdem konnte selbst ein Volontariat, wenn sie es geschickt anstellte, zu einer Position führen, in der sie Einfluss bekam. Sie wechselte ohne Abschiedsschmerz die Seiten.

Dass sie sich mit Technik und Wirtschaft auskannte, kam ihr zugute. Erst durfte sie über die liebevoll als »Interklo« veralberte Sanitärmesse berichten, dann schickte man sie zu Aktionärsversammlungen, zu Opel nach Rüsselsheim oder zur Hoechst AG, den ehemaligen Farbwerken Hoechst, Teil der IG Farben. Hoechst hatte 1943 die Präparate geliefert, mit denen im KZ Buchenwald die grausamsten Experimente an Häftlingen vorgenommen wurden, sie wurden vorsätzlich mit Fleckfieber infiziert. Clara erwähnte diese Tatsache in ihrem Artikel, aber der verantwortliche Redakteur strich die Stelle.

So war das im Kapitalismus. So war das in der BRD. Nie hatte man mit den Verbrechern richtig abgerechnet, und dennoch stand man auf der Sonnenseite der Geschichte. Die Fabrikanlagen waren moderner und die Produktivität weit höher als in der DDR. Doch was machte das schon? Wenn wirklich geschehen sollte, was Stahl angedeutet hatte, wenn das vereinigte Deutschland käme, dann würden die westlichen Vorzüge für alle gelten, für das Volk, Ost wie West. Damit tröstete sich Clara über die Faszination hinweg, die von der gut geschmierten Maschinerie des Westens ausging.

In der DDR hatte man das Ende des westdeutschen Wirtschaftswunders 1967 als Zeichen dafür gelesen, dass der Kapitalismus in sein Krisenstadium eingetreten sei. 1975 waren es die hohen Arbeitslosenzahlen im Westen, die man als Beweis dafür nahm, dass der Sozialismus die bessere, die menschlichere Gesellschaftsform sei. Dann kam die Ölkrise. Doch auch das schien den Kapitalismus nicht in seinen Grundfesten erschüttert zu haben. Stimmte die These vom krisenhaften Ende des Kapitalismus womöglich nicht? Hatte Karl Marx sich geirrt?

Mit Bernd konnte sie darüber nicht reden. Er machte sich gern lustig über sie, über den »Rowdy« mit der staatsfeindlichen Gesinnung, den der reiche Westen aus dem Knast herausgekauft hatte. Er unterstellte ihr hedonistische Neigungen, während er selbst glaubte, den Klassenstandpunkt zu vertreten. »Wenn die Massen aufwachen, ist hier Schicht im Schacht!«

Dann wären die Massen aber schön dumm, dachte sie, doch sie widersprach ihm nicht, denn sie konnte ihm schlecht erzählen, dass die finale Krise des Kapitalismus derzeit nicht im Interesse der DDR lag. Der Kapitalismus musste zunächst erhalten bleiben, damit der Sozialismus siegen konnte. Deshalb bemühte sich Clara, den Kapitalismus so gründlich wie möglich zu erforschen. Sie hatte Geduld.

»Arbeite nicht so viel, das steht dir nicht«, pflegte Bernd zu sagen, wenn sie wieder einmal kein Ende fand im Büro. »Du weißt doch: Es wächst hienieden Brot genug.« Ja, das wusste sie, Heinrich Heine empfahl auch Rosen und Myrten, Schönheit und Lust, und Zuckererbsen nicht minder, was Bernd gern zitierte, er hielt das für die beste Entschuldigung für Ausschweifungen aller Art. Ob er da nicht etwas missverstand?

Immerhin lernte sie durch Bernd Orte, Dinge und Menschen kennen, die ihr bis dahin fremd gewesen waren. Sie hatte zwar mit Hans Stahl das Weintrinken geübt, er hatte vor allem Westware ausgeschenkt, aber das war nichts gewesen im Vergleich zu dem, was Bernd auffuhr. Er bevorzugte teure französische Weine, teure Whiskysorten und teure Restaurants. Sie fuhr mit ihm ins Elsass und ins Burgund, zum Essen und Trinken und Sex.

Zu seinem Geburtstag spendierte er einen Trip nach London zu einem Konzert von Bob Dylan im Earls Court. Sie beschloss schon nach dem ersten Lied, dass sie den Mann mit der näselnden Stimme nicht mochte, auch verstand sie sein seltsames Englisch nicht. Doch London gefiel ihr – vor allem der Besuch in einem überfüllten Pub nach dem Konzert. Hier, dachte sie, erholt sich die Arbeiterklasse: bei lauwarmem Bier und schlechten Scherzen, das laute Gelächter sprach für sich.

Die Männer trugen die Haare schulterlang, die Frauen waren blond und toupiert und tranken Cider, der etwas süßer schmeckte als der Frankfurter Apfelwein.

So etwas war ihr weit lieber als all das Spachteln und Süffeln, das Bernd so schätzte, die gespreizten Gespräche über das Essen, das Beriechen und Zerkauen irgendwelcher Weine mit Noten für den langen oder kurzen Abgang. Bernd war einer dieser typischen Salonkommunisten, die sich wollüstig wie die Schweine im kapitalistischen Sumpf suhlten.

So würde auch das Proletariat leben, wenn der Sozialismus endlich gesiegt hätte, behauptete er, wenn sie nicht ganz so begeistert schlürfte und schmatzte wie er. Ganz bestimmt nicht: Das war dekadent. Es passte nicht zum neuen Menschen.

Noch langweiliger waren die Abende mit ihm, wenn sie nicht ausgingen. Dienstags bestand er darauf, sich im Fernsehen eine amerikanische Serie anzuschauen, »Dallas« war für ihn »Kult«. Sie hatte zuerst neugierig dabeigesessen, man lernte nie aus, doch die Geschichte und vor allem die Personen stießen sie ab. Waren die USA wirklich so – neureich und banal?

Normale Menschen kamen in der Serie nicht vor, nur Ölmilliardäre und Machtgier, überschminkte Frauen und Cowboys. Das Ekel J. R. Ewing hatte eine widerliche Lache, seine Frau war alkoholkrank und sah irgendwie unnatürlich aus. Und alle gingen fremd. Bernd amüsierte sich königlich über die Entlarvung der »Fratze des Kapitalismus«, als ob es sich bei diesem Schund um eine wahrhaftige Kritik an den Verhältnissen handelte.

Beinahe hätte sie ihn ausgelacht, als Bernd versuchte, ihr den Beitritt in die DKP schmackhaft zu machen. Dabei war er selbst für die Sache ja längst verloren.

Sie trennten sich ganz nebenbei. Er hatte im Handumdrehen ein anderes Fischlein an der Angel. Clara vermisste ihn nicht. Sie vergaß nicht nur ihn, sie vergaß bald darauf sogar ihre Aufgabe.

Es war der reine Zufall. Clara lief von der Universitätsbibliothek aus zur Redaktion, die Bockenheimer Landstraße entlang, als ihr kurz vor dem Café Laumer eine Frau entgegenkam, die ein kleines Mädchen an der Hand hielt. Sie wusste sofort, wen sie vor sich hatte: Leonore Seliger. Leonore war älter geworden, gewiss, bestimmt auch ein wenig runder, aber sie wirkte lebhaft und – glücklich. So wie das Kind an ihrer Hand. Jana. Bei ihrem Anblick vergaß Clara alles, was sie jahrelang trainiert hatte: Vorsicht, Bedächtigkeit, Absicherung. Sie blieb stehen. Sie starrte. Das Kind tänzelte neben Leonore über den Bürgersteig und plapperte fröhlich auf sie ein. Clara bemühte sich, tief und regelmäßig zu atmen, bis sich ihr Pulsschlag beruhigte. Jana ging es gut. Ihrer Tochter fehlte es an nichts.

Sie wusste, dass es riskant war, was sie tat. Doch bereits am nächsten Tag stand sie bei Schulschluss vor der nahegelegenen Schule. Und da war sie, Jana, im grünen Anorak, oben auf der Treppe vor der Eingangstür, im Gespräch mit einem Schulkameraden. Man konnte sie in aller Ruhe betrachten: die schlanke Gestalt, das ernste Gesichtchen. Clara ging, bevor Jana die Treppe herunterkam – und doch wäre sie beinahe Leonore in die Arme gelaufen. Danach wurde sie vorsichtiger.

Ihr fiel auf, dass sie nicht die Einzige war, die Jana beobachtete. Unter all den Müttern, die auf ihre Kinder warteten, befand sich auch ein Mann, der stets ohne ein Kind an der Hand wieder ging. Sie kannte den Typus – nur zu gut.

X

Sonntag, 15. September 1985

Vom Buffet waren nur ein paar welke Salatblätter übrig geblieben, und hinter der Küchentür stand ein gutes Dutzend leere Flaschen. Nachdem Clara aufgeräumt, abgewaschen und das letzte Weinglas trocken poliert hatte, sah die Küche wieder halbwegs manierlich aus. Gestern hatten sie hier einander auf den Füßen gestanden, die Freunde und Kollegen vom »Rundblick«, die zur Feier ihres vierzigsten Geburtstags gekommen waren.

Es war eine Premiere gewesen. Jahrelang hatte sie niemanden in ihre Wohnung in der Telemannstraße eingeladen, vor allem keine Zeitungskollegen. Nicht, weil das zu intim gewesen wäre, ganz im Gegenteil: Sie hatte die Wohnung zuerst so unpersönlich wie nur irgend möglich gehalten. Es war eine schlichte Zweieinhalbzimmerwohnung in einem Neubau in der Nähe des Grüneburgparks, nicht weit von der Redaktion. Ein Schlafzimmer, eine Art Ankleideraum, ein Wohnzimmer mit Gartenterrasse, eine schmale Küche, ein Bad. Glatter Holzfußboden, niedrige Decke, weißgestrichene Raufasertapete an den Wänden. Kein Vergleich mit dem dekadenten Charme der WG von Lilly, Tigger und den anderen, in der es im Winter immer kalt war, wegen der großen alten Fenster, der hohen Decke und der vorsintflutlichen Heizkörper. Ihre neue Wohnung hatte dichte Fenster und eine funktionierende Heizung, sie hatte sie modern und funktional bis spartanisch eingerichtet.

Doch dann – Clara lächelte in sich hinein, während sie die Gläser ins Regal stellte – dann kam die Sache mit der Zimmerpflanze. Also mit dem Pfennigbaum. Sie hatte das stämmige Bäumchen mit den dicken speckigen Blättern und Blüten, die wie Elfenkrönchen aussahen, vor einem Blumenladen in der Bockenheimer Straße gesehen. Das Gewächs roch nach wilden Tieren, es war Afrika, war Wärme und Licht. Ein Sonderangebot, auch das noch. Sie war spontan in den Laden gegangen und hatte das Bäumchen freigekauft.

Die Wochen danach verbrachte sie damit, dem Pfennigbaum eine angemessene Umgebung zu verschaffen. Ihre Beutezüge führten sie bis zu Ikea, wo sie ein Bücherregal, einen Sessel und zwei bunte Läufer für den lackierten Holzfußboden kaufte. Ausgerechnet bei Ikea! Aber da wusste sie wenigstens, was sie bekam, sie hatte es sofort gerochen, als sie die Regalbretter aus dem Karton holte: Qualitätsarbeit aus DDR-Gefängnissen. Dort wurden Möbel für den Westen produziert, das brachte Devisen.

Im Laufe der nächsten Monate leistete sie sich eine Musikanlage für die Ohren und zwei Drucke von alten Meistern für die Augen – nichts Buntes oder Aufdringliches, den »Vitruvianischen Menschen« von Leonardo da Vinci und den »Wanderer über dem Nebelmeer« von Caspar David Friedrich. Aber immerhin.

Der Fernseher kam erst später.

Die Bilder hingen gegenüber einem großväterlichen Ohrensessel. Sessel und Bilder lösten eine verwirrende Sehnsucht in ihr aus. Nicht nach dem neuen Menschen, eher nach der alten Heimat. Verbotene Sehnsüchte: Sie fand sich schon sentimental genug. Zu oft fühlte sie sich verloren, weit fort von allem, was ihr vertraut war, ohne eine klar definierte Aufgabe, wartend. Wie eine alte Jungfer, die noch immer auf den Prinzen hofft.

Clara legte die Küchenhandtücher und die Tischdecken in die Waschmaschine und schaltete sie ein. Dann füllte sie die Gießkanne mit frischem Wasser. Der Pfennigbaum lebte nicht mehr, schuld an seinem Tod war ihre Fürsorge gewesen. Als seine prallen Blätter Runzeln bekamen und abfielen, glaubte sie, zu wenig für ihn getan zu haben. Sie düngte, sie goss, sorgte dafür, dass ihm nie zu trocken war. Stellte ihn näher an die Heizung, damit er nicht fror. Heute wusste sie, dass sie alles falsch gemacht hatte. Der Afrikaner mochte weder Staunässe noch Heizungswärme.

Das erste lebendige Wesen, das sie bei sich wohnen ließ, starb also einen erbärmlichen Tod. Ein Omen? Sie versuchte es ein weiteres Mal, sie war ja lernfähig, es musste doch etwas geben, das es mit ihr aushielt. Den Hibiskus mit den roten Blüten, der seit ein paar Monaten neben dem Regal für Fernseher und Musikanlage stand, durfte man gießen, so oft man wollte. Sie ging dieser Aufgabe täglich und mit Hingabe nach.

»Bist du aus deiner spießigen DDR ausgebrochen, um hier zur Oberspießerin zu werden?«, hatte Bernd, Ex-Liebhaber und mittlerweile Kollege in der Wirtschaftsredaktion des »Rundblick«, gestern Abend nach dem dritten Bier gefragt. »Hast du all deine Ideale aufgegeben, um hier zur gut versorgten braven Bürgerin zu werden?« Er versuchte noch immer, sie zu provozieren, sie als Renegatin und Verräterin am einzig wahren Gesellschaftssystem zu entlarven. Dabei war er derjenige, der die Vorzüge des Kapitalismus schamlos ausnutzte, wie so viele der angeblich »Progressiven« hier im Westen.

»Wieso gut versorgt? Empfindest du mein Gehalt angesichts meiner Arbeitsleistung als zu hoch?« Sie lächelte, während sie das sagte, aber sie merkte seinem Gesicht an, dass er wusste, was sie dachte: Bernd bekam viel zu viel Geld für seine schlampigen Beiträge, während sie sich Mühe gab und ihre Nase in alle Ecken und Nischen des kapitalistischen Systems steckte. Nicht, um es affirmativ zu beschreiben oder zu loben, sondern um es zu durchschauen. Um zu begreifen, warum es so viel besser funktionierte als der Sozialismus. Warum es auch in der Krise noch vital war und selbst, wenn es am Boden zu liegen schien, so schnell wieder auf die Füße kam.

Hatte sie sich angepasst? War sie spießig geworden? Ja. Nein. Es war die richtige Strategie: Sie musste sich bedeckt halten, bereit sein für den Moment, von dem sie nicht wusste, wann er kommen würde. Ein dauerhaftes Leben im Provisorium würde auffallen, das durfte sie nicht riskieren.

Sie holte den Staubsauger aus der Kammer. Sie war bereit. »Immer bereit.« Doch man konnte sein Leben nicht damit zubringen, zu warten, das machte nur ungeduldig und sauertöpfisch. Auch die Rolle der verfolgten Dissidentin wurde auf Dauer unglaubwürdig. Sie verdiente genug Geld, um es auch ausgeben zu können. Gestern auf der Party hatte sie ein schlichtes Etuikleid getragen, von Strenesse, nicht gerade eine Billigmarke, das man mit einer ihrer langen Jacken kombinieren konnte – Jacketts mit Schulterpolstern, leicht männlich, eine Mode, die ihr gefiel. Bernd gab sein Geld für Essen und Trinken aus, sie liebte es, sich gut anzuziehen.

Nachdem sie Krümel und Tabakreste aufgesaugt und den Staubsauger zurückgestellt hatte, packte sie die geleerten Flaschen in Plastiktüten und stellte sie vor die Wohnungstür. Dann schaltete sie das Radio ein – sonntags gab es Klassik –, ging in die Küche und setzte Wasser für Tee auf. Das musste sie damals auch bei ihrer Mutter gespürt haben: dass es ihr Freude machte, sich elegant zu kleiden, eine schicke Frisur zu tragen, nach etwas anderem zu duften als nach Badusan. Warum hatte sie ihrer Mutter das damals übelgenommen? Sie sollte Abbitte leisten.

Clara blickte durchs Küchenfenster hinaus auf den Hinterhof, ihre Augen brannten. Würde sie Helene Pinkus jemals wiedersehen? Sie hätte es früher nicht für möglich gehalten, dass sie ihre Mutter einmal vermissen könnte. Wer wusste schon, wie lange sie noch lebte und wie lange es dauerte, bis die Verhältnisse sich änderten. Für sie selbst gab es keine Rückkehr in die DDR, nicht, solange alles blieb wie in Stein gemeißelt. Der eiserne Vorhang bewegte sich keinen Millimeter, es schien, als ob beide Seiten den Stillstand wollten.

Der Aufstand der Polen, der 1980 mit der Gewerkschaft »Solidarność« in Danzig begonnen hatte, war Ende 1981 von den Genossen aus der Sowjetunion liquidiert worden. Im Westen hatte kaum jemand dagegen protestiert, die meisten schimpften vielmehr auf die Aufständischen. »Kathofaschisten« hatte Bernd sie genannt. »Unverantwortliche Egoisten! Was, wenn ihretwegen die Lage explosiv wird?«

Kaum einer, den sie kannte, war das, wovor man sie in der DDR gewarnt hatte: ein Kalter Krieger. Bei den meisten kam die BRD weit schlechter weg als die DDR. Alle wollten stabile Verhältnisse, wollten Frieden. Kaum einer protestierte, als die Sowjetunion für Ruhe in ihrem polnischen Hinterhof sorgte. Egon Bahr von der SPD hatte die Devise ausgegeben, der Weltfrieden sei wichtiger als das Freiheitsbedürfnis der Polen. Zehntausende BRD-Bürger gingen erst Monate nach dem Ende der polnischen Bewegung auf die Straße: Sie demonstrierten gegen die NATO. Frieden war den Westdeutschen am allerwichtigsten. Ja, die »Kundschafter des Friedens« aus der DDR hatten gute Arbeit geleistet.

Clara goss den Tee durch ein Sieb von der einen in die vorgewärmte andere Kanne und nahm Kanne und Tasse mit ins Wohnzimmer. Auf dem Tischchen neben dem Sessel lagen zwei ihrer Geburtstagsgeschenke, Bücher, natürlich. Man verschenkte hier im Westen Alkohol oder Bücher, seltener Blumen. Obenauf lag »1985« von Anthony Burgess, ausgewählt von Kerstin aus dem Feuilleton. Was sie sich dabei wohl gedacht hatte? Das bereits 1978 erschienene Buch spielte in der Zukunft, also heute: Die Gewerkschaften und der Islam hatten in Großbritannien die Macht übernommen. Eine Idee, die ihr nicht sonderlich gefiel.

Das zweite Buch stammte von Gunther Franzke, einem Kollegen, den Bernd für einen Reaktionär hielt. Das war ungerecht. Der Mann gab sich nicht ganz so weltläufig wie Bernd, was sie angenehm fand, und in manchen Punkten hatte er sehr vernünftige Ansichten. Sein Geschenk: »Vernehmungsprotokolle« von Jürgen Fuchs. Sie nahm es auf, blätterte darin, schloss es wieder. Lebenszeichen aus dem Knast. Dissidentenschicksal und Stasiwillkür. Danke bestens. Sie legte das Buch zurück zu dem anderen. Vielleicht war Franzke doch nicht so vernünftig. Mussten die alten Geschichten immer wieder aufgewärmt werden? War sie in den Augen mancher Kollegen auch nach mittlerweile sechs Jahren noch Opfer des »Unrechtsstaats« DDR? Überhaupt – waren die Zeiten, von denen das Buch handelte, nicht längst vorbei?

Der Osten triumphierte! Bei den Olympischen Winterspielen in Sarajewo hatte die Mannschaft der DDR die meisten Medaillen abgeräumt. Wenige Monate später gab die Bundesrepublik der DDR einen weiteren Millionenkredit, wie schon im Jahr davor. Warum, wenn man den Sozialismus doch eigentlich bekämpfte? Des Weltfriedens wegen? Oder weil man sich tatsächlich nähergekommen war? Dafür sprach, dass es niemanden so recht beschäftigte, dass DDR-Bürger in die Prager Botschaft der BRD geflüchtet waren, weil sie die DDR verlassen wollten.

Die Lage blieb stabil. War das jetzt gut oder schlecht?

Sie vermied es mittlerweile, darüber nachzudenken, wie sich ihre Aufgabe wohl gestalten würde, wenn es so weit wäre. Es hatte keinen Sinn. Sie war bereit. Bis dahin lebte sie ihr Leben in aller Unauffälligkeit, ohne Höhen, ohne Tiefen.

Man war zufrieden mit ihr beim Rundblick. »Sie können bei uns alles werden, was Sie wollen, Gila, auch Chefredakteurin«, hatte ihr der Chefredakteur vor einigen Wochen gesagt. »Natürlich erst nach meiner Pensionierung.« Sehr lustig. Carl Peters war gerade mal zehn Jahre älter als sie und wirkte auf sie wie ein braver Bankangestellter, so jedenfalls führte er sein Blatt. »Wie wäre es bis dahin mit unserer Korrespondentenstelle in Brüssel? Sie sind intellektuell am ehesten in der Lage, die wirtschaftlichen Folgen des Beitritts von Spanien und Portugal in die EG zu durchschauen.« Sie erbat sich Bedenkzeit.

»Das darfst du nicht ausschlagen«, murmelte Bernd, als sie ihm davon erzählte. »Ich kenne in Brüssel einige verdammt gute Restaurants!«

»Warum gehst nicht du?«, fragte sie ihn.

»Weil ich nicht so gut bin wie du«, lautete seine Antwort. Ein Mal wenigstens schien er ehrlich zu sein.

Doch sie wollte nicht nach Brüssel gehen, unter keinen Umständen. »Als ob du hier Familie hättest«, maulte Kerstin aus dem Feuilleton mit saurem Gesicht, als sich ihre Entscheidung herumgesprochen hatte. »Als ob dich hier irgendetwas hält. Selbst wenn ich wollte, könnte ich nicht nach Brüssel gehen. Mein Mann würde nie meinetwegen seine Stelle aufgeben, und die Kinder möchten nicht auf ihre Freunde und Schulkameraden verzichten.« Kerstin hatte zwei Kinder und einen Mann, der Ingenieur bei Opel war.

Clara nickte, lächelte, schwieg.

Manchmal, wenn sie in der Küche stand und kochte, stellte sie sich vor, wie ihr Leben hätte verlaufen können: mit Mann und Kind, Holger und Jana. Eine Familie. Eine spießige, glückliche Kleinfamilie. Mit Topfpflanzen und Haustieren.

Sie musste an »Die Legende von Paul und Paula« denken, sie war achtundzwanzig gewesen, als der Film 1973 im Kino gelaufen war und alle Frauen davon geschwärmt hatten. Irgendwann sah sie sich den Streifen ebenfalls an, man musste ja wissen, was das Volk empfand. Es ging um eine Frau, die darauf bestand, das Kind des Geliebten auszutragen, obwohl der Arzt ihr abriet: Es könne ihren Tod bedeuten. Natürlich starb sie. Kitsch, hatte sie damals gedacht. Außerdem waren die Hauptdarsteller nicht gerade als zuverlässige Genossen bekannt. Sie hatte sich darüber gewundert, dass der Film genehmigt worden war. Und doch – was hatte sie ein paar Jahre später gemacht? Sie war schwanger geworden, aus Liebe. Aus Liebe hatte sie ihr Kind behalten. Und aus Liebe hatte sie es verlassen.

Vielleicht, dachte sie heute, hatten die Genossen, als sie den Film durchgehen ließen, begriffen, was auch ihr längst dämmerte: dass Menschen noch immer von Gefühlen und Hormonen gesteuert werden. Dass sie Sehnsüchte haben, die sich nicht unterdrücken lassen. Dass eine kluge Staatsführung dem Rechnung tragen muss.

Der Tee war kalt geworden, das Licht draußen vor dem Fenster wärmer, der Himmel blauer. Ein weiterer Tag in diesem Spätsommer, wie er schöner nicht sein konnte. Sie musste raus, Luft holen, durchatmen. Bevor es Herbst wurde. Bevor es dunkel war und kalt.

Clara stand auf und zog Trainingshose und Laufschuhe an. Der Grüneburgpark lag gleich um die Ecke, sie hatte sich angewöhnt, dort mindestens dreimal in der Woche ihre Runden zu drehen, Jogging war der neueste Schrei, so eine Art ruhiger Dauertrott, es machte den Kopf frei.

Sie war nicht allein unterwegs im Park, manche Läufer grüßten, andere waren außer Atem und sahen nur auf den Boden vor ihren Füßen. Die meisten Bäume trugen noch ihr Sommergrün, vielleicht war das Laub hier und da ein wenig staubig geworden. Sie lief leicht und locker und ohne außer Atem zu geraten am Pavillon vorbei, vor dem Menschen ihre Gesichter mit geschlossenen Augen in die Mittagssonne hielten.

Nur eine Gestalt kam ihr entgegen, die nicht joggte, sie ging so langsam, als müsste sie über jeden Schritt nachdenken. Clara erkannte die zusammengekrümmte Figur nicht gleich. Eine Frau, mit stoppelkurzen scheckigen Haaren und gesenktem Kopf, die Jeans saßen ihr viel zu locker.

»Lilly!«

Die Frau blickte auf, begriff erst nach einer Weile, wen sie vor sich hatte. Beide blieben stehen, keine wusste, was sie sagen sollte.

»Bist du noch immer …«

»Wohnst du noch immer …«

Lilly lachte zuerst. »Ich bin ausgezogen«, sagte sie. »Ringo und seine Frau haben ein Kind bekommen, und sie möchten gerne allein in der Wohnung leben. Kann man ja verstehen.«

Ringo war also erwachsen geworden. »Und was macht Ralle?«

»Ralle sitzt im Knast. Den haben sie bei den Protesten gegen die Startbahn hopsgenommen.«

Jahrelang hatte es wegen der Startbahn West gewalttätige Auseinandersetzungen gegeben. Der Flughafen Frankfurt brauchte eine weitere Startbahn, dafür musste ein Teil des nicht sehr bemerkenswerten Stadtwaldes weichen. Clara hatte den Protest dagegen nie verstanden. Der Frankfurter Flughafen war ein enormer Wirtschaftsfaktor, ein Verkehrsknotenpunkt, der Platz brauchte; die vermummten Kämpfer des Schwarzen Blocks, die sich mit den Polizisten prügelten, hatten nichts als Lust auf Randale, um den Wald oder lärmgeschädigte Anwohner ging es ihnen am wenigsten.

»Er soll einen der Bullen angegriffen haben.« Lilly hob die schmalen Schultern. »Ich weiß nicht, ob das stimmt. Aber die finden ja immer einen Grund.«

»Und wie geht es Tigger?« Die Frage war ihr herausgerutscht, sie wollte das eigentlich gar nicht wissen, sie befürchtete das Schlimmste. Gewiss hatte Lilly ihn vernachlässigt, er war weggelaufen, vielleicht sogar überfahren worden.

Lilly verzog das Gesicht. »Der ist ein Problem. Das Kind hat eine Katzenallergie. Behauptet Ringos Frau jedenfalls.« Sie zog die Nase kraus. »In meine neue Wohnung durfte ich ihn nicht mitnehmen.«

»Wo ist er jetzt?« Claras Kehle wurde eng, sie fürchtete die Antwort.

»Im Tierheim«, flüsterte Lilly. »Es ging nicht anders.«

Sie sahen sich an. »Ich hole ihn da raus«, sagte Clara.

Lilly machte ein paar Schritte auf sie zu und umarmte sie ungelenk. »Danke«, flüsterte sie. »Ich weiß doch, dass ihr euch gemocht habt.«

Ob Jana das gefallen würde, dachte sie, als Tigger bei ihr eingezogen war, älter geworden, aber anhänglicher als früher. Ein Haustier, das man streicheln kann? Doch vor allem gefiel es ihr selbst. Topfpflanzen, Teppiche, Bilder an der Wand, und jetzt auch noch ein Haustier. Die Arbeit an ihrem Spießerleben machte Fortschritte. Bernd hatte recht.

In der ersten Zeit ließ sie den Kater nicht aus der Wohnung, aus lauter Angst, er könnte wieder weglaufen. Oder auf der Straße überfahren werden. Doch als sie ihm das erste Mal zögernd die Terrassentür öffnete, sprang er keineswegs freudig ins Freie, sondern zierte sich.

Das kam Clara irgendwie menschlich vor. Wer frei ist, hält Freiheit für selbstverständlich. Freiheit wirkt umso verführerischer, desto eingeschränkter sie ist. Und so nehmen DDR-Bürger sogar Knast in Kauf, um etwas zu erlangen, was den Brüdern und Schwestern im Westen kaum eine Überlegung wert ist. Deutsche Paradoxien.

Tigger jedenfalls schien an Clara mehr zu hängen als am Leben in freier Wildbahn – dabei hatten sie sich mehr als fünf Jahre nicht gesehen. Ihre Wiedervereinigung war eines der Wunder, an die sie ja eigentlich nicht glaubte.

XI

»Peters möchte dich sehen.« Tina, die Sekretärin der Chefredaktion, mit wichtiger Miene.

»Ich muss eben noch …«

»Sofort, bitte.«

Clara legte seufzend den Kugelschreiber beiseite und stand auf.

Carl Peters blieb hinter seinem Schreibtisch sitzen, als sie in sein Zimmer kam, das war kein gutes Zeichen, normalerweise stand er auf und kam ihr entgegen. Er deutete auf den Stuhl vor seinem Schreibtisch. Sie setzte sich und kam sich ein wenig vor wie in der Schule. Zwischen einem Bücherstapel rechts und einem Papierstapel links lag ein Manuskript auf der Schreibtischplatte, das sie kannte. Es war ihr Bericht aus Wackersdorf.

Man hatte sie in Vertretung eines erkrankten Kollegen dort hingeschickt, in ein Kaff in der Oberpfalz, nahe der Grenze zur ČSSR. Dort wurde eine Wiederaufbereitungsanlage für abgebrannte Brennstäbe aus Atomreaktoren gebaut, gegen die seit Jahren protestiert wurde. Ein Hüttendorf der Gegner war zwar geräumt worden, aber der Protest war eskaliert. Sie hatte die Lage beobachten und darüber berichten sollen – und genau das hatte sie getan.

»Das können wir so nicht ins Blatt nehmen, liebe Gila. Wir wollten eine Reportage haben, in der alle Seiten zu Wort kommen. Das hier …«

Er strich mit der flachen Hand über das Manuskript und ließ sie dann mit einer wegwerfenden Bewegung hochschwingen.

»Ich denke, ich habe das Für und Wider sauber erörtert, Carl. Alles spricht für den Bau der Wiederaufbereitungsanlage.«

Er lehnte sich zurück, legte beide Hände auf das Manuskript und sah sie mit hochgezogenen Augenbrauen an. »Was um Himmelswillen spricht für eine Sache, gegen die sich die Menschen nun schon seit Jahren wehren?«

War das vielleicht ein Argument? Ruhe bewahren, sagte sie sich und atmete tief ein. »Sicher, aber das ist unvernünftig, sowohl ökonomisch als auch politisch. Für die friedliche Nutzung der Atomenergie ist die Wiederaufbereitungsanlage nötig, es gibt keinen rationalen Grund, dagegen zu sein.«

»Und deshalb sollen Polizisten den demokratischen Protest einfach niederprügeln dürfen?« Seine Stimme war ganz weich geworden. Das war seine Masche. »Die Leser wollen Gefühl, nicht bloße Rationalität«, sagte er damit. Dabei war er ganz und gar kein leidenschaftlicher Journalist, er war ein Buchhalter. Doch wenn es der Markt verlangte, dann servierte er den Lesern eben Gefühl. Sie hasste diese Verlogenheit.

»Natürlich nicht«, antwortete sie kühl. »Aber der Staat muss nun einmal durchsetzen, was im allgemeinen Interesse liegt. Er kann sich doch nicht von ein paar Randalierern vorführen lassen.«

»Randalierer? Das ist die Sprache der Reaktion, Gila. Wir leben in einem freien Land, in dem auf Volkes Stimme gehört wird.« Volkes Stimme! Er glaubte wohl, das sei ein Argument, dem eine aus der Zone Freigekaufte schlecht widersprechen könne.

»Volkes Stimme? Ich habe vor Ort beinahe ausschließlich Vertreter der Grünen gehört, die auf jedes hingehaltene Mikrofon und jede Kamera zugestürzt sind.«

Carl Peters richtete sich auf, schob seinen Schreibtischsessel zurück und stand auf, schlank und schmal in seinem eng geschnittenen Anzug, ein ebenso schmales Lächeln im Gesicht. »Ich bin froh, dass es die Grünen gibt, Gila. Wir haben uns viel zu lange viel zu wenig um unsere Umwelt gekümmert. Die Atomkraft ist keine Technologie der Zukunft, dazu ist sie viel zu gefährlich. Denk mal darüber nach.«

Sie stand ebenfalls auf und verließ das Zimmer mit einem freundlichen Lächeln, obwohl sie kochte vor Wut. Als ob sie nicht darüber nachgedacht hätte. Die Westdeutschen gerieten allein schon beim Wort Atom in panische Angst, dabei war die Atomkraft eine der sichersten Arten der Energiegewinnung überhaupt. Man konnte stolz sein auf die Pionierleistung von Otto Hahn und Lisa Meitner, und es war ein Witz, dass nur die Westdeutschen das partout nicht anerkennen wollten.

Sie versuchte, mit den Kollegen darüber zu reden. Doch in seltener Eintracht stellte sich die Redaktion auf die Seite von »Volkes Stimme«. Niemand fand etwas dabei, dass der Staat einknickte – wie die baden-württembergische Landesregierung, die angesichts der Proteste auf den Bau eines Atomkraftwerks in Wyhl am Kaiserstuhl verzichtet hatte. Alle fanden die Grünen prima, nicht nur wegen Ökologie und Naturschutz, Themen, die seit der Aufregung über das »Waldsterben« jedem Westdeutschen ans Herz gingen, sondern weil endlich was los war im Parlament.

Schon klar: Ihr Artikel passte nicht zur Blattlinie.

Eigentlich braucht man mich hier nicht, hatte sie bis dato oft gedacht. Das läuft in unsere Richtung, ganz von allein. Denn viele, womöglich sogar die meisten westdeutschen Journalisten sahen in der DDR das bessere Deutschland. Kalte Krieger gab es kaum, Antikommunismus galt als reaktionär. Alle waren für eine Verständigung mit der DDR, keiner schwärmte von Wiedervereinigung oder Ähnlichem, die Verhältnisse in der BRD sah man weit kritischer als die in der DDR. Nur in Sachen Atomenergie war man nicht auf Linie mit der DDR.

Dass »Gila« stets eher wohlwollend über die westdeutsche Wirtschaft berichtet hatte, schrieb man ihrer negativen Erfahrung mit dem »realexistierenden Sozialismus« zu. Doch mittlerweile war ihr Opferbonus aufgebraucht. Es war das erste Mal, dass einer ihrer Texte nicht gedruckt wurde. Ihre Karriere beim »Rundblick« geriet ins Stocken.

Jetzt setzte man sie erst recht auf Themen an, die sie nicht interessierten. Die Frauen! Ach herrje. Nur, weil die Grünen darauf bestanden, »quotiert« aufzutreten, also pro Mann eine Frau oder ihretwegen auch gern umgekehrt, war das plötzlich ein Thema. Clara hielt das für ein weiteres Zeichen von Dekadenz. In der DDR waren Frauen selbstverständlich gleichberechtigt, sie arbeiteten ja auch, statt auf der Couch zu liegen und sich die Nägel zu lackieren. Sie konnte diesem Thema nichts abgewinnen. Auch diese Reportage scheiterte.

Zum Höhepunkt ihrer Qualen geriet der Reaktorunfall in der UdSSR. Am 26. April 1986 havarierte ein Block des Kernkraftwerks Tschernobyl in der Ukraine. Nachrichten über das Unglück sickerten erst am 29. April durch, die Genossen hatten verständlicherweise gezögert, den Vorfall sofort in alle Welt hinauszuposaunen. Auch hatten aufopferungsbereite Männer den havarierten Reaktor bereits versiegelt, die Gefahr war also gebannt. Doch die Panik im Westen stand in keinem Verhältnis zum tatsächlichen Schaden. Clara wurde erneut zur Zielscheibe in den Redaktionssitzungen – weil sie die Risiken der Atomenergie verharmlost habe.

Zur Strafe, wie sie fand, schickte man sie nach Bonn, um über die Grünen im Bundestag zu berichten, über strickende Männer mit Bart und Norwegerpullover und Frauen in langen Röcken und mit schrillen Stimmen. Die wirren Kinder von 1968. Dafür musste sie morgens mit ihrem VW Polo in die Hauptstadt fahren und spätabends wieder zurück.

Claras Berichte waren so mager, dass man sie irgendwann wieder das tun ließ, wovon sie etwas verstand. Sie stürzte sich auf den Skandal um die »Neue Heimat«, das Wohnungsbauunternehmen des DGB, das von den Gewerkschaftsbossen erst an den Brotfabrikanten Schiesser verkauft und zwei Monate später wieder zurückgekauft worden war. Mit ihrer kritischen Analyse verdarb sie es sich nun auch mit den Sozialdemokraten in der Redaktion. Doch darauf kam es jetzt nicht mehr an.

Es ging ja nicht um sie. Es ging um die Sache. Der »Zeitgeist«, wie es jetzt überall hieß, war auf dem falschen Dampfer. Sie begann allmählich an Stahls großem Plan zu zweifeln. Waren die beiden deutschen Staaten einander nicht nahe genug gekommen in den vergangenen Jahren? Warum kam es nicht zum letzten Schritt?

Gespräche mit Bernd führten zu nichts. »Du kannst doch nicht ernsthaft an eine Wiedervereinigung denken? Ich verstehe dich nicht. Das ist reaktionär«, antwortete er auf ihre vorsichtige Frage beim Essen in der Kantine.

»Ich denke an eine fruchtbare Verbindung beider Teile Deutschlands. Die DDR bringt die Menschlichkeit ein und die BRD ihre wirtschaftliche Stärke.«

»Dann haben wir wieder ein Großdeutsches Reich. Hast du denn nichts aus der Geschichte gelernt?«

»Was spricht gegen ein sozialistisches Deutschland? Ohne Revanchismus, ohne Großmannssucht?«

Bernd lächelte. »Ich halte es mit dem französischen Schriftsteller François Mauriac: ›Ich liebe Deutschland so sehr, dass ich begrüße, dass es zwei davon gibt.‹ Außerdem würden weder die UdSSR noch die USA eine Wiedervereinigung unterstützen.«

Das war der entscheidende Punkt, hier hakte der Große Plan. Deutschland war nicht die Sache der Deutschen allein. Clara kapitulierte.

Beim Weihnachtsfest der Kollegen stand sie allein, ein Glas Sekt in der Hand, der langsam warm wurde.

Bernd machte Karriere, er war jetzt stellvertretender Chefredakteur des »Rundblick«. Sie war auf dem absteigenden Ast, und das ließ er sie spüren. Ihr unermüdlicher Fleiß war vergebens gewesen.

XII

Ein ganzes Jahr lang hatte Clara ihre Tochter viel zu selten gesehen. Erst seit sie nicht mehr nach Bonn musste, ordnete sich die Zeit wieder nach den Tagen, an denen sie nach Schulschluss Jana beobachten konnte. Ab und an sah sie den Mann, der auf niemanden zu warten schien, und zweimal wäre sie beinahe Leonore in die Arme gelaufen. Die Wochenenden waren ereignislos. Ihr Liebesleben spielte sich unter der Woche ab. Sie hatte eine Affäre mit Hanns-Hermann begonnen, Abteilungsleiter bei der Kreditbank für Wiederaufbau, und der war an Wochenenden ganz für Frau und Kinder da.

Der Kater machte die Sonntage erträglicher. Sie war zwar nicht ungern allein, an ihre Selbstgespräche hatte sie sich längst gewöhnt, sie war sich eine angenehme Gesprächspartnerin. Doch auch mit Tigger konnte man sich unterhalten. Das machten viele Menschen, hatte sie festgestellt, alle Hundebesitzer sprachen mit ihren Hunden und keineswegs nur einsilbig. Sie machte dem Kater Komplimente, wenn sie sein schönes rotes Fell ausbürstete. Sie lockte ihn mit appetitanregenden Schilderungen der Speisen, die sie ihm servierte: Schinken und gekochtes Hühnchen und manchmal gedünsteter Fisch. Sie verwöhnte ihn, aber dafür war er doch da, oder?

Beim sonntäglichen »Tatort« saß er oft auf ihrem Schoß, warm wie eine Wolldecke. Oder wenn sie las. Sie hatte sich angewöhnt, Bücher zu lesen, die in der DDR verpönt waren. Bei Büchern wie Solschenizyns »Der Archipel Gulag« verstand sie das, sie musste nur ein paar Seiten lesen, um zu erkennen, dass man seine angeblich wahrheitsgetreuen Schilderungen nur als antikommunistische Hetze verstehen konnte. Wasser auf die Mühlen des Klassenfeindes. Ähnliches galt für Renegaten wie Manès Sperber oder Arthur Koestler, ganz zu schweigen von Wolfgang Leonhards »Die Revolution entlässt ihre Kinder«.

Doch dieses Buch tat ihr weh, auch wenn sich alles in ihr dagegen sträubte. So viel Leben. So viel Engagement. So viel Enttäuschung bei eigentlich gutwilligen Genossen. Und – so viele Fehler. Auf unserer Seite. Vor allem von Walter Ulbricht.

Dass Nietzsche sie zu faszinieren begann, wunderte sie erst. Ein menschenfeindliches Monstrum, zweifellos. Aber seine Sprache! Und hatte er nicht recht mit seiner Einschätzung? »Der Phantast verleugnet die Wahrheit vor sich, der Lügner nur vor anderen.«

War sie nur ein Lügner – oder auch ein Phantast?

Sie begann sich in ihrem ruhigen und unauffälligen Leben einzuigeln, ohne zu vergessen, dass sie diszipliniert sein musste, bereit für das, was da kommen mochte. Dreimal die Woche ging sie joggen, zweimal die Woche zum Aerobic, ein neuer Trend aus den USA. Manchmal morgens, oft mittags, selten abends schlenderte sie durchs Westend, am Verlag vorbei, für den Leonore arbeitete. Oder zum Café Laumer, wo sie Leonore und Jana das erste Mal gesehen hatte. Manchmal zum Haus, in dem die drei wohnten: Jana, Leonore und Alexander.

Alexander war ein interessanter Fall. Er sah gut aus, kleidete sich anständig und wirkte keineswegs wie ein Stubengelehrter, obwohl er Professor an der Frankfurter Universität war. Er ging pünktlich jeden Vormittag zur Arbeit, hatte sie jedenfalls geglaubt, bis sie ihm eines Tages aus purer Neugier folgte. Sein Weg führte nicht zum historischen Institut der Universität, sondern zu einem Haus in Bockenheim. Manchmal ging er hinein, manchmal kam eine Frau heraus, mit der er lachend und händchenhaltend auf Nebenstraßen Richtung Innenstadt lief. Einmal war sie hinterhergegangen und hatte die beiden beobachtet, wie sie an einem der Tische vor Feinkost Plöger standen.

Es ging sie nichts an, aber seltsamerweise machte es sie wütend. Leonore hatte das nicht verdient. Und Jana erst recht nicht. Dabei hätte sie eigentlich Verständnis für ihn haben müssen. Hanns-Hermann hielt es auch nicht anders als Alexander: traf sich klammheimlich mit der Geliebten und machte zu Hause auf treuer Ehemann. Allerdings würde er sich nie mit ihr händchenhaltend in der Öffentlichkeit blicken lassen.

Clara wusste, dass die Sache mit Hanns-Hermann endlich war, auch wenn sie es gern hörte, dass er und seine Frau sich nichts mehr zu sagen hätten, dass sie nicht mehr miteinander schliefen, dass er sich ein Leben mit »Gila« wünschte. Doch ihre Treffen wurden seltener, er hatte keine Zeit, seine Frau setzte ihn unter Druck, er schien sich vor ihr zu fürchten. Wegen der Kosten einer Scheidung?

Ohne dass sie es wollte, begann Clara, unter der Beziehung zu leiden. Aber vielleicht litt sie auch nur unter der unbefriedigten Sehnsucht nach einem ruhigen und geordneten Spießerleben. Die vergangenen zehn Jahre erschienen ihr wie verlorene Zeit, sie hatte nichts zustande gebracht, war für den Auftrag ungeeignet, den sie damals so stolz angenommen hatte.

Nein, sich selbst belog sie nicht. Sie belog nur die anderen, und noch nicht einmal das war mehr nötig.

Denn unterdessen war etwas in Bewegung geraten. Das Eis schmolz, die Mauern schwankten. Michail Gorbatschow, der neue Generalsekretär der KPdSU, wirbelte die Verhältnisse durcheinander. Von »Demokratisierung« war plötzlich die Rede und von Abrüstung. Die DDR und die BRD vereinbarten wissenschaftliche und technische Zusammenarbeit, und SED und SPD veröffentlichten ein gemeinsames Papier: »Der Streit der Ideologien und die gemeinsame Sicherheit«. Reagan besuchte Gorbatschow, Honecker fuhr nach Paris. Westdeutsche Schlagersänger gaben sich in der Hauptstadt der DDR die Klinke in die Hand.

Doch im Dezember 1987 trat Honecker auf die Bremse, zog seine Unterstützung der Reformpolitik Gorbatschows zurück und verkündete, die Mauer werde es auch in hundert Jahren noch geben.

Zu spät. Etwas gab nach. War der Zeitpunkt gekommen, für den sie sich bereithielt?

Die Kollegen beim »Rundblick« waren blind für all das, sie machten sich lustig über Ronald Reagans pathetischen Ausruf am Brandenburger Tor: »Mr Gorbatschow, tear down this wall!« Sicher, sagten sie, in der DDR müsse etwas passieren, es gehe nicht an, dass jugendliche Rockfans verprügelt werden, nur, weil sie ein Konzert von David Bowie hören wollten. Die DDR müsse sich öffnen, lebenswerter werden, sicher. Aber der sozialistische Lebensstil sei immer noch besser als das Leben im konsumfetischistischen Westen, das kleine Glück im Winkel sei erstrebenswerter als neue Großmachtphantasien. In der »Zeit« gab es nach einer Reise führender Redakteure durch die DDR blumige Lobpreisungen zu lesen: Die Menschen »glauben an das, was sie sehen: die Aufbauleistung ringsum, ihren verbesserten Lebensstandard, die Geborgenheit auch, die ihnen ihr Staat bei allen Kümmerlichkeiten und Kümmernissen bietet, die menschliche Wärme.«

Sie hielten der DDR eisern die Treue, die westlichen Salonlinken, auch beim »Rundblick«. Nur der »reaktionäre« Kollege Franzke verwies auf das Wiedervereinigungsgebot im Grundgesetz. Er erntete Hohngelächter. Das sei ersatzlos zu streichen, man könne mit derlei Parolen die Geschichte nicht aufhalten. Welche Geschichte, fragte sich Clara. Eure? Unsere?

Sie wussten nicht, wovon sie redeten, die Kollegen. Clara wusste es besser, sie war gewarnt, sie hatte mit einer krisenhaften Entwicklung gerechnet. Und jetzt geschah es, alles ging so schnell, verlief so unberechenbar, so unkontrolliert.

Sie rechnete jeden Tag mit einem Ereignis, das ihr Weckruf sein würde. Sie schlief schlecht, wälzte sich unruhig im Bett, scheuchte damit Tigger auf, der ungehalten maunzte. Sie dachte wieder häufiger an Holger, nicht mehr mit Sehnsucht, eher mit einem viel zarteren Gefühl: Bedauern. Sie hatte mehr verloren als er, er wusste ja gar nichts von seiner Tochter.

Was würden die kommenden Ereignisse für ihn bedeuten, für Jana, für sie selbst?

Kurz vor Weihnachten 1988 brach das Kartenhaus zusammen, in dem sie sich eingerichtet hatte. In Janas Schule wurde ein Theaterstück aufgeführt, »Der Zauberer von Oz«. Clara war kurz vor Veranstaltungsbeginn gekommen, hatte sich in die letzte Reihe gesetzt, damit sie sofort nach dem Schlussapplaus verschwinden konnte. Jana als kleine Hexe hatte sie unendlich gerührt. Vielleicht hatte sie deshalb nicht aufgepasst, war zu lange sitzen geblieben, war nicht rechtzeitig aufgestanden, war nicht schnell genug gegangen. Plötzlich stand Leonore vor ihr, im Gesicht Wut. Und Verzweiflung.

Sie kehrte ihr den Rücken zu, ging in aller Ruhe zum Ausgang, doch Leonore lief hinter ihr her, beschimpfte sie, machte eine Riesenszene. Clara ging unbeirrt weiter, versuchte, Leonores Geschrei ebenso zu ignorieren wie die Blicke, die andere ihr zuwarfen. Endlich verstummte Leonore. Dann hörte sie, wie jemand nach einem Krankenwagen rief.

»Du hast sie wie ein Gepäckstück einfach zurückgelassen, sie geht dich nichts mehr an!«, hatte Leonore geschrien.

Nein, dachte Clara. So war es nicht. Es war die schwerste Entscheidung meines Lebens.

Über sieben Brücken musst du gehn

I

Berlin, Frühjahr 1990

Auch noch nach Tagen fühlte Clara sich verloren in Berlin. Sie war so lange nicht mehr hier gewesen, in der Hauptstadt der DDR – und noch nie in einem Hotel wie diesem. Die Redaktion hatte sie im Palasthotel untergebracht, einem großen, dreiflügeligen Klotz an der Spree, gegenüber dem Berliner Dom und dem Palast der Republik. Es war eines der vier Hotels, die in der DDR devisenstarkem Westpublikum vorbehalten waren. Heute durfte offenbar jeder rein.

Sie schlief schlecht und wachte mit unklaren Gefühlen auf. War das noch ihre alte Heimat? Oder hatte nur sie selbst sich verändert?

Im Frühstücksraum des Palasthotels saß eine verwirrend große und furchtbar laute Menschenmenge. Nach zwei Tassen Kaffee flüchtete sie in ihr Zimmer, zog sich Jogginghosen, Laufschuhe und eine Regenjacke an, verließ das Hotel und lief los, ohne Ziel, aber mit einem inneren Kompass, der sie vom Volkspark Friedrichshain am Volkspark Prenzlauer Berg entlang nach Hohenschönhausen führte.

Die Roedernstraße, der Friedhof, die Schrebergärten: die alte Heimat. Wie viele Jahre hatte sie hier gewohnt? Hatte es hier auch damals derart trostlos ausgesehen? So heruntergekommen, so vernachlässigt, so ungeliebt? Nicht, dass sie das Schrille und Bunte des Westens besonders schätzte. Aber musste der Sozialismus so freudlos wirken?

Dumme Gedanken. Im Regen sah alles grau aus. Clara zog sich die Kapuze tiefer in die Stirn und machte vor der Hausnummer 29 halt. In der Wohnung im Obergeschoss brannte Licht. Einen Moment lang fühlte sie sich mit Macht dort hingezogen, in den dunklen Hausflur, ins Treppenhaus, die Stufen hinauf in die vertraute Wohnung, in der es immer nach Essigsäure roch, wenn ihre Mutter Fotos entwickelte. Clara hatte damals gegen den Umzug in die Roedernstraße rebelliert, warum auch immer, dabei war die Wohnung größer als die davor, sie bekam sogar ein eigenes Zimmer.

Helene Pinkus wohnte nun schon lange nicht mehr hier. Wo, wusste Clara nicht, und sie wollte nicht der Versuchung nachgeben, es herauszufinden. Denn der Wunsch, sie wiederzusehen, war in den letzten Monaten immer stärker geworden. Ob Helene ihre Tochter vermisste? So, wie sie selbst Jana vermisste? Clara hatte ein eher kühles Verhältnis zu ihrer Mutter gehabt, was sie heute manchmal bedauerte. Helene war immer für sie dagewesen, egal, wie ruppig sie sich verhalten hatte. Doch Claras wahre Familie war das MfS gewesen. Sie hatte nie etwas anderes sein wollen als eine zuverlässige Genossin.

Sie erinnerte sich nicht daran, einen Vater vermisst oder Helene jemals nach ihm gefragt zu haben. Sie war in den letzten Kriegsmonaten gezeugt worden, womöglich unter Umständen, in denen von Liebe nicht die Rede sein konnte. Ihr Vater war womöglich gar kein strahlender Held der Roten Armee gewesen, wie sie es sich als Kind erträumt hatte, sondern ein betrunkener Muschik, der sich im Siegestaumel an deutschen Frauen vergriffen hatte. Darüber durfte man in der DDR zwar nicht reden, aber jeder wusste natürlich, was auf dem Vormarsch der Roten Armee losgewesen war.

Also hatte sie die Frage nach dem Vater vermieden. Wieso dachte sie ausgerechnet jetzt daran? Vielleicht, weil auch Jana irgendwann Fragen stellen könnte? Nach ihrem Vater – und ihrer Mutter? Was würde man ihr antworten?

Der Regen ließ langsam nach. Nein, sie war nicht hier, um irgendwelchen sentimentalen Regungen nachzugehen. Sie durfte ihre Legende nicht riskieren. Außerdem könnte es ihrer Mutter schaden, mit einer westdeutschen Journalistin gesehen zu werden.

Sie lief mit gesenktem Kopf über die matschigen Wege und versuchte, einen klaren Gedanken zu fassen.

Alles war so eingetreten, wie Hans Stahl es vorhergesehen hatte, und doch war alles ganz anders. Die Tage nach der ersten Bresche in der Mauer hatten sich in ihr Gedächtnis gebrannt. Das war kein friedliches Aufeinanderzugehen, kein gleichberechtigter Prozess gewesen, das war eine endlose Demütigung. Die Bürger der DDR ließen sich von wohlwollend auf sie herabblickenden Westdeutschen empfangen, die ihnen wie den Affen im Zoo Bananen entgegenstreckten und Sekt über sie kippten. Und die Bürger der DDR? Wie schnell war aus Stolz und Bescheidenheit Schamlosigkeit geworden. Wie die Heuschrecken fielen sie in die westdeutsche Konsumwelt ein und packten sich die Trabis voll mit billigem Kram aus den Supermärkten. Keine Spur vom neuen Menschen.

Sie hatte sich erst geweigert, die alte Heimat in diesem Zustand zu besuchen. Doch nach der Volkskammerwahl am 18. März, der ersten freien Wahl in der DDR, die mit einem Triumph der Konservativen ausging, bestand man in der Redaktionskonferenz darauf, dass sie fuhr. »Da kannste mal sehen, was falsch verstandene Demokratie so anrichtet«, hatte ihr der für den Reiseteil zuständige Kollege zugeflüstert. »Aber ihr wolltet es ja nicht anders.« Ihr? Plötzlich, nach so vielen Jahren, gehörte sie wieder »zu denen da drüben«?

Je länger sie durch die untergehende DDR reiste, desto schneller kehrte sich ihre Empörung um. Die DDR-Bürger hatten recht. Der Sozialismus hatte es nicht geschafft, die Menschen mit mehr als dem Nötigsten zu versorgen. Wer konnte ihnen verdenken, dass sie sich jetzt schadlos hielten? Das würde vorübergehen. Was offenbar nie verging, war der Dünkel der Privilegierten.

Clara ballte die Hände in den Taschen ihrer Regenjacke. Das Schlimmste waren die fetten Katzen, solche wie Stefan Heym, der in der DDR satt und zufrieden lebende Schriftsteller, der seine Landsleute nun ausgerechnet im »Spiegel« als »Vergierte« beschimpfte, die auf der »Jagd nach dem glitzernden Tinnef« mit »kannibalistischer Lust in den Grabbeltischen« wühlten. Das war schon nahe an Volksverhetzung. Der Mann begriff es einfach nicht: Die Menschen wollten anständig leben. Darum ging es.

Sie begehrten, was der Westen hatte. Und sie wollten die Herrschaft der alten grauen Männer nicht mehr. Wen wunderte das eigentlich noch? Offenbar nur die Privilegierten. Und all die westdeutschen Geistesgrößen, die von einem Staat schwärmten, in dem sie nie hatten leben wollen.

Mit einem Mal fühlte sie sich aufs Neue verbunden mit der alten Heimat, mit ihrer Schlichtheit, ihrer Ehrlichkeit, mit all dem Grau in Grau, auch wenn es galt, sich davon zu verabschieden. Denn die DDR hatte unterzugehen, damit sie wie der Phoenix aus der Asche wiederauferstehen konnte. Das war die Zukunft. Da lag ihre Aufgabe. Dafür hatte sie das alles überstanden.

Elf Jahre Einsamkeit.

Mittlerweile regnete es nicht mehr, die Luft roch nach feuchter Erde und Vorfrühling. Ihre Schuhe waren durchweicht, aber das war ihr egal, sie war einfach weitergelaufen, von Hohenschönhausen nach Lichtenberg. Und dann stand sie vor der grauen Zwingburg, der MfS-Zentrale in der Normannenstraße. Sie war nie hier gewesen, damals, als Hans Stahl sie angeworben hatte, sie hatten sich immer nur in konspirativen Wohnungen getroffen, die dem MfS gehört hatten. Wo er jetzt wohl war, ihr alter Führungsoffizier? Ihm konnte man nichts anhängen, er hatte seinem Staat treu gedient, das war kein Verbrechen. Es würde diejenigen treffen, die als Kundschafter in der BRD unterwegs gewesen waren. Nicht mehr lange, dann waren die ersten Westagenten enttarnt. Betraf das auch sie? Sie hatte ja nicht in die DDR berichtet, hatte nichts und niemanden verraten. Aber was wusste man schon.

Sie musste mit Stahl Kontakt aufnehmen. Sie brauchte Klarheit über das, was nun zu tun war.

II

Am späten Nachmittag kam sie durchnässt und erschöpft im Palasthotel an, zog sich in ihrem Zimmer um, machte sich frisch und fuhr mit dem Fahrstuhl wieder hinunter zur Sinus-Bar, wo die Nutten saßen, die früher für die Stasi gearbeitet hatten und jetzt auf eigene Rechnung anschafften. Die Reporter des »Stern« wohnten im Grand Hotel, im Palasthotel hielt es außer ihr nur einer aus: ein hemdsärmeliger Mann vom »Spiegel«. Die anderen Journalisten wohnten lieber in Westberlin, wahrscheinlich zogen sie Restaurants vor, in denen es keine Soljanka gab. Außerdem konnte man im Westen problemlos telefonieren.

Die Kollegen behandelten Clara stets ein wenig gönnerhaft und von oben herab, Journalismus war ein Männerding. Die Zeitung, für die »Gila« arbeitete, nahmen sie nicht ernst, aber sie hatten nichts dagegen, dass sie zuhörte, wenn sie wieder einmal die Lage erörterten. Zuhören war ihre Spezialität, es störte sie nicht im Geringsten, dass ihre Meinung wenig gefragt war.

Schon in der Halle mit dem spiegelnden Marmorboden hörte man das kräftige Organ von Mattmann, dem Reporter vom »Spiegel«. Sie redete gern mit ihm, er war wenigstens witzig. Und er war ehrlich: Die DDR hatte ihn nie interessiert, aber ihren Untergang fand er spannend. Wie spannend das noch wird, ahnst du nicht einmal, dachte Clara oft.

Mattmann saß an der Theke, hatte ein Glas Wein vor sich und eine Zigarre in der Hand. »Komm, Kleine«, rief er, als er sie sah, und: »Noch ein Glas für die Dame, bitte!«, zum Kellner. »Wusstest du, dass die Stasi die Straßenkarten manipuliert hat, damit der Feind sich verirrt, sollte er auf die dumme Idee kommen, ins Heimatland des Sozialismus einzumarschieren?«

Sie lächelte und sagte nichts. Das war die einfachste ihrer Rollen. Westmänner waren es gewohnt, dass Frauen lieber schwiegen, als sich auf ihre Gockelkämpfe einzulassen.

Neben Mattmann hockte sein Kollege Lärch, der in Westberlin wohnte, aber immer mal vorbeischaute, um Witterung aufzunehmen, wie er das nannte. Der blickte missmutig ins

Bierglas und murmelte: »Ich will nicht wiedervereinigt werden.«

»Du bist nicht gefragt«, antwortete Mattmann lässig. »Und hör endlich auf, darüber zu schmollen, dass das Volk sich nicht so verhält, wie du es willst. Die Menschen haben aus gutem Grund die Nase voll von Utopien und staatstragender Propaganda und der ganzen Moralsoße.«

»Die DDR war das bessere Deutschland. Das antifaschistische Deutschland. Während wir im Westen …«

»– unverdientes Glück gehabt haben, genau. Und jetzt sind halt mal die anderen dran.«

»Ich sehe keinen Vorteil darin, dass nun auf die Diktatur der Ideologie eine Diktatur des Geldes folgt. Es gibt schließlich auch Bewahrenswertes. Man kann das doch nicht einfach auf den Müll werfen.«

Nein, dachte Clara. Kann man nicht. Werden wir auch nicht. Auch ihr im Westen werdet euch verändern müssen.

»Ja, ich weiß. Man darf in der DDR auch bei Rot rechts abbiegen. Es gibt Kinderbewahranstalten, damit die Muttis arbeiten gehen können, und polytechnischen Unterricht. Man sieht ja, was das gebracht hat.«

»Die DDR hatte die schlechteren Ausgangsbedingungen. Sie hatte keine Chance.«

»Stimmt. Dafür hat Väterchen Stalin schon gesorgt.«

Lärch trank aus, erhob sich, sagte: »Matte, du bist ein Zyniker«, und ging.

Mattmann lachte, hob sein Glas und stieß mit Clara an. »Glaub ihm kein Wort. Ich hab's einfach nicht so mit den großen Theorien. Spannender als jede Idee ist der Mensch, der sie denkt.«

Sie prostete ihm zu.

»Gib's zu, Gila! Du glaubst doch sicher auch an den neuen Menschen und dass man ihn dazu erziehen muss, wenn er es noch nicht ist.«

Sie musste lachen. »Bei dir wäre jede Erziehungsmaßnahme Zeitverschwendung, Matte.«

Wahrscheinlich musste man sich mit den je vorhandenen Menschen abfinden.

III

Erst im Laufe des Sommers hatten die sonst so cleveren Jungs in der Redaktion endlich begriffen, dass nicht nur die »Buschzulage« lockte, die exotische DDR i. U. (im Untergang) zu studieren. Man konnte sich auch mit dramatischen Reportagen zum Karl May des Sozialismus machen. Clara verdankte nur der Erkrankung zweier Wirtschaftsredakteure, dass sie nach Berlin durfte, um den neuen Treuhandchef unter die Lupe zu nehmen. Die Treuhand war dazu gedacht, das Volkseigentum der DDR zu erhalten, zu verwalten und zu privatisieren, an dieser Aufgabe war bereits mehr als einer gescheitert. Jetzt hatte man einen Macher aus Westdeutschland bestellt, der den Laden schon ab August kommissarisch leiten sollte. »Über dem Leichnam kreisen die Geier«, hatte der Chef der Wirtschaftsredaktion gemurmelt und meinte die Treuhand, »da wird nicht viel Fleisch am Skelett hängen bleiben.«

Die Treuhandleute besprachen jeden Morgen im Grand Hotel beim Frühstück die Lage, in einem eigenen Konferenzraum. Clara stellte sich vor das Hotel, passte den Moment ab, in dem sich die Gruppe auf dem Weg zu ihrer Arbeitsstätte machte, und folgte den Männern.

Die Treuhandanstalt residierte im »Haus der Elektrotechnik« am Alexanderplatz. Schon von Weitem sah man Menschen vor dem Eingang stehen, vor allem Journalisten mit Kameras, Fotoapparaten und Mikrofonen. Der designierte Treuhandchef winkte, sagte ein paar Worte und lief zielstrebig weiter. Clara mischte sich unter die Journalisten und ging mit hinein. Während die Treuhänder die Treppe zu ihren Büros hinaufstiegen, blieb sie stehen und sah sich um. Nicht nur Journalisten hatten sich im Foyer versammelt, in jeder Ecke gab es lebhafte Diskussionen.

Ein junger Mann stand in der Mitte und redete auf seine Zuhörer ein, er trug die Haare gescheitelt und einen dunkelblauen Anzug, der ihm ein wenig zu groß war. Clara stellte sich unauffällig dazu, hörte die Worte »Volksvermögen« und »retten, was zu retten ist«. Beifälliges Gemurmel, aber nicht von allen.

»Das Volksvermögen retten? Welches Volksvermögen?«, spottete ein kahlköpfiger Herr neben ihr, einer aus dem Westen, vermutete sie. »Der glaubt wohl noch an das Märchen vom blühenden Industrieland DDR.« Er lachte meckernd. »Die Industrieanlagen sind uralt. Ein Wunder, dass mit diesen Schrotthaufen noch produziert werden konnte.«

Der Mann vor ihm drehte sich um und grinste. »Wissen Sie, was in der DDR ein Spähtrupp ist? Die Abteilung im Kombinat, die nichts anderes zu tun hat, als Ersatzteile aufzutreiben.«

Wieder lachte der Kahlkopf. Clara fühlte sich angegriffen. »Die DDR war von Devisen und der Sowjetunion abhängig«, murmelte sie. »Das sollte man vielleicht berücksichtigen.«

Der Kahlkopf schob sein glänzendes Gesicht näher an sie

heran. »Die haben hier alle keine Arbeitsmoral. In den Betrieben wird eine ruhige Kugel geschoben, und nach Betriebsschluss geht man zur Schwarzarbeit.«

»Was Sie alles wissen«, sagte Clara spitz und wich zurück.

Ein älterer Mann mit Hornbrille und Tweedjackett mischte sich ein. »Nix wussten wir. Die haben uns auf der Leipziger Messe jahrelang Potemkinsche Dörfer vorgeführt. Hat doch im Westen keiner geahnt, wie marode hier die Wirtschaft ist.«

»Ja, im Nachhinein ist man immer klüger«, sagte eine barsche Stimme hinter Clara. Sie drehte sich um und musterte den Mann in Blouson und Arbeitshose. Ein DDR-Bürger, eindeutig. »Uns ging es nicht nur ums Materielle. Bei uns hat Arbeit gesellschaftlichen Charakter. Sie ist sozial.«

»Klar, die Brötchen sind billig, aber einen Fernseher kann sich kaum einer leisten.«

»Wollen Sie sich über uns lustig machen?« Der Mann im Blouson spannte die Muskeln an. Der Kahlköpfige lächelte begütigend, aber der grinsende Kerl neben ihm übersah die Zeichen. »Kennen Sie den? Sagt ein Genosse auf dem SED-Parteitag, auf dem der baldige Zusammenbruch des Kapitalismus verkündet wurde: Hoffentlich bricht der Kapitalismus nicht schon morgen zusammen, wir sind so schlecht darauf vorbereitet.«

»Lachen Sie nur. Ihre Existenz steht ja nicht auf dem Spiel.«

Clara hörte die unterdrückte Wut in der Stimme des Mannes im Blouson. »Ein Betrieb in der DDR ist so viel mehr, er organisiert das soziale Leben, Kindergärten, Sportgruppen, Geselligkeit, Freizeit, das ist wie eine große Familie, so eine Betriebsgemeinschaft«, versuchte sie zu erklären.

Der Mann im Tweed musterte sie aufmerksam. »Doch,

das verstehe ich schon. Und das ist genau das Problem. Ein Stahlwerk soll Stahl produzieren, nicht Kindergärten und Freizeitaktivitäten organisieren. Das ist genau der Grund, warum hier alles den Bach runtergeht.«

Clara blickte in ruhige braune Augen. Sie wollte etwas antworten, etwas richtigstellen, ihm widersprechen. Aber sie fürchtete, dass der Mann recht hatte.

»Der neue Treuhandchef tut sein Bestes. Aber er wird manche Härte nicht verhindern können.«

»Manche Härte?« Der Mann im Blouson. »Wir sollen plattgemacht werden. Darum geht es doch dem Westen.«

»Nein.« Niemand hatte ihn bemerkt, den Mann im beigen Staubmantel, der plötzlich neben ihnen stand. »Darum geht es niemandem, vor allem nicht mir.« Der Treuhandchef. Er sah müde aus.

»Sie schweben doch über uns wie die Geier über den Todgeweihten und wollen sich die besten Fleischstücke aus den zuckenden Körpern reißen«, zischte der Mann im Blouson.

»Ja, ich weiß. Wir haben es mit einem Abgrund schamloser Wirtschaftskriminalität zu tun. Damit ist jetzt Schluss. Aber wissen Sie auch, was sich Ihre alten Kader noch im letzten Moment alles unter den Nagel gerissen haben? Nicht nur die Westdeutschen? Und jetzt entschuldigen Sie mich, ich versuche zu retten, was zu retten ist.«

Er ging so lautlos, wie er gekommen war.

Im Hotel ging Clara ihre Notizen durch. Das Material reichte für eine halbwegs atmosphärische Reportage über das Treuhand-Chaos. Am nächsten Tag flog sie nach Frankfurt zurück.

IV

Frankfurt am Main

Clara war überrascht, dass Gunther Franzke sich plötzlich für sie interessierte. Beim Mittagessen setzte er sich neben sie, was er sonst nie tat. Er war schüchtern, was eigentlich rührend war bei einem Mann seiner Statur. Franzke war groß und blond und wirkte sportlich, was ihn weniger zierte, waren die Brille mit den dicken Gläsern, die er nie zu putzen schien, und die weißen Schuppen auf dem dunklen Jackett, dessen Ärmel an den Ellenbogen speckig glänzten.

Er war der Einzige gewesen, der damals ihren Text über den Protest gegen die Wiederaufbereitungsanlage in Wackersdorf verteidigt hatte, doch da er bei den Kollegen als irgendwie rechts galt, war seine Fürsprache nicht unbedingt hilfreich gewesen.

»Und? Wie sieht es aus bei den Brüdern und Schwestern?« Er nahm die Brille ab und wischte sich die Augen.

Sie musterte ihn. Wollte er das wirklich wissen?

»Nicht gut. Auch die Betriebe, die noch produzieren, können mit den billigeren Westwaren nicht mithalten. Zu geringe Produktivität, zu hohe Materialkosten. Veraltete Technik. Bei der Treuhand heißt es, die meisten Betriebe hätten nur noch Schrottwert.«

»Die DDR gehörte zu den ersten zehn Industrienationen!« Sein Dackelblick rührte sie beinahe.

»Ich weiß nicht. Jedenfalls werden sie selbst den eigenen Joghurt nicht mehr los.«

Er nickte, während seine Finger das Brötchen zerlegten, das er zur Currywurst bekommen hatte. »Das ist ja logisch.

Wer will den noch, wenn er die Riesenauswahl aus dem Westen haben kann?«

Eine Auswahl, die einen erschlagen konnte. All die bunten Plastiktöpfchen mit ihren exotischen Zutaten. Einen Lidschlag lang sehnte sie sich zurück nach der alten Einfachheit, als Joghurt noch nach Joghurt schmeckte und nicht nach einer süßen Pampe. Doch solche Gedanken waren müßig. Vorwärts immer, rückwärts nimmer.

»Auch der Export in die sozialistischen Bruderländer ist komplett zusammengebrochen.«

»Aber die Menschen ...« Franzke schluckte. »Wie soll das alles weitergehen?«

Das fragte sie sich auch. »Nichts bleibt, wie es war. Auch der Westen nicht«, sagte Clara und versuchte, überzeugend zu klingen.

Franzke schwieg und tunkte sein Brötchen in die Currysauce. »Wir wussten wenigstens, wer der Feind ist«, sagte er leise.

Nanu? Ein Rechter, der den Kommunismus vermisst? Sie nickte höflicherweise.

»Es ist alles so schnell gegangen«, sagte er nach einer Weile. »So ohne Plan.«

Ja, dachte Clara. So hatte sich Stahl das gewiss nicht vorgestellt. Niemand hätte sich das vorstellen können.

»Du solltest das genau unter die Lupe nehmen, was da läuft. Soweit ich sehe, läuft es schief.«

Clara glaubte das auch, doch sie hatte nicht die geringste Lust, nach Berlin zurückzugehen. In Frankfurt war Jana, zu Hause wartete der Kater. Seit Neuestem gab es sogar wieder einen Flirt. Sie hatte im Antiquariat an der Ostzeil drei Bände der Piper-Ausgabe von Dostojewskis gesammelten Werken aus den Zwanzigerjahren entdeckt, roter Leineneinband, an einigen Stellen ausgeblichen und abgeschabt. Der Antiquar hatte fast nichts für die Bücher verlangt und sie gestreichelt, bevor er sie einpackte. Das hatte sie berührt.

»Warum gehst nicht du nach Berlin, Gunther?«, fragte sie.

Er zögerte, stand da wie ein verlorener kleiner Junge mit traurigen Augen. »Ich fürchte, dafür ist es zu spät.« Franzke griff nach seinem Teller und wollte aufstehen, doch er setzte sich gleich wieder.

»Was immer du hörst, Gila«, er senkte die Stimme, »was immer sie sagen ...« Wieder nahm er die Brille ab. Feucht schimmernde Augen, dachte sie. Er weint doch nicht etwa? »Hör nicht auf sie.«

Das Gespräch beschäftigte sie den ganzen Tag über. Was war los mit dem Mann? Sie waren sich nie nahegekommen, er war ihr aus dem Weg gegangen wie allen anderen auch, das war ihr sogar lieb gewesen. Man durfte sich nicht allzu sehr auf die Kollegen einlassen.

Der nächste Tag brachte Aufklärung. Sie hatten die Redaktionskonferenz soeben hinter sich gebracht, die untergehende DDR kam nur am Rande vor, größere Aufmerksamkeit verlangte das Attentat auf den Bundesinnenminister Wolfgang Schäuble, der nun offenbar querschnittsgelähmt war.

»Noch etwas.« Carl Peters, der Chefredakteur, räusperte sich. »Falls sich jemand fragt, warum wir nicht vollzählig sind. Der Kollege Gunther Franzke hat mit sofortiger Wirkung gekündigt.«

»Nanu? Sind wir ihm zu links?« Alle lachten, Peters lachte nicht.

»Er hat zugegeben, jahrelang an das Ministerium für

Staatssicherheit in Ostberlin berichtet zu haben, und wollte seiner Enttarnung zuvorkommen.«

Alle redeten durcheinander, die einen wirkten betroffen, die anderen feixten.

»Ich bin über diesen Vertrauensmissbrauch entsetzt«, verkündete Peters. »Egal, ob er es aus innerer Überzeugung oder aus materiellen Gründen getan hat.«

»Was hat er denn berichtet? Wie schlecht der Kantinenfraß bei uns ist?« Der Kollege vom Ausland war bekannt für seinen derben Humor. Aber über diesen Scherz lachte niemand.

»Der Franzke, wer hätte das gedacht, dabei war der doch gar kein Linker«, murmelte Bernd, der auf dem Klappstuhl hinter Clara saß. »Ich kann mir das alles nicht vorstellen. Und geldgierig? Der? Mit seinen abgewetzten Anzügen und dem Schrottauto?«

Clara versuchte, ruhig zu atmen. Nein, das hätte sie Franzke auch nicht zugetraut. Andererseits: Er war keiner gewesen, der zu allem seinen Senf geben musste, hatte korrekt und vernünftig argumentiert und war nie aus der Deckung gekommen. Gab es eine bessere Tarnung als die, sich als Reaktionär zu geben?

Carl Peters erhob die Stimme. »Nicht, dass mich das beruhigt, aber Gunther war nicht der Einzige. Auch der ›Spiegel‹ hatte einen Spion in seinem Bonner Büro. Der Mann war Militärexperte, war also weit näher dran an kritischen Informationen.«

»Eben«, murmelte Bernd. »Was soll der Franzke schon groß verraten haben?«

»Hast du nicht immer gesagt, Gunther sei reaktionär?«, flüsterte Clara.

»Naja, er hatte diese protestantische Strenge. Er war so verdammt humorlos. Und vom guten Leben verstand er auch nichts.«

Ach? Das war also bereits reaktionär, in Bernds Kosmos, wenn man nicht über jeden dummen Witz lachte und etwas anderes vom Leben wollte als fressen, saufen, vögeln?

Aber sie begriff nun, warum Franzke mit ihr hatte reden wollen. Er hatte über sie berichtet. In irgendeinem Papierberg in der Stasizentrale war sie verewigt, die Gila Heger, die für den Frankfurter »Rundblick« schrieb. Die Akten, die unsere Leute nicht mehr hatten vernichten können, sollten, wenn es nach der Bürgerbewegung ging, bald für alle Welt einzusehen sein. Was wäre, wenn ihre Legende aufflöge?

Jetzt, wo die Grenze offen war, kam auch die Wahrheit ans Licht.

V

Dass die »Treuhand« keineswegs treuhänderisch das Volksvermögen verwaltete, sondern seinen Ausverkauf an dubiose Geschäftemacher aus dem Westen organisierte, war der Tenor ihrer ersten dreiteiligen Serie. Ja, die ehemalige DDR wurde plattgemacht, und die dusseligen Ossis, die weder eine Bilanz lesen konnten noch sich mit den geschäftlichen Usancen unter Marktbedingungen auskannten, fielen reihenweise Betrügern zum Opfer. Es musste nur einer kommen, der ihnen Hoffnung machte, schon setzte ihr Verstand aus. Claras kämpferischer Ton und ihre Kritik am westdeutschen Kapitalismus waren endlich wieder ganz nach dem Geschmack der Kollegen.

Wochen später lag ein solides Kuvert auf ihrem Schreibtisch, ein Brief, handschriftlich adressiert an Gila Heger, c/o »Frankfurter Rundblick«. Der Brief kam vom Treuhandchef und war eine Einladung – nein: eher ein Befehl. Ihr Bericht sei einseitig, ob sie denn gar nicht an der Wahrheit interessiert sei? Die sei selten schwarz oder weiß, er könne sie gern mit entsprechenden Informationen versorgen.

Ihre Nachbarin eine Etage über ihr versprach, sich um Tigger zu kümmern, sodass sie unbesorgt nach Berlin fliegen konnte. Sie verbrachte drei Tage mit dem Treuhandchef, drei Tage, in denen sich fast alles in Luft auflöste, an das sie einst geglaubt hatte. Sie begleitete ihn, wenn er zu Betrieben fuhr, und versuchte, mit den aufgebrachten Belegschaften zu reden. Er ließ sie an Konferenzen teilnehmen, sie durfte in Verträge und Bilanzen schauen. Es war deprimierend. Die DDR hatte keinen Wert. Sie würde ein Zuschussgeschäft für den Westen werden. Die Bürger im Westen ahnten das wahrscheinlich noch längst nicht, die im Osten wollten es einfach nicht begreifen. Im Osten wurde die Stimmung immer explosiver, auf neuen Montagsdemonstrationen hieß es nunmehr: »Kohl muss weg«, oder gar: »Treuhand – Deutschlands größte Schand«.

Die Stoßrichtung ist falsch, dachte Clara mit wachsender Verzweiflung. An diesem Elend war nicht der Klassenfeind schuld. Die Probleme waren hausgemacht, und diejenigen, die das Ganze angerichtet hatten, richteten sich in den neuen Verhältnissen ein und wurden nicht zur Rechenschaft gezogen.

Der Chef und sie ließen sich an den Müggelsee und nach Grünheide fahren, wo sich findige Genossen die besten Anwesen gesichert hatten und ins Tourismusgeschäft eingestiegen waren – mit Eigenkapital, über dessen Quelle sie sich ausschwiegen. Speditionen und Fuhrparks oder Medienunternehmen landeten in Parteigenossenhand, gestützt mit dreistelligen Millionensummen aus dem SED-Vermögen.

Es war zum Weinen – und sie weinte tatsächlich, als sie das Schwermaschinenbau-Kombinat »Ernst Thälmann« in Magdeburg besuchten. Der Chef gab ihr sein Taschentuch, legte ungelenk den Arm um sie und murmelte »Ich weiß, ich weiß.« Durch seinen Mantel spürte sie, dass der große Mann zitterte. Er brauchte mindestens so viel Trost wie sie.

Alles war weit schlimmer, als man angenommen hatte. Es gab keine »Wahrung des Volksvermögens«, wie es die DDR-Volkskammer im März 1990 verfügt hatte. Die Arbeiter, die wochenlang darüber diskutiert hatten, was mit »ihren« Betrieben geschehen sollte, hatten nichts mehr zu sagen. Die rund zehntausend »volkseigenen« Betriebe gehörten nicht dem Volk, wie alle geglaubt hatten, sie sollten herausgeputzt und verkauft werden. »Sanieren und privatisieren« nannte sich das, aber es stellte sich schnell heraus, dass viele Anlagen nichts mehr wert waren – oder belastet waren durch Umweltschäden, die man in der DDR jahrzehntelang hingenommen hatte: vergiftete Böden und Gewässer.

Das Volk war doppelt und dreifach betrogen worden. Die jahrzehntelange harte Arbeit der Menschen war bloße Beschäftigungstherapie gewesen, inmitten einer Theaterkulisse, die dem Sturm nicht standgehalten hatte. Sicher, die Betrüger aus dem Westen waren übel und doch beinahe kleine Fische im Vergleich zu den Genossen, die erst die wirtschaftliche Substanz des Gemeinwesens ruiniert hatten und nun den sterbenden Staat bis auf die Knochen ausplünderten. Die Partei hatte die Filetstücke des Volksvermögens auf die Seite gebracht. Damit es nicht gierigen Wessis in die Hände fällt, versuchte Clara sich einzureden. Doch solcherlei halbwegs plausible Motive unterstellte sie im Grunde ihres Herzens längst nicht mehr. Hier war der alte Adam zugange gewesen, nicht der neue Mensch.

Auf dem Rückweg hielten sie an einer Bratwurstbude und wärmten sich bei Thüringer Bratwurst und Kosakenkaffee.

»Glauben Sie mir, Gila: Ohne die Bundesrepublik hätte die DDR nicht so lange durchgehalten. Ohne die Milliardenkredite dank Franz-Josef Strauß. Und ohne das Verschleudern des Tafelsilbers an den Westen. Sie haben alles zu Devisen gemacht, was geeignet war, haben Kunstsammlungen und Museen geplündert und sogar ihre Menschen verkauft.«

Ihr Mund wurde trocken. Ja, das musste man wohl so sehen. Sie zögerte. Und dann sagte sie es doch. »Ich bin aus dem Frauengefängnis Hoheneck freigekauft worden.«

Er stellte den Becher mit dem Kosakenkaffee ab, an dem er sich die Hände gewärmt hatte, sah sie an, mit einem Blick, der immer weicher wurde. Dann nahm er sie wieder in den Arm, fest und warm und unendlich liebevoll. Für einen Moment schämte sie sich. Sie war nicht, wofür er sie hielt: ein Opfer. Doch sie erwiderte seine Umarmung.

Eine Woche lang quälte sie sich mit ihrem Text, dann meldete sie sich krank. Sie konnte das alles nicht aufschreiben. Sie mochte den Treuhandchef, mehr und mehr. Er kam ihr ehrlich vor. Er redete mit den Menschen, er hatte so gar nichts von einem herzlosen Kapitalisten und eiskalten Abwickler. Und doch: Ob das alles so stimmte, was er sagte? Nach allem, was sie gesehen hatte, gab es zwar kaum noch Zweifel, aber das war im Grunde unfassbar. Wir haben in einem Wolkenkuckucksheim gelebt, all die Jahre über, dachte sie, nachts, wenn sie nicht schlafen konnte. Wir haben uns selbst belogen mit all den Phrasen vom Glück im Sozialismus: »Alles mit dem Volk, alles durch das Volk, alles für das Volk!«, »Vorwärts zu neuen Erfolgen im sozialistischen Wettbewerb!«, »Dem Volke zum Nutzen, der Republik zu Ehren!«, »Gruß und Dank allen Werktätigen der DDR! Eure großen Leistungen prägen das hohe Ansehen unserer Republik in der ganzen Welt!«

Ein Pieks, und die Sprachballons landeten verschrumpelt im Dreck.

In ihre Trauer mischte sich hilfloser Zorn, nicht nur aus Mitleid mit dem so blumig beschworenen Volk. Sie war ja selbst betrogen worden, um ihr Leben, um ihre Identität, um ihr Glück, um ihr Kind. Nichts konnte dieses Opfer mehr rechtfertigen.

Die Partei hatte das Volk betrogen und geprellt und sich skrupellos bereichert. Warum? Nur aus Eigennutz? Oder steckte doch eine Strategie dahinter? Und wenn ja: Welche?

Ihr letztes Stück für den »Rundblick« schrieb sie unter Tränen, drei Tage nach dem Tod des Mannes, der ihr Freund geworden war. Der Treuhandchef war am Ostermontag erschossen worden, daheim, in seiner Wohnung. Gleich der erste Schuss traf ihn in den Rücken und tötete ihn sofort. Ein Meisterschuss.

Die westdeutsche Terrorgruppe Rote Armee Fraktion bekannte sich zu diesem Gewaltakt, doch Clara bezweifelte das. Der Mann war nicht linken Spinnern im Weg gewesen. Er hatte eine Gefahr für die alten DDR-Genossen bedeutet.

Der Anschlag brachte die Demonstrationen gegen die Treuhand beinahe zum Erliegen. Kaum ein DDR-Bürger wollte in den Verdacht geraten, sich mit Terroristen und Mördern gemeinzumachen. Doch sicher glaubten einige, dass es mit dem Treuhandchef schon den Richtigen getroffen habe. Somit lenkte der Anschlag perfekt ab von dem, was in der ehemaligen DDR wirklich geschah: Nicht die Treuhand war schuld an dem Elend. Nicht der Kapitalismus. Nicht der Westen. Sondern die alten Kader, die sich jetzt mit den Millionen aus dem Staub machten, die sie dem Volk gestohlen hatten.

In diesem Sinn schrieb sie ihren Nachruf. Auch dieser Text wurde nicht gedruckt. Man war ganz und gar nicht ihrer Meinung. Für die Kollegen war der Ermordete der Inbegriff des brutalen Kapitalismus, eine arrogante Charaktermaske, ein Abwickler und Plattmacher, kurz: das perfekte Feindbild. Clara traute dem einen oder anderen Kollegen durchaus zu, dass er dem Attentäter klammheimlich applaudierte.

Auch bei den anderen Medien war man sich einig: Der Westen wollte den Osten plattmachen, das bessere Deutschland, die antifaschistische Nischengesellschaft mit der menschlichen Wärme und der Solidarität. Keiner wollte die Wahrheit sehen. Die *ganze* Wahrheit.

VI

Frankfurt am Main

Das Antiquariat von Karl Wissmann lag im vernachlässigten Teil der Frankfurter Zeil, im Erdgeschoss eines heruntergekommenen Hauses aus der Gründerzeit. Vier ausgetretene Stufen führten zu einer sehr soliden Tür mit Messingklinke, die man mit aller Kraft aufdrücken musste. Der Laden war lang und schmal, und wenn man an die hohe Decke schaute, sah man verstaubte Stuckgirlanden. In den Holzregalen bogen sich die Bretter unter den ungeordneten Stapeln von Büchern und alten Zeitschriften, auf Tischen, die den Laden noch enger machten, lagen Plakate, Stiche, Bilder des alten Frankfurt.

Karl war um die vierzig, trug die Haare lang und rasierte sich selten. Ein verträumter Bücherwurm, ein Mensch, der nichts von all dem wusste, was Clara tat und antrieb. Ein wenig erinnerte er sie an Holger, der ähnlich weltfremd gewesen war. Karl lebte in seiner eigenen Welt, keiner unschuldigen, sie war bevölkert von Dämonen und Helden, von Liebe, Tod und Schuld, eben allem, was die Literatur hergab. Er las mit unstillbarer Gier, »dazu ist der Laden doch da«, hatte er gesagt, als sie ihn einmal nach Umsatz und Gewinn fragte. Am Geschäft war er nicht interessiert, seine Preise bestimmte er ganz nach Tagesform und danach, ob er den Käufer würdig fand oder nicht. Die Einnahmen wanderten in eine Blechdose, Quittungen schrieb er nur auf Wunsch.

Für Clara war »Glasnost«, wie er seinen Laden kurz nach Gorbatschows Amtsantritt als Generalsekretär der KPdSU getauft hatte, das Tor zu einer längst untergegangenen Welt. Der Duft des 18. und 19. Jahrhunderts entströmte den Regalen, der Geruch nach Staub und altem Papier, und ein Hauch jener Illusion, dass »früher« nicht nur alles anders, sondern auch besser gewesen sei.

Das erste Mal hatten sie sich in seinem Büro geliebt, auf einem Sofa, dessen Polsterung müde geworden war, umgeben von Stapeln seiner jüngsten Erwerbungen. Beinahe jedes Wochenende waren sie seither gemeinsam unterwegs, auf der Suche nach ungehobenen Schätzen. Sie übernachteten dabei stets in Karls untermotorisiertem Bully, auch hier waren sie umgeben von Bücherdüften, wenn sie sich liebten. Es war ein Parfüm, das sie zärtlich machte, behutsam, geduldig. Karl war ein Mann, den man nicht verletzen durfte.

Doch als eines Tages der Brief in ihrem Briefkasten lag, wusste sie, dass sie eine Entscheidung treffen musste. »Berlin, am üblichen Ort. 23. Mai. 18 Uhr.« Sie setzte sich in ihren Sessel und blickte hinaus, den Brief auf dem Schoß. Die Sonne schien, und die Bäume trugen frisches Grün, aber ihr war entsetzlich kalt. Sie wusste nicht, was auf sie zukam, nur, dass sie Abschied nehmen musste.

Letzte Male. Sie ging durch die Straße, in der Jana wohnte, war da, wenn sie aus der Schule kam, spionierte Alexander und seiner Geliebten hinterher. Was, wenn die Ehe von Leonore und Alexander scheiterte? Was hieße das für Jana?

Eines Nachmittags beobachtete sie, wie Leonore mit zwei Koffern aus dem Haus kam, das Gepäck in ihrem Auto verstaute, wartete, bis Jana eingestiegen war, und wegfuhr. Clara hatte ihr Gesicht nur kurz gesehen, aber die Zeichen waren eindeutig: Leonore hatte geweint.

Alles in ihr sträubte sich, aber sie konnte nichts tun. Sie musste gehen. Sie war noch immer Parteisoldat.

Clara packte Tigger in seine Transportbox, was ihm hörbar missfiel, er verband damit lästige Besuche beim Tierarzt, nahm ihre Reisetasche und bestellte ein Taxi. Die Tür zum »Glasnost« stand offen, Karl hatte eine Kiste mit Büchern draußen vor das Schaufenster gestellt, die er »Lockspeisen« nannte: dicke Bände mit bunten Schutzumschlägen, die vor ein paar Jahren Bestseller gewesen waren.

Sie ging hinein und zog die Tür hinter sich zu. »Dein

Hausgast ist da«, rief sie. Karl kam ihr entgegen und nahm ihr die Box ab, bevor er sie küsste.

»Ich bin so froh, dass du ihn nimmst.«

»Er ist der perfekte Antiquariatskater, findest du nicht?« Karl öffnete die Box, und sie beobachteten, wie Tigger erst die Nase und dann den Kopf vorschob, Witterung aufnahm und schließlich herauskletterte, um die unbekannte Umgebung zu inspizieren. »Er wird sehr traurig sein, wenn du zurückkommst und ihn holst.«

Falls ich zurückkomme, dachte Clara.

»Ich glaube, wir können jetzt Feierabend machen.« Er holte die Bücherkiste herein, schloss die Ladentür ab und zog das Rollo herunter. Clara stellte Tigger Schälchen mit Wasser und Trockenfutter in die Küchennische. Auch ein Katzenklo stand bereit, Tigger würde es finden, sobald er es brauchte.

Sie überließen den Kater seiner Untersuchungsarbeit, zogen sich aufs Sofa zurück und liebten sich lange und langsam. Er fragte nicht, warum sie weinte, als sie kam, hielt sie fest, wiegte sie in seinen Armen, hielt ihre Tränen für Freude. Es war Abschiedsschmerz. Es gab kein Privatleben für jemanden wie sie, und schon gar nicht so etwas wie Glück. Wenigstens seinen Duft nahm sie mit auf die Reise.

VII

Das Frühjahr tat Berlin gut, alles sah wärmer und freundlicher aus, aber die Wärme erreichte Clara nicht. Sie musste ihr Leben in die Hand nehmen, musste wissen, was richtig war und was falsch. Und wie es weitergehen sollte.

Diesmal durfte sie nicht im Palasthotel absteigen, dort

kannte man sie. Sie fand eine Pension in der Nähe vom Weißen See. Die ältere Vermieterin übte sich in leicht übertriebener Freundlichkeit gegenüber einer vermeintlichen Touristin aus dem Westen und gab ihr »mein größtes und schönstes Zimmer«, das ein großes Doppelbett und einen Balkon zum Hinterhof hinaus hatte. Clara schämte sich ein wenig, denn sie glaubte, dass es sich dabei um das eheliche Schlafzimmer der Frau handelte, aber die hätte eine Ablehnung nicht verstanden.

Mit einem Glas und einer Karaffe Wasser und der Flasche schottischen Whisky, die sie im Flughafen gekauft hatte, zog sie sich auf ihr Zimmer zurück und setzte sich auf den Balkon, um nachzudenken.

Der Brief mit der knappen Aufforderung, sich beim alten Treffpunkt einzufinden, also in der Roelckestraße 55, konnte nur von Hans Stahl stammen. Ging es um seinen Plan und ihre Rolle darin? Doch sein Plan war schiefgegangen, oder? Vielleicht hatte er sich genauso wenig wie sie vorstellen können, wie schnell sich die DDR und ihre sozialistischen Errungenschaften verflüssigen und verflüchtigen würden. Mit der Gier des westdeutschen Kapitalismus hatte man rechnen müssen. Aber hatte man ahnen können, wie viele Genossen es sich im Handumdrehen im System des einst verhassten Klassenfeindes gemütlich machten?

Sie hatte sich lange den Kopf darüber zerbrochen, warum die Leute von der Bürgerbewegung im November 1989 nicht auf Widerstand getroffen waren, als sie die Stasizentrale in der Normannenstraße stürmten. Niemand kam dort hinein, der keine Berechtigung dazu hatte, dafür sorgten die bewaffneten Wachmannschaften. Doch die Meute hatte den riesigen Komplex gar nicht stürmen müssen: Jemand habe sie hereingelassen, berichteten Augenzeugen. Warum?

Es war ein beklemmender Gedanke, aber konnte es sich dabei um ein Ablenkungsmanöver gehandelt haben? Wollte man den Volkszorn auf die verhasste »Stasi« lenken, damit der Pöbel nicht auf dumme Gedanken kam, etwa darauf, seinen Zorn gegen die Partei zu richten? Die hatte sich flugs in »Partei des Demokratischen Sozialismus« umbenannt, als ob sich dann niemand mehr daran erinnern würde, dass sie einst Staatspartei der DDR war.

Ja, es war möglich, dass die Partei das MfS preisgegeben hatte. Es war sogar plausibel. Man musste von der Partei ablenken, die ja die Verantwortung für den ganzen Schlamassel hatte, also ließ man Schwert und Schild der Partei den Kopf hinhalten. Die »Stasi« musste die Drecksarbeit machen, wie immer. Dabei hatte das MfS nichts ohne Befehl der Partei getan. Nichts. Und das, jetzt, sollte auch zum Auftrag gehören? Ein Selbstopfer?

Clara versuchte, ihren Zorn zu dämpfen, klar und nüchtern zu analysieren, ohne falsche Gefühle. Ja, Schwert und Schild der Partei hatten sich notfalls zu opfern. Das wirklich Bittere dabei schien ihr, dass es alle traf, unterschiedslos: die Mielke-Leute und die HVA. Es war Erich Mielke, der Leiter des MfS, der geradezu besessen davon war, die Bürger der DDR auszuspionieren, seine »Menschen«, die er angeblich alle so liebte. Die HVA, die Truppe der Aufklärer von Markus Wolf, war immer ein anderes Kaliber gewesen. Wir haben uns um die wirklichen Feinde gekümmert, um den Klassenfeind draußen, die Mielke-Leute aber haben die Bürger aufeinandergehetzt, dachte sie. Das hatte sie immer angewidert. Was dachte Hans Stahl darüber? Morgen würde sie es erfahren.

Es war ein milder Abend, und irgendwo auf einem Dachfirst sang eine Amsel. Sie sehnte sich nach Karl und nach Tigger und nach Jana und verfluchte ihr Pflichtgefühl.

Am nächsten Tag machte sie sich früher als nötig auf den Weg zum angeordneten Treffen. Sie lief am Weißen See entlang durch die Amalienstraße hoch zur Roelckestraße, zum Haus Nr. 55, das ihr einmal so vertraut gewesen war. Es sah noch immer aus wie damals: ein schlichter Kasten in grauem Putz. Niemand folgte ihr.

Sie ging weiter, über den Friedhof und über die Gustav-Adolf-Straße in die Wigandstaler Straße, von dort durch den Obersteiner Weg zurück, blieb in angemessener Entfernung an der Mauer zum Friedhof stehen und wartete. Die Luft war rein.

Unruhig streifte sie durch die Straßen, saß ein paar Stunden lang in einem improvisierten Café, das von zwei jungen Frauen voller Unsicherheit, aber mit Enthusiasmus betrieben wurde, und war um kurz nach achtzehn Uhr zurück in der Roelckestraße.

»Früher warst du pünktlich.« Hans Stahl stand in der Wohnungstür. In seinem Gesicht regte sich nichts, kein Lächeln, kein Anflug von Wiedersehensfreude. Sie musterte ihn ebenso unbewegt. Er sah noch immer gut aus, fast wie vor zehn Jahren – nein: zwölf waren es mittlerweile.

»Ich habe mich an die Regeln der Konspiration gehalten, das hast du mir beigebracht«, antwortete sie.

Er machte eine seiner typischen Handbewegungen, die »das tut nichts zur Sache« bedeutete, und ließ sie eintreten.

Das Erste, was ihr im Wohnzimmer auffiel, war der große Fernseher, ganz offensichtlich nicht aus DDR- oder UdSSR-Produktion. Doch die alte Couchgarnitur stand noch immer da. Wenigstens das war vertraut.

»Setz dich«, sagte er und wies auf den Sessel. Er bot ihr

nichts an, keinen Kaffee, keinen Tee, kein Wasser. Auch recht, dachte sie. Sie schwiegen sich an. Clara wusste, dass er länger durchhalten würde als sie, also machte sie den ersten Zug.

»Was ist der Plan?«

Er starrte sie an, noch immer ohne Wärme in den Augen. Dann stand er auf. »Kaffee? Tee?«

»Ein Wasser, bitte.« Sie blickte ihm hinterher.

Als er zurückkam, hatte er einen Sektkühler in der einen und zwei Gläser in der anderen Hand. »Nicht, dass wir etwas zu feiern hätten«, brummte er und goss die Gläser voll. Champagner, dachte sie mit Blick auf die Flasche. Wie gehabt. Für ihn gab es ganz offensichtlich keinen Grund, mit alten Gewohnheiten zu brechen.

Sie prosteten einander zu, er leerte das Glas in einem Zug, setzte es ab und wischte sich mit dem Handrücken über den Mund.

»Mein Plan war jedenfalls nicht, dass du schon nach wenigen Tagen bei deinem Westkontakt von der Fahne gehst. Als Journalistin haben wir dich nicht gebraucht, davon hatten wir im Westen mehr als genug.«

»Ich konnte nicht riskieren, aufzufliegen.«

»Nein? Du hast erst deine Tochter zurückgelassen, um ihr später in Frankfurt hinterherzulaufen – bis ihrer Adoptivmutter vor versammeltem Publikum der Kragen geplatzt ist. Das nenne ich volles Risiko. Eine Spitzenleistung der Konspiration.«

»Du hast mich beobachten lassen?« Der Mann, der vor Janas Schule wartete. Also doch.

Stahl breitete die Hände aus. »Ich hätte es ahnen müssen. Frauen mit Muttergefühlen sind unberechenbar.« Jetzt lächelte er. Boshaft.

Natürlich war es falsch gewesen, dass sie Jana hinterhergestiegen war, aus dem rein sentimentalen Wunsch, wenigstens ein bisschen am Leben ihrer Tochter teilzuhaben. Aber was tat das jetzt zur Sache? »Was ist der Plan? Was ist zu tun, damit die Dinge sich in unserem Sinn entwickeln? Ist es dafür nicht viel zu spät?«

Er stand auf, ging zum Fenster, kehrte zurück, goss sein Glas wieder voll, setzte sich, trank.

»Ich höre«, sagte er nach einer Weile. »Deine Einschätzung der Lage, bitte.«

Er unterbrach sie nicht, während sie schilderte, was sie vom Treuhandchef wusste und was sie gesehen hatte. »Die besten Stücke haben sich die Gauner geholt, die aus dem Westen und die aus unseren eigenen Reihen. Dem Volk haben sie den Schrott überlassen. Ist das vielleicht in unserem Sinn?«

Er antwortete nicht.

»Die Partei hat das MfS an den Pranger gestellt, um die eigene Haut zu retten. Oder siehst du das anders?«

Er sagte noch immer nichts. Sie wartete eine Weile, dann stand sie auf. »Nicht, dass dich das sonderlich beeindrucken wird, aber ich möchte es dennoch gesagt haben: Ich fühle mich belogen und missbraucht. Um mein Leben betrogen, auf das ich verzichtet habe, weil es eine größere Aufgabe zu geben schien.«

Jetzt, endlich, sah er auf. »Geh nicht, Clara«, sagte er leise. »Wir brauchen dich, mehr denn je. Die Partei braucht uns alle. Du hast recht: Das MfS ist der Sündenbock, auf den sich alle gierig stürzen. Doch das ist unsere Aufgabe: Wir müssen uns opfern, wenn es der Partei dient.«

»Der Partei? Oder den Nutznießern, den Anpassern, den Wendehälsen?«

Er schüttelte den Kopf. »Wir haben eine Schlacht verloren, aber nicht den Krieg. Wie Lenin sagte: ›Ein Schritt vorwärts, zwei Schritte zurück.‹ Der Kampf geht weiter. Bist du dabei?«

Sie zögerte.

»Clara, wir müssen uns neu organisieren. Dazu braucht die Partei ein finanzielles Fundament. Ich habe da einen Plan.«

Er hatte einen Plan. Ja, dachte sie Stunden später, völlig übermüdet. Er hat ja immer einen Plan.

Teil 3

I shot the Sheriff

Jana

I

Jana schlief schlecht, wachte früh auf und beschloss, nicht ins Büro zu gehen. Als alle aus dem Haus waren, ging sie in ihr Arbeitszimmer und holte das Päckchen aus der Schreibtischschublade, das Alexanders Frau ihr mitgegeben hatte. Sie betrachtete den Umschlag aus dickem braunen Papier eine Weile, dann ließ sie den Inhalt herausgleiten. Ein Manuskript. »Leonore Seidensticker: Die Geschichte meines Großvaters Hugo Hegewald, geboren 5. März 1900 in Stendal.«

Sie fächerte mit dem Daumen das Manuskript auf. Hugo Hegewald war mit siebzehn Jahren in den Großen Krieg gezogen, diente beim 3. Magdeburgischen Infanterieregiment, wurde im letzten Kriegsjahr verwundet und kam ins Lazarett. Sie überblätterte das Inhaltsverzeichnis und begann zu lesen.

Was trieb einen Siebzehnjährigen dazu, freiwillig in den Krieg zu gehen? War er einer dieser Kriegsbegeisterten gewesen, die sich zu Hause langweilten und die weite Welt sehen wollten? Doch Leonore ging behutsam mit ihm um. Er war Monarchist, kaisertreu, mit einer Gläubigkeit, die man vielleicht nur hat, wenn man siebzehn ist. Statt für Gott und Vaterland zu kämpfen, landete Hugo Hegewald in Flandern allerdings an einem Frontabschnitt, an dem es so ruhig war, dass er sich langweilte.

Jana kam bis zur Seite achtzehn. Dort lag etwas, das da nicht hingehörte. Ein Blatt, dreimal geknickt. Sie faltete es auf. Es war ein Brief, nachlässig mit der Hand geschrieben, aber förmlich im Ton. »Sehr geehrter Herr Seidensticker, ich wende mich an Sie in einer heiklen Angelegenheit und hoffe, dass ich Ihnen nicht zu nahetrete. Ich habe lange gezögert, Sie damit zu belästigen, aber ich wäre Ihnen sehr dankbar, wenn Sie mit mir Kontakt aufnehmen würden. Es geht um Ihre Tochter Jana.«

Der Absender: Holger Hanusch. Der Name sagte ihr nichts. Ihr Blick fiel auf das Datum: »3. August 1991«. Der Brief war mehr als zwanzig Jahre alt. Warum hatte Alexander ihn nicht an sie weitergegeben?

Sie legte den Brief beiseite, stand auf, ging in die Küche und wusste schon nicht mehr, was sie dort wollte, als sie vor dem Kühlschrank stand. Doch, ja: Sie wollte sich einen Tee kochen. Als das Wasser sprudelte, hatte sie den Tee bereits wieder vergessen. Warum hatte Alexander den Brief behalten? Sie war damals bereits im Internat gewesen, aber das war ja nicht aus der Welt. Hatten seine neue Liebe und der Nachwuchs ihn derart auf Trab gehalten? Gab es vielleicht noch mehr, was er ihr verschwiegen hatte? »Leonore. Das war unnötig«, hatte er bei ihrem Besuch vor drei Monaten gemurmelt, mehr sagte er nicht, er konnte ja nicht, in seinem Zustand. Aber was bedeutete dieser eine Satz?

Sie ging zurück an ihren Schreibtisch. Der Absender hatte eine Adresse in Schwerin angegeben. Wer war der Mann, lebte er noch und was wusste er von ihr? In zwanzig Jahren konnte viel passiert sein. Endlich siegte ihre Neugier, sie setzte sich an den PC und begann, ihm einen Brief zu schreiben.

Die Antwort kam eine Woche später.

»Liebe Frau Seliger, liebe Jana, danke, dass Sie mir antworten, ich hatte die Hoffnung darauf eigentlich schon vor Jahren aufgegeben, da ich von Ihrem Adoptivvater nichts hörte. Ich weiß natürlich, dass es niemandem leichtfällt, auf den Brief eines völlig Fremden zu reagieren, und ich respektiere das. Jetzt frage ich mich, ob es in Ihrem Interesse sein könnte, mehr über Ihre Eltern zu erfahren? Wenn das der Fall ist, sollten wir uns treffen, wann und wo auch immer Sie wollen.«

Darunter eine Mail-Adresse und eine Mobiltelefonnummer. Sie legte den Brief beiseite.

Wollte sie mehr über ihre Eltern erfahren? Nein, sagte die kräftigste ihrer inneren Stimmen. Natürlich willst du das, sagte eine andere, zaghaftere. Es gab ja nicht nur eine Mutter, die dich zurückgelassen hat, als du noch nicht einmal zwei Jahre alt warst. Es dürfte ja auch einen Vater gegeben haben – und welcher Mensch möchte nicht wissen, wer ihn gezeugt hat?

Ich, sagte die kräftige Stimme. Ich will das nicht wissen.

Jana war den ganzen Tag in Gedanken woanders, selbst den Zwillingen fiel das auf, obwohl Jon und Henri in einem Alter waren, in dem man sich für seine Eltern nicht besonders interessiert. Max kam aus dem Büro, warf einen Blick auf Jana und ließ sie in Ruhe, er kannte solche Stimmungen und verließ sich darauf, dass sie auch wieder vorübergingen.

Nach dem Abendbrot rief sie Verena an.

»Janakind! Wie schön, von dir zu hören! Geht es dir gut?«

Ja. Nein. Weiß nicht. Jana versuchte, entspannte Munterkeit in ihre Stimme zu legen, aber sie wusste, dass man Verena nichts vormachen konnte. Also durfte sie auch gleich mit der Tür ins Haus fallen.

»Sagt dir der Name Holger Hanusch was?«

»Hm. Ich bin mir nicht sicher – vielleicht ein DDR-Dissident? Der ein Buch über sein Leben geschrieben hat? Warum?«

»Sag ich dir demnächst. Danke, Verena.«

»Jana? Mach keine dummen Sachen, hörst du?« Verena tat ironisch, aber Jana wusste, dass ihre Sorge ernst gemeint war. Und vielleicht war sie ja berechtigt? Auch Verena fragte sich sicher, warum sie so besessen hinter der Geschichte ihrer Mutter her war. Ihrer Mütter. Manchmal wusste sie es selbst nicht so genau.

Sie zögerte ein paar Tage. Dann rief sie Holger Hanusch an. Eine tiefe, ruhige Stimme antwortete, die noch ein wenig wärmer wurde, nachdem sie ihren Namen genannt hatte.

»Ich muss einfach mal raus hier, Max. Allein sein. Nachdenken.« Sie schämte sich dafür, dass sie ihn anlog, denn natürlich gönnte er ihr die drei Tage an der Ostsee. Und doch wollte sie ihm nicht erzählen, wen sie dort traf, er würde nur versuchen, es ihr auszureden, und das würde ihm wahrscheinlich auch gelingen.

Sie war sich unsicher, ob sie wirklich wissen wollte, was Holger Hanusch ihr zu sagen hatte. Es ging nicht um Leonore, sondern um ihre biologische Mutter, um die Frau also, die sie seit Jahren beharrlich zu verdrängen versuchte. Was hatte Margo wirklich gewusst – »meine Großmutter, egal, ob leiblich oder nicht«, dachte Jana –, als sie die Frau aus der DDR damals bei sich aufnahm? Jana hatte die Passagen in ihren Tagebüchern noch einmal gelesen.

Margos Tagebücher waren ein Schock gewesen. Sie hatte den ganzen trockenen und heißen August 1999 über an Margos Sterbebett gesessen, hatte ihrem Atem gelauscht, immer wieder überprüft, ob sich ihre Brust noch hob und senkte unter dem dünnen Laken, hatte die Hand manchmal ausgestreckt und erst die Wange ihrer Großmutter und dann die rostrote Katze am Fußende des Bettes gestreichelt. Draußen versengte die Hitze den Garten, es kümmerte sich niemand mehr um das Paradies, seit Henri tot war. Nur Margos Haushälterin hielt die Stellung, Frau Menkens. Sie hatte ihr nicht nur immer wieder Eistee gebracht, sie hatte ihr auch Margos Aufzeichnungen in die Hand gedrückt. »Ihre Großmutter hat mich inständig darum gebeten, Fräulein Jana.«

Die Eintragungen begannen im Jahr 1936, die letzte stammte vom September 1995. Sie hatte Seite für Seite gelesen, von morgens bis abends, bis der rote Schein der Abendsonne durchs Fenster fiel und dem Katzenfell Lichter aufsetzte. Sie hatte mit Margo gelitten, und sie hatte sie verflucht.

Geistesabwesend packte sie den kleinen Reisekoffer, verabschiedete sich von Jon und Henri mit den üblichen Ermahnungen, küsste Max, setzte sich ins Auto und fuhr los.

II

Boltenhagen

»Danke, dass du gekommen bist. Als ich auf meinen Brief damals keine Antwort bekam, nahm ich an, dass du von mir nichts wissen willst. Ich hätte das verstanden. Du hattest ja bereits einen Vater. Der Grund für meinen Brief: Deine – wie sagt man? Also: Deine biologische Mutter hatte mir geschrieben, nachdem deine Adoptivmutter gestorben war, sie hat sich Sorgen um dich gemacht.«

Sorgen. Sie hat sich tatsächlich Sorgen um mich gemacht, dachte Jana. Ausgerechnet sie.

»Du hast ihr nie verziehen, nicht wahr?«

Er sah sie an, dieser fremde Mann, der behauptete, ihr Vater zu sein. Kurze graue Haare, die einmal blond gewesen sein mussten. Eine scharfe Nase über einem vollen Mund. Lachfalten um die blauen Augen. Nein, sie hatte ihrer »Mutter« nie verziehen. Und für einen Vater war es jetzt ein wenig zu spät. Damals hätte sie einen gebraucht. Damals, als auch Alexander aus ihrem Leben verschwand, der als Vater gar nicht so übel gewesen war, wie sie mittlerweile zugeben konnte.

Jana wehrte sich gegen die aufsteigenden Tränen, gegen die unerbetenen Gefühle, die ihr die Kehle zudrückten. Was wollte sie hier, bei diesem Fremden? Sie gehörte nach Hause, zu ihrem Mann, zu ihren Kindern.

»Ich habe erst 1991 erfahren, dass es dich gibt, Jana. Verstehst du?«

Er streckte die Hand aus. Sie zog ihre Hand zurück. Du bist trotzig, dachte sie. Wie ein Kind. Aber warum nicht? Sollte sie dem Mann vielleicht um den Hals fallen und jubeln, dass sie ihren Vater endlich kennenlernen durfte?

»Nein, du verstehst nicht, wie denn auch.« Er hielt sein Gesicht in die Sonne und den vom Salzwasser feuchten Wind. Sie saßen auf der Terrasse der Villa Seebach in Boltenhagen, einem Örtchen an der Ostsee, das ihr bis dato völlig unbekannt gewesen war.

»Wir haben ein ganzes Wochenende hier verbracht, sie und ich, vor sechsunddreißig Jahren. Ganze zwei Tage für uns, das hatten wir vorher noch nie. Doch das erste war auch das letzte Mal. Danach verschwand sie, ohne ein Wort zu sagen. Ich hatte keine Ahnung, warum und wohin sie gegangen war. Ich habe alle gefragt, von denen ich wusste, dass sie Clara kannten. Ihre Kollegen, Freunde hatte sie nicht. Ihren Abteilungsleiter. Den Parteisekretär ihres Verlags. Das war sicher mein größter Fehler. Mein Sargnagel, sozusagen.«

Sie hieß nicht Gisela, natürlich nicht. Sie hieß Clara. So wie Leonores Brieffreundin aus der DDR. Janas Magen zog sich zusammen.

»Claras Kollegin Monika nahm mich irgendwann beiseite und klärte mich auf. Clara saß im Knast, im Frauengefängnis Hoheneck. Und ich landete ein paar Wochen später auch im Knast. In Cottbus.«

Die Kellnerin brachte ihre Getränke, ihm ein Bier, ihr ein Wasser.

»Nach zwei Jahren haben sie mich entlassen. Ich war meinen Job los, soff mich halb zu Tode, schaufelte Scheiße im Schweinemastkombinat. Aber ich hatte gelernt, nicht mehr nach Clara zu fragen. Wenn ich nicht angefangen hätte zu schreiben, wäre ich wahnsinnig geworden.«

Er holte ein Päckchen Tabak aus der Hosentasche, drehte sich eine Zigarette, zündete sie an, achtete darauf, dass der Rauch nicht in ihre Richtung zog. Eine riesige Möwe kreiste über ihnen, weiß mit schwarzen Flügeln, gab bellende Laute von sich, denen ein geisterhaftes Lachen folgte. »Eine Mantelmöwe«, sagte der Mann, der Fremde, ihr Vater. »Die größte unserer Möwen. Wir haben ihr Schreien nachgeahmt, Clara und ich, beim Wandern am Strand.« Er schüttelte den Kopf. »Wir waren ein unmögliches Paar. Sie die strenge Intellektuelle, ich der unpolitische Möbelbauer. Aber bei mir war sie nicht mehr streng. Und ich hätte alles für sie getan. Alles.«

Er hat sie geliebt, dachte Jana verwundert. Und er liebt sie noch immer.

»Ich habe versucht, nicht mehr an sie zu denken, habe geheiratet, wurde geschieden. Und dann, Jahre später, kam dieser Brief von ihr.«

Jana griff nach dem Glas Wasser, trank wie eine Verdurstende. »Nach dem Tod meiner Adoptivmutter.« Meiner wahren Mutter, dachte sie.

»Ja.« Der Mann, ihr Vater, leerte sein Bierglas und setzte es sanft ab. »Sie hat über dich gewacht, solange sie konnte.«

Leonore hatte also keine Gespenster gesehen. Gisela, wie sie sich genannt hatte, war tatsächlich aufgekreuzt, um nach dem Kind zu sehen, das sie verlassen hatte. Schizophren, dachte Jana. »Woher weißt du das?«

»Weil sie es mir erzählt hat. Jana, deine Mutter ist tot. Sie ist im Frühjahr 2000 gestorben, bei uns zu Hause, in meinen Armen.«

»Warum ...«

»Warum du ihr nie begegnet bist? Doch, das bist du. Sie ist zur Beerdigung ihrer Mutter gekommen. Deiner Großmutter.«

Jana schüttelte den Kopf. Doch sie erinnerte sich an die Beerdigung, wenn auch nur vage. Da war jemand gewesen, eine großgewachsene, schmale Frau, die hinter den Bäumen stand und ihr zuzunicken schien.

»Clara hat es lange nicht gewusst«, sagte er leise. »Sie war nicht das Kind von Helene Pinkus. Sie war die erstgeborene Tochter von Margo Seliger.«

Holger Hanusch winkte der Kellnerin, bestellte noch ein Bier und noch ein Wasser. Jana versuchte, sich zu fassen.

»Emma«, sagte sie leise. »Margo hat ihr Kind Emma genannt. Sie hat jahrelang nach ihm gesucht.«

Der kurze Eintrag in Margos Tagebuch hatte Jana tief erschüttert. Margo war auf der Flucht mit ihrem Kind bis zum

Gut Mondsee in Schlesien gekommen. Sie saß oben in ihrem Schlafzimmer und schrieb mit Bleistift in ihr Tagebuch, das Kind lag in seinem Körbchen unten in der Küche, bei Helene, ihrer ehemaligen Kollegin, die ebenfalls auf der Flucht in Mondsee angekommen war. Margo hörte, wie jemand an die Eingangstür donnerte, hörte splitterndes Glas und berstendes Holz, hörte, wie das Bellen des Hundes jäh abbrach. Dann endete auch der Tagebucheintrag, mitten im Satz, aber Jana wusste, wie es weitergegangen war. Polnische Banditen waren über Margo hergefallen, sie wurde vergewaltigt und geschlagen und wäre fast an ihren Verletzungen gestorben. In dieser Nacht verschwand die kleine Emma. Und Helene. Während Margo in den Westen ging, blieb Helene im Osten. Mit Emma. Mit Clara.

Clara war Janas Mutter. Clara war die Schwester von Leonore.

Das war zu viel. Alles. Zu viel auf einmal. Jana stand auf, schob ihren Stuhl so heftig nach hinten, dass er umfiel, und stürzte ins Haus. Sie saß zitternd auf der Toilette, wartete minutenlang, bis ihr Körper sich entschieden hatte, ob er sich übergeben musste oder nicht. Endlich fühlte sie sich stark genug, um zurückzugehen auf die Terrasse, in die Sonne, in die frische Luft. In die Vergangenheit.

»Warum«, fragte sie, als sie sich wieder gesetzt hatte. Warum hat sie sich nie bei mir gemeldet? Warum nicht bei Margo, die sie so lange gesucht hat? Diesmal ergriff sie die Hand, die sich ihr entgegenstreckte.

»Clara wollte nicht, dass du die Wahrheit erfährst. Sie ist als Perspektivagentin des MfS in den Westen gegangen und hat diesen verdammten Verbrechern viel zu lange die Treue gehalten.«

Seine Augen waren dunkel geworden. Er weinte.

Und das hatte er ihr verziehen? Jana entzog ihm ihre Hand.

III

Zürich

Das MfS schien wie vom Erdboden verschwunden zu sein im Jahre vier nach der Wende. Doch Tausende bewährte Tschekisten verschwinden nicht einfach so.

Die Partei selbst lebte weiter, arbeitete ganz offen und legal, hieß jetzt PDS, versuchte, verlorenes Vertrauen wiederzugewinnen und die Macht zurückzuerobern. »Eines Tages stellen wir Ministerpräsidenten und, wer weiß, den Kanzler!«, hatte Hans Stahl mit blitzenden Augen verkündet. Dafür brauchte man Geld und die Deutungshoheit über die eigene Geschichte. Für Ersteres war Clara zuständig.

Sie lebte von einem großzügig bemessenen Spesenkonto und war überall und nirgends zu Hause, sie war es ja gewohnt, heimatlos zu sein. Stahls Auftrag erledigte sie mit aller Gründlichkeit, allerdings nicht ganz ohne Hintergedanken.

Hans Stahl hatte sich aus Deutschland abgesetzt, sie trafen sich in einem teuren Schweizer Hotel. Er schien verändert. Sein Gesicht war runder geworden, und sein Haar sah aus, als ob er es gefärbt hätte.

»Gut schaust du aus«, sagte er anerkennend, als Clara sich gesetzt hatte. Ja, das war das Einzige, worauf sie penibel achtete: ihr Äußeres. Das Innenleben konnte man vergessen.

»Erzähl.«

»Ich habe die von dir genannten Konten leer geräumt und das Geld sicher deponiert. Was soll jetzt damit geschehen?«

»Gut gemacht, Clara. Alles Weitere kannst du mir überlassen.«

Er stand auf, ging hinüber zum Tischchen mit den Gläsern und der Whiskyflasche, goss zwei Fingerbreit in ein Glas und reichte es Clara. »Aberlour«, sagte er. »Verdammt guter Stoff.«

Clara nahm einen zu großen Schluck und musste husten. Sie vertrug nichts mehr, vielleicht hatte sie zu viel abgenommen. Es zehrte an der Kraft, sich dem eigenen verpfuschten Leben zu stellen. Sie hatte in den vergangenen Monaten den letzten Rest ihres Glaubens verloren. Es widerte sie an, ihr Leben im Dienste einer Partei zu verschwenden, die sich am Volksvermögen schadlos hielt. Doch das war ihre Aufgabe, das hatte sie geschworen: im Falle der Vereinigung alles zu tun, damit die Partei überlebte. Daran hielt sie sich. Aber nicht in jeder Hinsicht.

Stahl blickte sie über den Rand seines Glases an. »Und du hast dich wirklich um alles gekümmert? Alles erledigt? Lückenlos?«

Er konnte Gedanken lesen, das konnte er immer schon. Denn tatsächlich hatte sie noch einiges in der Hinterhand. Sie lächelte, prostete ihm zu, stellte das Glas mit dem Whisky beiseite und stand auf.

»War's das oder kann ich noch etwas für dich tun, Hans?«

Er blickte auf zu ihr, breit lächelnd, als ob er ihr ein Geschenk machen wollte. »Danke, das war alles. Vorerst.«

Sie drehte sich um und ging.

IV

Boltenhagen

»Glaub mir, Jana: Clara hat versucht, es wiedergutzumachen, jedenfalls dort, wo das möglich war.«

Die Kellnerin kam, fragte: »Alles in Ordnung bei Ihnen?«, und ging wieder, als sie stumm nickten. Das Licht hatte sich verändert, die Sonne hing bereits hinter den Häusern, und man hörte das Meer sanft rauschen.

»Als sie zu mir kam, war sie nur noch Haut und Knochen. Ich wünschte, sie hätte früher zu mir gefunden. Wir hatten nur noch wenige Jahre, aber das war schon länger, als man ihr diagnostiziert hatte.«

Jana blicke ihn fragend an.

»Lungenfibrose. Ein schleichender Prozess. Aber sie hat noch alles erledigt, was sie erledigen wollte.« Er lachte, leise. »Ich bin mit ihr nach Osterholz gefahren, sie wollte dich ein letztes Mal sehen. Sie war so stolz auf dich.«

Jana wusste nicht, ob ihr die Vorstellung gefiel, dass Clara sie noch immer heimlich beobachtet hatte.

»Etwas anderes hätte ich ihr gern ausgeredet, aber sie ließ sich nicht davon abbringen. Sie wollte Schmerzensgeld. So hat sie es genannt. Aber im Grunde war es Rache.«

V

Clara

Müdes Sonnenlicht drang durch die bodentiefen Fenster, unten im Dunst lag Zürich. Stahls Wohnung lag oben am Züriberg, ein kühles Ensemble aus Holz und Sichtbeton, erbaut in den Sechzigerjahren. Womit er die Wohnung bezahlt hatte? Natürlich mit »Volksvermögen«. Er war nicht besser als die anderen.

»Du hast alles in allem gute Arbeit geleistet, Clara. Du kannst eben rechnen, du kommst ganz nach deiner Mutter.« Hans Stahl lutschte an einer fetten Zigarre. Er war sonnengebräunt und sah erholt aus, es ging ihm ganz offenkundig besser als ihr.

»Helene konnte alles Mögliche, nur nicht rechnen«, antwortete Clara und fragte sich, warum er schon wieder so spöttisch grinste. »Jedenfalls: Dieses Treffen wird unser letztes sein. Ich habe getan, was ich tun sollte. Ich möchte jetzt mein eigenes Leben leben.«

Stahls Augen verengten sich. »Du hast kein Recht auf ein eigenes Leben. Du bist nichts ohne die Partei. Ohne die Sache. Hast du das vergessen?«

Er griff zum Whisky, der auf dem Tischchen neben dem Sofa stand, und goss sich ein. Nicht zwei, sondern vier Fingerbreit. Er leerte das Glas in einem Zug. »Du bist eine Enttäuschung, Clara. Du warst eine Fehlinvestition. Wir haben viel Geld und Energie in deine Ausbildung gesteckt. Und so dankst du uns!« Seine Augen blitzten, sein Gesicht war gerötet. »Ich nehme alles zurück. Die Unarten scheinst du dir von Helene abgeguckt zu haben. Die ist uns auch von der Fahne gegangen.«

Clara musterte ihn. Sie wusste schon länger, dass Helene für das MfS gearbeitet hatte, das erklärte ihre häufige Abwesenheit, unter der sie als Kind gelitten haben dürfte. Helene hatte Stahl also einen Korb gegeben. Das musste ihn gekränkt haben oder wenigstens in seinem Stolz verletzt.

»Ich dachte, du wärst anders. Klarer. Pflichtbewusster. Eben nicht wie Helene. Sondern wie deine Mutter.«

Was meinte er damit? Es schien ihn zu amüsieren, dass er sie ratlos machte.

»Deine Mutter. Nicht die Frau, die dich im Mai 1945 in Schlesien aus deinem Körbchen geholt und mit dir vor einem polnischen Mob geflohen ist.«

Das konnte nicht sein. »Da war ich noch nicht geboren«, sagte sie und lächelte.

»Doch. Warst du. Deine richtige Mutter hat jahrelang über das Rote Kreuz nach dir gesucht. Helene Pinkus kann gar nicht deine Mutter sein. Wusstest du das nicht?«

Sie schüttelte stumm den Kopf. Jetzt lächelte er, boshaft.

»Alle Huren, die in Buchenwald im Bordell gearbeitet haben, sind vorher sterilisiert worden. Sie kann dich nicht geboren haben.«

Helene, klein, zart, rothaarig, versponnen, verträumt, unzuverlässig. So ganz anders als sie selbst. Deshalb also.

Er beobachtete sie. Lauernd. Als ob er nach ihrer verwundbaren Stelle suchte. Dann beugte er sich vor. »Deine Mutter heißt Margo Seliger.«

Sie starrte ihn an. Er goss sich sein Glas diesmal fast voll und prostete ihr grinsend zu. War das die Wahrheit? Oder eine weitere Lüge? Denn das hieße ja, dass man sie damals nach dem Gefängnis zu ihren leiblichen Eltern geschickt hatte, ohne dass sie davon wusste! Hatten Margo und Henri die Wahrheit gekannt? Ihr Magen zog sich zusammen angesichts der ausgesuchten Perfidie dieses Plans.

»Das hast du alles der lieben Helene zu verdanken. Sie hat Margo jahrelang an der Leine gehabt, hat sie dazu gebracht, für uns zu berichten. Und dann hat sie ihr wohl versprochen, dass sie nun endlich ihre erstgeborene Tochter kennenlernen würde. Doch bevor es zu der rührenden Szene kommen konnte, in der Mutter und verlorene Tochter sich in die Arme schließen, warst du schon wieder verschwunden. Auch das hast du verbockt.«

Clara presste die Fäuste auf ihre Oberschenkel, sie spürte, wie ihre Beine zu zittern begannen.

»Helene hat Margo erpresst, jahrelang. Deshalb haben die Seligers sich damals bereit erklärt, dich aufzunehmen. Weil Helene angedeutet hat, dass du ihr verlorenes Kind sein könntest. Helene ist ein ganz raffiniertes Aas.«

Doch, Clara kannte im Grunde diese Spiele, die HVA des MfS war darin ganz besonders versiert. Auch sie hatte das einst gelernt: Wie man Menschen täuscht, mit Zuckerbrot und Peitsche an sich bindet, an ihre positiven Regungen appelliert und sie gefügig macht. Doch die seelische Grausamkeit, mit der man sie benutzt und ihre leiblichen Eltern gequält hatte, übertraf alles.

Sie holte tief Atem und war mit einem Mal ganz ruhig. Stahl betrank sich, vor ihren Augen. Wo war der disziplinierte Generaloberst geblieben? Der Spanienkämpfer? Einer der Pioniere, die 1951 aus dem »Institut für wirtschaftswissenschaftliche Forschung« den Geheimdienst der DDR geformt hatten?

»Bist du sicher, dass das Helenes Idee war – und nicht deine eigene? Ich meine: Das ist schon eine besonders geschickte Strategie, oder?« An seiner Eitelkeit konnte man ihn immer packen, so gut kannte sie ihn, noch immer.

Er wiegte den Kopf und lächelte. »Du warst das Pfand, Clara. Du warst der Schlüssel zum Sesam-öffne-dich. Aber du hast versagt.«

Ihr habt mit mir gezockt, dachte Clara. »Also ist Leonore meine Schwester«, sagte sie, so ruhig sie konnte.

»Das liegt auf der Hand, oder? Schade, dass sie tot ist.« Stahl lächelte. »Sie war drauf und dran, deine Legende auffliegen zu lassen. Das hat einigen bei uns nicht gepasst.«

Clara spürte, wie ihre Magennerven zu flattern begannen, und zwang sich, tief und langsam zu atmen. Sie hatte sich auf Leonore verlassen, darauf, dass sie immer für Jana da sein würde, mit oder ohne Alexander. Sie hatte nicht daran gedacht, dass Leo sterben könnte. Und jetzt das. »Sie musste meinetwegen sterben? Weil sie mich wiedererkannt hat?« Sie hätte ihm am liebsten das Lächeln aus dem Gesicht geschlagen.

Stahl grinste noch immer. »Naja, nicht allein deshalb, du überschätzt deine Bedeutung. Nein, sie war der festen Überzeugung, dass sie den Kerl erkannt hat, der den Chef der Treuhand erschossen hat. Und dass die Spur zu uns führte. Das hat sie ihrem Mann erzählt. Der liebe Gemahl wiederum hat es an uns weitergeplaudert.«

»Alexander hat berichtet?«

»Ja. Jahrzehntelang, aber selten etwas von Bedeutung. Sein letzter Bericht war dann schon von anderem Kaliber. Jedenfalls haben wir jemanden auf sie angesetzt. Der hat die Sache erledigt, ein bisschen an ihrem Auto geschraubt, der Mann ist eine Mehrfachbegabung.«

»Leonore war der einzige feste Halt für meine Tochter, Hans.« Als ob ihn das interessierte.

Er hob die Schultern und ließ sie wieder fallen. »So etwas kommt eben vor in diesem Spiel, das du im Übrigen all die Jahre mitgespielt hast. Fühl dich bitte nicht als Opfer, niemand hat dich gezwungen, dich zu verpflichten. Du hast jede Chance gehabt, aus deinem Leben etwas zu machen, also beklag dich nicht.«

Clara stand auf. Er hatte recht. Doch im Unterschied zu ihm hatte sie dazugelernt. Sie hatte schon vor Monaten die Ergebnisse ihrer Recherche über das Vermögen von SED und MfS an eine Bürgerrechtlerin weitergeleitet. Hoffentlich wusste die Frau vom »Neuen Forum«, wie sie mit den Informationen umzugehen hatte.

»Genieß das Leben, Clara. Aber versuch nicht, dein Wissen zu vermarkten. Verrat zahlt sich nicht aus.«

Sie ließ die Wohnungstür hinter sich ins Schloss fallen.

VI

Boltenhagen

»Es ist schon seltsam: Clara und du, ihr habt etwas gemeinsam. Ihr seid beide nicht bei euren biologischen Müttern aufgewachsen.«

Es wurde Abend. Holger hatte eine Flasche Wein bestellt und einen Teller mit Käsewürfeln und Tomaten. Jana war zu aufgeregt, um etwas essen zu können.

»Das war vielleicht nicht das schlechteste Schicksal. Ich wurde geliebt«, antwortete sie.

»Sicher. Doch auch Clara wurde geliebt. Von Helene.«

»Bestimmt. Aber warum hat sie Clara nie über ihre Herkunft aufgeklärt? Warum hat sie Margo nie gestanden, dass ihre Tochter noch lebte?« Jana holte tief Luft. »Margo hat jahrelang nach dem Kind gesucht. Ich kann mir keine größere Grausamkeit vorstellen.«

»Ich weiß.«

Er verstummte. Am Nebentisch wurde gelacht. Ein Hund bellte, unten, am Meer.

»Ich habe Clara inständig gebeten, mit Margo und Helene zu sprechen«, sagte er nach einer Weile. »Ihre Mütter zu erlösen von der Ungewissheit. Schließlich haben beide ein Kind verloren. Doch sie hat sich erst in den letzten Monaten ihres Lebens dazu entschlossen. Für Margo war es zu spät, sie ist kurz zuvor gestorben.«

Jana spürte, wie ihr die Tränen kamen. Es war so unfassbar trostlos.

»Mit Helene hat Clara sich ausgesprochen. Ich glaube, dass man Helene verzeihen kann. Margos Kind war das Ergebnis einer einzigen Nacht – nicht mit Henri, ihrem Mann. Der war in französischer Gefangenschaft. Sondern mit einem anderen Mann. Mit Helenes großer Liebe. Clara war das Kind, das Helene selbst nicht mehr bekommen konnte. Sie hat dem Baby das Leben gerettet. Sie hat sich im Recht gefühlt.«

So viel Liebe. So viel erbärmliche Grausamkeit.

»Man hat übrigens Clara ohne Helenes Zustimmung als Perspektivagentin ausgerechnet zu den Seligers geschickt.«

Jana lehnte sich zurück, die Augen geschlossen, und sehnte sich nach Max und den Kindern.

Ihr Vater griff nach ihrer Hand. »Sie hat sich dafür gerächt.«

VII

»Wie viel Zeit habe ich noch? Einen Monat? Ein Jahr? Zwei?«

»Das kann man bei dieser Krankheit nie sagen«, hatte der Arzt gemeint, aber Clara hatte ihm sein Mitleid angesehen. Ihr verpfuschtes Leben würde also ein verpfuschtes Ende finden. Wahrscheinlich war das verdient. Die Strafe für all meine Sünden, dachte sie.

Hoffentlich blieb ihr genug Zeit. Es gab noch das eine oder andere zu erledigen.

Das Autohaus Stawitzke in Schönbrunn, Bayern, war ein großkotziger Kubus aus viel Glas und Stahl, der in die ländliche Umgebung nicht passte. Im Mittelpunkt des Ausstellungsraums stand ein grüner Porsche 911, gut ausgeleuchtet. Auch die Gebrauchten, die der Händler anbot, waren vom Feinsten. Hier war Geld im Spiel. Man spekulierte sicher nicht auf den kleinen Mann von nebenan.

Clara ging hinein und fragte nach dem Chef. Stawitzke tänzelte mit breitem Lächeln herbei, ein bulliger Typ mit kahlem Schädel, die Nase sah aus, als hätte sie schon einiges abbekommen. Er trug ein feines Jackett zu seiner Jeans, aber er wirkte nicht annähernd so elegant wie seine Autos.

»Was kann ich für Sie tun, gnädige Frau?«

Sie fixierte ihn, ohne zu lächeln, bis sein Blick unruhig wurde.

»Kann ich Ihnen irgendwie behilflich sein?«

»Sicher«, antwortete sie nach einer Weile, jede Sekunde auskostend. »Sie können mehr als Autos verkaufen, habe ich recht?«

Das Lid seines rechten Auges zuckte nervös.

»Sie wissen, wie sie funktionieren. Wie man sie manipuliert, wenn nötig.«

Sein Gesicht hatte mit einem Mal nichts mehr von einem jovialen Autoverkäufer, jetzt sah man die ausdruckslose Maske eines geschulten Spezialisten für nasse Sachen.

»Und man verliert seine Fähigkeiten ja auch nicht gleich, nur, weil die DDR untergegangen ist.«

Er kniff die Augen zusammen, ebenso den Mund. Seine rechte Hand hielt die linke gepackt. »Was wollen Sie? Wer sind Sie?« Kein Einschmeicheln mehr in der Stimme.

»Interessant, wer alles bei Autounfällen ums Leben gekommen ist in den vergangenen Jahren. Wolfgang Langnitschke zum Beispiel, verdienter Genosse. Der hat 1990 Millionensummen auf Banken in Norwegen und den Niederlanden verschoben. Tödlicher Autounfall 1993 in Lugano.«

»Kenn ich nicht. Sagt mir nichts.«

Clara beobachtete ihn belustigt, bevor sie nachsetzte. »Dann war da Peter Matt, MfS-Mann, hat ebenfalls Geld verschoben, Wirkungsfeld Ungarn. Verkehrsunfall Frühjahr 1995.«

»Ich weiß nicht, was das soll. Ich kenne diese Leute nicht.«

Sie lächelte ihn an. »Und Sie erinnern sich auch nicht an einen Tag im Mai 1991? An die Bundesstraße 51, zwischen Ostercappeln und Belm? An den weißen Ford, der plötzlich über die Mittellinie gefahren und frontal in einen entgegenkommenden Lkw gerast ist?«

Stawitzke starrte sie wortlos an.

»Sie erinnern sich bestimmt. An all die Jobs, die es Ihnen ermöglicht haben, mit Ihrem Autohaus ganz groß einzusteigen. Ich bin mir sicher, die Genossen haben sich nicht lumpen lassen.«

Er legte die Hände auf den Tresen, streckte sich und bemühte sich um Haltung. »Sie gehen jetzt besser. Sofort!«

»Fragen Sie sich nicht, woher ich das alles weiß? Wer mir gesteckt hat, dass Sie zur ›Arbeitsgruppe Minister/Sicherheit‹ gehört haben? Dass Sie auf Leonore Seidensticker angesetzt waren? Das ist die Frau, die im weißen Ford gesessen hat. Sie überlebte den Unfall nicht.«

Stawitzke ließ eine Art heiseres Bellen hören. Er lachte.

»Das ist nicht zum Lachen, Genosse Stawitzke. Mord verjährt nicht. Und derjenige, der mir das alles erzählt hat, könnte Ihr komfortables Leben hier im Handumdrehen zunichtemachen.«

Der Mann hörte auf zu lachen und taxierte sie. »In mein Büro«, sagte er dann.

Sie folgte ihm hinter den Tresen in einen Raum, der weniger ein Büro als ein vollendeter Männertraum war. Bilder an den Wänden von halbnackten Frauen, die an glänzenden Autokarossen lehnten. Ein Autositz als Schreibtischstuhl. Ein Reifen als Unterlage für eine Tischplatte aus Glas, auf der sich einschlägige Magazine stapelten. Der Raum roch nach Zigarren, Öl und Gummi.

Sie setzte sich auf das Ledersofa, ohne dass er sie dazu aufgefordert hatte. Stawitzke blieb stehen. »Was wollen Sie?«, fragte er wieder, leise.

»Ich möchte, dass Sie die Gefahr beseitigen, in der Sie sich befinden.«

Am 18. Juni 1999 kurz nach Mitternacht kam ein Mercedes auf der kurvenreichen Strecke zwischen Airolo und Andermatt von der Fahrbahn ab und stürzte in die Tiefe. Sein einziger Insasse war sofort tot. Albert Franke. Sein nom de guerre: Hans Stahl.

VIII

Osterholz

Max und die Zwillinge saßen in der großen Halle beim Abendbrot, als Jana in Osterholz ankam. Sie schob Holger, der sich am liebsten hinter ihr versteckt hätte, in den Raum und sagte: »Guten Abend, ihr Lieben. Das ist Holger Hanusch. Er ist mein Vater.«

Max verschluckte sich an seinem Käsebrot und bekam einen Hustenanfall. Jon und Henri hingegen blickten ihnen hellwach entgegen, auf ihre Neugier konnte man sich verlassen.

Jana nahm ihren Vater bei der Hand und rückte einen Stuhl an den Tisch. »Setz dich, ich hole Teller und Besteck.«

Als sie in der Küche stand, hörte sie die helle Stimme von Henri: »Wo waren Sie denn die ganze Zeit? Warum kommen Sie jetzt erst?«

»Das heißt ›du‹«, korrigierte ihn Jon. »Opas duzt man.«

Dank

Die Geschichte, die mit »Ab heute heiße ich Margo« begann, findet hier ihre Fortsetzung. Diesmal sind es die Töchter von Margo Seliger, der erfolgreichen Geschäftsfrau und schillernden Persönlichkeit, die im Mittelpunkt stehen. Und, ein weiteres Mal, unser so widersprüchliches Land, in Ost und West geteilt und nicht ohne Blessuren wieder zusammengefügt: Bundesrepublik und DDR zu Deutschland. Handlung und Personen sind natürlich erfunden, wie sich das für einen Roman gehört, doch ich habe mich bemüht, bis auf ein paar kleine dichterische Freiheiten, beim historischen Hintergrund genau zu sein.

Schreiben ist bekanntlich ein einsames Geschäft – aber nicht, wenn man so viele gute Freunde hat, die einen begleiten. Meine Facebook-Freunde, insbesondere jene, die die DDR noch erlebt haben, halfen mir auch noch bei kleinsten Details auf die Sprünge. Den Mitgliedern des klandestinen Kreises, die sich bereitwillig Stück für Stück durchs Manuskript gearbeitet haben, kann ich nicht genug danken – für ihre Geduld, ihren kritischen Blick, ihre Einfälle und Eingebungen und ihren Trost, wenn's mal nötig war: Wolfgang Röhl, Thommie Bayer, Rudolf Westenberger, Anne Hamilton, Christian Jancke, Marko Martin, Helmut Müller-Enbergs, Thomas Weber – und vor allem und bis zur letzten Sekunde Kristina und Jörg Drieselmann vom Stasimuseum in Berlin. Eure Zuneigung und euer Enthusiasmus waren das größte Geschenk.

Ich habe aus vielen Büchern geschöpft, will hier aber nur einige wenige nennen. Da sind die zahlreichen Untersuchungen von Hubertus Knabe über das MfS und seine Einflussagenten in der Bundesrepublik sowie die Arbeiten von Helmut Müller-Enbergs über die Inoffiziellen Mitarbeiter der Stasi. Die »Hohenecker Protokolle«, herausgegeben von Ulrich Schacht, geben einen beklemmenden Einblick in das, was regimekritischen Frauen in der DDR im Gefängnis blühte. (Anke Mieth hat Teile des Manuskripts in Hinblick auf ihre eigenen Erfahrungen in Hoheneck gegengelesen). Über die Zeit nach 1989: Matthias Matussek, »Palasthotel. Oder wie die Einheit über Deutschland hineinbrach«. Über die Treuhand: Michael Jürgs, »Die Treuhändler. Wie Helden und Halunken die DDR verkauften«. Über den verschwundenen Reichtum von SED und MfS: Andreas Förster, »Auf der Spur der Stasimillionen. Die Wien-Connection«.

Darüber hinaus habe ich meinem Verlag zu danken – Helge Malchow, Gaby Callenberg, Ulla Brümmer stellvertretend – sowie meiner Lektorin Mona Leitner für ihre präzisen Hinweise und Anregungen und ihr und Christian Neidhart für ein im besten Sinn gnadenloses Lektorat.

Ein Glücksfall, immer wieder: mein Agent Michael Meller und die großartigen Menschen in seiner Agentur.

Personenverzeichnis

Leonore Seliger, geboren am 8. Februar 1949,
gestorben am 13. Mai 1991

Alexander Seidensticker, Ehemann von Leonore Seliger,
geboren am 12. Mai 1944

Verena Mahne, Verlegerin, Westwärts-Verlag,
geboren am 19. August 1950

Jana Seliger, geboren am 24. Oktober 1977

Max Bajohr, geboren am 2. Mai 1970

Jon und Henri Bajohr-Seliger, Zwillinge, geboren am 7. April 2001

Clara Pinkus, geboren am 25. Dezember 1944,
gestorben am 7. Juli 2000

Holger Hanusch, geboren am 5. April 1949 in Schwerin

Helene Pinkus, geboren am 2. Februar 1917

Margo Seliger, geboren als Margarete Hegewald am 20. August 1919,
gestorben in Osterholz am 27. August 1999

Henri Seliger, geboren am 27. Februar 1915,
gestorben in Osterholz im Herbst 1992

Hans Stahl, eigentlich Albert Franke, geboren am
8. Mai 1917, Generaloberst in der HVA des MfS,
gestorben am 18. Juni 1999